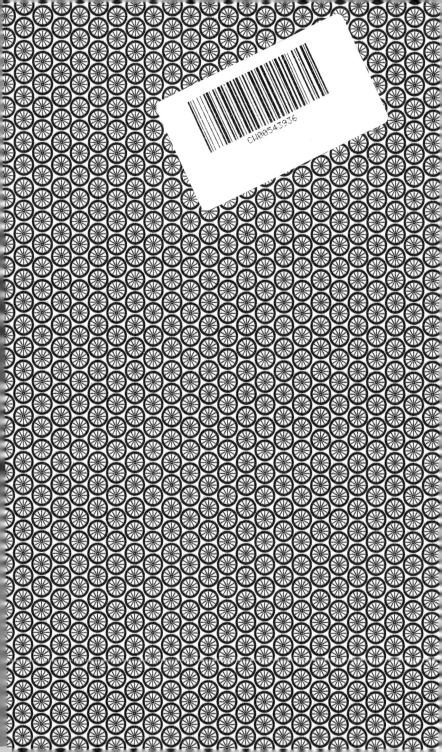

БОЛЬШАЯ ПРОЗА
ДИНЫ РУБИНОЙ

Роман в трёх книгах
«Наполеонов обоз»:

1. Рябиновый клин

2. Белые лошади

3. Ангельский рожок

НАПОЛЕОНОВ ОБОЗ
КНИГА 1. РЯБИНОВЫЙ КЛИН

МОСКВА
2020

УДК 821.161.1-31
ББК 84(2Рос=Рус)6-44
Р82

Оформление серии *А. Дурасова*

В оформлении использована репродукция
картины *Б. Карафёлова*

Рубина, Дина.

Р82   Наполеонов обоз. Книга 1. Рябиновый клин /
Дина Рубина. — Москва : Эксмо, 2020. — 448 с.

ISBN 978-5-04-098081-9

Роман в трех книгах «Наполеонов обоз» при всем
множестве тем и мотивов — история огромной любви. История Орфея и Эвридики, только разлученных
жизнью. Первая книга — «Рябиновый клин» — о за-
рождении чувства.

УДК 821.161.1-31
ББК 84(2Рос=Рус)6-44

ISBN 978-5-04-098081-9

Часть первая
СЕРЕДИНКИ

Глава 1

НОУ-ХАЛЯУ

Две любимые песни есть у Изюма: про чёрного во́рона и про сизого голубка. Да их каждый знает: *Си-и-изый, лети-и, голубо-о-о-к, в небо лети голу-бо-о-е... Ах, если б крылья мне тоже пожаловал бог, я-а б уле-тел за тобо-ою...*

А про ворона иносказательно так: *А ну-ка, па-рень, подними повыше ворот, подними повыше ворот и держись! Чёрный ворон, чёрный ворон, чёрный во-рон переехал мою маленькую жизнь.*

Такая вот занятная орнитология...

А если вдуматься: выходит, несчастный ворон всю горечь горькую народной души в себя вобрал, всё яростное омерзение? А сизый голубок, тот — просто дух небесного простора, вестник несбы-точной воли, даром что серит где ни попадя?

— Это ж как птице обидно, ворону-то, — по-ясняет Изюм.

— Да ладно тебе! — отмахивается Надежда. — Ты видал, какие они тут летают? Я когда по грун-товке еду, близко их вижу, они прямо над маши-ной ухают: зловещие, размах крыльев, как у птеродактиля, и оперенье тусклое и нехорошее такое, просто жуть!

Это соседские посиделки на веранде Надеждиного дома. Там у нее стол стоит дубовый-помещичий, явно старинного боровского семейства имущество, у Бори-Канделябра прикуплен и накрыт тканой скатертью, привезенной аж из Иерусалима; друзская работа, говорит Надежда и не забывает уточнить: «не рус-ская, а друз-ская», будто Изюм должен непременно запомнить это слово: «друзы» — вот, тоже народ.

А в Иерусалиме живет эта, как её... ну писательница эта, к которой Надежда в гости ездит и привозит оттуда разные штуковины Востока: медную турку, бронзового (тяжеленного!) козла с витыми острыми рогами, янтарные чётки — возьмёшь их, они переливаются в пригоршню тёплой виноградной гроздью. Или вот ту же скатерть.

Изюм почтительно проводит ладонями по плотной и лоснистой, как новенькая кожа, материи — вся она сплошь в лошадях да всадниках: скачут они, скачут, лук натягивают, целятся в лань, а та шею гнёт до земли в бесконечном, неуловимо женском изнеможении...

Ну, это когда Надежда пускает на свою веранду. Может и не пустить: поднимет от стопки листов свою рыжую копну, блеснёт очками, прям как Берия, и бросит: «Занята — работаю — сгинь!» Она вообще женщина с характером. Редактор в большом издательстве, с писателями хороводится, и эти самые писатели в её рассказах — то ли дети малые, то ли тепличные растения, то ли буйно помешанные. Надежда, когда заходит разговор, имён обычно не называет, любопытство праздное пресекает, очень строга; обронит только: «некий известный автор». И тогда похожа на старшую медсестру психдиспансера или на главного садовника в курортном ботаническом розарии. Куда-то она ездит на встречи с ними, носится с их... даже не книгами, а чем-то вроде рассады: «рукописи» называются, и из них, как из луковицы — тюльпан, книги ещё только надо выращивать.

Книжки вообще-то Изюм уважает, кое-какие в детстве почитывал, любит о них порассуждать:

— Костику по программе надо «Хоббита» читать, — делится он с Надеждой. — Я в шоке! Он в третьем классе!

— Да ладно тебе, «Хоббит» — хорошая книжка.

— Хорошая?! Ты знаешь, какие там твари?! Я хочу спросить: где Пастернак?!

Натыкается на изумлённое лицо Надежды и суетливо себя поправляет:

— ...в смысле, Мамин-Сибиряк! ГДЕ САВРАСКА? Я Костику говорю: «Сынок, давай почитаем про Незнайку!» А он мне: «Пап, ты что, травы обкурился?»

Изюм — ближайший Надеждин сосед через забор. Он рукастый и поможливый, когда в настроении. Когда в настроении, он и собеседник забавный, и насмешит кого угодно до икоты. Идеи и разные технические усовершенствования мира прут из него, как дрожжевое тесто из кастрюли.

10 — Петровна! — говорит. — Раньше мне всё было пофиг. Теперь я не пью, не курю, похудел на восемь кило, и мне всё стало не пофиг, — на трезвую-то голову. Вот, думаю, неплохо бы миллионов десять заработать.

— Интересно, на чём бы это? — Надежда насмешливо посматривает поверх своих очков, спущенных на кончик симпатичного носа.

— Ну-тк!.. Мозгами надо шевелить, нащупать какое-нибудь... ноу-халяу, до чего никто ещё не допёр! Петровна, ты вот ночью, когда в туалет идёшь, сразу тапочки находишь?

— Да я их и не ищу. Мне главное очки не искать, а то сразу проснусь. Можно и босиком, на ощупь, — там пара шагов до туалета. И знаешь, я навострилась: когда ложусь, оставляю тапочки ровнёхонько перед кроватью, встаю и ноги ставлю прямо в то же место.

— Ну, у меня так не получается. И я вот что придумал: надо простегать тапки светящимися нитями. Фосфоресценция — если знаешь слово. Проснулся, а они в темноте сияют...

Или прибежит вечером в самый разгар снегопада, весь облеплен снежной жижей, топает по ступеням веранды и дышит, как довольная дворняга:

— Петровна! Ноу-халяу! Страшная экономия времени! Если на твои ворота приделать дополнительные петли вверху, можно домкратом поднимать их из нижних петель в верхние. И тогда не нужно чистить снег! Это ж пустейшее занятие — снег чистить!

Нынешней зимой идеи и усовершенствования одолевают его преимущественно по ночам. Каждое утро, как собака — хозяину, приносит он на крыльцо Надежды очередной продукт бессонницы.

Спит он плохо ещё с позапрошлого месяца: отравился на поминках Гоголя.

Нет, ну эту историю надо в деталях живописать, страстным и убедительным голосом самого Изюма:

— У меня тут одноклассник помер, Гоголь. Гоголь — это потому, что у него носяра значительный. Ну, звонят — на поминки ехать. И такая неохота мне, Петровна! Ведь что такое хорошие поминки? Все ужрутся и давай шапито крутить! А я, как пить бросил, у меня даже чирьи на жопе зарастать стали, и печень не жужжит, и язык поострел.

Но — поехал. Гоголя всё-тки жалко... А они, такие, давай: выпей да выпей. И одноклассники, и жена его. А я и не знал, что водка у них тульская палёная, по семьдесят пять рэ. Маханул раза два этого пойла, чувствую: звук гаснет, зрение заскучало... и кровь будто замёрзла во всех протоках. Мирообозрение, короче, поблекло: ни бэ, ни мэ, ни куролесу...

Ну, «Скорую» вызвали. Промыли желудок, ввели глюкозу. Хотели везти меня в наркологическую больницу. Кое-как отбился, отказ подписал. И два дня валялся у гоголевской вдовы... В общем, чуть не ушёл за школьным товарищем. Главное, спать не могу! В голову за полсекунды лезет миллиард мыслей. Бллин-блинович! — думаю, — это пипец, сейчас гением заделаюсь!

12   Ну, пошел я на приём в нашу боровскую больничку, к психиатру. Почему — к психиатру? А к кому ж ещё? Не сплю, мысли прут и прут. Тот посмотрел на меня: «Давно бухаем?» По коленке — херак! — молотком и... «У вас, — говорит, — наблюдается некая активность мозга». — «Точно, доктор: у меня мозг как самолёт: я только прикорну и — *хоба!* — цветные мысли стеной прут!»

«А вы махните водочки, — говорит. — Рюмку за едой».

И тут, Петровна, понял я, что он сам — синяк, и никакой от него клятвы Гиппократа. Вернулся домой, полез в Интернет, а там то же самое: примите водочки. Да не хочу я пить! Теперь представь: тело устало, глаза, как у Вия — пудовые, а в мозгу идей — на три конструкторских бюро.

Слушать Изюма можно с заткнутыми ушами, жестикуляцией он дублирует каждое слово своих монологов, как актер японского театра «Кабуки»: простирает обе руки (если хочет призвать к сочувствию), прижимает ладони к печени (подчеркнуть высокую степень ответственности), плавно поводит подбородком справа налево... и так далее. В нём, как в императоре Нероне, умер актёр, но не великий, а поселковый, с подмоченной репутацией и вчерашним перегаром. Однако даже и так от Изюма невозможно глаз отвести: он жестикулирует даже бровями, а брови наведены от рождения первоклассным гримёром: чёрные, длинные, как приподнятое крыло, — это брови любимой наложницы султана. И голосом он владеет достойно: сочный такой баритональный тенор, с некоторым пережимом и дрожью в минуты восторга или возмущения.

— Тут ночью, оказывается, интересные передачи идут по телику. Но я их смотреть не могу: телик — справа от койки, шея затекает. Так я что: надыбал сайт с радиоспектаклями, лежу и слушаю... Постановки всё старые, без модной придури, артисты не портянку жуют, говорят тренированными голосами. Я слушаю, слушаю... и погружаюсь. Раза два аж с кровати слетел: там у них речь такая устрашающе-внятная, — представляешь, как в мозгу преображается? И какие сны потом снятся! Тут вот «Ревизора» прослушал — это коллапс и ужас!

— Ужас? — рассеянно уточняет Надежда, вытирая мытую чашку полотенцем. Вот человек: сервиз-то кузнецовский, у Бори-Канделябра за бешеные деньги купила, а запросто ставит его на стол буквально каждый вечер, и прямо вот так невозмутимо чай пьёт и соседа угощает! Без всякого благоговения. — Почему же — ужас? Там же вроде всё смешно?

— Смешно там? А где ужас?

— Может, ты «Мёртвые души» слушал?

— Нет, то был «Ревизор», — убеждённо говорит Изюм.

— Так в «Ревизоре» всё смешно.

— Ну, знаешь, кому смешно, а кому не очень. Там в хлебе нос нашли!.. Чего ты ржёшь! — возмущается он, рассматривая зашедшуюся в конвульсиях смеха Надежду. Но руки держит на коленях,

14 боится жестикуляцией смахнуть со стола дорогие предметы чаепития. — Ты что, не помнишь эту великую книгу?! Я от страха чуть не обоссался: ночь за окном, даже псы не брешут, а мне прямо в уши задушевный голос: нос в хлебе! Живой, шевелится!!! Ты что?! Гоголь, это же — кровавый нос в хлебе!

Из себя Изюм, как посмотришь — пузатенький горбоносый крепыш с близко поставленными серыми глазами. Когда увлечённо что-то рассказывает, глаза выпучивает и доверчиво моргает, а ресницы девчачьи, пушистые; опускает их — они как веера.

Рот он старается поменьше разевать, ибо у него там, сам говорит: «последний день Пномпеня».

Лет десять назад, когда был богатеньким («когда у меня был майонезный цех!»), он начал было строить импланты, но по жизненным показаниям не довел дело до конца, и теперь вместо некоторых зубов у него пеньки. И потому, даже смеясь, он старается делать губы жопкой. Надежда бы и не заметила, но когда он признался, заглянула-таки в пригласительно разинутую пасть и пеньки эти узрела.

Изюм — брехун отчаянный, *изюмительный*. Куда ни кинь, где ни копни, отовсюду лезет его суетливая брехня: брехня художественная, упоительная, вдохновенная, забывчивая и дармовая.

На днях, заглянув к нему по очередному ремонтному делу, Надежда углядела под шкафом электронные весы. Не поленилась, встала на карачки, вытянула их, обмахнула подолом пыль и взгромоздилась; а там — минус одиннадцать кэгэ от правдивого веса.

— У тебя даже весы брешут! — заявила она и рукой махнула, своей пухлой величавой рукой.

Надежда вообще-то вся целиком женщина величавая: высокая, полная, и лицо — так у рыжих бывает — белое и гладкое, как на портретах разных императриц.

— Императрицы?! — презрительно щурясь, отвечает она Изюму. — Да они все были немки, Изюм, все — немчура худосочная. А я — мордва, прикинь? Настоящая ядрёная мордва-мордовская, плоть от плоти родной картофельной ботвы...

И оба хохочут. Посмеяться она тоже любит — когда в настроении.

Но главное, они — Надежда и Изюм — дружбаны по животной теме: у обоих собаки, а у Надежды ещё и кот Пушкин.

Пёс у Надежды ангельской кротости, и оно понятно: лабрадор. Однажды, в начале счастливой совместной жизни, она повезла своего Лукича на какую-то собачью тусовку. Не то чтоб уж прямо наград возжаждала, а вот, покрасоваться хотелось: ну, такой он был распрекрасный мальчик, с блестящими персидскими очами.

Получив двусмысленную запись «перспективный лабрадор», Надежда на всю эту собачью аристократию обиделась, и участие в смотрах собачьих статей прекратила. Перспективный лабрадор, вообще-то белый (но на солнце — с редким золотисто-луковым отливом), остался обаятельным

16 неучем, добряком и рубахой-парнем. С Изюмом
у них отношения трогательные, так как, уезжая
к себе в Москву, Надежда частенько оставляет
Лукича на попечение Изюма, ни к чему, считает,
лишать собаку здорового деревенского климата.
А щедрый Изюм уж кормит так кормит: и кашку
замутит, и котлетки замастырит, а на третье —
шарлотка, так что Лукич за Изюма душу свою
бессмертную собачью ежеминутно готов продать.
Сидит тот за столом у Надежды, а Лукич встанет
на задние лапы и пошёл за Изюмовым ухом уха-
живать, вылизывать его не за страх, а за совесть.

— Ну, ладно, дуся, — уговаривает его Изюм,
поглаживая и отпихивая, — дышишь, как груби-
ян, вот, сердце бьётся. К чему эти излишества!

У самого-то Изюма собачина будьте-нате: Нюха, алабайка тигровой масти. Он зовёт её «свиньёй» и уверяет, что стоит Нюха двести тыщ.

— Мы тут пошли на рыбалку с соседом. И он
мне: «Продай собаку». Я ему говорю: «У тебя жена
есть? Продай мне её».

Нюха, в отличие от деликатного Лукича, собака безрассудная и склочная: рвёт и грызёт всех
псов по округе. Недавно порвала собачку Юрки-
пожарника. Тот ворвался с берданкой в руках:

— Всё, Изюм, щас я буду её убивать!

Но Изюма так просто не уцепишь. Он же верт-
лявый, как Буратино.

— Давай, Юр, убивай. Только помни, у меня
тут всюду камеры натыканы.

Долго Юрка ярился, — слюни веером, сопли
пузырями, — весь двор Изюму заплевал. При-

шлось, куда денешься, откупаться. Договорились, что Изюм ему у Витьки, собачьего заводчика по кличке «Неоновый мальчик», купит щенка хаски.

Не успел это дело уладить, другой сосед с порванными джинсами:

— Сделай укол своему динозавру, блять!

А Изюм-то к любому свой подход имеет. Головушку понурил и смиренно так:

— Давай, делай укол мне. Делай, Мишка, мне укол.

Нет, намордник-то у Нюхи имеется. Уж не знаю — у каких рыцарей такой был: металлическая сетчатая труба устрашающих размеров. Выбегает несчастная псина с такой вот дурой на башке, а зима в этом году снежная, но мокрохлябистая. Нюха морду в сугроб опускает, в трубу набивается снег, и бежит алабайка, бежит, башкой мотает. Своей «свиньёй» Изюм гордится, всё ему кажется, что она достойна более широкого признания и незаурядной судьбы. Вот и придумывает разные эпизоды героического эпоса:

— Мы сегодня со свиньёй поехали в Коростелёво. Зашёл я в магазин, свинью на улице оставил. А возле магазина такса привязана, вполне такая городская семейная такса. Вдруг из-за угла выбегает огромная собака дикая, набрасывается на таксу и давай её рвать!

Когда Изюм рассказывает, глаза его горят, пальцы топырятся ершом, локти — крылышками, ресницы трепещут. Если он стоит, то при этом ещё и подтанцовывает.

— Ну, свинье моей это дело не понравилось, и она ка-а-ак бросится на дикую собаку!

— Как же это она бросилась, — подозрительно щурится Надежда, — когда у неё морда в трубе?

— А вот прямо как в турнирах: морду поднимает и бьёт, поднимает и бьёт! У неё труба — натуральный щит-и-меч! Ну и отогнала дикую собаку. И тогда из магазина выходит хозяин таксы. Он, оказывается, это дело в окно наблюдал. Жмёт мне руку и даёт пятьсот рублей!

— И ты взял?! — презрительно ахает Надежда.

Изюм опускает ресницы:

— Ну, а что... взял! Призы-то у нас ещё никто не отменял.

* * *

Мужичок он в силу разных причин и происшествий беспаспортный, водительские права тоже отсутствуют. Так и ездит... и, между прочим, ездит аккуратно, получше многих иных.

Однажды привёз к Надежде ту самую иерусалимскую писательницу, — в Обнинске она выступала, в Центральной библиотеке. А Изюм с бригадой Альбертика делал ремонт на даче у одного крутыша. И Надежда: «Слушай, Изюм, прихвати-ка Нину, тебе ж по пути, а я на ужин баранинки потомлю. И ты приглашён».

Отчего не прихватить, Изюму и самому любопытно: у Надежды на полках книг этой писательницы — как бурьяну. Подумать страшно, сколько человек за свою жизнь может слов намахать!

Подъехал вечером к библиотеке, парканулся... дождался, когда из дверей сначала вся бабья шушера повалит, а за ней — в букетах и венках, как майская утопленница, — выйдет та самая Нина... Ничего такая тётка, простая, без понтов, за руку здоровается. Поздоровкались, погрузились, поехали... На заднем сиденье цветы колышутся и пахнут, и только духового оркестра с траурным *шóпенгом* не хватает, — медленно едем, незачем писателя по ухабам трясти.

Надежда предупредила, чтобы Изюм пореже рот разевал: пойми, мол, известный писатель, на неё и так народ прёт со своими идиотскими эмоциями. Помалкивай до ужина, — человек устал.

Какой там устал человек! Напустилась на него с миллион-вопросов. И до всего ей дело: про жизнь его, родителей, работу, мысли разные спрашивает. И видно, что не притворяется. Сначала он растерялся, потом расслабился и разговорился. Даже забыл, кто это рядом с ним сидит и что с ней (так Надежда велела) надо блюсти «пиэтет».

А она всё: да где работаете, да выгодно ли, и что за люди, и сколько платят, и почём тут картошка... Ну он и пошёл про бригаду Альбертика объяснять: народ всё грубый, что ни слово, то мат. Вот до них он в одной фирме работал, ведал кадрово-техническими вопросами, особо важными для производства. Ничего без его подписи не делалось.

— А образование у вас?.. — деликатно поинтересовалась она. Вопросы повзначай задавала, шёлковым таким голосом.

— Да никакого, — отвечал Изюм охотно, с лёгкой бесшабашной горечью, но и с достоинством. — Восемь классов у меня, а после — ПТУ, где я, считай, и не учился. Как из армии пришёл, поступил в ту великую фирму дворником...

Выждал паузу и победно-небрежно закончил:

— ...а через три года стал там главным инженером!

Короче, оглянуться не успел, как всё вывалил: детство, мать-сестра-папаша, интернат-фарцовка-армия... Непонятно, что с ним эта писательница сотворила, только он будто под наркозом был или как если б ему вкатили «сыворотку правды». Рассказал даже про то, как в юности проститутки с шестого этажа спускали ему на ниточке деньги. Понесло его, в общем, по кочкам-закоулочкам, как в той детской сказке. Описал в подробностях свой арест на Белорусском вокзале, когда на глазах у трёх лакающих пиво стражей порядка из кармана у него вывалились тысячи натуральных дойчмарок.

— Что значит — вывалились? — в неподдельном волнении спросила Нина.

— ...да наклонился шнурок завязать.

Короче, размяк, дурачина-простофиля! В те минуты казалось: никого ближе этой задушевной женщины на свете у него и нет.

— Эх, я тогда был самый богатый человек... — вздохнул он, поворачивая на родную грунтовку... — Кого хочь мог с потрохами купить в кооперации с падшими женщинами.

— Вы были сутенёром? — доброжелательно уточнила Нина.

— Да не-е, я ж тогда был ещё юный *сомбреро*. Я просто — за водкой сбегать, шампанское туда-сюда...

Надежда потом вздыхала и головой качала, выслушивая его исповедь. И припечатала: «Дурак ты, Изюм! Я ж тебе говорила: помалкивай. Эти писатели, они хуже бандитов с большой дороги. Ты ей в сокровенную минуту единственную жизнь доверишь, а она — *хоба*! — накатает повестушку, сто тыщ экземпляров, и будешь ходить в героях ещё триста лет, как вон Хлестаков какой-нибудь. Если уж человек выбрал такую безнравственную стезю, его ж за версту надо обегать!»

Изюм, конечно, и огорчился, и задумался. Вспомнил, как свет редких фонарей скользил по резкому лицу писательницы, вызнавательницы коварной; как хмурила она брови, и смеялась, и даже так задорно хохотала, — а зубы белые такие, может, в темноте показалось? — и потрясённо ахала, и брови задирала, и всё детали уточняла. Надо же, какая вероломная!

— А ты тоже, — с упрёком проговорил он, — «интеллиге-е-е-ентнейший человек!». А она села и ка-а-ак сказанёт! А потом ка-а-ак выдаст полными словами, без всяких точек. Я не знал, как себя вести: запикать в полный голос или повесить на грудь знак «18+»?! И всё про майонезный цех расспрашивала: рецепты, калькуляцию там... Чувствую: ещё пять километров, и моя биография предстанет перед ней во всём скромном обаянии буржуазии.

22   Майонезный цех... это да-а-а, грандиозная
эпоха в жизни Изюма, веха биографии, высота
и крушение, а потому и вечная присказка: «вот
когда у меня был майонезный цех!»

Сидит он за столом у Надежды, набирает на
вилку салат «Весенний» деликатной горочкой, замечает между делом:

— Ммм... неплохо! Сюда б ещё пару ложек
майонеза.

— Ты что, — восклицает она, — майонез — это
отрава!

— Какая же это отрава? — рассудительно воз-
ражает Изюм. — Вот когда у меня был майонезный цех, так то была отрава.

И увлекается, рассказывая историю раз уже, не
соврать, двадцатый:

— Понимаешь, руки у меня, — говорит
Изюм, — всегда были пришиты к телу. Майонезный цех мы организовали в котельной. Движитель
стоял посередине, замес шёл в бочках. Воду брали
из батареи...

...и так далее: тема больная, любимая мозоль.

Сам он готовит божественно! И котлетки,
и щи, и борщ, и манты с пловом — чего пожелае-
те. А шарлотка, шарлотка яблочная — ну, это вообще, как сам говорит он: «шведЭр»! Чутьё у него
на ингредиенты совершенно пианистическое. Ту
иную приправу берёт не по рецепту, а щепоткой,
прикидывает на глаз, замешивает по чуткому наи-
тию. В этом он — артист, вдохновенный испол-
нитель, лихой импровизатор. А порой и анархист.

— Кто такой Зощенко? Инициалы как? Он, короче, всю жизнь про жратву писал, да? Типа: «Марципан и шоколад — всё равно что «Щелкунчика» посмотреть».

Я тут регулярно передачу «Еда» смотрю, там понизу кадра всё время цитаты из этого Зощенко, будто другие писатели всю жизнь голодали. И все цитаты с поддёвочкой: барин приказывает холопу лезть в подвал огурцов набрать, «но чтоб без плесени, а то гости».

В передаче этой разные кренделя фигуряют, крутые шефы. Один презентовал селёдку под шубой. Взял сухари, запёк в духовке одну свеколинку, одну морковинку да картошечку, — как в блокадном Ленинграде. И давай над килькой издеваться: голову ей отрезал и — *хоба!* — скальп снял. Один хвостик остался. В пустую кожу сухарей с овощами напихал, виноградинку засунул... Такой вот *шведэр* кулинарии. Ну и пусть мне теперь господин Зощенко скажет: кому охота сухари жрать?

Да, уж Изюм-то — маэстро подлинный, безо всякого-якова. Когда вещает, ему только трибуны недостаёт: он горячо и плавно жестикулирует с поистине итальянской пылкостью, ладонью откидывает со лба волосы, пальцы топырит, строит из них загадочные фигуры: складывает щепотью, перебирает воздух, сооружает фиги, крутит ими перед собственным носом... Оглушённый собеседник не знает, куда раньше смотреть и что думать, не говоря уж о том, чтобы в выступление встрять.

— Потом запустили вторую роту именитых кренделей, каждый — с мишленовой звездой во лбу. Эти представляли гребешки под соусом киви. На гарнир — картофельное пюре. Один, лысый такой, пузатый, нажарил луку, говорит: «для хрусткости». Заче-ем?! Где яйцо-о?! Технология пюре вырабатывалась несколько десятилетий! А он туда — херак! — добавляет свежий фенхель. Где ж я тот фенхель возьму? В Коростелёво мне сразу по роже дадут, если я у них фенхель попрошу. Где, опять же, взять полторы чайных ложки кунжутного масла, дабы сбрызнуть бефстроганов перед подачей? Или листик василька, блин-блинадзе? Да остынет всё, пока я тот листик в поле буду ползать-искать!»

Словом, в искусстве приготовления райских яств Изюму нет равных. И если кто-то недооценил его мастерства или, упаси бог, недоел, недособрал, недоскрёб корочкой с тарелки последние капли благоуханной подливки... тот стал врагом на всю оставшуюся жизнь.

* * *

— Смотри, Петровна, я ей такой обед сготовил, а она жало воротит!

Это — о жене Маргарите, с которой он официально разведён.

Кстати, все его документы и уничтожены-то в угаре и смерче того грандиозного развода: в припадке очередного скандала Марго порвала все их в клочья! Изюм говорит: «с бухты-барахты порвала, настроение накатило», — но не совсем это соответствует фактам. Ибо до того, пытаясь Марго образумить, все *цацки* жены он собрал и закопал в подвале, — пометив, разумеется, место. Но именно в этот момент (звучит подозрительно, но так уж Изюм рассказывает и клянётся, и зуб даёт, и глаза выпучивает, а пальцы ежами топырит) — что-то стряслось то ли с трубами, то ли с электричеством: какой-то взрыв в подвале состоялся, сдвинулась некая плита... Короче, нет с той минуты никакой возможности эту плиту обратно сдвинуть и драгоценности Маргошины извлечь. *Цацки-брюлики*, как он говорит, включали в себя кое-какие брошки, два кольца с изумрудами и целый каскад разных браслетов, кулонов и серёг (папашка-то её покойный тридцать лет был директором ювелирного на Остоженке). Вот порадуются спелеологи будущего! Не спелеологи? А кто? Археологи? Всё равно порадуются...

Марго же уверяла Надежду, что этот сукин кот спустил всё по камешку на свои идиотства, на свой майонезный цех.

Ну, сукин там или не сукин, развод не развод, а только живёт Изюм по-прежнему в Маргошином доме в Серединках, деревне такой, под городом славным-старинным Боровском, — потому как надо же за домом смотреть, и траву косить, и то-сё-другое... а он всё ж рукастый. И сына Костика, опять-таки, в каникулы надо на воздух вывозить, а кто его пасти станет, кроме родного папани? И взять ту же Нюху, тигровую алабайку: собака она экстремальная, в городской квартире захиреет или от тоски вон порвёт кого из соседей. Хотя как сказать: у Марго всю жизнь были собаки, и не простые. Один ротвейлер был знаменитый своим изуверством — семьдесят пять кило, злой как чёрт. Марго однажды уехала к тётке в Каширу, а Изюма приставила *губернатором* к этому исчадию ада.

«Так я — что, — рассказывает Изюм, — каждый день покупал пять кило сарделек. Захожу в дом — первым делом сардельку ему в зубы. А дальше, разматывая связку, пробегаю на кухню. Пока добегу, исчадие сыто. У меня же у самого всю жизнь собаки, — поясняет он. — Был такой пёс-алкаш, за пиво родную мать продаст. Никогда его не забуду. Накачается пивом, ляжет пузом на низкую скамейку, лапы свесит по бокам и лежи-и-ит... прям философ! Салтыков-Щедрин...»

Когда Изюм в настроении поговорить, заткнуть его не может никакая природная сила. Так и представляется картина: извержение Везувия, кипящие реки лавы разливаются по улицам и дворам деревни Серединки, а Изюм сидит посреди катаклизма и с места не двинется, так как прямо сейчас ему на память пришла очередная история:

— Друг у меня был, Лёха Морохин... Красавец, фигура — настоящий Маугли... Тарзан? Ну, пусть Тарзан. Лёха понимал, что он татарин — потому как на мать его посмотришь, — и всё ясно. Мать в камерном цеху работала, каждый вечер приносила в рукаве бушлата очередную камеру. Так вот, Лёха замудохал её кота, которому разрешал ходить только вдоль стен. В присутствии Лёхи кот передвигался квадратами, как ладья в шахматном гамбите. Ужас! Но когда приходил кто-то с бутылкой и слышалось «чпок!», кот возвращался к нормальной жизни.

Знаешь, я ему очень сочувствовал, понимал, через что бедняга прошёл, если, будучи животным, ходил в унитаз и дёргал грушу на цепке, смывая за собой... Вот ты ржёшь, а Лёха умер. Как умер? Очень просто: он усох, потому что мозг его ни к чему не стремился...

И если минут через двадцать Изюмовых воспоминаний у вас разболится голова, он бросится заваривать вам чаёк или ещё какую-нибудь «полезную для мозга травку».

А катаклизм... ну, что катаклизм, невозмутимо отзовётся Изюм на ваши заполошные крики. Разве вся наша жизнь не есть — сплошное огненное извержение?

* * *

Это цукатно-кондитерское имя, к которому он за жизнь привык, а в кругу дружбанов и соседей отзывается на простое, хотя и сомнительное «Изя», подарила ему мать, заслуженная вагоновожатая Краснопресненского трамвайного депо. Мать всегда была натурой страстной и романтической, всю жизнь в каких-то оперных либретто. Изюма родила от красавца-татарина, и на просьбу того назвать ребёнка славным даже и для русского слуха именем Измаил легко согласилась. Но, вернувшись из ЗАГСа домой, заявила, что легкомысленная фифа, сидевшая на регистрации имён, допустила понятную ошибку. Она, мол, левой рукой таскала изюм из банки, пока правой записывала младенцу имя. А что, сказала мать, изучая документ, — тоже ведь красиво: Изюм, Изюмчик мой сладкий! И дядя Саша покойный родился в городе Изюм Харьковской области...

Так и вышел он в свет: Изюм Алмазович Давлетов, и чем это плохо, скажите на милость!

А вот сеструху мать родила от командировочного литовца и назвала её — держитесь за стулья — Серенадой. А?!! Литовец здесь что-то налаживал-налаживал, то ли какие-то спецлифты, то ли спецбарабаны... длительная командировка, многое можно успеть. Он и успел: познакомился с маманей на маршруте, ездил от конечной до конечной, кругов пять нарезал... И так они сошлись; от папашки-татарина, красавца и пьяницы, на тот исключительно бурный период своей жизни мать ушла. А литовец оказался тем ещё проходимцем: слинял в свой Вильнюс точнёхонько в тот момент, когда у мамки схватки начались. Нет, он, конечно, отвёз мамку в роддом... ну и — *досвидос*! Как в песне: *сизый, лети, голубок...*

Это уже потом она припомнила, как во сне, что из дому он прихватил два чемоданчика: с её родильными вещами и, видимо, со своими, заранее приготовленными.

Уразумев на второй день в палате, что счастливый отец не явится под окна вызнавать, на кого похож младенец, тихо подтирая слёзы и сопли, мать услышала по включённому радио красивую музыку в исполнении прекрасного тенора, слившегося у неё в воображении с образом исчезнувшего литовца. Она как раз размышляла — какое имя дать своей новенькой сероглазой дочурке. «Вы прослушали «Серенаду» Шуберта, — услышала мать, и мгновенно её пронзила красота и ценность данной минуты. Подаренное радиоточкой раскатистое имя так шло младенцу, её льняным кудряшкам, аккуратному личику и всей этой разнесчастной романтической мути... Серенада, Серенада... Серенадочка... повторяла мать, улыбаясь, упиваясь слёзной своей сердечной мукой. Она всем мужикам покажет, моя Серенада!

И Серенада показала.

Она вышла замуж за русского олигарха. Вернее, сначала она вышла замуж за русского бандита широкого профиля, по имени Толян, который со временем, как и некоторые из его бурного круга, преобразовался в Анатолия Семёновича, уважаемого Анатолия Семёновича, многоуважаемого «Натольсемёныча»...

— Толян поднялся, — называет это Изюм.

— В каком смысле? — уточняет Надежда.

— Ну, многие с ним советуются. Просят дело уладить. У Толяна двухэтажный гардероб с лесенкой, — рассказывает Изюм. — Шмотки развешаны на круглых вешалках, как в химчистке. Он пульт включает, всё движется и крутится. Говорит мне: «Вон от той синенькой стойки до чёрненькой можешь забирать. Я коллекцию меняю». Я — хоба! — а там один Луи Виттон, да всё с ценниками! Представляешь, футболки не пойми из чего — хлопок ли, шёлк ли — тончайшие, весу никакого, блестят! И каждая по семьсот зелени. Пиджачки, костюмчики... Ну, я набрал тыщ на пятнадцать. Привёз домой — маловаты всё же. Не лезут никак. У Толяна же сорок восьмой размер. Это я сейчас похудел, сгодилось бы всё, ходил бы по Серединкам как Челентано: сопли — пузырями, но... Толян больше не угощает.

Короче, много чего я раздарил мудачью всякому. Вот Ванька, сосед. Объяснил ему, что почём, чтоб надевал это, только если в Москву или там в Лас-Вегас. И чего? Прихожу, а он такой: в майке от Виттона дрова колет. Подарки мои на веранде валяются. Я ему потом мешок одёжный приволок, знаешь — с молнией. «Положь сюда, — говорю. — Вдруг помрёшь — будет в чём хоронить».

Эпизоды гламурной жизни Толяна и Серенады время от времени вспышками дикой иллюминации озаряют и без того красочную речь Изюма на фоне серых горбылей.

— Алиса, доча Серенадки, в школу пошла... Выписали ей двух гувернанток откуда-то из Беларуси. С рекомендациями по системе британской аристократии. Платили каждой тыщ по пятьдесят, одевали как модельных девочек, в СПА-салоны водили, шарлоткой кормили...

— А что, одна гувернантка с ней бы не справилась?

Время от времени Надежда предпринимает редакторские попытки упорядочить россказни Изюма, ввести их в реалистическое русло.

— Ну-у... они ведь живут в таком районе, знаешь, где вся эта *аэлита*, и там иначе никак нельзя... Две, это по меньшей мере. Короче, год прошёл, те собрались типа в отпуск, в свой не то Бобруйск, не то Барановичи. А когда уехали, Серенада с Толяном хватились: нет коллекции часов на пару лимонов долларов. Ну, Толян звякнул в ФСБ, там у него друганы. Помчалась погоня... А те — чего? Поезд-то уже давно по рельсам чух-чух-чух... Тогда за поездом погнался вертолёт! И нагнал! Повязали чувих, коллекцию часов отобрали, и теперь они не девочку будут на балет возить, а по тюремному двору гулять своими бритыми ногами...

Кстати, мать-то, родив Серенаду, почти сразу вернулась к папашке. И тот засиял обновлённым светом: приосанился, бросил пить на полгода, очень был горд всем своим семейством. Чтобы закрепить такой явный жизненный успех, мать родила ему ещё одного пацана, на сей раз названного простым человеческим именем Искандер, в смысле — Шурка... Кто там из великих говорил — мол, Россия прирастать будет... типа там лесами-полями и реками, так? А тут семья Давлетовых прирастала детьми — и это вам не что-нибудь, а настоящее богатство!

Правда, почему-то всех троих мать чуть не с пелёнок рассовала по интернатам.

Но это отдельный рассказ.

Глава 2

НАДЕЖДА

«...Вернулась вчера из Москвы в Серединки, преодолевая страшную метель: ползла по нашим деревенским грунтовкам со скоростью пять кэмэ в час. Свет фар, что ближних, что дальних, упирался в бурлящую белую стену, не проникая её ни на метр, машинка моя от снежных оплеух то в боковые, то в лобовое стёкла так и раскачивалась. Ни обочин не видать, ни встречных машин... Врать не стану, здорово я перепугалась, молитвы читала прямо вслух! Классиков наших поминала: как же они-то мотались по ночам в метелях на этих своих тройках, а, Нина? Пущин-то к Пушкину... «Ни огня, ни чёрной хаты... глушь и снег...» Даже мой личный Пушкин, котяра осатанелый, который обычно орёт всю дорогу от Москвы до Серединок, — даже и он притих. А я только радовалась, что Лукича оставила в деревне на попечении Изюма. Всё-таки Изюм — такой помощник драгоценный, дай ему Бог здоровья!

А сегодня всё растаяло, опять грязь...

Зато новая история от Изюма.

Он, видите ли, страстный рыбак. А настоящих морозов всё нет. На прошлой неделе выпало несколько приличных морозных дней, пруд слегка подзамёрз, и всё же лёд тонковат, рыбакам страшно. Но Изюм, понятно, всех умней: лыжи напялил и «осторо-ожненько», говорит, заскользил на них по тонкому льду. Дошёл до нужного места, осмотрелся... И довольный, что он всем рыбакам рыбак, стал доставать снасти.

Тут, увидев, что хозяин определился, с берега примчалась Нюха. Изюм и сам-то тянет кило на сто (хотя утверждает, что весит только девяносто), а в Нюхе живого весу уж точно кило 50 будет. Ну, ледок и проломился, и они дружно провалились в воду.

Алабайка — что ей сделается! — быстро вывернулась на лёд и умчалась в сторону берега, а Изюм остался по грудь в воде, будучи, как вы помните, на лыжах...

«Мне стало так холодно, Петровна!» — говорит он, трепеща своими длинными ресницами.

Я, конечно, побежала в подвал за самогонкой, налила соседу от души, чтобы не заболел.

Как вылез, он рассказывать не стал, — видимо, ещё не придумал. Но вы можете придумать сами, вы же писатель, а я Изюма теперь всё время стращаю, что про него «Нина книгу напишет».

Может, я и ошибаюсь, но перспектива стать литературным героем его не то что не страшит, а даже изрядно тешит. «И что, — спрашивает, — там, в этой книге, меня будут как в природе звать: Изюм Алмазович Давлетов?» «Не волнуйся, — отвечаю, — Нина что-нибудь придумает, ещё смешнее, чем в жизни».

Попутно я стала запоминать и даже записывать за ним словечки и фразы, — ведь он гениально преобразовывает слова и смыслы, даже не задумываясь. За одно только словечко «ноу-халяу» какой-нибудь писатель отвалил бы ему пять тыщ, и не прогадал! Иногда кажется: он специально их придумывает, шутки ради. Но нет! Это его способ называть и осваивать реальность.

«Просыпаюсь я рано, в пять утра, — начинает задушевным тоном деревенской сказительницы, — и немедленно принимаюсь *вскрывать* глаза...» «Погоди, не сбивай ты меня с *панталыги!*» — восклицает, если перебиваю.

Или: «Петровна, тебе надо заняться гидропоникой.

— Зачем это?

— А название интересное!»

«А что — Серенадка? — охотно отвечает на мой беглый вопрос о сеструхе. — У Серенадки забот полон рот. Всё хлопоты, хлопоты: куда, например, шубу в химчистку сдать? Только в Италии. А что? Шуба-то стоит половину завода. Она у меня такая: если что не по ней, вышвырнет мужика со всем его *скрабом*. И потому Толян выступать опасается. Не особо афиширует дружбу с молоденькими фуриями... Не фуриями? А как? Гуриями... Ну это, Петровна, одно и то же, если глянуть на дело здраво. Короче, гурии там фурычат — анонимно, конечно. В то время как Серенада скучает на двуспальном аэродроме. А что ты хочешь: сиськи-то повисли».

И ежеминутно из него извергается какой-то кулибинский водопад идиотских ноу-халяу.

«Петровна, у тебя в ванной есть батарея? Есть? Очень хорошо! Надо к ней присобачить пластмассовые трубы, которыми обернуть ванну. И тогда ты можешь лежать в ванне, как Клеопатра: хоть три часа, вода будет постоянно одной температуры. А то приходится остывшую воду сливать, горячую подливать — суета...» (морщит лоб, видимо, представляя своё изобретение в деталях).

«Правда, для этого ванну придется демонтировать», — наконец произносит он.

Я: «И затем выкинуть на помойку».

На днях подарила ему ненужную душевую кабину. Радость была неописуемая: «О-о! теперь у меня есть санкабина! Ещё я мечтаю поставить себе биде».

Я: «Биде-то тебе зачем?»

Он оперным раскатистым голосом: «Бидэ-э-э-э!.. Слово-то како-ое!»

«Я тут про Петра Первого передачу смотрел... — начинает оживлённо, — зашибись! Ты в курсáх, что он был офигенный токарь по дереву? Показывали его станок, — тот по сей день спокойненько себе фурычит. И заводится, и работает, и на нём даже... Что значит — заводится? Конечно, он не электрический. Его крутить надо... Его при жизни крутила ветряная или, хрен её знает, воляная мельница. И сейчас, наверное, кто-то крутит. Стоит и крутит, а что? В музее за хорошую зарплату и я бы стоял да крутил чего

36 хочешь. — Он умолкает, занятый какой-то новой мыслью, и наконец произносит другим уже, проникновенным голосом: — Любопытно: вот царь, да? Чего ему не хватало? Могучий государственный ум, а приспособил себя к токарному, знач, станку...»

На днях с участием соседа, Серёги Лобзая (немедленно в моей памяти всплывает восьмимартовский концерт в школе, на котором учительница музыки исполняла известный романс «О, не лобзай меня!» с ударением на «о»: «О, не ло́бзай меня!», и пацаны наши подыхали со смеху: на уроках труда лобзик был любимым инструментом) — так вот, со спасительным участием Лобзая произошла с Изюмом очередная трагическая история со счастливым концом.

Он решил починить квадроцикл, у которого забарахлил глушитель. Подпёр его с одной стороны ведром, с другой, третьей и четвёртой — чурочками. Подлез под него... и когда стал переворачиваться, чурочки поехали, ведро отлетело, а квадроцикл накрыл Изюма во весь рост. Пошевелиться, сами понимаете, практически невозможно. Приподнять — нереально, потому что вещь большая, весит около 100 кг. С большим трудом Изюм исхитрился вытащить из кармана куртки мобильный телефон. Тут выяснилось, что мобилка в гараже не ловит. Ноги завалены, руки почти зажаты... Стал Изюм пыхтеть: «А-а-а-а, кто-нибудь, алллльё! Блин-блинович!!!» — и что там ещё кричат люди в подобных ситуациях. Нюха, верная алабайка, «помесь ведра и помойки», примчалась на крики и принялась Изюма лизать. Слюна её тут же замерзала на морозе, но дать ей по морде Изюм не мог, так как был ограничен физически. Тогда он решил написать SMS (вот ведь, Нина, как всё надо уметь в наши дни!). Написал, что погибает под квадроциклом. Но кому послать? Связи-то нет. Тут он услышал движение во дворе Серёги Лобзая, что живет напротив, нажал «отправить» Лобзаю и выкинул телефон из гаража во двор в надежде, что на улице аппарат сработает. Нюха бросила Изюма, подхватила упавший телефон и удалилась с ним в глубь участка... Бедный Изюм стал прикидывать, через сколько часов он замёрзнет. Нюха, понимая, что Изюм ей не указ, открыла калитку и вышла на улицу, где в это время сорвалась с цепи овчарка Лобзая. Нюха тут же выплюнула телефон и стала её рвать, как она поступает со всеми собаками, кроме моего кроткого Лукича. Лобзай с трудом спас свою овчарку, схватил берданку и пошел делать предъяву Изюму... которого и нашёл распятым под квадроциклом и вынужден был спасти. Таков синопсис триллера.

После этого Изюмка прорвался ко мне, чтобы всё это жизнеописать. Я налила ему водки (дабы не заразился), долго смеялась и сказала, что он будет-таки героем романа.

А вечерком, не помню уж зачем, заглянула к нему в неудачный момент, ибо нагрянула Маргарита, как говорит Изюм — «описывать свое имущество с понятыми и по реестру», а при ней он смирный, скучный и практически не врёт. Но я не удержалась и рассказала ей случай с квадроциклом. Марго сощурилась, поджала губы... Вся она была — сплошное презрение.

— Изюм! — вскричала я. — Ты всё набрехал?!

Изюм обиделся:

— У меня, Петровна, после этого случая даже мизинец онемел!

И показал мне свой мизинец, скрутив его бубликом...

А вот ещё история, рассказанная им вчера вечером, когда он был допущен к чаепитию на веранде, причём принёс баночку кизилового повидла, сваренного собственноручно.

Вкратце так.

На нашей улице живёт Настюха, года три уж как овдовевшая. Лет ей сорок с копейками... или уже с рублями, не важно. А важно, что она неустанно ищет мужика для жизни и хозяйства. Найти не получается, а получаются с криминальным оттенком разные грустные истории: тот брошку украл, другой дочку-подростка за задницу хватал, этот работать не хочет, на диване лежит, а четвёртый вообще маманин сервиз пропил... — в общем, всё как у нас, русских людей, полагается.

А дом деревенский меж тем скудеет без мужского пригляда. И Настюха, как и все на нашей улице, привлекала Изюма к разным работам и починкам, но при этом платила гроши, ибо скуповата. Изюм и перестал откликаться на просьбы.

Однако на днях просьба оказалась существенной, деньги были обещаны не стыдные. Далее цитирую Изюма, попутно вставляя свои реплики, ибо без реплик никак нельзя: можно лопнуть.

«Я работу сделал, прихожу вечером за бабулями. Смотрю — дама (Настюха то есть) сидит накрашенная... Хоба! (это восклицание у него означает что-то вроде «оппа!») Ну, я сразу всё понял».

«Что ты понял?»

«Что я понял? Она хочет, чтобы я *слёг* на её койку, а потом задарма всё ей чинил, кормил шарлоткой и носился с ней, *как со списанной торбой*... Да её можно рассматривать как женщину только в нашей округе, где никого нет — одни узбеки!.. Я ей говорю: «Гляди на меня, Настюха, что с меня взять? Один носок дырявый, другой воняет! Денег у меня — манишка и записная книжка, а сам я последний хер без соли доедаю! Ты ищи себе сантехника, хоть и пьющего, только не гомофила!»

«Кого-кого?! Это кто такой? Зоофил, я знаю, это кто с животными, а гомофил — с кем же?»

(Я от смеха уже и дышать не могу, Изюм же совершенно серьёзен.)

«Короче, я ей говорю: «Ты, Настюха, когда с мужиком знакомишься, смотри сразу на руки: чтоб они были как крюки! Чтоб отвёртку мог держать!»

Он умолкает и осуждающе на меня смотрит:

«Что ты ржёшь всё время, как в театре? Вот ты читала книгу «Козы»? Как — не читала? Есть такой роман, крендель один написал...»

И так далее до бесконечности...

40   Между прочим, козья тема в нашей деревне и в жизни Изюма в последние недели приобретает какой-то эпический размах. Но это надо рассказывать не в трёх словах, не с кондачка, а с заходом издалека, перво-наперво пройдясь по соседям и прочим деревенским физиономиям... Сейчас уже поздно, я зеваю дуэтом с Лукичом, разве что не подвизгиваю и зубами не клацаю. Как говорит Изюм: «Что-то устал, побегу полежу...» Полвторого, господи ты боже мой! А завтра у меня сложнейший визит к нашей выдающейся К.М! Даже подумать страшно, что за сюрпризы меня ждут и каким виртуозным фарватером я должна провести свою редакторскую шлюпку меж опасных и таинственных скал.

Так что закругляюсь, спокойной ночи, *пойду жить образом жизни*, — как говорит всё тот же источник фольклора, когда в его беспокойном мозгу зреет очередное гениальное ноу-халяу...»

Глава 3
КРОТКИЙ МОРДАТЫЙ
ОБДОЛБАННЫЙ...

Известная (выдающаяся, кое-кто даже считал, гениальная) писательница жила в старом фабричном доме бурого кирпича в одном из переулков в районе Тишинского рынка.

Квартирка мизерная, две узкие комнаты, утлыми лодочками плывущие одна за другой, — годах в тридцатых была переделана из хозяйских кладовок. Кто-то, может, и удивился бы несоответствию славы местожительству, только не Надежда, много лет возглавлявшая редакцию современной русской литературы самого крупного издательства России и потому, волею обстоятельств, знавшая о творцах разные подводные и даже подкожные факты их биографий, без которых, откровенно говоря, вполне обошлась бы.

Дело в том, что Калерия Михайловна Чесменова была даже не странной — она была сумасшедшей, причём абсолютно, восхитительно сумасшедшей. И если бы не директор издательства

42 Сергей Робе́ртович, который спал и видел новую книгу Калерии в каталоге издательства на ближайшей книжной ярмарке во Франкфурте, Надежда предпочла бы послать к ней на переговоры одну из пяти подчинённых своих «девочек».

— Нет, душа моя, ты сама к ней бежи, обиходь, обцелуй, умоляй, подкупай... В ноги вались, а только чтобы рукопись новой книги вот тут у меня завтра лежала, — и подбородком указал на край своего необъятного, до блеска натёртого полиролью стола.

— Да какая там новая книга! — в сердцах возразила Надежда. — Она небось сто лет уже ничего не пишет, да и не может написать.

— Пишет! — Он подпрыгнул в кресле и руками замахал. — Как это не пишет! На то она и писатель, чтобы всё время строчить. Они же все — графоманы чёртовы, строчат и строчат, как подорванные! Нам от неё нужен роман, роман и только роман, ты поняла?! Никаких рассказов, знаем мы эти их штучки, путевые записки-манжеты-ни дня без строчки, всё это ни хрена не продаётся. Нужен р-роман! Р-р-романище страниц на восемьсот! Иди и припади! — кричал он в Надеждину спину. — Ходят слухи, что рукопись существует, и за ней ОПЭЭМ охотится. (ОПЭЭМ, другое крупнейшее издательство, было конкурентом проклятым; проклятым, денежным, коварным и удачливым конкурентом, скупало-переманивало на корню брэндо́в за миллионы зелени! Последней переманило за три миллиона Марину Шульженко, восходящую звезду эротического детектива.)

«Слухи! — возмущённо думала Надежда, поднимаясь на четвёртый этаж по дремучей и невыносимо пахучей лестнице (лифт не работал). И фыркнула, вспомнив, как недавно Изюм произнёс: «Отделим слухи от котлет!» «В ноги вались!» — опять вспомнила она и от злости даже остановилась на мгновение, представив этакую сюрреалистическую картинку: себя в ногах у чокнутой Калерии. — «Вот сам и вались!» — ожесточённо подумала она.

Эта встреча готовилась несколько недель и уже два раза переносилась — разумеется, самой писательницей.

Перед затрапезной, с выдранными клочьями серой ваты, с повисшими лоскутами дерматина дверью она остановилась и чуток привела себя в порядок, — там одёрнула, здесь поправила, тут пригладила. В очередной раз подумала — надо худеть!

Сейчас бы покурить... Она принялась шарить в необъятной, мягкой и мятой серой сумке, похожей на слоновью мошонку, в поисках сигарет. Покурю перед делом, решила она, две минуты — три затяжки... Походной пепельницей в таких случаях служил ей старый пластмассовый очешник, который от разных толчков или перегрузки непроизвольно открывался и опрастывался в сумку. И некогда было, ох, некогда чистить-проветривать.

Но едва затянулась, как за дверью стало что-то громыхать, лязгать, звенеть и металлически корёжиться, будто к причалу подошёл швартоваться старый и ржавый сухогруз. Двери — две — одна

44 за другой отворились, и в их кулисах возникла су-
хонькая лохматая мышиная фигурка, будто спорх-
нувшая с водосточного жёлоба какого-нибудь собора.

Кулисы эти, надо сказать, были совершенно разными. Вторая, внутренняя дверь квартиры оказалась металлической, роскошной, да ещё
и расписанной вручную какими-то невероятными
светящимися красками. Чёрт его знает, — то ли
серафим, то ли горгулья простёрла свои лазоре-
вые крыла, — Калерия Михайловна Чесменова
явно планировала свой выход и явно строила эту
мизансцену: чтобы крыло взметнулось прямо за её
левым плечом.

— Нет-нет! — сказала она. — Сигарету — прочь!

«Эффектно», — подумала ошеломлённая Надежда, машинально улыбаясь «нашему известному автору», что-то произнося — какие-то не
значимые, но по партитуре необходимые для пре-
людии слова, суетливо сминая и запихивая едва
прикуренную сигарету в очешник и протираясь
в квартиру мимо однокрылой Калерии.

В малюсенькой, размером с табурет, прихожке
уместилась только круглая стоячая вешалка, на
которую всё одно ничего невозможно было повесить: на каждом рожке уже висело по шляпе.
И что это были за шляпы, бог ты мой, Надежда
прямо обмерла! Умопомрачительного изящества
и фантазии. Велюровые и замшевые, с вуалетка-
ми и брошками, с цветками на полях и снопами
каких-то трав, и даже с керамическими фигурка-
ми; чуть ли не рождественский вертеп на полях

одной примостился, и такие чудеса: три крошечных волхва, причём один, как положено, чёрный... Как его звали-то... Бальтазар? Словом, это были музейные экспонаты.

— Боже, какая красота! — выдохнула Надежда совершенно искренне, так и не снимая своего пальто, продолжая разглядывать вешалку с её изумительным грузом.

Собственно, про шляпы было известно всей общественности. Время от времени, очень редко, Калерия Михайловна выходила в люди, увенчав лохматую голову одной из своих невероятных дизайнерских, собственноручно изготовленных шляп. Дело в том, что Калерия Михайловна, чёрт бы её побрал, была гениальна во всём.

Наконец топтание в прихожке, вернее, стояние соляным столпом перед вешалкой разрешилось разоблачением гостьи и рассупониванием её (пальто было внесено в ванную и уложено на стиральную машину), и гостья была введена в комнату, где у одной стены стоял немыслимо продавленный, обитый стёртым гобеленом древний кабинетный диван с одним валиком, у противоположной стены — старинное, янтарных тонов фортепиано с медными канделябрами, а между ними — большой круглый стол, к которому притулились старое кресло, венский стул и хозяйственный табурет. Короче — мизансцена пьесы из городской коммунальной жизни сороковых годов прошлого века. Та ещё обстановочка.

Но здесь горела люстра, и Надежда разглядела хозяйку. До известной степени, это тоже был театр. Взлохмаченная, с острыми пронзительными глазками Калерия Михайловна была «извините уж, по-домашнему»: старый дерюжный свитер с мятым воротом вокруг морщинистой шеи болтался на ней, свисая ниже бёдер. Далее виднелись тонкие ноги, облепленные блескучими лосинами до середины икры... Босые ступни, довольно внушительного для женщины размера, были продеты в резиновые вьетнамки, и вот там... Там открывался невиданной красоты и дороговизны педикюр, рядом с которым меркли даже шляпы. «Всё продумала», — с уважением отметила Надежда, с трудом отводя взгляд от сверкающих какими-то блёстками и стразами малиновых, розовых, чёрных и морковных ногтей, доминирующих в комнатке и уводящих внимание гостьи туда, куда перемещалась хозяйка.

Вот сейчас она переместилась к столу, в центре которого стояла широкая плоская ваза, засыпанная грудой разных диковин: там были камешки мозаики, стеклянные бусины сине-зелёной гаммы, колёсики, ключики, кольца-браслеты-бусы... витые золотые проволочки и цепочки, какие-то древние серебряные штуковины чуть ли не из скифского кургана... ну и прочая обольстительная чушь, от которой глаз было не отвести. А венчал эту горку косо торчащий из кучи фрагмент древней фрески с длинной чьей-то бровью и тонкой ноздрёй.

— Присаживайтесь, Надежда Петровна, угоститесь чем бог послал.

На тарелках, выставленных ровно к назначенному часу, лежало тоже нечто вроде кусочков фрески — на первый взгляд. Но только на первый.

— Приступайте, пока она тёплая, я разогрела. Там на сухариках может быть плесень, вы сковырните, ничего, плесень полезна, вы знаете? В ней пенициллин...

Надежда содрогнулась и хотела сказать, что сыта, спасибо... Однако вовремя запнулась: ввиду предстоящих переговоров никак нельзя было отказаться, никак нельзя. Обидится, а Сергей Робéртович скажет потом: ах, ты брезглии-и-вая! Ну и сиди, а ОПЭЭМ пришли небось, плесень сожрали и роман из-под твоего чувствительного носа утащили!

— С удовольствием попробую, Калерия Михайловна, — проговорила она, присаживаясь, улыбаясь и обречённо нашаривая вилку, вернее, какую-то мизерную вилочку, которой и в зубах-то было не с руки ковырять. — А это что? Как это называется?

— Назовём это пиццей, — удовлетворённо и торжественно отозвалась Калерия. — Тут сухари. Я собираю их, собираю... коплю корочки-горбушки. Потом размачиваю. Рецепт простейший, тюремный. Главное, понимаете, чтобы хлеб был разных сортов. Тогда вкус получается... незабвенный!

Незабвенный... Надежда вспомнила, как утром в издательстве выскочила после совещания покурить, а там, из курилки, видна крыша соседнего подъезда. Крыша неровная, всегда лужа посерёдке. Закурила она и думает: «Как всё осто...» И тут увидела, как на бережок лужи прилетела ворона с сухой корочкой хлеба (хотелось сказать «в зубах»). Положила её в воду и аккуратно лапкой притопила. Потом перевернула и опять притопила. Корочка размякла, ворона позавтракала. «Эх, — подумала Надежда, — не одна я колочусь и верчуся...»

Зубцом вилки Надежда принялась незаметно соскабливать плесень с обжаренного в постном масле кусочка, отломила часть и оживлённо отправила в рот. Пицца... или что это было?.. оказалась потрясающе вкусной. Эта старая лохматая женщина с пронзительными глазками и изысканным педикюром наверняка была колдуньей!

Она умяла всё подчистую и принялась хвалить-хвалить всё подряд: шляпы, пиццу, маникюр и расписную дверь... и готова была хвалить каждый камешек в вазе... Надо было начинать разговор, и начинать осторожно, умно, деликатно: она потому и явилась собственной персоной, что в работе с авторами славилась высшей сапёрной квалификацией. А вдруг у старухи и в самом деле в загашнике... роман не роман, но какие-то записки там, воспоминания, обрывки мыслей — окурки былых сигар?.. Мало ли что Сергей Робе́ртович несёт! Откуда ему взяться в таком возрасте — роману-то! Романы ведь не умом и даже не талантом пишутся, а гормонами. Молодой, блин, гармонью, которую без устали разворачивает пьяный ночной гармонист! Тут ни мастерство, ни шляпы, ни педикюр не помогут. Ничего-ничего, тут же возразила себе Надежда, мы раскинем мозгами, как подать эти огрызки былого великолепия, организуем мозговой штурм, бум и пургу в луже воды, а отдел рекламы подсуетится, настроится...

И вновь вспомнила ворону на крыше.

— Калерия-Михайловна-дорогая... — начала Надежда с улыбкой, — не буду юлить, сразу перейду к делу: мы очень заинтересованы в вашем новом романе.

Калерия дёрнулась, бросила вилку на стол, зачастила:

— Какой такой роман, какой роман, какой ещё роман?!!

— Тот, о котором земля полнится упорными слухами, — не давая сбить себя с уважительно-твёрдой интонации, продолжала Надежда с той же улыбкой. — Кстати, Сергей Робертович передавал вам огромный привет и просил сказать, что «целует ручки», а уж касаемо материального выражения нашей благодарности и заинтересованности...

— Издавайте кроткого мордатого обдолбанного! — воскликнула Чесменова. — Чего вам ещё!

Надежда удержалась, чтобы не поморщиться. «Кроткий мордатый обдолбанный» — известный и, можно сказать, программный роман Чесменовой — вышел на гребне перестроечного раздрая, прозвучал ярко, получил шесть литературных премий, из них три — международные, был переведён в двадцати семи странах, но прочитан уже всеми, кто хотел и смог одолеть эту невыносимую чернуху.

— «Мордатый обдолбанный» за эти годы выходил у нас в самых разных сериях, — сдержанно возразила Надежда, — в твёрдой и мягкой обложках, в подарочном оформлении, в библиотеке «Всемирная классика», в различных сборниках и...

— И, кроме того, вас изрядно кормила царская блевотина! — продолжала кобениться Калерия Михайловна. И это тоже была чистая правда: в начале девяностых повесть «Царская блевотина» держалась в списках бестселлеров чуть ли не год и до сих пор ещё продавалась неплохо.

— Эх, дорогая Калерия Михайловна... Вы же прекрасно знаете сами, что новая книга кормит писателей и издателей в среднем год, ну, полтора... и, следовательно...

— А хотите, я вам спою? — перебила писательница Надежду.

Та мысленно взвыла, сцепив зубы. Да-да, она вспомнила: кто-то из «девочек», её подопечных редакторов, кажется, пятидесятилетняя Светлана Юрьевна, рассказывала что-то немыслимое про какой-то вечер в каком-то литературном клубе, где Чесменова якобы, в одной из своих неописуемых шляп, исполняла... не то что-то канканистое, не то былинное — не суть важно. Надежде стало ясно, что живой она отсюда не уползёт, и если уползёт, то не скоро.

— Конечно, спойте! — проговорила она на радостном выдохе, мечтая только об одном: о сигарете.

Калерия Михайловна метнулась к инструменту, подняла крышку (это оказался итальянский Fazioli Pianoforti), откинула резной пюпитр и расправила два кудряво-медных складных канделябра на шарнирах. Тут же откуда-то из складок свитера достала коробок спичек, нежным движением воскурила два огарка вишнёвых свечей, так что по комнате пополз какой-то ароматический, тошнотворно-въедливый запах. (Надежда ненавидела всю эту сакральную индийскую чушь и подозревала, что у неё аллергия на один из компонентов «атмосферы духовности».) Затем Калерия вытащила из стопки нот нужную тетрадь, открыла, отыскала разворот, поставила ноты на пюпитр... но к клавиатуре не присела — она не умела играть. Встав обочь инструмента, сложила обе руки на крае и...

— Постойте-ка, — проговорила она, разнимая уже сложенные смиренно ладони... — Думаю, будет правильным, если вы наденете шляпу.

— Ш... шляпу? — растерялась Надежда, в голову которой мгновенным ветром надуло картину какой-то идиотской панихиды. — Я?! Какую... шляпу?

— Идите и выбирайте! — велела Калерия, величественно простирая руку в сторону прихожей.

Ничего не оставалось, как плестись к вешалке, выбирать один из музейных экспонатов. Надежда схватила ту шляпу, что висела поближе: малиновую велюровую с тремя чёрными перьями на боку и чёрной крошечной вуалеткой надо лбом. Нахлобучила её, вернулась и села в то же продавленное кресло.

Минуты полторы Калерия внимательно разглядывала её в полнейшей тишине.

— Вы — императрица! — наконец произнесла она милостиво. Вновь сложила руки в благостном жесте. — «Нищая»! — объявила она. — Стихи: Пьер-Жан Беранже, перевод: Дмитрий Ленский, музыка: Александр Алябьев... — прочистила горло, царственно кивнула подбородком невидимому аккомпаниатору и...

Вообще-то, для бытовых нужд Калерия Михайловна держала приятный сочный баритон. Но запела она таким неестественно высоким, бестелесным батистовым голосом, — будто из-под савана, — что Надежду мгновенно продрал по хребту мороз.

> — Зима, метель, и в крупных хло-опьях
> При сильном ветре сне-ег вали-ит.
> У входа в хра-ам, одна, в отре-епьях,
> Стару-ушка нищая стои-ит...
> И милостыни ожида-ая,
> Она всё тут с клюко-ой своей,
> И летом, и зимо-ой, слепа-ая!..
> Подайте ж ми-лос-ты-ыню ей!

...Это был даже не женский, и совсем не Калерин, и вообще не человеческий голос. Должно быть, ангелы в сквозистых небесах выли такими вот мертвецкими голосами.

Надежде стало страшно.

В молодости, по окончании университета, она работала в «Люберецкой правде», принимала население. Люди приходили каждый со своей бедой — широк был профиль этих малых и немалых несчастий. По сути дела, в отсутствие исповедника в те годы журналист в отделе писем городской газеты исполнял приблизительно те же функции, разве что детей не крестил и покойников не отпевал. Впрочем, и отпевал: Надежда сама настрочила штук пять некрологов о видных членах городской администрации. Так вот, с тех ещё времён она поняла, что весна и осень — это не времена года, а периоды обострений у психически больных граждан. Через полгода практики навострилась нутром чуять момент, когда, внезапно оборвав беседу, надо просто спасаться.

Едва Калерия — лохматая, с радужным педикюром, среди этих рогож на полу — открыла рот и запела нечеловеческим, очень чистым батистовым голосом, буравя Надежду своими острыми глазками, той захотелось съёжиться и ринуться к двери...

Сидя в широкополой малиновой шляпе с вуалью и перьями, слушая запредельный поднебесный вой Калерии, она как раз и чувствовала вот этот самый момент: спасаться! Однако, бог свидетель, это было никак невозможно. Существующий или не существующий роман держал её здесь, как якорь — средневековую шхуну.

> — Сказать ли вам, старушка э-эта
> Как двадцать лет тому-у жила-а!
> Она была мечто-о-ой поэ-эта,
> И слава е-ей вено-ок плела-а.
> Когда она на сце-ене пе-ела,
> Париж в восто-орге бы-ил от ней.
> Она соперниц не име-ела...
> Пода-айте ж милосты-ыню ей!

С этими почти бесплотными бледными руками, покойницки сложенными на деревянном бортике клавиатуры, этим мерно и широко разеваемым ртом, этим душу вынимающим тембром голоса

54 Калерия уныло тянула романс, как раз и напоминая нищую бродяжку с шарманкой, собирающую дань со случайных прохожих:

> — Святая воля провиденья...
> Артистка сделалась больна,
> Лишилась голоса и зренья
> И бродит по миру одна.
> Бывало, бедный не боится
> Прийти за милостыней к ней,
> Она ж у вас просить стыдится...
> Подайте ж милостыню ей!

Вдруг всё вспомнилось, все сплетни издательские: что Калерия практически не выходит из дому, что с детьми и внуками у неё многолетний раздрай... «Господи, — вдруг подумала Надежда, — и как ожгла её мысль! — Почему же я, скотина этакая, не принесла старухе еды?! Творожка там, булки... селёдочки какой-нибудь, кефира!.. Эта её пицца из сухарей, — это ж! — и, ошалев от пронзительной правды, что разом обрушилась на неё, чуть не застонала: — Она же голодает, старая, голода-а-ает! — И тут же растерянно себя оборвала: — А шляпы королевские — откуда?! А педикюр?! Нет, это чёрт знает что такое!..» Но поделать с собой уже ничего не могла. Слёзы возбухли где-то в носу, поднялись, вылились из глаз и покатились по щекам, и Надежда отирала их то одной, то второй ладонью...

> — Ах, кто с такою добротою
> В несчастье ближним помогал,
> Как эта нищая с клюкою,
> Когда амур её ласкал.

Она всё в жизни потеря-ала!..
О! Чтобы в старости своей
Она на промысл не ропта-ала,
Пода-айте ж милосты-ыню ей!

Затихло и развеялось последнее дуновение голоса покойной малютки. Писательница ещё стояла неподвижно, не снимая рук с инструмента,
пристально разглядывая гостью острыми своими
глазками. Наконец проговорила:

— Ладно! За эти ваши слёзы... Пойдёмте, кое-
что покажу... — И сразу остановила её поднятой
ладонью: — Погодите! Свежий воздух!

В пустом углу комнаты, как удочка, прислонённая к стене, стоял то ли шест, то ли рыбацкий
багор с крюком на конце. Калерия Михайловна
подняла эту длинную палку и, зацепив крюком
старую задвижку на окне, медленно и торжественно отворила форточку. Затем, с багром в руке, открыла дверь во вторую комнатку и скрылась там.

Надежда ждала, не понимая — что делать
и можно ли уже снять с головы это чёртово дво-
рянское гнездо.

Помимо медной чаши с наваленной в ней кучей драгоценного хлама, на столе стояло ещё
блюдо, в котором Надежда приметила маленькие
рукодельные книжки — их тоже, надо полагать,
мастерила сама Калерия из листов бурого карто-
на. В далёкие советские времена из такого карто-
на делали скоросшиватели. Не в силах преодолеть
искушения, Надежда потянулась и цапнула одну книжку. Внутри были подшиты рецептурные
бланки, их писательница явно стащила из поли-

клиники. На бланках — рисованные рукой картинки: собака, разговаривающая по телефону. Понизу рисунка — рукописный текст: «Любка! Ты где? Опять бухаете? Иди домой, шалава, мне гулять пора!» Собака была потрясающая, живая, глаза скошены к переносице, одна задняя лапа перекинута на другую, ухо завесило телефонную трубку... «Эту книжку надо издать немедленно, — с восторгом подумала Надежда, возвращая собаку на место, — и издать её при нынешнем книжном тоталитаризме совершенно невозможно: налепят кретинский знак «18+», залудят в целлофан... Права старуха, что никому ничего не даёт!»

Тут Калерия Михайловна показалась в дверях второй комнаты — наверняка спальни, — и так же торжественно закрыла шестом форточку — будто театральный занавес пал. Свежий воздух был отмерен, усмирён и заперт на задвижку.

— Прошу! — пригласила она.

Надежда сняла с головы шляпу, оставила на столе и устремилась за Калерией. И, видать, театральные эффекты этой женщины, этой квартирки и целого мира вещей, в ней бытующих, себя не исчерпали. Ибо, застряв на пороге «спальни» (да какая там спальня!), можно было стоять так сколь угодно долго.

В пустой каморке — в святая, надо полагать, святых, куда никто не бывал допущен, — из мебели находился только один предмет: консоль не консоль, комод не комод, а нечто вроде тумбочки, шкафчика густавианского стиля, белого с золотом. Вещь ошеломительной и одинокой красоты:

дуб, позолоченная бронза, венки-позументы-вензеля...

А на стене над ним висело рукодельное панно: на белом сукне, разноцветным крашеным войлоком густо и прекрасно то ли пришиты были, то ли склеены... Короче, панно это представляло собой ряд сцен, — такой себе Брейгель в русском слободском изводе, и рассматривать всё это можно, как и Брейгеля, целый день, потому как всё там было: пьющие в кабаке мужики, кто-то бил жену, кто-то завалил бабу за печкой, ноги торчали из-под задранной юбки; тут же тенор в бабочке пел на эстрадке летнего парка, протянув к публике обе руки, а поодаль, по глади пруда плыла лодочка, в которой яростно налегал на вёсла дюжий бугай, и за его спиной опять же круглилась другая спина и задорно торчали вверх женские ноги...

Долго потом это панно и разные его фрагменты вставали у Надежды перед глазами. А голос у неё напрочь пропал: ничего она выговорить не могла.

Выходит, великая писательница Калерия Михайловна Чесменова, попутно отметила Надежда, спала в столовой на том продавленном канцелярском диване. И всё ей трын-трава. Кроме педикюра. А вы говорите: Достоевский, трущобы, бедные люди и так далее...

Калерия меж тем открыла шкафчик, где внутри что-то белело.

— Загляните, загляните, — пригласила она с лукавой улыбкой. — Знаете, что там?

58   И, не дожидаясь догадок гостьи, наклонилась и вытянула наволочку, в которой комками было что-то утрамбовано.

— Мои рукописи. Мои неопубликованные книги, — понизив голос, провозгласила Чесменова. — Всё, что написано за эти годы. Два романа... три пьесы... двухтомная фантасмагория на тему создания пластического человека, с чертежами и расчётами. Ну и десятка три рассказов и эссе... Всё — здесь.

Она обнимала наволочку, прижимая её к себе, как дитя. Как целую гроздь своих дорогих детей.

Надежда вскрикнула, но подавилась и закашлялась.

— Калерия Михайловна!!! — страшно прошептала она сорванным голосом. — Отдайте!!!

— Ни в коем случае, — сухо отвечала безумица.

Надежда тяжело рухнула на колени, обхватила Калерию Михайловну за тощую петушиную ногу и затрясла её, как трясут чудо-дерево в ожидании, что с него посыплются спелые романы и повести. Минут пятнадцать, не поднимаясь с колен, Надежда горячо и взахлёб объясняла, клялась, сулила, умоляла — то есть как раз делала всё то, на что благословил её утром Сергей Робёртович. Она самовольно назначала немыслимые гонорары, обещала небо в алмазах, расписывала шок литературного мира. Рецензенты, журналисты, редакторы и литературоведы, бесстыжая премиальная шобла... — короче, вся эта перепончатокрылая грифоноголовая тусовка, оглушая окрестности предполагаемым визгом, вихрем промчалась в её сбивчивой горячечной бормотне. Она чуть ли не рычала, поскуливала, пробовала напевать колыбельную... Раза два отчаянно мелькнуло: не задушить ли старуху?

Наконец истощилась, так же тяжело поднялась с колен и поплелась прочь на кухню.

Калерия Михайловна оживлённой рысцой последовала за ней уже без спрессованных в заветной наволочке сокровищ. Она была чрезвычайно довольна. Она наслаждалась...

— Курите, курите... — позволила она оглушённой гостье, заметив, что та бессознательно щупает огромную слоновью мошонку своей необъятной сумки в поисках сигарет.

— Но... как же ваш... свежий воздух?

— Курите. Снимайте стресс...

Надежда закурила, по-прежнему лихорадочно соображая — что скажет Серёге, и что тот ответит, и как она откровенно его обматерит, ибо нет уже сил на всё на это. И какие совещания он соберёт для мозгового штурма, дабы разрулить чрезвычайную ситуацию.

Калерия же Михайловна примирительно проговорила:

— Потом, потом когда-нибудь. После моей смерти... Вот Сэлинджер, если вы слыхали о таком писателе, он вообще сидел тридцать лет в бункере и никому ничего не показывал. Готовился к смерти... Писатель всегда должен быть готов к смерти, — добавила она с некоторым даже садистским удовольствием, — ибо приберегает главный салют из всех орудий собственной славы на тот момент, когда, увы, насладиться им не сможет. Это и есть самый изысканный, самый душераздирающий штрих авторского стиля.

Надежда обвела взглядом комнату, продавленный диван, рогожи на полу, взъерошенные патлы Калерии, похожие на горстку сигаретного пепла, поднятого ветром, и вновь опустила глаза к старым резиновым вьетнамкам, в каких и сама прошлёпала всё летнее детство на Клязьме-реке, в дивном городе Вязники.

Судя по бесподобному педикюру, старая гениальная сука Калерия Михайловна Чесменова о смерти совершенно не думала.

Глава 4

СОЛНЕЧНЫЕ ПОЛОСЫ И ПЯТНА

«...Дня три назад, отпросившись на работе, примчалась из Москвы в деревню на предмет починки отопления.

Ехала ночью, так что глаза продрала чуть не к полудню. Серединки встретили меня хмурым пейзажем: при полном отсутствии ветра тёмные тучи очень близко нависали над землёй, из тумана проступали лишь полосы придорожного леса — как дальний горный хребет. Из окон любимой веранды вид тоже не радовал. Крыша летнего домика, верхушки деревьев упирались в низкое небо, как в грязный потолок. Но я заполучила у Изюма своего Лукича и под рюмочку наливки наблюдала нежную встречу перспективного лабрадора со своим котиком. Как обычно, после долгой разлуки Лукич разваливается на полу, а Пушкин долго и тщательно вылизывает ему морду и грязные уши...

А вчера ночью задул ветер, пошёл снег, и с утра я уселась рассматривать новую картину. Все мои дерева стали одеты в клоунский (или чёрно-белый дизайнерский) наряд: ровно напополам они были припорошены снегом (видимо, ветер дул в одном направлении), и это особенно красиво выглядело на тонких стволах. А по белому лужку сновали чёрно-белые сороки. Они то взлетали, то опять приземлялись и бочком-бочком прыгали по снегу. Чистота, белизна, тишина... Лукич посвистывает резиновой игрушкой, душа распахивается и воспаряет...

А я, Нина, уже мечтаю, как весной посажу на участке косячок рябин: деревца рядышком, напросвет, как улетающий клин. Знаете, в том городке, где я родилась, — Вязники, может, приходилось слышать? — в большом лесопарке, в дальней его части сама собой образовалась рябиновая рощица, точнее, и не роща, а клин. Явление это уникальное, ведь ягоды у рябин тяжёлые, далеко от дерева их не относит. Может, «роза ветров» на этом месте оказалась со сквозняком и ягоды раскидало метров на двести? Не знаю, но страшно любила в детстве там бегать — особенно когда вокруг сам воздух, казалось, пламенел от ягод. Бежишь, бежишь в салюте рябиновых брызг... и вдруг навстречу тебе пацан: чёрные кудри, как на картинах итальянских мастеров, а глаза ошалелые, огромные, синие — сил нет! — и в этих глазах ты сама — рыжая-шальная, в ореоле кипящих рябин.

Ну, ладно... На чём мы там остановились, Нина, — на козах? Это большой эпизод из прошлой и нынешней жизни Изюма. В этой теме масса нюансов, целый взвод блистательных ноу-халяу и густой рой воспоминаний.

«Я вот что понял, — вдруг заявляет он посреди оживлённой беседы на козью тему. — Собаки ссут на колёса машин, потому что знают, что моча их далеко поедет и будет витать над дорогами в разных местностях. Они так территорию свою расширяют. Что ты ржёшь? Это чистая правда, только Интернет эту тему замалчивает...»

Между прочим, идея, что вы напишете книгу, в которой выведете его крупную личность в полный рост, настолько запала в его душу и мысли, что он, во-первых, попытался и сам засесть за воспоминания (накатал целых три абзаца и сник), а затем приволок диктофон, чинно уселся за стол и, отвергнув рюмочку сливянки, стал наговаривать свою жизнь упругим задушевным голосом. Приходит уже третий вечер и говорит, говорит, пока не иссякнет или пока я не погоню его, так как и надоел, и ржать устала, и надо же по дому всяко-разно крутиться.

Кстати, кое-какие эпизоды в его замусоренной и бездельной жизни могли бы вас заинтересовать. Так что, пожалуй, на досуге я кое-что расшифрую и нащёлкаю на компе — вам пригодится. Чего не сделает редактор для творческих нужд «нашего известного автора»! Самое яркое там — лирические отступления, когда с высот собственной великой биографии он спускается в низины презренной жизни и начинает философствовать и раздавать оценки, или припоминает какой-нибудь эпизод, смешной или дикий. Иногда, чтобы спровоцировать его на рассказы, я задаю наводящие вопросы, ссылаясь на вас: мол, Нина спрашивает, что интересного было на твоей памяти в деревенской жизни...

Ой, погодите-ка, есть смешной рассказ об утопленнике. Сейчас перестукаю с диктофона:

«Деревенская жизнь? А что в ней может быть интересного, кроме выпить и зажмуриться?.. Убийство? Нет, убийств не помню, а вот синий лысый мужик однажды выплыл на меня из камышей, я чуть в штаны не навалил. В тумане, бллин-блиновский, подплывает, как баржа́ полузатопленная... Я с тех пор понимаю, почему человека легко убить: люди же цепенеют от страха. Я вот так же оцепенел, когда этот синюшный выплыл.

Место, где дамбу строили, знаешь? Так её раньше не было. А было: вдоль озера проходишь метров тридцать, и начинаются густые камыши и небольшой спуск к воде, у меня там любимое место — рыбачить.

И вот сижу я с удочкой, голову повесил — после очередного *воизлияния* национального напитка: то засну, то глаза открою. Голову подниму — а на удочках всё склёвано. Ну, я по новой закидываю и опять кемарю... А жарко, и туман. А когда туман, почему-то хорошо звуки слышны, — не знаешь, что за явление физики? Не физики? Акустики, что ль? Короче, туманец такой над водой, сизая дымка, и жарынь, а в камышах какие-то мастодонты отжигают: то ли рыба, то ли норки — движуха там серьёзная происходила. В заводи такие рыбы плавали — ух, прям! — как трактора. Как бы, думаю, мне туда подобраться и удочку закинуть. И тут — шпрпрш-шух-шух! А по звуку можно определить, какая по весу рыбина. И слышу, знаешь, такой звук, когда с ноздри сморкаются. Ну, тут я слегка присел, хотя уже и так сидел — после пьянки, знаешь, не растанцуешься. Начинаю вглядываться в этот туманец... и вижу руку — толстенную, синюю, сморщенную руку! И мне стало так нехорошо, Петровна. Очень мне стало нехорошо...

Ты ведь знаешь, я сам не святой и в то утро довольно разомлевши был, но представить себе не мог, что по дороге домой из одной деревни в другую можно заблудиться и уснуть — бллин! — в пруду! И вот эта лысая башка, эта опухшая синяя морда предстают передо мною! Большой театр! Тень отца Гамлета!.. Я замер, как кролик: орать, не орать. Сейчас, думаю, придёт Миокард... Здорово меня прибило. Хорошо, что ничего не ел с утра. А этот синяк упокойный говорит: «Который день?» А я почём знаю, который день. Я и сам бухал с Альбертиком, потом на рыбалку потащился, как говорится, *под эшафэ*. Выпивший человек, кстати, ходит со скоростью три кэмэ в час — ты знала? Это *де факт*.

А синий дальше беседу ведёт: «Эт что за деревня?» — «Серединки», — говорю, язык еле ворочается, но ощущаю себя уже более питательно... — «А Коростелёво где?» — «Вон туда, но это не близко»

«А я у друга пил, — говорит, — пошёл домой, заблудился. Решил срезать через камыши». Короче, срезал чел и там же уснул — в камышах-то. И мок себе в этой жаре, в этом тумане. Я вот думаю: сколько ж бухла принять надо, чтобы уснуть в пруду? Литра два в одно лицо, не меньше.

Но вот как он по воде ко мне брёл, этот исус хренов, — может, с минуту, две... — я всех покойных родственников вспомнил! И сам занемел, как покойник, хотя у меня рядом квадроцикл стоял... Не забыть мне этой фигни нипочём!

И с того дня, Петровна, знаешь, я осознал, что деревня, в общем-то, живёт такой простой жизнью: шёл человек, устал, лёг — поспал... И он не считается, как в Москве, алкаш. Как же не утонул? Не зря говорят, у алкаша — семь жизней... Это, конечно, анекдот, но если Нина, к примеру, его красочно-сочно распишет, то Гоголь отдохнёт в камышах со своей утопленницей!

А вот ещё: однажды утром приехал на берег, а там прокуратура и все дела. Рыбак помер. Сердце остановилось. Ну, полдеревни сбежалось, Ванька стоит, Витька-Неоновый мальчик, Юрка-пожарник. И рыбак какой-то:

— Вот бы мне так сдохнуть!..

Второй ему:

— Что, жена заколебала?

— Да смерть, говорю, шикарная, самая-самая для рыбака: закинул удочку и помер! А то будешь мучиться, лежать-болеть восемь лет, никто тебе стакана воды не подаст.

И все, кто там стоял, точно так и подумали.

Вот такая тоже история. Вернее, не история, а событие. Смерть человека — это ведь событие?..»

Изюм долго смотрит через окно веранды на мой лужок, и вдруг произносит задумчиво, как бы самому себе: «Да: целое событие...»

А сегодня резко захолодало, но второй день светит ярчайшее солнце. Какой свет! Все пейзажи состоят из солнечных полос и пятен. Придётся освоить фотоаппарат, ибо запечатлеть эту красоту по-другому я не способна. Видимо, наступает старость, потому что природа ужасно волнует. А больше не волнует ничего...»

Глава 5

СТАРИННЫЙ РЕЦЕПТ КОЗЬЕГО СЫРА

Сергей Робе́ртович, владелец крупнейшего издательства России, был человеком невероятно любознательным. Великим книгочеем был — как и полагалось ему по статусу. Просто вплотную с книгами он столкнулся гораздо позже, чем обычно сталкивается рядовой гражданин. Он ведь не родился владельцем издательства, а родился духовиком, тромбонистом в семье тромбонистов: специальная музшкола, консерватория, оркестр Александрова — где тут читать-то? Он прекрасно знал оркестровый репертуар мировой классики, и вообще, был музыкантом до последней жилочки своего поджарого тела.

Угодив же в конце восьмидесятых в книжный бизнес, ринулся осваивать новую для себя область мировой культуры: Бальзак, Акунин, Донцова, Рэй Брэдбери... и кто там ещё всплывал на совещаниях редакторов.

Ему не отказать было в работоспособности и реактивности — порою бешеной. Наработавшись с неделю-другую и погоняв редакторов, как помойных котов, он улетал на Гавайи или на Мальту, скакал там на лошадях или скользил на водных лыжах — набирался сил на следующую декаду утомительной работы.

Во вторник он позвонил Надежде на мобильный часиков в шесть утра: время первой собачьей оправки. Надежда с Лукичом только-только вернулись со своей прогулки по Патриаршим, лишь в дверь вошли. Эти соловьиные звонки случались и раньше, ибо у обоих были псы, оба рано вставали, так что какие там церемонии. Звонил он с какого-то греческого острова, где у него было отдохновение: небольшая лошадиная ферма.

Когда Сергей Робёртович бывал недоволен или пребывал в ярости, он начинал разговор так: «Ну, здравствуй, душа моя!» Это означало, что сейчас он разметает тебя в клочки, изрубит в куски и скормит воронам. Когда бывал в хорошем расположении духа, не здоровался, а начинал с самой сути.

— Слушай! — со столь знакомым Надежде вдохновенным напором проговорил Сергей Робёртович. — Ты знаешь вот такой стих: «Выхожу один я на дорогу... сквозь туман кремнистый путь блестит»?

Она осторожно помолчала. Надо было сориентироваться.

— А в чём дело? — спросила, щекой прижимая к плечу телефон, наклонясь и освобождая Лукича от поводка.

— Не крути! Знаешь или нет?

— Ну, знаю...

— Нет, постой... Я тут, понимаешь, рюмашу заглотнул и музыку слушаю. И вот эти слова — «Выхожу один я на дорогу...» — голос его дрогнул: — Да ты слова-то помнишь? — крикнул он. — Там так: «Выхожу, знач, один я на дорогу...»

— Да помню, помню... — нетерпеливо буркнула Надежда, тщательно вытирая мокрой тряпкой все четыре лапы лабрадора, послушно застывшего под её руками, и мысленно проклиная того гада, кто придумал посыпать тротуары химической отравой для таянья льда. — И кремнистый путь блестит, и звезда с звездою говорит...

— А кто сочинил их, знаешь?

— Ну... Лермонтов, — сказала Надежда. Стоило ещё разобраться в степени Серёгиного опьянения.

— Да брось ты, — он хмыкнул. — Не может быть!

— Почему ж это не может? Лермонтов, Михаил Юрьевич, в иные моменты мог и повыше Александра Сергеевича подниматься.

— Да нет, ну, погоди!.. И мелодию, что ли, знаешь?

— Ну, конечно, знаю, Серёга. Лично исполняла в хоре желдорклуба Горьковской железной дороги.

Он вздохнул.

— А я тут, понимаешь, рюмашу заглотнул, поставил Лемешева... И как попёр он: «Вы-ха-жу-у а-а-а-дин я на да-ро-о-гу...» — Он сглотнул сухой всхлип в горле, помолчал. — Слушай, а почему тут написано, что слова народные?

— А ты, Серёга, на каких рынках эти диски покупаешь? — душевным тоном спросила Надежда, насыпая Лукичу в миску полезные вонючие козьи какашки.

Олигарх задумался:

— Значит, Лермонтов, да... — голос усталым был, будто накануне он лично чистил в стойлах скребком всех своих жеребцов.

— А ты думал — кто? — с любопытством спросила Надежда. Проработав с Сергеем Робе́ртовичем бок о бок лет двенадцать, она до сих пор не могла угадать его реакции на самые обиходные вещи и события.

— Я думал, Есенин, — искренне проговорил он.

— Нет, это Михаил Юрьевич, тот самый, которого мы, между прочим, издаём в твоём издательстве.

— Вот теперь, — сказал Сергей Робе́ртович, мгновенно переключая голос в деловой регистр, — теперь я понимаю, что его *можно* издавать.

* * *

«...Сегодня, проснувшись, обнаружила, что крыши запорошило снегом. И вдруг выскочило солнце и так отчаянно засияло и высветило всё вокруг: оплешивевшую, но ещё цветастую опушку леса, аккуратно убранное жёлтое поле, мой прекрасный лужок. Но ненадолго. Через пару часов ленивый ветерок вдруг окреп и заурчал-загудел, а с неба посыпалась и понеслась прямо на окна снежная крупа, толкаясь в стёкла. Ветер мотался туда и сюда, а с ним мотались снежные клубы.

Темно, суетно, неприятно. Нет, от судьбы не уйдёшь: быть зиме!

Но я себя преодолела и поехала в Боровск на заранее договорённую экскурсию в Благовещенский кафедральный собор, который так громко называется, а на деле — средних размеров храм. Но внутри там столько старинного-прекрасного, глаз не оторвать! А потом мне разрешили забраться на колокольню и немного пофотографировать. Нина, та лестница в вашей амстердамской квартирке (помните, вы называли её «корабельной»?) — она, как говорится, отдыхает. Уж как я спустилась, не помню. Бёдра мои до сих пор дрожат, в коленках сидят ржавые шарикоподшипники, сгибаются они, а разгибаться не хотят. Боже, боже, неужели пришла пора делать зарядку?

А сейчас уже ночь, тишина. В доме тепло. Ветер напевает что-то оперное: какая-то ария, а слов не разобрать. Лукич храпит, Пушкин обнял батарею, а я села раскладывать пасьянс «Паук» из четырёх мастей, который никогда не сходится. Мне хорошо...

Так вот, Ниночка, — козы! Это я не нарочно вас мурыжу, я собираю факты, чтобы полнее тему раскрыть. Да и, честно говоря, не было времени перевести пламенную бормотню Изюма в чинный строй кириллицы.

А вчера приехала в Серединки, не успела перетаскать из машины барахло и продукты — глядь, соседушка дорогой уже маячит на ступенях веранды:

— Салют, Петровна! Я, знаешь, начал мемуары

писать. Назвал их так: «Житие Изюма, или Сказ про то, как закалялась сталь в отсутствии оной». (Он произносит упруго: «оннной», примерно, как свое знаменитое «блллин!»). Написал до хрена: листиков так двадцать блокнотных. Вот, принес, ты почитай и оставь заметки на полях. Что сказать? Копнул глубоко. С детства начал...

Листиков этих — когда он ушёл, я посчитала — оказалось три. Ну я и перепечатала их для вас в точности, что называется, с сохранением авторского стиля и пунктуации, — и умоляю не посягать на переделку и даже машинально ничего не править. Запятых, точек и заглавных букв он не признаёт, совсем как мой покойный папка, зато любит многоточия и скобки, дабы подчеркнуть весомость и изысканность мысли. Какой-нибудь графолог-психолог уж точно расписал бы нам особенности характера по данному эпохальному тексту:

Воспоминания Изюма или пособие как попасть в ад — предисловие

...ктото из ученых по телеку недавно сказал что сознание человеку приходит в 10—12 месяцев после рождения и тогда он понимает что он ЛИЧНОСТЬ индивидум... непохожий на других... моё сознание меня посетило дважды... первый раз в саду когда из-за меня разбирали плитку на печке пытаясь вытащить мою некчемную башку которая застряла в отверстии для пепла... после чего директор сада поднимая меня неоднократно за ухо почему-то за правое (в последствие по жизни этому уху всё время доставалось оно так и оттопыривается досих пор)

74 *приговаривал что он из меня всю дурь выбьет что я забуду как ссатца в кровать в тихий час (видимо я ентим страдал в детстве) на том сознание моей индивидуальности меня и покинуло...*

больше я сада не помню... и второй раз по истичению сорока двух лет и семи месяцев строгово воздержания (это после 15-летнего каждодневного волеизлияния алкаголя) сидя в сраной дыре под названием д.серединки с печенью которая упала в труселя ночью выйдя на крыльцо поэтично пассать я случайно кинул взгляд на небо и замер мерцающие звезды и крупная луна так близко вот прямо руку протени и сорви звезду и ощутив при таких мошабов космоса себя имбицило-дибилоидом галактики что-то в нутри вылезло в башку и ОНО СОЗНАНИЕ посетило меня как я не пытался от него спрятаться... ух посетило.. чтото похолодало как буд-то в прорубь окунули... как та бочка с бензином (потом напомню забавно вышло) лучшеб опять ухо... посетило и ужаснуло меня от несодеянного.

ну чтож начнемс предстовление

1 ... детство или крошки под одеялом...

сраное унылое холодное детство с проблесками игрушек из югославии (в количестве трёх штук) большого стеклянного лифта и паркета в длинном коридоре на савёловской набережной и просмотр кина в клубе каучука с напротив унылым стадионом который всё время был закрыт...

На этом *рукопись, найденная в Сарагосе,* обрывается, — устал человек. Богатейшие воспоминания, но обратите внимание на это вечное — сквозь полнейшую муть — стремление к совершенству, будь то холодные небеса со звёздами или маниакальное желание мелких и крупных преобразований жизни.

После обеда явился с той же книжной темой, но уже научно освоенной:

— Я вообще тут о книгах задумался, Петровна. И понял, что книга — обездушенный продукт. Я думаю, надо так: где писатель рассказывает о прошлом, там пусть будет буквами по бумаге написано. А где он говорит о настоящем — пусть будет ссылка на Интернет. А что? Сейчас гаджеты есть у всех. Например, какой волк был в прошлом — можно рассказать. А про настоящее — ссылка. Ты — *хоба*! — идёшь по ссылке, а там зайчик встречает волка в лесу и говорит ему: «Какой ты, сука, мудак!» Или ссылка на фото: «Посмотреть и поржать — тут!» А на фото — я, бедный мальчик из Орехова-Борисова, где родился и вырос. Как тебе это? Скажи там, в своём издательстве. Вы же миллионы... нет, миллиарды огребать станете! Ты понимаешь, Петровна, что так человек может проявить интерес не только к моей бестолковой жизни, но и к роману «Война и мир», например?

Да, но — к делу! Козы...

Только перед тем хорошо бы вам, Нина, прочувствовать здешний пейзаж с его человеческим фактором, который то и дело мелькает в речугах Изюма. Познакомиться надо бы с персонажами, ощутить коммерческую сермягу современной деревни.

Есть типажи в нашей округе весьма колоритные.

Первым делом — деревенский синклит: три мэна, три богатыря.

Гнилухин — самый крутой, о нём попозже. Затем — Роман Григорьич Кро́тый, за глаза именуемый Щёлочью — он самый жадный. Наконец, Жорик — этот самый молодой, хитрожопый и оборотистый, владеет лесопилкой. Вовремя, лет этак пятнадцать назад, объединившись, они взяли в аренду озеро, построили городок для рыбаков, и деньги гребут даже не лопатой, а экскаватором.

Изюм у них там подрабатывает — *на починке-подправке, на гвозди забить, вкрутить лампочек...* Словом, как сам говорит: «на мелкой унылой дрочиловке». Платят они гроши и не вовремя, так что рассказам и жалобам моего турка нет конца.

Например, Гнилухин, Пётр Алексеевич: тощий-лысый, из-за ушей торчат два седых клока, глубокие борозды вдоль щёк, как на увядшем огурце, глаза слезливые от вечной аллергии, — одним словом, не герой-любовник. По словам Изюма, «он завёл юную санчу-пансу». Жена Катерина, как водится, о шалостях супруга узнала последней, но — опять же, как водится у таких жлобов, — на жену записано много собственности. И она «бунтует и пьёт кровь». «Хлещет гнилухинскую кровищу прямо из его подлых жил», — говорит Изюм. В данный момент в качестве собственника препятствует важной сделке. Изюм с наслаждением наблюдает сии скрытные семейные баталии, он же страстный сплетник, и комментирует у меня на веранде всё очень подробно и артистично.

— Катерина очень умная! — говорит он, размахивая руками. Когда недостает свободы пространства за столом, вскакивает и прохаживается по веранде с таким, знаете, подскоком, — дети так обычно выражают свою чистую радость. — Она ведь завуч в школе, дикция у неё поставлена. Гнилухин намерен дом продать, а она: «Пошёл в жопу!» Дом-то на неё записан. Он и так и сяк, тыр-пыр... Она — нет, и сдохни! Он и грохнуть её не может: детей всё же двое. А так бы грибочек из лесу притащил, и — досвидос! и *сизый, лети, голубок...*

А морда у него, ты замечала? — говорит Изюм зловеще, — как будто вышел из склепа. Что ты ржёшь? Ты что, не видала, как люди выходят из склепа? Да у них у всех троих кошмарные хари. Вот Роман Григорьич, Щёлочь окаянная: у него усищи, — тут Изюм подносит ко рту тылом свою толстенькую лапку и бешено шевелит пальцами. — Зойка, ихняя штатная повариха, тупо пережаривает мясо. Регулярно! Я такого есть не могу. А Щёлочь, ему что: хапнет кусок, пошевелит усищами (показывает: играет пальцами, как гитарные струны перебирает), кусок-то — *хоба!* — и провалится... Я тут к нему подхожу: «Давайте, говорю, Роман Григорьич, подумаем, как прибавить мне зарплату. Я и сантехник у вас, и плотник, и арт-директор, и балерина. Может, вас ещё яблочной шарлоткой кормить — любимым десертом принцессы Савойской?..» А он уставился на меня щелочным своим взглядом, усами двинул: «Да... надо подумать». И — херак! — ушёл. Как Будда...

А позавчера тут такое произошло! Ты чё, я теперь — король! Я губернатору шашлык приготовил! Постой — я тебе про трактир «У Изи» не рассказывал? Нет?! А я думал, ты всё про мою жизнь знаешь.

В общем, там, на Межуре, на любой праздник народу толпень, тем боле на Новый год. И я решил сделать глобальную презентацию. Обшил беседку целлофаном, развесил лампочки, угольком на картонке написал «ТрактирЪ «У Изи» — с твёрдым знаком, чтоб ясно было: платить придётся. И внизу помельче: «Доставка в номера». Грянул на Щёлочь, выколотил из него десять штук и — вперёд! Понимаешь, у меня, когда никто не ставит барьеров творчеству, мозг фурычит, как самолёт! Сел я, подумал: что в такую холодрыгу простому человеку нужно, кроме бухла, само собой? И сам себе ответил: горячий бульончик! Взял и сварил пятьдесят литров ухи из благородных рыб по материному рецепту... Мать-то она мать, но видишь, в чём дело: секрет прозрачности бульона она мне, оказывается, так и не открыла. Я сам догадался аналитическим своим мозгом и разоблачил её подчистую. И она созналась во всём! А тебе я говорю бесплатно и от чистого сердца, записывай откровение святого Луки: берёшь хвосты — от горбуши, от сёмги — и варишь... А рыбку-то не кидаешь! Ты её отдельно кипяточком заливаешь и настаиваешь. Она же быстро готовится, сёмга. Затем перчаточки одеваешь и туда, в бульончик, аккуратненько опускаешь рыбку, когда уже всё выключено. Бульон-то поэтому прозрачный! С трудом расколол родную мать, слава богу, пытать не пришлось. А хвосты, они клейковину создают, аромат, уважуху, — короче, нужный букет, который гурмана валит с ног. Да, пока не забыл: хвосты варишь в марле, чтоб за ними потом не гоняться.

Ушицу сварил на углях, на костре, как полагается. Сварил — без ничего, никакой там картошки, никакой пошлятины. Просто: Его Величество Бульончик. Аромат номер один, царский реестр. Ну и шашлыков по ходу наделал килограмм тридцать пять. Жаль, думаю, насчёт музыки не продумал ни хрена. Запахи пошли... Сижу там в ожидании гурманов, как воспалённый любовник, публику жду... И чего-то никто не идёт.

А я когда вытащил из Щёлочи десятку, он сказал, мол, ладно, если такое дело, развлекай людей, хоть бесплатно всё раздай, пусть будет реклама.

Ну, я и сижу... Тут, вижу, идёт мужик. Я ему: «Заходите, пожалуйста! Первому гостю — тарелка ухи даром!»

Слышь, Петровна, я не знаю, почему мне это интересно: приготовить и угостить. Некоторые считают: эх, бедолага! — типа несостоявшийся человек. А я почему-то не испытываю вот этого недоучёта, наоборот, испытываю настоящее удовольствие и профит, когда вкусно приготовлю и люди уплетают.

Вот интересно: за гайки-шурупы я никакого особого удовольствия не имею. Что — гайки? Их на зуб не возьмёшь, нюхом не обоняешь, желудком не переваришь... правильно? А в деле насыщения есть разные тонкости. Душевные и пищевые. Короче, остановил я этого мужика, явно похмельного, зазвал, усадил... и он ушицы-то похлебал, на глазах преображаясь из гадкого утёнка в белого лебедя. У меня, заметь, посудка одноразовая, но не такое пластмассовое говно... Я поехал-купил стаканчики хорошие, с фольгой, контейнеры с фольгой...

В общем, мужик похлебал ушицы и просветлился. Одному рассказал, другому рассказал... Пошла молва, люди и набежали. Я такую цену поставил на шашлык, любой подымет: то есть вот такенный шампур, с помидорчиком, с лучком, плюс тарелка розового риса, моего фирменного, деликатесно-элитного; плюс я ещё салат настебал, «коул-слоу» называется, а по-нашему «витаминный». Знач, шампур — двести пятьдесят рубликов, обожраться троим. Пятьдесят рублей — гарнир и пятьдесят — стакан ухи из благородных рыб. И туда-сюда... с тридцать первого на первое у меня всё и разлетелось!

И Роман Григорьич, и Жорик меня навестили — попробовать плоды, так сказать, моего мастерства. И платили как миленькие, а как же! Здесь вон трактир! Читайте, если в школе вас научили! Халявы тут нет! Твёрдый знак. А как я потом буду перед вами же отчитываться? И Гнилухину шашлык с рисом перепал. Он жуёт и говорит: «Бля, Изя, это шведэр!» — а у самого рисинки на подбородке и жир каплями стекает — чистый людоед.

Стал кассу подсчитывать, думал, я в убытке, смотрю — у меня восемнадцать тыщ! А брал-то я у начальства десятку!

В общем, отстрелялся я, притащил Жорику восемнадцать дукатов, он мне три отслюнявил широкой своей хитрожопой рукой. Ну, думаю, хоть три, могло быть и хуже...

Сейчас дальше услыхай ситуацию.

Значит, что происходит: зарплату мне не поднимают, используя меня, мои таланты, мои идеи и каждую мою трудовую минуту. И шарлотке моей никто не оказывает должного уважения. Так что я ухожу, рассираюсь с этими монстрами зрелого капитализма. Со мной никто не общается, Жорик-хитрожопый даже не здоровается при встречах. Короче, занавес!

И вдруг Гнилухин звонит: «Изя, ты где?» Я: «У себя и в трезвой памяти». Он: «Ты знаешь, у нас на Межуре собачьи гонки намечены. Сможешь сделать шашлычка и ухи? Человек на десять?» Я говорю: «Да не вопрос!» Ну, говорит, заказчики сами всё купят, они знают, что купить, и привезут. А что там за народ, кто приедет, для кого шашлыки... — он не открывает. Тайна, покрытая мраком. Ла-а-адно... Приезжаю на место, расставляюсь, осваиваюсь... Вижу: подкатывает автобус, и из него — *хоба!* — выходит губернатор собственной персоной. «Который такой у вас Изя? — спрашивает. — Хочу от него мяса попробовать»

А что они притащили, Петровна! Мраморные стейки и баранину австралийскую. Зашибись!

А чего его жарить, мраморное мясо? Дело ясное: я его прямо на решётку — херак! Подержу на огне на открытом, потом фольгой прикрою. Оно под фольгой пропарится — притомится, сверху такого цвета делается, приятно-румяного, а внутри сочное — розовенькое, прямо акварель! И вот приступаю я к этому делу, а рядом со мной двое амбалов топчутся и два пробника... Ну, пробники! Какие ещё жеребцы, Петровна: они ПРОБОВАТЬ должны, потому и *пробники*. То ли чтоб не отравил батюшку-царя, то ли вдруг невкусно будет, так повесить меня за яйца. Короче, охрана и два этих смертника.

Мне даже кострового дали, которому я указания давал, как, бллин, огонь поддерживать, пещерный! А это оказался — потом выяснилось — губернаторский повар. Я в процессе разговора понял, что он за мной поставлен следить. А мне перчатки привезли, фартучек, колпак; я выбритый стою, как британский пэр на похоронах королевы. И стейки на решётку — фигакс, баранинку — фигакс, супчик зашарашил. Процесс, как говорил Конфуций, пошёл...

А Гнилухин за углом стоит-трясётся, как бы чего не вышло, в смысле моего вероятного пищевого позора. Кстати, Гнилухин притащил ещё русской баранинки. Я её опустил в киви с минералкой. Не на всю ночь, конечно, как оно полагается, а только на два часа.

И, короче, выходят тут эти после обеда — лощёные, как... как новый унитаз, и сытые по самые уши. Губернатор ко мне подходит, говорит:

«Я всюду шашлык заказываю, это моя слабость, но у вас тут что-то особенное! Очень, очень вкусно. Я даже слов не нахожу».

И руку мне жмёт. Крепко так! Как думаешь, взял он меня на заметку? Ну, уезжают они, короче, тема сворачивается, я сажусь в машину, и тут Гнилухин — ко мне: «Изь, ну ты молодец, всё шикарно. САМ сказал, давно они не радовали себя таким мясом... Мы тебе что-нибудь должны?» Я: «Нет, Петруха, я тебя ещё в дёсны щас расцелую».

И уехал. Такая вот эффектная концовка. Ревизор, короче. И — занавес!»

* * *

«Ну-с, ладно, заткнём Изюма... Постепенно подбираемся к козам... Только сначала у нас — собаки, собачьи бега! Вам и невдомёк, Нина, какой это перспективный бизнес. Разводит их на продажу Витя, собачий заводчик по кличке Неоновый мальчик. Неоновый — потому что он на своих собак светящиеся ошейники нацепил и гоняет их в хвост и в гриву. Называется это «экотуризм».

К Изюму Витя с женой Ксюшей относятся подозрительно (как и ко мне), ибо ихние хаски — голубые глазки, как говорит Изюм, «бегут один круг, после чего падают и просят воды. А Лукич пустыню Сахару перебежит за три сосиски». «Им, конечно, невыгодно, — говорит он, — чтобы Лукич был чемпионом: люди скажут: «что эт вы тут своих бедолаг нам впариваете, которые бегут, падают в обморок и просят *одэколон* — освежиться?»

Словом, вокруг собачьей темы тут сплошные интриги, в том числе коммерческие.

Вот вам перестуканная мною с диктофона исповедь обиженного Изюма. Там бурный поток словесного поноса, — и жаль, что вы не можете увидеть визуального сопровождения, ибо всё, что говорит Изюм, сопровождается телодвижениями, как в индийском танце. Иногда я даже прикрикиваю на него, как на Лукича: «Сидеть!»

Не сомневаюсь, что вы извлечёте из этого страстного монолога парочку забавных эпизодов:

«У Витьки-то, у Неонового мальчика, перед Новым годом собаки сбежали... Брызнули по округе, передушили кое-каких курей. Те, что приличные люди, приходили к Витьке с доказательствами, с дохлыми курями, обёрнутыми в газету: «Плати, Витя, по четыреста рэ за убиенную душу». Ну, он сначала отдавал-отдавал... А когда денег ушло за пятнадцать тыщ, Витя позеленел и платить перестал: что-то, говорит, целая птицеферма задушенных тут набирается. Это вам что — *архипеллаг-гулаг*? Кстати, кой-какие собачки вернулись в родные пенаты, а какие-то — нет, и я их не осуждаю. Ты знала, что эти работорговцы щенков в бочках держат? Три дырки для воздуха просверлил, и — сиди, собачка, до конца времён, как тот чел в сказке Пушкина.

У Егорыча они пару дорогих индюшек загрызли. Егорыч орёт, главное, на меня. Я говорю: «Егорыч, ты так слюной брызжешь — у меня газетки нет прикрыться. А ведь я тебе на той неделе аккумулятор бесплатно менял. И вот она, твоя благодарность».

У Лобзая петух тоже без гребешка бегает-хромает. Лобзай говорит: «Мне жена всю плешь проела с Витькиными собаками». А я ему говорю: «Лобзай! Вот ты, вот жена твоя, вот плешь твоя, а где я? Где, вообще, логика?» (Всё это Изюм произносит проникновенным тоном, плеща ручками и прижимая их то к рубашке в области животика, то к макушке, сильно заросшей. Похож он сейчас на домового.) Они, понимаешь, думают, я — главный вдохновитель Витькиных поражений и побед. Вообще-то, кой-какая большая правда тут имеется.

Например. Ты знаешь, как люди богатеют? Нет? Сейчас я тебе дам типичный случай бессовестного накопления капитала в первом поколении.

Прихожу я к Витьке с Ксюхой недели за две до Нового года. У меня, понимаешь, печень закаменела, а Ксюха — у неё же нестандартный, природный подход к жизни, — она такую печень лечит холосасом. Вытяжка такая из шиповника, в детстве нам мать его в аптеке покупала вместо нормальных конфет. Ну, думаю, пойду хлебану холосасику у экососедей своих... Короче, прихожу, — сидят они, в тоске и безделье, щенки колготятся и пищат в бочках, ни звонков, ни покупателей. Да и кто, скажем прямо, в праздники щенков покупает!

Я говорю: «Чего вы сидите? Витя, у тебя такой карт-бланш впереди! Смотри: Дылдино, Боровск, Межура, даже Обнинск! Съезди, договорись с ёлкой — ёлка в «Плазе» стоит!»

Он глазами хлопает, не понимая, о чём я. «Бери у них списки гостей, звони, спрашивай, у кого есть дети. Мальцам давно известно: никаких Дед-Морозов на оленьих упряжках не дождёшься! Смотри детские фильмы за последние десять лет: везде только хаски — голубые глазки. Бум на них пошёл ещё со времён Уолта Диснея». Хотя вредные собаки, Петровна, исподтишка могут нашкодить. Скажу тебе откровенно, хуже собак, чем эти хаски, я не встречал.

В общем, так ему и говорю: езжай, купи костюм Деда Мороза за полторы тыщи, хрень эту светящуюся купи, она двести рэ стоит, договаривайся, короче! Представляешь, мамаша выводит ребёнка на свежий водух, а тут — *хоба!* — Дед Мороз подкатывает и сверкает, и собачки сверкают! «Ой, вот Дед Мороз с Севера приехал тебя поздравить! А ты стишок выучил?»

У ребёнка шок! И он начинает декламировать... Дети же верят во всю эту новогоднюю парашу. Но оленей — где взять? В зоопарке не арендуешь. А собачь-дела — это красиво и доступно.

А Витька же, он такой: «Ну да-а. А денег сколько! Костюм — пятак, то — пятак, это...» «Какой пятак?» — говорю. Интернет открываю, показываю ему, что почём.

Подхватились, поехали... Мне, Петровна, только массы вдохновлять. С балкона к народу тянуться и песни петь: «Ласковый май». Я бы мог быть — знаешь кем? Неважно. До Нового года они охмурили больше двухсот детей, а дальше пошло работать сарафанное радио. В Москву ездили раз десять! Собак он грузил в микроавтобус, и уже брал с ребёнка не тыщу, а тыщ двадцать пять, если где-то в частном доме группа детишек собралась. Вот, значит, такая роскошная экспансия с моей подачи. И уже про них молва пошла, с телевидения уже приехали. Вот он уже четыреста детишек поздравил, кооперативов откатал приличное количество...

А я-то сижу, руки потираю: если с каждого он мне по сто рублей даст... ну, пускай по пятьдесят... да хоть просто пять тыщ дал бы с такого сверкающего банкета — это ж какой приварок! Я раз ему намекаю, другой: мол, Витя, есть на свете рыцарь бедный... А он такой: «Чего, денег надо? Я могу в долг дать».

Я говорю: «Ты давай, давай мне, Витя, в долг, и жди до ишачьей пасхи, пока отдам».

Да-а... Вот, полюбуйся: с моей подачи, с моего грандиозного коммерческого провúдения, он поднял миллион детишек — по тыще с носа. Ну, не миллион, поменьше, какая разница! У них теперь огромный список клиентов, они и не скрывают: а зачем, если всё равно делиться не хотят. Вон Витька сегодня поехал бэушный снегоход покупать... Ну ничего, вечером у меня с ним Последняя Вечеря на эту тему. Я вдохновитель, значит, я в доле. Ты мне бабули гони, или хоть поляну в ресторане накрой... Хорошо, что я ему про тапки не рассказал...»

Эти его светящиеся тапки, его программное ноу-халяу, для меня — синоним всей его коммерческой деятельности.

«А дальше не только тапки! — вдохновенно продолжает Изюм. — Вот смотри: сколько раз, вылезая из машины, ты роняешь ключи? В снег, в сугроб... А кошельки, а портмоне с документами! А если прошить всю эту хрень светящимися нитками?! Не понимаю, почему это в голову никому не приходит!»

Но не хотелось бы, чтобы Изюм представал перед народом в образе совершенного бездельника. Нет! Он очень кипучий, очень деятельный и способный на многие свершения мужчина. И вот тут мы, Нина, подкатили наконец к козам. *Побежу-покурю* перед таким мероприятием...

* * *

...Дело в том, что, помимо хасок на продажу, у Вити и Ксюхи есть коза. А знаете ли вы, Нина, как проверить — вонючее ли у козы молоко? Надо потереть ей лоб и понюхать. Если пахнет, то и молоко будет пахнуть. Так вот, Вити-Ксюхина неоновая коза молока даёт три литра в день и не воняет. Только молоко это никто не пьёт.

Но не в этом суть. Вот наконец та козья поэма, которую я для вас приберегала, по ходу дела завлекая в самые разные придорожные кусты. Не хочу пересказывать, портить натуральный монолог Изюма своей невольной редакторской правкой. Он и убедительней будет, и красочней:

«...Ну, я сторонился их после грабительских собачьих гастролей. А тут звонит Неоновый мальчик: «Слышь, Изя, зайди, да!» Я говорю: «Витя, чего это я должен заходить? Ты мне что, наследство оставляешь?..» Ну, хер с ними, — захожу. А он сидит такой никакой. Он же пять капель — и в говно. Я прям собственного папашу сразу вспомнил — тьфу! Тот двадцать пять рублей свернёт, синенькие, и в пистончик ширинки засунет, чтобы мать не нашла, не опустошила его. Она всё время по нему шарила, такая деловая, и он утром — без гроша и по пьяни ничего не помнит. Такой же, как Витёк: водки не пил, а вот — винцо, портвешок... И как выпьет бутылку, какой-то дурак становится. Гитару хватал, требовал, чтоб все сидели, романсы его слушали. Короче, беспокойный пьяница был. Знаешь, есть спокойные, а есть беспокойные... Этот, Витька, Неоновый мальчик, по ходу, такой же. И тогда Ксюха начинает его гонять: «тут всё моё, всё наследие-имущество моих поколений, а ты, короче, езжай в свой...» В какой-то Мухосранск она его посылает, где-то в Чувашии.

Ну вот, захожу я, а они: «Не хочешь ли, Изя, козьего молочка?» Знач, понимают, что обчистили меня до нитки? Дают аж двадцать литров. Я хотел отказаться: кто я им — кормящая мама? Потом кое-что вспомнил — из богатого опыта своей кошмарной жизни.

Я тебе рассказывал, как мы с Толяном-шурином, мужем Серенады, однажды к Махмуду Эсамбаеву ездили? Нет? Толян как раз купил свою первую тачку цвета валюты, в смысле — зеленовато-серую, и мы рассекали просторы ойкумены. С Эсамбаевым Толян был знаком через Иосифа Давидовича, ну мы и тормознулись у него дня на три. Да ты вообще знаешь, кто такой Эсамбаев?

Танцор-кавказец, до глубокой старости ногами перебирал, как заводной. Всю дорогу ходил в папахе, представляешь? Возможно, потому, что был удручающе лысым: абсолютно голый кумпол, — напрочь!.. И гостил тогда у Эсамбаева один старый пень — то ли родственник, то ли сосед из родного аула; было ему лет за девяносто. А я же общительный. Смотрю: старый человек скучает. Ну, тары-бары, слово по-русски, слово лицом и жестами... И говорит он мне: «Давай сыр сварим?» Он, слышь, оказался потомственный сыродел. Видимо, почувствовал во мне своего. Какого своего? А вот такого: стихийного кулинара, природного гения. Ну и сварили мы с ним офигенный сыр: что-то между маскарпоне, моцареллой и рикоттой. Варится простейшим манером, по градуснику: тридцать два градуса и двадцать минут отстоя. Вот что у меня в голове осело, в пятой точке. И притаилось.

У него не было детей, у старика-то. А все подобные рецепты, они секретные, тыщу лет копятся и передаются из поколения в поколение в убийственной тайне. А тайна такая: у старого пня был при себе чёрный овечий желудок. Он его всюду с собой возил в чистом полотняном мешочке — чтоб не украли. Опустил это дело в молоко и... молоко превратилось в мацони! Тут старик принялся, как бешеный, вентилятором так... вращать-охлаждать продукт. И ножичком: раз-раз-раз, раз-раз-раз — на квадратики. Вот этот заветный процесс, по ходу, мой вдумчивый мозг освоил и сохранил.

А теперь запиши: никому ничего рассказывать нельзя. Только детям перед смертью.

Короче, взял я ихнее молоко, никому не нужное, и говорю себе: «Молчи, Изя! Пусть тайна умрёт за тобой...» Прихожу домой: чем заменить желудок? Желудок — это сычужный элемент, поняла? Ага, думаю, так ведь пептин — это перемолотый желудок! Белорусы делают ацединпептин в таблетках, пятьдесят штук — двести рублей. И хлористый кальций необходим для процесса. Я в Боровск — шасть, быстренько в аптеке закупился.

Всё сделал, как старый пень завещал: пятнадцать таблеток бухнул. И на чердак полез — было там, что делать. Заработался, закрутился... Как там, думаю, производство? Спускаюсь в кухню, смотрю — *хоба*! — у меня чистокровный мацони. Только я его не ножичком резал, а шампуром. Взял три дуршлага, поставил на холод. Из двадцати литров получилось четыре кэгэ творога. Мягкий такой сыр. Попробовал я его... знаешь: м-м-м-м-м-м!!! Обрат пил два дня и чувствую — мне хорошо. И Нюха пьёт, оздоровляется.

Ну, на радостях я отрезал здоровущий кусок и бегу, как Кролик на день рождения Ослика Му-Му, к Вите с Ксюхой, вот такой я неисправимый благодетель. Не благодетель? А кто? Благотворитель. Ну, один хрен. Вывалил им творожок — мол, угощайтесь, ё-моё... А они все в заботах и на меня — ноль внимания.

Наступает пятница... Вдруг Ксюха звонит, её величество: «Ой, а не зайдёшь ли ты, Изя? К тебе разговор... Тут Дон Шапиро приезжал (это ресторатор московский, их друган по собачьим бегам), съел кило сыра, взял с собой и сказал, что готов покупать такой сыр по две тыщи — кило. Но у тебя же козы нет, так что ты должен нам дать урок сыроделия».

Видала таких шустрых, Петровна? Простодушных таких душегубцев. Я говорю: «Я вам что — деревенская фанера-доски? Давайте так: я вам буду сыр варить, а вы у меня — траву косить».

И теперь я — враг номер один. Вчера зашёл, а они сидят хмурые-угрюмые, будто мы вместе сундук с золотом нашли, а я всё себе забрал, не поделился.

И я ему говорю: «Нельзя так, Витя! Разве ты не знаешь: ежели кто ударит тебя по правой щеке, угости того шарлоткой!»

А сам думаю: заведу козу. Раз я знаю такую тайну, надо взять пару козочек и доильный аппарат. Альпийская коза, например, даёт в день пять литров молока. Но стоит она двадцать тыщ. Есть ещё нубийские козы — у них уши как у спаниеля. Их молоко по ценности равно мясу шиншиллы. Его пить — всё равно что мумиё принимать. Но такая коза стоит девяносто пять тыщ. Их с документами продают, как собак. И не всем.

Короче, проштудировал я Интернет, облазил все козьи форумы, изучил все рецепты — никто так сыр не делает, как мой старый пень.

Козочки... это же очень деликатно, правда? Это — лирическая поэма, звёзды балета, «Жизель»... Козочки — это тебе не куры. Я ведь кур ненавижу, потому что... ненавижу! Четыре курицы засрали мне весь двор. Одна курица срёт с чашку! Мне куриное яйцо давно в глотку не лезет; Нюха тоже уже яйцами срёт. А куры все чёрные, грязные... несимпатичные! На той неделе избавлялся от кавалера их, петуха, потому что он — имбецил. В три часа ночи у меня под окном: «кукареку!» Нюха отзывается: «гав-гав-гав». Ночная серенада...

Это ж Веркин-соседкин петух. Я ей: «Бери назад». Она говорит: «Да я его сама боюсь». Тогда я надеваю перчатки, шлем мотоциклетный, беру мешок. Ловил его, ловил, чуть не оглох в этом шлеме. Когда поймал, так устал от этого родео, что врезал ему кулаком по башке! Верке его снёс, так он там воскрес, как Христос из гроба, и с другим петухом передрался, в телятнике погром устроил — это уже после моей экзекуции... В общем, *Стивен Скинг* отдыхает. И Эдгар По отдыхал бы тоже.

Но куры мои, знаешь, стали себя потише вести: они же видели, как я петуха ловил. И вот теперь Витёк с Ксюхой предлагают обменять кур на плов. Ну эт только чуваш мог придумать. Чуваш с женой-еврейкой...»

На сей раз я отправила Изюма восвояси в восемь вечера, так как наметила ехать в Москву: а ночью ехать такая отрада, Нина! Луна почти полная, огромная, янтарная, кружит вокруг машины низко-низко. Я время от времени даже останавливаюсь, фиксируя картины: вот луна меж дерев, и они смыкают над ней верхушки; вот она завалилась влево и пропала, но сразу возникла сзади и светит мне в зеркало заднего вида, как бешеный грузовик на трассе; а вот вернулась на своё небесное место — неинтересна я ей. Такую луну-прожектор я видела лишь однажды в юности; наяривала сквозь ветви старой мудрой ивы, совсем как в той забубённой песне: «одна возлюбленная пара всю ночь...» — и далее по тексту...

Короче, выставила Изюма пораньше. А то сидел бы, трендел мой соседушка ещё часа три. Поклялся в следующий мой барский визит *запечатлеть бляжью сагу* (в пору его спекуляции валютой при «Национале»).

Совсем собрался идти, но застрял на пороге веранды и мечтательно так говорит:

— А в Италии, в Неаполитании делают сыр «пьяная коза». Смазывают его самым сухим вином — кисточкой мажут! — и опускают в оливковое масло. Такая вот картина. В общем, всплывает всё в закутках... — Это он о своём мозге. Наглядно показывает: крутит щепотью над головой, словно солью макушку посыпает.

И, уже ступив ногой на плитку двора:

— Петровна! — говорит. — Ноу-халяу: надо на твои окна приделать «дворники» от «КамАЗов», а сверху — моторчик. И уже окна мыть никогда не надо. Одна только проблема: если мухи насерят, смоет ли?

...Но сыр козий, который Изюмка сотворил, — он, Нина, божественный!..»

Глава 6

РЮМОЧКА ХРЫСТОВА

Тут, справедливости ради, надо бы в экспозицию пока неясного романа пригласить ещё одного человечка, хотя к Серединкам имеет он весьма опосредованное отношение — через дом Надежды, вернее, через его обстановку.

Сидит он скромно в своей резиденции напротив рынка, в небольшом подвале, под вывеской «Пыльный канделябр» — вывеской справедливой, ибо это сумеречное помещение с тремя подслеповатыми лампочками, свисающими с потолка, битком набито вещевым хламом разной степени ценности. И хлама этого там поболе, чем в каком-нибудь столичном антикварном салоне, где каждый эксклюзивный стул отлакирован и стоит на подиуме, а каждый гранатовый браслет сверкает под прицелом отдельного фиолетового спота... Нет, у Бори-Канделябра, пыльного мудрого антиквара, свозящего в свой подвал артефакты со всей округи, надо полдня осматриваться, медленно продвигаясь от прялки к скалке, от зингера к цвингеру; углубиться надо, зарыться в века, заслониться чугунными утюгами, отрешиться от света божьего... а потом ещё полдня кучи разгребать, вытаскивая из них то, другое, и созерцать, и любоваться, и душой прикипать... И тогда...

Тогда можно и поторговаться.

А торговаться Надежда любит и умеет. Это у неё от предков-гуртовщиков, но главное, от бабки-казачки. У неё от той бабки вообще много чего в характере и ухватках наворочено. Даже фраза, которой они с Борей друг друга приветствуют, и та от бабки, бабы Мани, Марии Яковлевны, или просто — Якальны, как звали её соседи.

Завидев Надежду, осторожно спускающуюся по крутым обитым ступеням к пошарпанной двери, Боря-Канделябр широко улыбается и восклицает: «А! *Рюмочка Хрыстова...* Приветствую! Тут, гляньте-ка, мне нанесли рюмочек, середина девятнадцатого. Может, свою найдёте?..»

И Надежда смотрит, конечно. Но — нет, с первого взгляда ясно: совсем не те это рюмочки, как та, из которой бабка пила, ту Надежда ищет уже много лет: не круглую, а овальную, приземистую, толстого стекла, с выдавленным крестиком на поповском брюхе, с золочёным по овалу ободком да на крепкой ножке. Однажды, ещё в начале знакомства изумившись неисчислимым богатствам Бориного подвала, она показала ему, как бабка опрокидывала первую рюмку. О, это был ритуал! Это был театр! И если кто осмеливался налить лишь половину, бабка возмущённо восклицала: «Я тоби половынкына дочка, чи шо?! Лый повну!» Так что всклянь наполнялась рюмка наливкой, стояла как невеста под венцом. И над нею разными голосами бабка разыгрывала сценку. Сначала бойкий детский голосок:

— Рюмочка Хрыстова! Ты откуда?

— З Ростова! — хрустально и нежно отзывалась рюмочка.

— Пачпорт е? — вступал вдруг жандармский бас.

— Нэма... — грустно, плаксиво...

— Ось тоби тюрьма! — злорадно отчеканивал бас, и содержимое рюмочки опрокидывалось в бабкин рот.

«Пыть так пыть, — говорила она, — покы у сраци закыпыть!» Любила крепкое словцо и много знала всяких этаких попевок, не то чтобы срамных, но задиристых.

Дед Алексей — тот другое дело. Тот, напротив, всю жизнь озарён был какими-то святыми видениями, да и делом занимался вполне евангельским — плотницким. В детстве Надежда была уверена, что точно так же, как бабушка молилась на семейную икону с необычным именем «Иван Лествичник» (словно речь шла о водопроводчике, а не о святом Иоанне Синайском), деду стоило бы молиться на... топор. Тот самый топор, который удалось украсть на пересылке, где-то не то в грузовом вагоне, не то на станции, — топор, который потом под Нижним Тагилом, в марте, в свистящем чистом поле, им, высланным, не дал погибнуть, — ибо дед срубил там избу! Так что ещё посмотреть, кого из спасителей выбирать для молитвы и поклонения.

А икона-то была чудесной, двухчастной: на одной половине святой Иоанн, над приклонённой головушкой которого вверх-вниз по лестнице снуют ангелы, ангелы, ангелы. На другой половине — храм великолепный, многоцветный-десятикупольный, возведённый на месте, где прикорнул когда-то и увидел сон наш святой. А фон иконы — золотистый, присущий Суздальской и Владимирской иконописным школам, и зелёного много: тоненькие такие нежные деревца по доске; место действия — пустыня, как понимали её старинные суздальские иконописцы...

...Словом, с Борей-Канделябром именно через «рюмочку Хрыстову» возникла симпатия, поддержанная изрядным количеством купленных Надеждой в этом заведении посуды, мебели и прочего, ненужного, на взгляд трезвого человека, барахла, вроде кабацкого оркестриона или старинного бювара из карельской берёзы. Ну кому и на что, ради всех богов, сдался этот самый бювар — в наш-то век поголовного гаджетства?!. Но Надежда... она ох как любила старину, необычность, задумчивые вещи, с накопленными в них тайнами людских судеб; с отражениями давно угасших образов в стёртых лаковых поверхностях старой древесины.

Вот недавно диванчик прикупила — по словам Бори, с Полотняного Завода, и на нём якобы сам Пушкин сидел. Ну а ныне на диванчике Надежда сидит со своим Пушкиным, который тоже песни слагает — по их кошачьим меркам, поди, не менее прекрасные. Извечное очарование деревенского ую-

та, — особенно, когда за окном снег валит, перебеливая все-все цветные крыши, а ты — за ломберным столиком с персидской шалью на плечах, сосредоточенно раскладываешь пасьянс «Паук», который никогда не сходится...

На Борю посмотришь, и сразу видно, что человек он с большим прошлым и не менее значимым настоящим.

— Открываем, к примеру, банку икры, — говорит. — Ну кто за один присест может банку икры осилить? Я туда опускаю николаевский серебряный рубль, и ради бога: сколько вам надо, эта банка простоит. Или грибочки взять. Опять же: рубль в банку. От всего бережёт.

Надежда представила себе холодильник Борисываныча, битком набитый николаевскими серебряными рублями. Человек с размахом, ничего не скажешь.

Однажды, в самом начале знакомства, Надежда поинтересовалась — мол, как же вы, Борис Иваныч, — университетский человек, антиквар и реставратор, столичный житель, и так далее — застряли в глуши? Тот лишь усмехнулся, показывая, насколько легкомысленный вопрос ему задан.

— Бог с вами, Надежда, — укоризненно возразил антиквар, — что за обывательский подход! Российская глушь для нашего брата старьёвщика — самая питательная почва. Все сокровища Кремля Наполеон вывез нашими дорогами. Знаменитый «Золотой обоз», сопровождаемый, как известно, принцем Эженом де Богарне, составлял триста пятьдесят фур — целый поезд!

— Но разве он... не исчез... э-э... безвозвратно? — неуверенно возразила Надежда, мысленно ругая себя за невежество и наметив непременно глянуть сегодня в Интернет по теме. И Боря неожиданно закивал, чем-то очень довольный:

— Драгоценности — правильно, исчезли! То, что можно было унести, закопать, в дупле спрятать, в пруду притопить: жемчуга-бриллианты, диадемы-кольца, — что не ржавеет в воде и не портится от дождей и мороза... Этого, конечно, ищи-свищи! И оно понятно: во-первых, обоз успели пограбить и сами французы — когда уже поняли, во что влипли: грузы перевозить по тем дорогам в те времена, да ещё в мороз, да на полумёртвых лошадях?! Эти ухабы и ямы даже в наши дни только на внедорожниках одолевают. И казаки тогда французский арьергард пощипывали — нападали и отступали с добычей. Но главное: после военных стычек, когда раненые и убитые по обочинам валялись, на место сползались крестьяне и тащили, ох и тащили же, в бога душу мать! Ковры, канделябры, первостатейную дворцовую мебель... В русской провинции только после нашествия Наполеона стулья появились — вместо лавок.

И Боря широко повёл рукою, округло завершая наглядную картину, как бы включая в свой пример все наличные в подвале стулья, козетки, креслица и троны, кушетки и глубокие задумчивые вольтеровские седалища, ожидавшие своего несуетного покупателя.

— Почитайте воспоминания очевидцев: все обочины, пишут, были усеяны предметами роскоши: картинами, серебряной посудой, коврами. Правда, по наивности добавляют — мол, неизвестно, куда делись все эти богатства... Господи, да куда у нас деваются все богатства, на минуту оставленные без присмотра, — растащили! По избам-закутам, в сундуки, в клети и подполы...

«После чего, — мысленно подхватила Надежда, — потемневшее серебро и медь так и валялось по чуланам и погребам. А ещё позже, в советское и в наше отстойное время толковые и хваткие потомки поволокли «бабкино барахло» к такому вот Боре-Канделябру, который, открывая подвальную лавочку, прекрасно отдавал себе отчёт, что в небольшом старинном городе Боровске, с его окрестными деревнями, даже и два века спустя найдётся, чем поживиться».

— Вы представить не можете, что мне несут, в надежде получить сотню-другую рубликов, — весело продолжал Боря. — У одного от бабки осталось, у другой ещё до революции в семье хранилось; а те приволокут какую-нибудь парчовую, тканную золотом скатерть (её и в избе-то не положишь, — красивая, но бесполезная вещь), называют по семейной привычке «наполеоновской», а хотят за неё аж две тыщи рублей! Гляньте, гляньте, что за роскошь! Я её коллекционеру Якову Аронычу Барскому продам за сто пятьдесят тыщ... Для многих местных жителей всё это — старьё, хлам, бесполезняк... А я не спешу разуверить и, как видите, даже не очищаю, не привожу в товарный вид. А зачем? Пусть так и будет: лавочка пыльного хлама для придурков. А то ведь взломают замок, непременно взломают и сигнализацию отключат — у нас народ талантливый... — он захохотал, приглашая Надежду присоединиться к шутке.

Внешне Боря очень своему подвалу подходил: в запылённых штанах немецкого военнопленного сороковых годов и в старушечьей вязаной фуфайке, он так и сновал, так и кружил в джунглях понаваленного кучами, уснувшего в прошлом старья, пробираясь боком между буфетами и гардеробами, локтями и коленями отодвигая торшер или кресло, резную раму или ломберный столик... Но сам крепенький, энергичный, к тому же хороший теннисист. В густых каштановых кудрях николаевским серебряным рублём горит почти монашеская тонзура. Одним словом, талантливый предприниматель.

— И никаких реставраций, ради бога! Знатоки и так купят, а наследникам не огорчительно. Они ведь, бывает, притащат бюро или бювар, не заглянув даже в ящики. А между тем там случаются интере-е-есные находки... Вон, потяните-ка средний ящик того туалетного столика. Нет, не красного дерева, а того, что рядом — это, к слову, корень ореха, довольно редкая древесина. Если над ним поработать... эх! Ни-ни, ни в коем случае не соблазняю! Загляните в ящик — там три поразительных листика, я их в файл запаял, пока вовсе не выцвели. Тысяча восемьсот семьдесят третий год. Чернила-то старые, добротные, из коры дуба (раньше только чёрными и писали), но время и их не щадит. Всё руки не доходят отвезти в Москву приятелю-архивисту.

Листики впрямь были старые, зажелтелые, и чернила повыцвели до голубизны. Текст самый, что ни на есть, антикварный: с ятями и прочим, соответствующим времени грамматическим обиходом.

— Почерк твёрдый, мужской... — сказала Надежда. — И какой-то... нерусский, что ли, хотя и кириллицей писано. Как будто человек полжизни до того писал готическим шрифтом.

— Почитайте, почитайте пару фраз, — улыбаясь, предложил Боря-Канделябр. — Вы же филолог, редактор... книжки издаёте. Вам должно быть интересно. Я так всё прочитал. Целый вечер на это убил, но получил огромное удовольствие.

Надежда сняла очки, сощурилась, приблизила файл к глазам. Отсвечивало в этой жёлтой подвальной мути. Хорошо бы лампу включить или хотя бы вынуть бумаги из пластика, да Борис Иваныч наверняка воспротивится.

— «...и по сей день волосы дыбом встают на моей старой седой голове, когда вспоминаю ужасы тех далёких дней. Я скакал, стараясь миновать кошмарные картины, что вставали на моём пути, ибо важность данного мне высочайшей волей поручения не позволяла остановиться и в полной мере ощутить трагизм нашего положения. Несчастные раненые в обозах! Их сбрасывали по пути из телег. От Смоленска до Ельни я их видел на обочинах — стенавших, умолявших о милосердии... Их страдания я смог вполне оценить несколько дней спустя, когда и сам раненый, потерявший коня, плакал от радости, откопав три полусгнивших картофелины под снегом...» — С ума сойти, — сказала Надежда, опуская файл. — Это что за эпоха? Война с Наполеоном? И кто пишет?

— А в этом и самый смак! Читайте, читайте, там пикантнейшие подробности. Этот беглец, или посланец, или чёрт его знает, кто ещё он таков, пишет, что ослабевшие французские солдаты ели собак и своих павших коней, и — буквально на другой странице — про то, как, совсем оголодав, они вырезали куски мяса из тел умерших соратников, поджаривали их на костре на шомполах и жадно рвали зубами, как те же собаки...

— Господи, спаси и помилуй!

— Причём обратите внимание: о французах пишет как о своих, но ведь по-русски пишет — вот где загадка!

— Да... — Надежда задумчиво перебрала листы. — Действительно... Так кто же он? Шпион? Беглец? Или то и другое вместе...

— Хотите? — улыбнулся Боря доброжелательно. — Отдам недорого, тысяч за пять.

— А как же — архивист, научный интерес...

— Ой, бросьте! Если б я жил научными интересами, то давно б уже три диссертации накатал и донашивал старые штаны эпохи перестройки.

Тут Надежда мысленно ухмыльнулась: пыльные штаны Бори-Канделябра могли дать фору самой последней рвани в лавочке вторсырья.

Он всплеснул руками, тряхнул залихватски кудрями:

— Отдам за три, так и быть! Двумя платежами и когда захотите.

Ну, как устоять! Взяла, конечно. Поторговавшись, разумеется. Не за пять и не за три, а за две тысячи. А зачем?! Бога ради: на что ей сдались эти ветхие листы непонятных воспоминаний человека неясного происхождения, да такие неуютные воспоминания! И не подделка ли? С Бори станется! А главное, за каким лешим Надежде, которая и так по судьбе вынуждена копаться в чужих текстах, понадобилось ещё и это старьё! Вот и лежит теперь тот файл с так и не прочитанными листами в нижнем ящике её письменного стола. Всё руки не дойдут достать, разобрать... А где они, те две тыщи кровных рубликов? Улетели!

Время от времени оскудевая кошельком, Надежда запрещает себе визиты к Боре-Канделябру и, стесняясь своей слабости, даже и за овощами на рынок в Боровск не едет, дабы не совратиться. А то оно как: поедешь за редиской-огурцом, а вернёшься с туалетным столиком девятнадцатого века, с зеркалом такой немыслимой ясности, что вечерами в него страшно заглядывать: вдруг высунется оттуда какая-нибудь боярыня Морозова. (Хотя вряд ли: не до зеркал той было, ох не до зеркал — в земляной-то яме Боровского острога!)

Зная и уважая ненасытную страсть Надежды, Боря-Канделябр, во-первых, и цены снижал весьма прилично, во-вторых, вещи отдавал ей в кредит и на чистую веру, что в наших краях, согласитесь, небезопасно и даже дико.

Вот на днях она опять наведалась к Боре. Не удержалась, как всегда.

Борисываныча застала посреди пыльного его царства верхом на немецком военном мотоцикле (боком сидел, как аристократка — на вороной кобыле). Ужасно Надежде обрадовался:

— Привет вам, *рюмочка Хрыстова*!

— Боря... — отвечала она, а неуёмные *загребущие* глаза уже рыскали вокруг в поисках новостей. — Я так неловко себя чувствую. Я ведь вам в рублях должна, а с ними вон чего происходит.

Боря бодро гуднул своим мотоциклом и изрёк:

— Надежда, забейте! На деньги плевать, на доллары плевать слюной зелёной! Надо радоваться сегодняшнему дню и кайфовать от жизни!

Надежда поразилась столь необычным речам в устах Борисываныча и, воспользовавшись его настроением, тотчас набрала в долг кой-чего ещё: рыбное блюдо именное-кузнецовское и фигурку бегущей куда-то босоножки, девочки-сироты (Дулёвский фарфоровый завод), которая напомнила ей детство, каникулы, речки-пруды, которые она легко переплывала (пловчиха была отменная!), и мальчишку, кричащего издалека: «Дыл-да! Дыл-да-а-а!»

Глава 7

БЕЛЫЕ ЛОШАДИ...

Хотя никакой сиротой Надежда не была, а, напротив, родилась в большой сводной, как хор с оркестром, семье последним, шестым, ребёнком (единственным *общим* у мамки с папкой). Большущая горластая родня, всегда тесно, всегда драчливо и весело, а на каникулы, летние и зимние, каждый год мать отправляла её к той самой бабе Мане, «Якальне», что дружила с рюмочкой Христовой, изо всех внуков упрямо отмечала одну лишь Надежду и, не стесняясь мамки и остальных ребят, так и говорила: «Присылай мне Надюшку, она рыжая, лёгонькая, и щекоталка такая, — от неё сердце улыбается».

Лет с пяти Надюшка приезжала к бабе Мане одна. Обожала весь этот путь, этот праздничный ход начала каникул: неохватный и тяжеленный, набитый подарками и книгами рюкзак, и огромную копчёную рыбину (сосед-рыбак сам коптил) — главный подарок деду. Рыбина в рюкзак не влезала, её надо было держать под мышкой, из-за чего вся курточка пропитывалась сладковато-пряным рыбьим духом и по приезде немедленно отправлялась в стирку.

Начинался путь всегда одинаково: они с мамкой приезжали к поезду заранее, «с накидом», ибо *подыскивание доброй души для пригляда в пути —* это вам не пустяк. Стояли в стороне, внимательно вглядываясь в лица входящих в вагон пассажирок, ибо одобрить кандидатуру должны были обе. Выбиралась самая душевная (а душевность определялась по глазам, а затем и по голосу), и мамка приступала к разговору: что да как, да куда едете, а вот и дочка моя тоже... Наконец, вызнав всю подноготную добровольной сопроводительницы, мать устраивала Надю на полке, и сидела там, обхватив дочь обеими стальными руками, до последнего звонка, до медленного потягивания-подёргивания состава, до крика проводницы: «Выйдешь ты, или я милицию зову!!!» Наконец, под сочувственный говорок соседки: «Да не волнуйтесь вы так, у самой дети, что я, не понимаю!» — впивалась последними крепкими поцелуями в щёки, лоб, губы дочери, выскакивала из поезда и бежала вслед по перрону до конца платформы — вся в слезах, будто в эвакуацию ребёнка отправляла.

Впечатлённая эдаким неподдельным отчаянием, соседка-покровительница обычно с первых же минут пути начинала кормить девочку и заботиться о ней... И дорога пролетала, как песня, — уютно, с тук-перестуком колёс, колыханием вагонов, коровьим рёвом паровоза в ночи; с пестрящей лентой лесов за окном, гитарным гудением струн-проводов, россыпью домишек и краснокирпичных водокачек, с белёными или серо-каменными зданиями вокзалов... А главное, с ветром в приспущенное окно, ветром знакомым, травным, упоительным — *бабы-Маниным*, обещавшим очередное *щикарное* лето!

На станции её встречал дядя Коля, мамин брат, лейтенант — он «стоял» в тамошнем военном городке, к которому ещё ехали минут тридцать на автобусе, а чтобы попасть внутрь городка, надо было предъявлять пропуска на КПП.

Однажды — Наде было лет восемь — они с дядей Колей разминулись, и девочка, с огромным рюкзачищем за плечами, с вкусно-пахучей рыбьей доской под мышкой потопала лесом, где километра через три её и нагнал запыхавшийся дядя Коля:

— Ты что, Надюшка?! Сдурела?! Почему не дождалась?! Разве можно — одной, такой малой, по лесу... А кто бы напал?

— А я вот рыбиной отбилась бы. Смотри, дядь Коль, она как меч рыцаря Ланселота...

(Лет с пяти читала запоем.)

Так вот, из гарнизона дорога к бабушке была легче лёгкого: миновать военную часть (танковые боксы, танкодром...), а далее — мостом через речку Титовку... и вот она, Блонь — так называлась бабушкина деревня.

Было это километрах в шестидесяти от Минска.

Баба Маня работала на льнозаводе трепальщицей

Заводом это можно было назвать с натяжкой: просто большое здание из красного кирпича.

110 Внутри — огромный цех, и длинной дорогой составлены металлические столы, за которыми друг против друга сидят женщины, человек двадцать. В углу ещё, Надежда помнила, стоял какой-то громоздкий механизм — куделеприготовительная машина? мялка? трепалка-трясилка? Всё одно — неважно, ибо механизм годами не работал, а лён женщины трепали вручную, как бабки их и матери. Трепало — доска такая деревянная, вроде ножа или косаря, с частыми металлическими зубьями. Сидят бабы и резко отбивают *повесмо*; стук стоит, как в лесу, когда рубят деревья, — это чтобы чище выбить *кострику*, застрявшую в волокне. А после поднимают пучок повесма и просто бьют им с размаху о ребро стола — вытрясают частицы...

Трепальный цех в Надином воображении всегда связывался с какой-то огромной банной залой. Там в воздухе висела густая жемчужная взвесь медленно оседающих очёсов кудели, — как снег почти, но плотная на вдых. И фигуры женщин, как в сильный снегопад, угадывались по силуэтам.

В поисках бабы Мани («кого тоби? Якальны?») Надя перемещалась по залу перебежками, зажимая руками нос и рот, стараясь глубоко не вдыхать, а то потом кашляешь всю ночь. А бабушка — хоть бы что, так только хусточкой — уголком платка — прикроется, и работает весь день.

— Бабуля, как вы здесь дышите?

— Та ничого...

Если год оказывался грибной, а он почти всегда и был таким, — чуть не каждый день ходили по грибы на Попову горку.

Поповой ту назвали в честь батюшки одного. Здесь в войну расстреляли семьдесят пять евреев. Батюшка пришёл в управу просить за них, так его повязали и первым в этот ров столкнули. Потому и место: Попова горка.

А грибы там были здоровущие, и как на подбор все — белые, крепкие, с замшевой, на ощупь — совсем детской кожицей...

Стирать ходили на реку. Там на берегу, осев наполовину в воду, как полузатопленная баржа, лежал плоский серый камень — искрючий такой под солнцем! — на нём отбивало бельё не одно поколение деревенских баб. Надюшка подносила и расстилала, баба Маня, взяв за ручку плоскую деревянную доску — рубель, со всего размаху колотила и колотила, вся в радужных брызгах воды, солнца и блескучих кварцевых искр. Сильная была бабушка Маня, жилистая и насмешливая.

— Ты устала, бабуля? Дай помогу!

— Та ничого...

Вот и вечная картина то ли из снов, то ли из памяти: небо синее-синее, аж васильковое, по нему редкие ленивые барашки пасутся, а баба Маня бьёт и бьёт бельё рубелем, и ни капельки не устаёт, только руки меняет.

Стирали хозяйственным серым мылом — кстати, отлично отстирывались им пятна, — потом полоскали в реке, отжимали... А уж после расстилали по отлогому травянистому берегу — сушить. Это тоже была Надюшкина работа. И как же празднично, как весело смотрелись на зелёной траве льняные скатерти, простыни, домотканые пёстрые половики!

Ну а сохлое ровненько складывали, прибивали в стопку и несли домой. Гладили только одежду; постельное и скатерти катали ребраком: наматывали на валик и поверху прокатывали. (Две широкие бабушкины ладони лежат на ребристой плоской доске с ручкой и катают, катают, сильно и плавно катают по простыне ребрак.)

Тогда уже городские хозяйки стирали в первых стиральных машинах — с резиновыми валиками-отжимами, и дети предлагали бабушке такую купить. Она яростно сопротивлялась! Будто её собирались лишить чего-то главного в её жизни. Памяти самой, что ли.

Густая дурманная смесь запахов сена и лекарственных трав — чабреца, мяты, липы — заполонила чердак деревенской хаты. Уже высушенные травы пучками висели по стенам, другие сушились, разложенные на дерюжках на полу. Поднимешься на чердак, и голова кружится от терпкого душистого воздуха, — вот где было натуральное ароматическое СПА, или как там сейчас это называется.

Туда же, на чердак, отправлялись разные ненужные в ежедневном обиходе вещи. Например, прялка; бабушка доставала её время от времени, обычно зимой, когда пряла пряжу из во́лны, неотбеленной овечьей шерсти. Там же впонавалку лежали книги, «бо у хате места не було»: полное собрание сочинений В. И. Ленина (бабушка этими бесконечными томами печь растапливала) и почему-то Носова, а также три книги знаменитого Херлуфа Бидструпа, неизвестно каким книгоношей занесённые в деревню Блонь. Всё это мирно соседствовало со старыми молитвенниками, «Записками из Мёртвого дома» Достоевского и затёртыми лубочными изданиями Сытина: «Бова Королевич», «Тарас Черномор», «Битва русских с кабардинцами»... Сиротливым кулём без картонной обложки валялась серёдка из «Робинзона Крузо» — как раз то место, где он находит Пятницу. Будто кто-то выдрал из книги самую суть, пронзительное *сердце* повествования, и — забросил на чердак.

Но, конечно, самым милым, самым родным в хате была печь! Горячее нутро дома, корень и кормление семьи, средоточие уюта и сытного тепла. Словом, альфа и омега деревенской жизни, кормилица-поилица и лечебница в едином образе. Все самые ласковые, самые вкусные воспоминания о деревенской жизни у Надежды были связаны с бабы-Маниной печью.

В ней хранились три огромных чугунных утюга с откидными крышками — для закладки горячих углей в нутро.

А вот что хранилось НА печи — то отдельный подробный рассказ.

Самые изысканные деликатесы в своей жизни Надежда ела не в ресторане Центрального дома литераторов, не в какой-нибудь из модных едален Москвы или Питера, не говоря уже о Лондоне-Франкфурте-Лейпциге, куда заносила её служебная судьба на международные книжные толковища, — а в доме бабушки в белорусской деревне Блонь, ибо есть такая еда, готовить которую нужно исключительно в благословенной русской печи.

Невесомое потрескивание, шорох, сухие щелчки горящих поленьев, жилистая фигура бабушки, ловко орудующей ухватами, её лицо, подсвеченное снизу оранжевыми сполохами огня из печи... и навеки впечатанные в мозг, глаз, носовые пазухи, главное, в душу — запахи толстых ржаных блинов и мачанки.

Собственно, печь состояла из трёх частей: основная — для обогрева и стряпни; ещё плита с двумя горелками (тоже топилась дровами), и самая любимая, самая заветная — полати, где и прошла изрядная часть белорусского детства Надежды.

Чего только там не было! Во-первых, всегда лежала бабушкина перина, которую она снимала на ночь и стелила на кровать; нагулявшись на морозе, в неё можно было с разбегу нырнуть и сидеть там, как в тёплом облаке.

Во-вторых, на печи хранились и дозревали всякие гастрономические радости: например, сушёные тыквенные семечки в полотняном мешочке. Их Надюшка с бабушкой в конце августа выскребали из тыкв, раскладывали на жестяные поддоны, и бабушка подсушивала их в печи, а потом ссыпала в полотняные торбочки. Так же сушили и яблоки с грушами — а других фруктов в Белоруссии вроде и не выращивали.

А ещё там, за печкой, кольцами на протянутом шесте дозревала домашняя сыровяленая колбаса, и никакие в мире салями не могут сравниться запахом с её райским благоуханием. Колбаса должна была висеть сорок дней, и не приведи бог тронуть её раньше — кому ж охота нарываться на кипучий бабушкин гнев.

Ну и травы, опять же, разные лекарственные и чайные сборы: «от простуды», «от живота», «от головы», «от спины и коленей»... — короче, *от всего тела*.

(Кстати, в деревне никто не пил чай из пачки, заваривали исключительно травяные.)

Но самое-самое главное: на печи можно было лежать бесконечными зимними вечерами, вдыхая слабо-чесночный, мятно-травный, душисто-чабрецовый запах хаты, ибо на печи — *читалось*. Лучше, чем дома, гораздо лучше, чем в школе под партой. (И даже лучше, чем в читальном зале их вязниковской библиотеки, куда Надя была записана с пятого класса и где тот самый мальчик, заполняя и свою, и её анкету, в графе Ф.И.О. написал: «Дылда Петровна Прохорова».)

На тёплых кирпичах лузгая тыквенные семечки, лет с четырёх, с пяти, Надюшка перечитала практически весь «Детгиз». Всё, что привозила на каникулы в тяжеленном своём рюкзаке.

Но тут может сложиться неверное впечатление о каком-то Емеле, лежмя лежащем на печи все каникулы. Нет! Как можно? Вокруг столько всего ошеломляюще прекрасного! К тому же по соседским дворам полно было ребятни, а самые ближние соседские пацаны, братья Серёга и Вовчик Бахрошины, всегда утягивали Надюху с собой на какие-то опасные забавы. Шли втроём за трактором, как цапли, выхватывая из борозды патроны.

Однажды — родителей не было дома — пацаны затеялись в икону из рогатки пулять.

Семилетняя Надюшка, воспитанная дедовыми святыми озарениями, стояла рядом, тряслась от страха и причитала-умоляла «не убивать боженьку!». Разок стрельнули, другой... На лике святого Николая отколупнулась краска на носу. И вдруг — как-то это разом случилось, именно что «вдруг», и Надежда вспоминала это всю жизнь, хотя никому не рассказывала, ни в юности, ни в молодости, ни в безоглядные и бессонные годы своего книжного бизнеса; ни одной душе, кроме всё того же мальчишки... (да неважно это, неважно!) — вдруг, как удар кнута по избе: разом громыхнуло, хлястнуло по крыше и заполыхало близко и страшно за окном. Женский высокий голос где-то неподалёку истошно крикнул: «Бахрошинская хата гори-и-и-ит!» И правда: хата горела. Как порох. Еле успели выскочить наружу...

А дед-то, узнав о страшном таком паскудстве, сказал:

— Наказал! Да не паршивцев, а родителей, — за то, что плохо учили!

И тут Надюха услышала о ещё одном, главном озарении его жизни. Как, мол, дед когда-то, «молодым-молодым», пас коров где-то на Кубани — то ли нанялся, то ли помогал знакомым гуртовщикам.

А на Кубани — там балки да холмы, солнце то спрячется за горку, то выкатится на вершину.

«...И вот так однажды заворочалось в тучах, загромыхало, бабахнуло в небе, и издали с горки покатился на меня огненный шар... небольшой такой, ну, как... с бочку, так скажу. А я молодой был, не пугливый. Стоял и ждал, когда он докатится... Ну, докатился... И я со всей дури каа-к хрястну по нему пастушьим кнутом. Он — хруппп!!! — в искры огненные. И оттуда мальчик выскочил, годков девяти, рыженький, вот как ты, и строгой. И говорит:

— Я — Господь Бог!

...Ну, тут я память и потерял».

Надежда даже помнила, где это дед ей рассказывал: они сидели на деревянном крыльце деревенской школы, пустой по летнему времени. Дед там парты починял, возился с утра и до вечера, и каждый день, пообедав, Надя несла деду его обед. А потом ещё с полчаса они сидели оба на крыльце — дед позволял себе перекур.

Он так уютно и вкусно затягивался дымом, и запах свежей стружки, застрявшей золотыми колечками в складках его рубахи, мешался с запахом папиросы, растворялся в мощных летних запахах сосен и лип, еловой хвои и пыльной дороги. Дедовы седые усы попыхивали на солнце остатней рыжиной, а вспотевшая лысина сияла, как малая копия того огненного шара, из которого выскочил строгий и рыженький мальчик-бог...

Дед был доброты какой-то необъятной, неисчерпаемой, всех мирил, всё улаживал, всех *стреножил* справедливым словом. Тем более была странной его неприязнь к собственной сестре — старшей, бабе Усте.

Вообще, у деда было две оставшихся в живых сестры. Катерина — почтальон: худенькая, сутулая, вечно в стоптанных «чириках», вечно с огромной дерматиновой сумой через плечо. Жила в Заречье, соседней деревне. Всю жизнь считала себя больной, всю жизнь за сердце хваталась. И баба Маня говорила: «Ны выдумуй, артыска! Дэ воно е, то сэрце?!» И впрямь: пережила Катерина всех своих.

А ещё старшая сестра была, Устя...

Жила по соседству, но как-то отдельно от всех, через картофельное поле, на невысоком холме, поросшем редколесьем. Вот там и стояла её хата — маленькая, приземистая, с открытой верандой, густо увешанной пучками разных трав. Баба Устя всю жизнь была одинокой и жила как отверженная. В деревне считали её ведьмой.

Она и правда наговоры знала и лечила людей. Внешне — обычная старуха, только взгляд исподлобья трудный такой, глубокий — испытующий, не все могли вынести. Кто уж сейчас разберёт, какой-такой ведьмой она была, а только Надя своими глазами однажды кое-что видела. Они целой компанией возвращались из лесу — соседские девушки и стайка детей; и Наталья, невестка Чмырёвых, споткнулась о корни и упала — прямо на руку. Та враз опухла в запястье, стала багровой... Наталья брела, баюкала опухшую руку и жалостно подвывала.

Тут кто-то из девушек сказал:

— Поди к бабке Усте загляни.

— Боюсь, — подвывала Наталья, — она сглазит...

— От дурная, — отозвалась подруга, — она поговорит-поплюёт и вылечит. Сама видала.

Заплаканная Наталья упрямо помотала головой, но, когда поравнялись с Устиной хатой, всё же пошла, — рука, видать, так болела, что уж и не до страха.

И все почему-то молча и опасливо ждали снаружи.

Полчаса спустя Наталья вышла потрясённая и очень тихая. Вокруг запястья у неё была обвязана красная нить, а опухоли как не бывало! Всё так же молча спустились с холма и разошлись по домам в полном молчании...

А на следующее лето баба Устя саму Надюху спасла. И не только вылечила, но и...

Вообще-то Надежда не слишком часто позволяла себе вспоминать во всех подробностях то событие далёкого детства, хотя «фокусом» охотно забавлялась, особенно если под руку подворачивалась рептилия — прекрасная возможность попугать кого-то из ребят.

Но в тот день на лесной полянке ей было совсем не смешно, а больнёхонько и мерзко. Они с бабой Маней увлечённо обирали с куста крупные ежевичины. Надюха отдёрнула пронзённую дикой болью руку, успев заметить среди корней вильнувший жёлто-зелёный жгут змеи, и заорала благим матом! Рука прямо на глазах угрожающе надувалась в пальцах, в кисти, даже в локте. «Сейчас вся раздуюсь и лопну», — с ужасом подумала девочка. От страха и боли её вырвало... Мгновенно рядом оказалась баба Маня, взвалила лёгонькую внучку на плечо и побежала с ней... (Подружка Люська потом говорила: «Как в фильме — Иван Поддубный!») Надежда этого не помнила, очнулась в избе у бабы Усти, слабая, но живая и — повторяла баба Маня, беспрестанно меленько крестясь: «...опавши, слава те, осподи!» Баба Устя стояла чуть поодаль, как будто и не касалась девочки, но у Надежды почему-то всё тело чувствовало, что та её тащила, тащила и вытащила — то ли из болота, то ли из ямы какой-то земляной, поганой. И она сладко так заплакала, тихо, блаженно...

— Поплачь, девочка, поплачь, — глухо проговорила Устя, по виду вроде как тоже сильно усталая. — Сейчас слезами последний яд выходит...

Надюшку оставили на ночь в избе у бабы Усти, а наутро она проснулась совсем здоровая. Когда допивала молоко с какой-то пахучей травкой, за ней пришла баба Маня, «Якальна». Принесла Усте полную корзинку свежих яиц, толстенный шмат сала, завёрнутый в чистое полотенечко, и большую банку мёда.

— Не, убери, — отказалась та. — У своих брать не положено.

И провожая их на веранде, напоследок сказала девочке, что никакая змея ей «отныне ни в жисть не опасна. Ни одна не укусит, не бойся». И Надюшка ей сразу поверила.

...Умирала бабка Устя долго и трудно. Всё просила бабу Маню: «Привези внучку, я ж только за руку подержусь, и меня отпустят...» Но бабушка не хотела. Доли этой не хотела для Надюшки — одинокой, отверженной, пугающей доли. Приходила к бабе Усте, ставила еду на табурет возле кровати, поила чаем. Смотрела, как тяжко стонет и корчится золовка.

— Привези девочку... — стонала та... — То ж не наказание, то дар... Я передать его должна. Меня и отпустят...

Бабушка молча поворачивалась и уходила.

Наконец устала Устя умирать. С утра велела — не входить. Но к вечеру бабушка заглянула: всё ж человек, душа не чужая, а что она в своей жизни творила, какие преступала черты, — пусть с ней *там* по строгости разбираются. Здесь-то отпеть-схоронить надо, как меж людьми положено.

Заглянула, спросила:

— Ну как ты?

Устя блаженно вытянулась, ясно проговорила:

— Белые лошади... Белые лошади...

И минут через пять затихла.

Так Надежда и не стала ведьмой. А у них ведь как, поясняла баба Маня: они непременно должны через поколение в семье передать своё ведовство.

— Почему ж ты за мной не съездила? — укоряла она бабку потом уже, гораздо позже. — Я бы сейчас людей лечила.

— И всю жизнь — одна? — вскидывалась бабка.

— А я и так одна...

* * *

...Что опять же не вполне соответствует действительности! Ведь у Надежды как-никак Лёшик есть — высокий и красивый и, главное, талантливый ко всем искусствам юноша, которого она справедливо называет «сынок», хотя, строго говоря, Лёшик ей не сыном приходится, а племянником. Ну и что с того? Родной племянник, разве ж это не ближайшая кровинушка, особенно если учесть, сколько сил, лет да и денег в него угрохано! Взять его однокомнатную квартиру на улице Усиевича, так вовремя прикупленную Надеждой на последнюю заначку от её отважной и лихой книжной деятельности в конце девяностых.

Обретение Лёшика — это долгая и далёкая история, которая никуда не денется и прозвучит в своё время.

Но не сейчас...

Не сейчас, когда мы обозреваем окрестности и любуемся разными видами, — как любовалась ими Надежда, впервые оказавшись в Боровске и увидев эти холмистые-волнистые улицы, до боли в груди напомнившие родные Вязники.

С первого взгляда, с первой минуты всё вокруг как-то сладко на сердце ложилось: и мощная белая стена древнего Пафнутьева монастыря, и заповедный монастырский парк, и купола-колокольни церквей, и старинные резные наличники на окнах и, главное, разрисованные каким-то местным художником бросовые городские поверхности: слепые стены, забитые фанерой мёрт-

вые окна, кирпичные задворки, торцы гаражей...
Всё, что должно было город уродовать, стараниями и воображением художника стало его украшением и гордостью.

При взгляде на эти воздушные фрески казалось, что город сам выходит тебе навстречу, раскладывает товар, как ушлый коробейник — не хвастаясь, но показывая и незаметно тем завлекая. Всё было странно и прекрасно: тут прямо на вас с белёной стены заколоченного дома летела по-над куполами и холмами тройка белых рысаков, там — смиренно-чинные монахи сидели за столом, попивая чай; Циолковский, присев на скамейку, поигрывал тросточкой, сквозь круглые очки глядя на прохожих, бредущих под горку... А из окна типового двухэтажного дома шестидесятых годов — надменная, белолицая, в высоком кокошнике — смотрела на сегодняшних людей боярыня Морозова...

Но главное: из-за этих крутобёдрых, крутоспинных и угловатых улиц весь город казался чуть сдвинутым, неустойчивым, слегка нереальным; хотелось его подправить-подкрепить обеими руками, хотелось листать его, узнавать, завернуть ещё за угол, одолеть ещё горку-другую.

Надежда немедленно влюбилась в этот город, расписной, как платок, проросший зрячим прошлым сквозь слепое настоящее. Гораздо позже, оказавшись владелицей деревенской усадьбы, она разошлась расходилась пешком *по своей* вотчине, рассмотрев все картины-фрески в ближних храмах; подробно исколесила окрестности со всеми их (заглянем в путеводитель): «природными объектами, такими, как река Протва, речка Текижа и другие речушки и ручьи, городской сосновый бор, овраги, родники, пойменные луга, озёра и болота, с присущей им уникальной растительностью».

Всё справедливо. И всё наверняка можно найти в любом уголке России: и пойменные луга, и озёра, и болота с присущей им, и так далее. Почему же именно — Боровск, это гнездо староверов, эта древняя утробная сырость ельника, солнечная вязь и смолистый запах могучих сосновых стволов, выплетающих в песчаной почве змеиные узоры корневищ? Почему так пришёлся ей именно этот город — ямищи в асфальте, площадь Ленина, скудный рынок и пропахшая волглым старьём антикварная лавка в подвале?

Просто с отвалом Лёшика и категорическим его запретом «появляться в моей келье» Надежду посетила самая банальная хандра. Всю жизнь она презирала это непродуктивное состояние, считая его уделом слабых, неталантливых, скучных и безыдейных (в смысле, без всяких идей в башке) личностей. У неё-то самой идеи, особенно в молодости, кипели в котелке до страшной температуры. Стать ведьмой, конечно, не получилось, но с детства Надежда обладала удивительным *чутьём на момент*. И прежде всего это касалось деловой, очень земной и практичной стороны жизни. В первую очередь — денег, которые представлялись ей некой живой субстанцией: они текли или стопорились, пузырясь в запруде; хлестали фонтанной струёй в ранние годы отчаянных книжных прибылей; требовали внимания, ухаживания, глубоких раздумий и не прощали легкомыслия или высокомерия.

Возможно, ожили и проросли в её крови гены далёких кряжистых прасолов-гуртовщиков, что изъяснялись на своём кантюжном языке, оставив в роду пословицу: «Проначишь трафи́лку, проначишь и хруст». В молодости Надежда удивлялась, когда её просили «перевести эту белиберду на русский язык». Поясняла: «Так это ж самый русский язык и есть!» И правда, что здесь непонятного — данную пословицу и Даль приводит в своём словаре: проиграешь, мол, копейку, проиграешь и рубль. Держись, кантюжник, за копейку — вот в чём смысл. А рубль у Надежды в семье так и называли: «хруст». «Пап, дай хрустик!» — клянчила шёпотом Надюшка. «Держи, ангел мой», — шёпотом же отвечал тот, боязливо оглядываясь, точно не из собственного кармана мелкую бумажку доставал, а делился ворованным (прижимистая мать баловства не одобряла).

Словом, именно в деловой сфере неким удивительным образом в Надежде сочетались дедовы озарения и жёсткая ведьминская хватка бабы Усти. Мгновенные решения, диковатые и необъяснимые на сторонний взгляд, являлись ей поразному: порой во сне, порой убедительно яркой фразой, внезапно произнесённой кем-то прямо в уши. Бывало, рискованные операции — на самом краю, по-над пропастью — она совершала *просто так*, и лишь когда очередной *последний день Пномпеня* обрушивал на многострадальное население России обломки финансовых надежд и усилий, и плач на реках вавилонских оглашал окрестности страны, она задумывалась над своими спонтанными действиями и аж притихала: брала три дня отпуску, сидела дома, потягивала наливочку и обдумывала — что это с ней было? Что заставило её совершить сей решительный — рискованный, безумный, но благословенный, как выяснилось, — шаг?

Так дней за десять до приснопамятного дефолта она варила утром кофе на кухне своей съёмной квартирки, рассеянно поглядывая в окно на трёхэтажный особняк некой жирной инвестиционной компании во дворе. Те недавно вселились, месяца полтора как; особняк был картинно-новенький, шикарный: балкончики кружевные, черепица сияет — всё путём.

А во дворе там...

Она даже к окну подалась, разглядывая картинку: на зелёной лужайке двора, замкнутого от посторонних красивой кованой решёткой, пасся белый пони. Ничего особенного: в центре Москвы и не то можно увидеть. Вот так запросто посреди города возникнут перед вами белые лошади... белые лошади...

Секунд пять Надежда пустоватым взором следила за тем, как, наклоняя голову, пони прядает острыми, забранными в малиновые чехольчики ушами... Затем быстро опустила в раковину турку с невыпитым кофе, сорвала с вешалки плащ и вылетела из дому.

За день она облетела три банка, сняв со счетов всю свою, заработанную по́том, бессонницей и поднятием тяжестей наличность. После чего несколько дней летала по обменникам, обстоятельно скупая валюту... Наутро не вышла на работу, сидела дома, сказавшись отравленной (до известной степени так оно и было); вновь варила тягучий кофе и смотрела, вернее, слушала телик, где бандитское фуфло бесстыжее объясняло дураку-народу насчёт активов в рублях и объёмов форвардных обязательств...

Одновременно пыталась разобраться в своих недавних спонтанных действиях и, хоть убейте, не помнила — почему в тот знаменательный день бросила турку в раковину и вылетела из дому. Привиделся, что ли, какой намёк? Или в ухо кто напел, что деньги, мол, ныне здоровее за батареей держать, в обувной коробке, в матрасе, в кадке с фикусом, в морозилке, наконец — в куске мороженой говядины? Или сами денежки возопили из темницы фараона жалостными голосами о спасении, и она, Надежда, учуяла их зов?..

Не могла уже ясно вспомнить. Из её памяти будто вымело то обстоятельство, что на зелёной травке газона во дворе той самой инвестиционной компании (надо полагать, жестоко прогоревшей, ибо особняк довольно быстро опустел и вскоре заселился совсем другими людьми) гулял или пасся неизвестно откуда взявшийся белый пони. Тем более некогда было обдумывать — как уж там мозг связал этого пони с предсмертным зовом бабы Усти: «Белые лошади... белые лошади...» — и почему это воспоминание вдруг озарилось улетающим куда-то прочь от Надежды длинным лебяжьим косяком кровных денег... Да кто ж его знает! Может, лучше и не раскапывать подобные вспышки наших прозрений...

...как и ползучие туманцы нашей тоски.

Словом, когда Лёшик отделился и ушёл в творческий затвор, Надежда обнаружила, что скучает по воплям его саксофона, противному запаху скипидара и лака, по гремучим шагам в коридоре за полночь и хлопанью дверцы холодильника на рассвете. Скучает даже по насмешливому хамству и трёхдневному демонстративному молчанию. Обнаружила, что, оказавшись на улице, ищет глазами собак и идёт следом, приставая к особенно симпатичным и выказывая знаки внимания хозяевам, а хуже всего — заводит с первым встречным идиотские разговоры о том о сём. И вот этого пенсионерского позора уже допустить было невозможно. Надежда была человеком, не терпящим жалости, жалкости и пустой молотьбы языком.

— А ты возьми собаку, — посоветовала ей Вера Платоновна, бывший её бухгалтер (вот о ком романы писать, и в надлежащее время это нас не минует, но тоже — не сейчас ещё, это успеется), — собаку возьми себе по сердцу: не грызучую, не злую, а задушевную. И без саксофона. Слышь, у меня приятельница щенков лабрадора продаёт, она боровская француженка, зовут Элен Мартен.

Там французы со времён Наполеона застряли и обратились в наших.

И Надежда, будто ближе к Москве уж и собаки не нашлось, подхватилась и поехала к чёрту на рога, в какой-то дремучий французский Боровск, к какой-то тамошней эдит пиаф — как выяснилось, за своей судьбой и большой собачьей любовью.

Эта самая Элен Мартен (в замужестве просто Леночка Воропаева) оказалась славной тёткой, на вид коренной русачкой, работавшей экскурсоводом в местном городском музее.

— Они на веранде, пойдёмте... Только сосредоточьтесь, — инструктировала она. — Вам известно, что правильнее позволить щенку выбрать хозяина, а не наоборот? Оставьте тут вашу авоську, никто её не съест.

— Нет, я потом выйду покурить, там сигареты, — у Надежды в то время была очередная огромная серая сумка, в которой лежал килограмм красивого золотистого лука, зачем-то купленного (не удержалась!) по дороге в ларьке.

По веранде бегали *человек семь* белых щенков — ужасно симпатичных. Каждого хотелось схватить, затискать и унести. Вообще, унести хотелось разом всех.

Надежду усадили на продавленный плетёный диванчик, сумку она опустила на пол и стала ждать — который из щенков её выберет.

Выяснилось — никоторый. Щенки занимались собой и друг другом: кувыркались, тявкали, мяукали, обнимались и дули лужи на расстеленные повсюду газеты.

— Никому я, видать, не нужна, — пожаловалась она хозяйке, вернувшейся из кухни с кружкой компота для гостьи.

— Как же не нужна, — возразила та, смеясь глазами. — Смотрите, ваш-то прямо в сумку залез.

И правда: в сумке, разваленной на полу, среди круглых бокастых луковиц улёгся и спал один из щенков. Как он туда пробрался? Он и сам был с каким-то золотисто-луковым отливом. И так доверчиво дрых, полузакрыв глаза и подёргивая кожистым носом, что Надежда прослезилась, выхватила его, сграбастала, прижала к груди, простонала:

— Луки-и-ич! Ты же Лу-ки-и-ич!.. — и дело было сделано в три минуты. Разве что щенка не отдали — он ещё сосал мать.

А дальше уже её не отпустили, заставили обедать, а за обедом обрушили на неё великую и долгую историю «нашего уникального города». И поскольку Элен гнала отличную сливянку, а Надежда была большим ценителем подобного мастерства, то минут через двадцать все эти староверы, во главе с боярыней Морозовой и княгиней Урусовой, все эти протопопы Аввакумы, и Циолковские, и Бонапарты, и фабриканты Полежаевы, которых Надежда уже встретила на стенах и в окнах города, — закружились вокруг неё хороводом, подхватили под микитки, заморочили-завлекли... Непонятно зачем обронила она, что в такой-то красотище, среди такого воздуха, таких лесов... жить, наверное, и жить...

— Господи! — заорала порядком наклюкавшаяся собственной наливки француженка Элен Мартен. — Да вы просто купите дом в Серединках! Да вот же и случай! Шикарный дом дяди Фёдора покойного!

Подхватились — женщины решительные обе — и поехали в Серединки. А что там — полчаса кругом-бегом окольными тропками, а то, что выпили, так это чепуха: гаишников тут сроду не бывало.

Дом покойного председателя дяди Фёдора оказался и недостроенным, и кривобоким, и страшно запущенным. То есть ясно, что строили его на века — стены могучие, метраж как в Доме культуры, — но без малейшего понятия о планах, чертежах и архитектурной задаче. Надежда так и представила, как дядя Фёдор покойный, о ту пору ещё живой председатель местного колхоза, говорит бригадиру строителей: «Знач так, Михаил. От я подумал ночью... и захотел ото так ступенечками вниз тут повести. А с другой стороны пусть пять-шесть ступенек вверх пойдут, и прям тамочки буду столярить и в окна на пруд глядеть...»

Или что-то вроде этого.

На первом этаже, вернее, в полуподвале (семь ступенечек ото так вниз и направо), когда-то держали коз, а потому вид стен, пола и дверей был устрашающим. Туда и войти-то представлялось немыслимым.

— Этот дом ещё десять веков простоит! — убеждённо восклицала Элен, и, похоже, так оно и было. — Ремонтик, конечно, не помешает.

Надежда подумала, что не помешает снести на фиг этот Эскориал и построить вместо него нормальный уютный дом. Собственно, здесь можно было построить с десяток нормальных домов: площадь участка оказалась огромной, пятьдесят соток, и тоже, само собой, безлюбой, бурьянной и пустынной... Короче, ужас. Более отталкивающего зрелища — особенно на фоне соседних аккуратных домиков, уже приобретённых горожанами, уже отстроенных и крытых какой-то импортной цветной черепицей, — было трудно представить.

Надежда оглядела окрестности. Там, где улица заворачивала вправо и терялась из виду, над крышами домов вздымалась осенняя пёстро-багряная, жёлто-палевая, тёмно-зелёная под синющим небом листва. И на просвет за домами простёрлось — другого края не видать — озеро, которое здешние жители называли уничижительно: пруд. На участке кошмарного председателева дома, чуть ли не прижавшись друг к другу, росли три рябины, тяжело гружённые алыми кистями ягод. А главное, откуда-то с соседнего поля доносился сюда и реял в осеннем воздухе, хватая бедное сердце, запах жжёной картофельной ботвы.

А на другом конце поля далёкого детства прыгал мальчишка, крича ей: «Дыл-да! Дыл-да! Дыл-да!»

Посреди всей дух захватывающей природы, как чудище заморское из сказки про аленький цветочек, стоял колченогий, серый, сгорбленный и никогда не крашенный, припавший на правое колено и хлевом пропахший председателев дом.

Купить это страшилище мог только сумасшедший. И сейчас надо было поаккуратнее составить фразу, поэлегантнее её ввернуть и поскорее забыть дурацкий порыв насчёт имения среди лесов и прудов, — с чего это ей взбрендило, ей-богу? Когда, при её-то нагрузке в издательстве, этим имением заниматься? Да и расстояние приличное — часа три от Москвы. Нет-нет: чепуха и блажь. Сливянка виновата, больше ничего.

Надежда уже сочинила сердечную фразу насчёт рада бы, да... (в конце концов, сочинение анонсов и редактирование разных фраз было её прямой профессией). Но в тот же судьбоносный миг калитка соседнего двора отворилась, из неё вышел мужичок. «Вот, был бы сосед, — мельком подумала Надежда, — и лицо симпатичное: слегка продувное и *понарошку* виноватое».

— На Версаль наш любуетесь, — произнёс он душевно, видимо, собираясь продолжить приветственную речь, но его нервно оборвала Леночка:

— Изя! Твоё мнение мы уже знаем, примем его ко вниманию. Шёл бы ты своими делами заниматься.

— А у меня никакушеньких дел нет, — мягко и искренне отозвался человек со столь странным в этих декорациях именем, что захотелось узнать заодно и отчество его, и фамилию: интересно же! Надежда никак не могла избавиться от своего провинциального интереса к незнакомым людям, к их жизням, привычкам, именам...

— Лен, ну и сколько ты ещё будешь людей дурить этими графскими развалинами! — проникновенно воззвал пророк по имени Изя. — Павшей руиной, скажем прямо, очаровывать...

134 Надежда полностью была с ним согласна. Она вздохнула и огляделась...

Скамеечка у соседского забора была раскрашена в три цвета: зелёный, жёлтый и голубой. Глаз было от неё не оторвать. День вообще выдался на все сто: ясный и ласковый. Дня три назад встало восхитительное бабье лето, и видно было, что недели три продлится глубокая сине-золотая благость. Стояла живая, чуткая, полная деревенских звучков и запахов тишина. Над цветастой черепицей крыш плыли в небе два шикарных снежно-белых пуховика, деликатно оплывая пламенный остров осеннего солнца. А из красно-зелёно-бурой кипени леса, что вставал за последними крышами деревни, кто-то нахальный казал длинный жёлтый язык.

Надежда вдруг представила, как на будущий год её выросший Лукич, окосев от счастья лесных походов, летал бы тут над лугами, сверзался в речки и пруды и пытался завязать дружбу с какой-нибудь коровой. А дом — он прекрасный, вдруг поняла она. Неграмотный и дикий, но талантливый! Дом — самородок. Просто надо его отредактировать — как рукопись. Поменять местами кое-какие главы, сократить одно, расширить или досочинить другое... Затем откорректировать, сверстать и выпустить в свет.

— Какой идиот его купит, этот замок Баскервиля, — сокрушённо добавил мужчинка из еврейского анекдота.

— Я, — спокойно проговорила Надежда. — Я тот самый идиот. Я покупаю этот дом и приветствую вас от всего сердца, дорогой товарищ сосед!

Глава 8

ЖИТИЕ СВЯТОГО ИЗЮМА

— Ну, поехали? Включай! Что, включила уже? Эт что — уже записываемся? Ну, ты шустрая, Петровна... Раз-раз... вышел зайка по нужде... Проверь давай. А то наговорю анну каренину, а она тю-тю, давно в городском морге лежит... Если б Толстой жил в нашей деревне, он бы с тоски повесился. Ну ладно, ладно... чего руками махать! Про что говорить-то, чтоб Нине интересно? Если она об моей гремучей жизнюге писать намерена, у неё же художественное домысливание будет? Или нет? Или так прямо, с фотографиями предков отпечатают золотой том в серии «Великие судьбы»? Потому что мою жизнь, понимаешь, — её же надо фокусно подавать. Тем боле Нина всю жизнь пишет и у неё, поди, исчерпался этот ресурс, а? Ну, щас, сосредоточусь... Про армию я тебе рассказывал? Про то, как мы с господином Невзоровым золотишко намывали? Ага. Ну, это успеется, это глава вторая. А про падших узбечек? Как, я тебе не рассказывал про этих изысканных дам?! Это ж начало моей бизнес-карьеры!

Ну, поехали... Раз-раз... слышно меня?

Короче, болтался я тогда в интернате, в классе, кажется, седьмом... Эт мне сколько же было, лет тринадцать?

Интернат? Да обычное советское болото на Каховке, где магазин «Севастополь», — знаешь?

Я как туда попал. Учился в нормальной школе в четвёртом классе, вроде неплохо учился, послушный парнишка. Но тут маманя решила, что мы её свободу сковываем — ей, когда вожжа под хвост попадёт, сам чёрт не начальник. Ну и сгрузила всех троих в этот самый интернат, в это адское пекло. Варили меня там черти с четвёртого по восьмой класс. Какие придурки! Боже, какие ублюдки на нашей планете, прямо в столице нашей родины... Что? Ладно, я не торможу. Но чтоб ты знала: это удача, что я скотом не вырос, таким, знаешь, кто может харкнуть в спину: набрать в себя все сопли и харкнуть тебе на школьную курточку — просто так. Вот какой там был контингент. Попадались, конечно, и хорошие ребята, случайные жертвы нашего добрейшего общества — скажем, родители в аварии погибли, а бабка слепая, воспитывать не может... Но девяносто пять процентов — вот такого дерьма. Отпрыски пьяниц, уголовников, разных наркоманов-бичей... Вот в такое великосветское общество я попал. В Палату лордов. Бллли-и-ин!!! Я представить не мог, что будет так страшно. Всю неделю страшно, каждый день. А в субботу... В субботу сидишь-ждёшь своего пирожка (там пирожки на дорожку давали, грех кому оставить), а потом кого отпускали, кого — нет. Если не заныкал пятачок на метро, хрен тебя выпустят. Сиди в интернате, да ещё и рабо-

тай: отнеси-принеси, копай там, покрась здесь...
А работать кому охота? Лучше не жрать ничего,
лучше сдохнуть, чем работать, — верно? Тем боле
в выходные не готовили, кормили тем, что ска-
пливалось с четверга по пятницу: сгоревшая запе-
канка, бурые макароны, холодный какао в баке,
куда сливали всё, что кто не допил... Ну, ладно,
скотская жизнь — это понятно.

Хотя, знаешь... вот бесплатный допсюжет: была у нас такая тёть Люся, повариха, законченная
алкашка. Она картошку жарила как богиня! Ни
у кого больше в своей красочной жизни я такую
картошечку не ел, включая у себя. Мы все за эту
картошечку готовы были душу продать. Помогали
ей чистить, помои выносили... Она нажаривала
полный бак картошки, потом напивалась вмёрт-
вую и там же в кухне засыпала — на скамейке. Мы
накрывали её своими пальто и убирали со столов:
малышня посуду носила, старшие мыли тарелки-
чашки... — на цыпочках ходили, чтоб тёть Люся
дрыхла на здоровье. Мы её боготворили за ту картошечку!

Ну вот, а денег-то нет, ну, одолжишь у кого
пятак — показать, что, мол, денежный, а потом
вместе с братом и сестрой добираемся до дома на
перекладных. «Тётенька, не бросайте пятачок, я
полтинник бросил...» Иногда срабатывало, иногда вытаскивали за уши и — пинком из автобуса
где-то на полдороге. Всяко бывало.

Но в основном мы как-то денег нашкрябыва-
ли. И на пересадках: какой-то троллейбус ходил
до Каширского шоссе, где сейчас «Каширский

дворик», стройматериалы, дальше на шестьдесят седьмой, сорок восьмой автобус, или на девяносто пятый, который от Каширского шоссе ходил аж до Капотни. И так к ночи доползёшь до своего Орехова-Борисова.

На метро, конечно, проще, но денег-то жалко, или нет их ни хрена, — ничего, добирались так. Приползёшь — в чём душа держится после того пирожка, а дома вечно жрать нечего. Мамаша неизвестно где, вся в каких-то своих романтичных историях в духе *Сандры-Барбары...*

Папаня либо на каком-нибудь кратком заработке, либо в вытрезвителе, либо слегка поддатый-весёлый с гитарой на диване. Папаня мой пел... закачаешься! Джаз любил, Армстронга. Знаешь, у того песню «Чуча»? Как — не знаешь? «Чу-ча, чу-ча, чу-ча-ча!» Или: «Прошёл Петро по Плющихе с потрясающей чувихой!» Дальше не помню. Я ведь тоже пел когда-то. Гитара вон сломанная на чердаке валяется. Но я в основном знаю «Ласковый май». И ещё: «А если вспомнится красавица-молодка... Если вспомнишь отчий дом, родную ма-а-ать...» Ну да. Нет. Не торможу.

Я где остановился? Ага, падшие женщины. Они поселились у нас в подъезде этажом выше. Я как раз учился тогда в седьмом классе. Видел их иногда на лестнице или в лифте: такие женщины с Краснодарского края, узбечки. Нет, не из Ташкента. Говорю тебе: Краснодарский край, узбечки. Как это — нет узбеков? Они везде есть. Тогда... таджички? Ну, хрен с ними, неважно. Но эти вот восточные фурии тогда пользовались большим спросом. Это как негритоска на Тверской, такая вот сексуальная экзотика того периода. И всё застарелый прейскурант: страшненькие и бывалые. Лет так двадцати восьми — тридцати.

Малолеток тогда не видно было, может, где-то на трассах стояли?

И вот, однажды в субботу сидим мы с Шуркой, братом, у подъезда. Подъезжает такси. А такси — это в те годы было... сильно! Зелёный огонек! Выходит женщина, из багажника тяжеленные сумки вытаскивает. А мы — что, мы кочумаем на лавочке, сигаретку у папаши спёрли, тянем её по очереди. И тут она такая: «Чего сидите, орлы? Ну-ка, помогите!»

Мы с Шуркой — хоба! — налетаем, хвать её сумки и тащим наверх, на шестой этаж — лифт же, как всегда, не работает, или обоссан, или говно в нём ездит. Короче, дотаскиваем тётке багаж... и она... Тут внимание, Нина! Она нам РУБЛЬ выдаёт!

Ты что! Для нас тогда рубль — это был пипец, поворот судьбы! Представляешь, сколько раз на этот рубль мы могли домой приехать-уехать? Задача была, конечно, заныкать его, чтоб никто не отнял, ни одна позорная скотина. Мои нычки — ой, это ж целая система. У меня на плече на школьной форме нашивка была, я над ней аккуратненько швов прорезал и туда по десять копеек прятал, — на метро, на следующие выходные. Само собой, долго эта нычка не продержалась...

Ну и ненавидел же я то проклятое заведение. Постоянно хотелось жрать, жрать, жрать! И чтобы тебя все оставили в покое. Никакой математикой, ни химией, ни физикой я не занимался. Я только в библиотеку нырял: там страшно пахло плесенью, зато были разные-всякие интересные имена на обложках: Джек Лондон, Грин, всякие там *Пингвинские клубы*, ну и фантастика, само собой, — Беляева я обожал. А ещё было много журналов «Вокруг света» и такой голубого цвета журнальчик, название забыл, там почти в пред-конце печатали одну-две главы Рэя Брэдбери. Я читал и перечитывал по миллиону раз, лишь бы не возвращаться в эту проклятую скотскую жизнь...

Для меня тогда всё, что в книгах, было живее и правдашней, чем жизнь вокруг. Я и ночью чи-тал — под одеялом: батарейка такая квадратная и лампочка, ну и читаешь. На уроке тоже: учебник открываешь, а у тебя там тонкая книжка заложе-на, и ты сидишь, читаешь... А забудешься — хе-ракс! — вокруг хохот, а над тобой учитель скло-нился и тоже типа внима-а-ательно так читает вместе с тобой.

Я тогда заикался довольно сильно. Но зато по литературе у меня было твёрдое «пять», хотя со-чинения я не писал: у меня что-то... понимаешь... буквы не складываются или, наоборот, лезут как попало, одна впереди другой. Я читал, что это какая-то болезнь и сейчас её уже лечат. А тогда только по башке я и получал. Учительница лите-ратуры никак понять не могла: как так получает-ся, что книги я читаю, а возьму ручку, становлюсь идиот идиотом...

Помню, в конце года она вызвала меня на разговор: чего знаю, чего прочитал. Память-то моя хорошо тогда трудилась в полуюношеском состоянии; я все книги помнил чуть не наизусть. Ну и пошёл трещать, как заведённый. И поняла она, что я, в общем, всю библиотеку-то и слопал. А в ней — четыре стеллажа!

Так вот мировая литература со мной познакомилась.

Короче, поселились прямо над нами эти весёлые девушки. Я ж понятия не имел, в чём они, так сказать, специализируются. И такси перед домом стали шнырять постоянно.

И вот, как-то вечерком мы с Шуркой стоим на балконе, запускаем горящие самолётики. Ты его спичкой поджёг, и он — пых-фыр-р-р!! — летит-горит... сизый, лети, голубок!

И тут — хоба! — сверху: «Ой, какие ма-а-льчики хорошенькие! А сгоняйте-ка нам за шампанским!» — «Нам не продадут, тётя!» — «А вы у таксистов. Ну-ка, поднимитесь к нам!»

Мы с Шуркой заходим... А там целая компания: мужики, курево, духами прёт этими... *«Плуа-зоном»*, ненавижу я этот слащавый запах, но тогда это было модно. Входим, значит, мы с Шуркой так несмело... и нам прямо с кондачка выдают... пять-де-сят рублей!!! Я такие деньги однажды только видел у папани, в руках никогда не держал. Два пузыря, говорят, шампанского и вот вам рублишко за ноги.

Ну, мы ошалели, да? Суёмся к таксисту: «Дядь, шампанское есть?» — «Чё-о-о?» — «Да нас послали...» — «Кто послал? Участковый?» И тому подобное, пока вдруг один из таксистов наклоня-а-ается, достаёт из-под сиденья две бутылки, завёрнутые в газету, берёт у меня полтинник и — досвидос! Сизый, лети, голубок. Мы пулей их на шестой этаж вознесли, и нас похвалили: хорошие мальчики, да...

И тогда, Петровна, мой шустрый мозг произвёл первую в моей биографии гениальную бизнес-идею. Понимаешь, шампанское в те доисторические временочки спокойно продавалось в отделе, где коньяки и сигареты. По шесть с полтиной рубликов. И я представил, как прошу любого душевного мужика в магазине купить мне две бутылки. Пускай там из благодарности отдать ему пятёру. Остальное — себе. Это ж целое состояние! Но это я после, ночью придумал, так как всё время крутил великую сделку в своей воспалённой башке. В тот первый раз не догадался. Мы и рублю-то были рады. Пошли, мороженое взяли — красота! Валяемся дома на своей обоюдной продавленной тахте, ржём, болтаем, мечтаем... Спасибо порочным узбечкам за наше счастливое детство. А дома — что? Телевизор сломан, месяца три не работает, мать — хрен знает где околачивается. Придёт вечером, часов в семь, принесёт набор костей, или как там это называлось, наорёт на нас просто так, чтобы пар выпустить, и стоит до десяти у плиты — варит из костей собачью похлёбку для всей семьи.

Короче, эти барышни полусвета стали частенько меня туда-сюда посылать сбегать. Они добрые были тётки, знаешь, простые душевные тётки.

Может, зарабатывали для своих же детей где-то там, на окраинах мира... Нет, я не торможу и не философствую. А если будешь мешать и командовать, то у меня мысль жужжать перестанет. Брось эти свои редакторские монополии.

Значит, тётки эти, увидев наши голодные глаза, стали нас потихоньку подкармливать... и в общем, через пару месяцев стали мне серьёзно доверять. А тут такое дело: я у соседа, у прапорщика Юрки, взял в долг двадцать пять рублей, месяца три не мог отдать, ну и в одно мерзейшее утро он встаёт на пороге, как статуя Свободы, и говорит просто и деликатно: «Убью».

Я — ноги в руки — поехал на Новокузнецкую в специализированный магазин шампанских вин. Захожу и вижу: да, шампанское, именно по шесть с полтиной. Тогда почему-то все пили только сладкое. «Брют» стоял везде и не нужен был никому. Я одного мужика приметил с боль-мень человеческим хайлом, подошёл и попросил купить мне две бутылки, обещал по два рубля с каждой. Ты шутишь: портвешок «777» стоил тогда рупь семьсят, плюс чебурэк — это в целом где-то два рубля. Вот тебе и полноценная тайная вечеря. Главное, я следил, чтобы мужик через выход для персонала не свалил, однажды у меня такое было.

Добыл он мне шампань, два пузыря, я их в пакет положил в бумажный, привёз домой, сижу, счастье стерегу.

Проходит неделя — ни звонка! Нет, они там наверху всё время гудели, но про шампанское вроде как не вспоминали. А сосед, Юрка-прапор, уже так глазами вращает и точит кинжал, что я на лестницу выйти боюсь, не то что — в интернат за учением. И вдруг — хоба! — звонок: сбегай! Я трясущимися руками беру этот полтинник и — часов у меня, само собой, не имелось, — начинаю про себя считать: пять минут туда, пять обратно...

А сам сижу, как на вулкане, и в заднице у меня лава горючая закипает, а мозги немеют от возбуждения. Ну, вроде отсчитал положенное время, поднимаюсь, они мне — спасибо, милый, и — рублишко. Поднимаюсь я к прапору, гордо вручаю четвертной, у меня остаётся богатство неслыханное, чистое, как белый лебедь: мой первый заработанный честным бизнесом четвертной!

Ну, понятно, первым делом я жратвы накупил: мяса, там, сардин, колбасы... Остались пятнадцать рублей.

Я опять еду, покупаю два пузыря шампани... Там продавщица одна была, искренняя такая тётя-мотя, говорила, что я обаятельный мальчик, на сынка её покойного похож, и продавала мне спиртное в руки, типа по записке от родителей.

И вот так я наведывался туда потихоньку, удил свою рыбку... пока не дорастил запас до двух ящиков. И когда распродал ящик, на руках у меня оказалось триста рублей. Три-ста руб-лей! Столько — у спекулянтов — стоили шикарные женские сапоги. У «Будапешта» или у «Бухареста» можно было купить а-ля югославский вариант. Почему о женских сапогах вспомнил? Да у сестрёнки, у Серенады, зимняя обувка совсем сошла на рвань. Долго мы с ней ездили, прицениривались, в результате купили сапоги какой-то нашей фабрики. Зимой, понятно, кожа вся потрескалась, но это потом. А Серенада всё равно чувствовала себя королевной. Ты что! Она так вышагивала в них, — как модель на подиуме. Но всех деньжат я на её чоботы не вывалил, конечно, душа не позволила. А зачем, есть и другие интересы. И вот, появились у нас, значит, кое-какие денежки, и холодильничек престарелый очнулся и зафурычил — я мастера вызвал, — и колбаска, и мясько, и сосисочки в нём возникли... Жизнь, короче, засверкала и затренькала.

Приходилось мне даже убегать из интерната на ночь, на вечер, чтобы шампанское покупать. Они там, наверху, начинают бухать — им вечно не хватает. Ну и понеслось, а что им, девушкам, — они по пятьсот рублей за ночь зарабатывали. Тем более за шампанское не она платила, а финн какой-нибудь.

Кстати, со временем я стал казначеем у своих бизнес-леди. Они частенько, взяв у клиента валюту, спускали мне её на балкон на верёвочке. Почему? Потому что, бывало, иностранец набухается, получит с девушки своё, и требует, гад, обратно свои мани, иначе, типа, полицию вызываю. Они: ну, вызывай. Полиция приезжает, то-сё, шмон-разборки... Никаких денег не находит. А деньги у меня под плинтусом в трубочку завёрнуты.

Ты, Петровна, смущена, что мой первый бизнес-проект возрос на почве порока? Нет? Ну я всегда чувствовал, что ты — родная душа. Только ты мне и нальёшь, а боле никто. И слушаешь мои дивные сны — в смысле изобретений. Кстати, о тапках: я продолжаю отслеживать тему. Люди по-прежнему бьются, расшибают мизинцы, но тупо продолжают искать тапки в темноте. Петровна, привези ты мне наконец флюоресцентные нитки из Москвы! Что тапки! Можно обшить низ дивана или даже стульчак, например. Сейчас продаются кожаные стульчаки. А что? Во-первых, красиво. Во-вторых, мужику очень удобно целиться в темноте.

...Я не отвлекаюсь, это просто лирика, а Нина заместо лирики может вставить какой-нибудь гражданский пафос: что делать, мол, и кто виноват (бллин!), что «обаятельные мальчики» в России спекулируют шампанским.

Да! Вот там, в ихней пёстрой компании я познакомился с неким Давидом, который присмотрелся ко мне, оценил, так сказать, мои бизнес-таланты и стал меня изредка брать туда-сюда... и кое-чему учить.

В то время я уже сидел на якоре в ПТУ, которое ничем было не лучше того самого интерната. Это как получилось. Как вообще получалось, что из паршивого заведения человека прямым ходом перебрасывали в кузницу народных масс. Они просто брали твои документы из интерната и переправляли их в ПТУ. Такая вот автоматика производства рабочего класса. Понятно? Был ты там, теперь будешь здесь. А если я не желаю быть вашим рабочим классом? Если меня вообще от вас тошнит?

Так вот, Давид. Жил он, где клуб молодежи, где КВН одно время крутили. Жил там с папой-мамой, а они армяне, но давно закореневшие, ещё их родители в Москву приехали и освоили её досконально. Он был фарцовщиком, Давид. Чем конкретно занимался, особо не афишировал. Но однажды — я потом понял, это был такой эксперимент — попросил меня съездить на Комсомольский проспект на метро «Спортивная», где мост сейчас — Третье транспортное. Такой угловой сталинский дом, в нём — пивной ресторан «Колумбус». Подавали там здоровенных креветок и пиво бадаевской фабрики, всенародное пойло. «Жигулёвского» почему-то никто не пил. Вот опять: «не отвлекайся!» Я ж реалии той жизни поставляю. Это же важно в художке. Нет?

Короче, посылает меня туда Давид за креветками и пивом, чтобы привёз — на такси. «Подойдёшь к тому-то, скажешь, от Давида, дашь денег, вместе загрузите, привезёшь».

Сначала по таким пустякам посылал. Потом уже и деньги в конверте поручал отвезти. А потом стал меня с собой брать.

И стали мы с ним ездить на Белорусский вокзал к польским поездам. Если поезд прибывает вовремя, мы берём такси и едем на Беговую, в депо. А в депо — по путям, и Давид — у него был собственный ключ — открывал вагоны и там уже торговля шла. У него сумка была такая безбрежная, он доставал чёрную икорку в баночках, а поляки ему за то — часы и всякую разную хренотень. Потом эти часы сдавали в знаменитый комиссионный на Комсомольском проспекте, рядом с «Гаваной». В общем, к вечеру у него кошелёк сильно разбухал...

Между прочим: всюду любовь, кажется, такая картина есть? Не в смысле кино, а в красках, вот... Правильно: «Всюду жизнь». Я к тому, что когда у моих падших узбечек возникли сложности с ментами, Давид предложил одной из них, Зульфире, просто переехать к нему. Оказывается, он её давно любил. Ну, мало ли что проституция! Какая ты грубая, Петровна! Просто он был деловой человек и отделял слухи от котлет. Коммерция — это коммерция, а любовь — это любовь, но уже когда другого выхода нет. Да и, откровенно говоря, проклюнулись и расцвели юные пэтэушницы; на смену ветеранам пришло, так сказать, молодое задорное мясо. Пожилые тётки уже не канали, их просто не покупали.

В общем, Зульфира к нему переехала и, кажется, все они там и живут по сей день: мама, папа, и эти голубки в вихре возвышенной любви.

Так. Мы на чём остановились? Это уже какой, значит, год? Восемьсят восьмой? Горбачёв уже гуляй-Вася-не-хочу, уже кооперация вовсю пошла по стране. Соответственно, и молодая кооперация встрепенулась: кто джинсу в хлорке варил, в ведре, — помнишь, ниточками перевязанную? Кто ещё что-нибудь придумывал... страшно вспомнить.

Но я не о том.

Мы с Давидом, в общем, встали на ноги. Денег он мне давал уже рублей по сто пятьдесят в день. Я часы его распространял: «Монтана», шестнадцать мелодий, страшно популярные были часы, себестоимость тридцать пять рэ, а продавали мы их по сто. Потом «крабы» появились, женские, помнишь? Электронное такое говно, но в те времечки это же был писк. Никто же не предполагал, что механика всё-таки победит.

И я как-то, знаешь... — великая сила искусства, то есть денег, — как-то потихонечку перестал заикаться, заделался комсоргом в своём ПТУ, комсомольские взносы собирал со всей группы... Окреп парнишка! На экзамены-зачёты идиотские вообще не ходил — часами отбояривался.

Главное, дома я уже ремонт сделал, поставил пластмассовые плинтуса и стал испытанным способом втихую забивать под них полтиннички, стольнички... В прихожей. Прихожая у нас приличных размеров, метров пятнадцать, кабы не больше. Если плинтус приподнять, там паз такой открывается, и ты сворачиваешь в трубочку купюру, заправляешь в паз и опускаешь плинтус на место. Короче, все плинтуса забил свёрнутыми денежками. Я со временем даже считать их перестал. Записывал, записывал... потом перестал. В день я уже зарабатывал рублей по триста пятьдесят, по четыреста. Это при хорошей зарплате здорового мужика в триста пятьдесят в месяц. Тут же маманя объявилась... Все объявились, вся родня, с протянутыми нуждами. Каждому что-то надо. Я чем горжусь: сеструхе помог с обучением.

Можно сказать, пособил в судьбе: ведь когда она была на практике в больнице от своего медучилища, туда Толяна и привезли с пулевым ранением, вот и приятное знакомство.

И вот когда жизнь, значит, повернулась ко мне сверкающим фасадом... тут и стали идти повестки из военкомата.

Что сказать: сходил я туда разок, и у меня нашли охеренное плоскостопие: стоять не могу, бежать не могу, могу только сидя спекулировать. Ну и куда меня? В спекулянтскую роту? Шучу. Это я для Нины шучу. Она же услышит мой голос, да? Нина, приветствую вас от имени великой литературы!

Ну, ладно, ладно... Я к чему: наверное, мне бы стоило ещё раза два туда явиться с честной рожей, загребая кривыми лапами. Может, меня и оставили бы в покое.

Некому было по башке дать, в смысле — дать этот дельный совет.

И повестки всё идут и идут, а мне это вроде как весенний ветерок, бллин-бллиновский! Наконец получаю зловещего смысла документ: «Ваше дело передано в прокуратуру».

А между тем образование моё подкатило к последнему, так сказать, боевому рубежу: к экзамену по математике. Наступил этот день «икс», после которого я — согласно замыслу наших кормчих — из гадкого утёнка должен превратиться в электромеханика по лифтовому оборудованию.

Но с утра мне надо было попасть на Белорусский вокзал, передать там проводнику три тыщи дойчмарок. Я даже не знал — за что, Давид сказал: передай, ну и всё... У меня всё было размечено по часам, я полагал, что до двенадцати успею это мероприятие разрулить. И вот стою на Белорусском вокзале, где эта кофейня, знаешь, время — восемь с хвостиком, поезд прибывает через полчаса, жизнь прекрасна. Взял я кофейку, попиваю... Белая рубашечка на мне, поверх свитерок такой тёмно-синий лёгонький, модный... Стою я и соображаю, что с Белорусской до Коломенской мне домчаться — рукой подать. А напротив, за столиком таким круглым стоят менты, кофе пьют со своими бедными сосисками. И так мне жалко их стало! Я-то себя ощущал хозяином судьбы. Опускаю победный взгляд, гляжу: шнурок у меня развязался. Наклоня-а-аюсь, чтобы завязать его... Внимание, Нина, алё! Приближаемся к катастрофической минуте! Наклоняюсь я, значит... и так неловко наклоняюсь, что у меня из кармана рубашки — фьють! — эта котлета выпархивает и — как карты, веером красиво расстилается по заплёванному полу. Я, похолодев, как покойник, глаза подымаю и вижу: мент, что ко мне лицом стоял, замер и ошалел от такого красочного неглиже. А время раннее, народу в кафе особо никого. Ну они меня тут же завалили на пол, тут же какие-то понятые выскочили... всё как во сне. Быстрота убийственная. Поволокли меня в их ментовку. Минут через пять прибегает туда главный полицай Белорусского вокзала, майор какой-то. Пузатый, морда — во, ужасно недовольный. Чем недовольный? А кто-то стукнул куда надо, и в считаные минуты там уже нарисовалась гэбня. Ясно, что майору весь кайф обломали. Он бы марки себе забрал, меня бы отдубасили и вышвырнули. А так — и денежки уплыли, и меня увезли...

Увезли меня, Петровна, сам не знаю куда. Понятия не имею, куда завезли. Кинули в подвал какой-то, ну я и сижу, пытаюсь понять: что, жизнь кончилась? Похоже, так... Тишина там адова, скажу тебе. Видимо, стены толщины фантастической — ни черта не слышно. Часок продержали в тихом ужасе, потом вошли два серьезных братка и приступили к моему воспитанию. Молча: просто херачат и ничего не говорят. Мордуют, лупят, метелят, молотят, дубасят... короче, пиздят профессионально и от души, методично; даже не заводясь, не вдохновляясь. Не знаю, сколько это продолжалось — может, шесть часов, а может, три дня. Потом выяснилось, что просидел я там неделю. Превратился в кровавые ошмотья: три ребра сломаны, нос перебит. Вон, смотри — до сих пор он кудрявый! Эх, где она, моя посмертная древнегреческая маска... Ну а дома меж тем у меня всё уже обчистили, все мои плинтуса заветные-наивные подняли... А от меня — забыл сказать — требовали, чтобы я сдал сообщников, где большая касса, где крупный куш лежит, а не эта ерунда. Но я был как камень, всё на себя брал: сам, мол, схему изобрёл, сам спекулировал. Всплыли по ходу дела армейские повестки, моё неуважительное отношение к родной армии, к обороне родины моей прекрасной.

И приходит как-то совсем другой мужик. Не кувалда, не пёсья рожа, а такой... почище. И говорит: «У тебя два варианта: тюрьма или армия. До тюрьмы ты не доедешь, гарантирую. Хочешь жить — иди в армию. А будешь языком молоть — тебе никто не поверит. Не говоря уж о том, что тогда и до армии не доедешь».

И прямо оттуда меня доставили в военкомат. Вот, говорят, ваш пропавший товарищ, мы его вам нашли, горит желанием служить отчизне верой-правдой, не смотрите, что маленько помят.

Вот таким путём, Петровна, позвала меня родина-мать... Голосом и кулаками своих верных сынов.

Ну что, на сегодня всё? Наговорил на два тома, а? Нажимай на кнопочку. Притомился я что-то, Петровна. Как-то огорчился в процессе воспоминаний. Налей чайку, а? Нет, ну её, наливку. Давай простого родного чайку погорячей. Как-то... обмяк я от всей моей жизни...»

* * *

Уже без малого час сидела Надежда одна в богатой, стильно продуманной и любовно укомплектованной кухне, в огромной пятикомнатной квартире некогда знаменитого дома в Лаврушинском переулке. Последние минут тридцать, пока зимний свет за окном, и без того скучный, стал меркнуть и лиловеть, а затем и вовсе сгустился

154 в фиолетовый кисель, ей становилось всё хуже и всё страшнее...

За все годы её работы с вип-персонами пишущей категории граждан, за все эти непростые годы обслуживания брэндо́в родного издательства, в подобной ситуации она оказалась впервые. Квартира принадлежала знаменитому писателю, в ком природа счастливо соединила лёгкий стиль, умение строить исторические сюжеты в жанре триллера и артистический талант произносить свои тексты с телеэкрана в приятной, несколько иронической манере, слегка усмехаясь одной стороной чуть скошенного рта. Он был рыж, конопат, внешне непрезентабелен, весьма скромного, чуть ли не подросткового роста... но — как это порой случается в оборотневой вселенной телеиндустрии — неплохо смотрелся именно на экране, где, сидя в вольтеровском кресле, вёл свою авторскую передачу, с довольно высоким рейтингом, ибо говорил выразительно, быстро, вываливая о том или ином историческом деятеле совершенно немыслимые сведения: инцесты, предательства друзей и родины, убийства членов семьи, привычный и поголовный разврат и прочие неотразимые для народа факты.

Сегодняшний визит Надежды к Михаилу Мансуровичу Калиннику был обычной рабочей встречей подписания договоров на ближайшие допечатки нескольких его книг.

Михаил Мансурович гостей принимал так же приятно и развлекательно, как и передачи вёл: и всегда у него какой-то новый белый чай прямо из Китая, в диковинных фунтиках с чубчиком, который он отчикивал полукруглыми серебряными ножничками; всегда есть какой-то коричневый сахар с низким количеством глюкозы; и печеньки соответствующие — без добавления маргарина, сахара, глютена и красящих веществ. Всё это принимать в свой уютный и здоровый организм было мучительно, но необходимо: МихМан и сам был человечком пиететно-уважительным, и зорко следил за всеми правильными отправлениями ритуала.

Словом, именно от милашки Калинника Надежда никогда не ожидала ничего экстраординарного, к сегодняшнему визиту практически не готовилась, не напрягалась, предвкушала чаепитие и увлекательный разговор: а ну, в какое ещё экзотическое пекло МихМан наведался... И тем не менее, вот уже около часа происходило в этой квартире нечто небывалое. Налив редактору чаю в китайскую, дивного изящества крошечную пиалу и вывалив в такую же плошечку комочек безсахарного варенья, Михаил Мансурович произнёс, чуть скосив рот в приятной усмешке: «Я, Надежда Петровна, буквально на секундочку вас покину». После чего ускакал по коридору вдаль и сгинул.

Во всей квартире освещена была — и то слабо — кухня. Когда-то типовая, шестиметровая, в процессе грандиозной перестройки под управлением известного дизайнера она была соединена с одной из комнат и сейчас, по мере наступления за окнами зимних сумерек, явно нуждалась в ярком свете потолочной лампы. Но в кухне горел

156 только один из антикварных стенных канделябров, которыми Надежда когда-то любовалась, восхищалась и искренне призналась хозяину в зависти, а сейчас с ненавистью смотрела на тлеющий ночниковый свет и думала: не будет ли нахальством нащупать на стене выключатель и зажечь нормальную люстру?

Она напряжённо обдумывала ситуацию. В нашем возрасте... о-хо-хо... наш желудок, мочевой пузырь, и вообще, наше нутро может преподнести бог знает какие сюрпризы — думала она в первые минут пятнадцать отсутствия Мансурыча. Затем её мысли побежали в более, так сказать, нетривиальное русло. Ну да, Калинник человек в высшей степени приличный, размышляла она, — по крайней мере, на людях и в телеящике... Приличный человек, добившийся известности знаниями, талантом и умением всюду оказаться своевременно и по делу. Не из тех был Мансурыч, кто в погоне за мимолётным интересом публики способен в теледиспуте плеснуть в лицо собеседнику остатки спитого чая из своего стакана. Нет, вряд ли он примется выделывать антраша перед бедным редактором, да ещё в собственном логове и без соответствующих свидетелей.

Но, господи, у каждого человека свои тайные пристрастия. А вдруг в связи с каким-нибудь недугом (кажется, вот, в прошлом году у него возникали определённые проблемы со здоровьем?) человек пристрастился к тем или иным медикаментам и сейчас, наглотавшись или... нанюхавшись очередной дозы препарата, прилёг на диван да и уснул?

Надежда приподнялась с кресла в стиле ампир, такого удобно широкого, приёмистого — тоже уважительного, — несмело выглянула в коридор и пискнула:

— Михал... Мансурыч?

Зловещая тьма коридора отозвалась каким-то паршивым шорохом, и Надежда испуганно прянула обратно в кресло. «Чёрт бы побрал этих гениев», — подумала она в полном смятении. Сейчас она бы с огромным удовольствием плюнула на причуды мастера и просто смылась из этого музея, аккуратно прикрыв за собой входную дверь... Но договора, договора, лежащие аккуратной стопкой на краешке стола, — они так и остались неподписаны, а допечатки книг должны уйти в типографию вот-вот... Что делать?

Наконец её пронзила простая мысль, которая должна была бы прийти в голову сразу: а не откинул ли Мансурыч копыта? Ведь ему сколько годков? Лет пять назад, если память не изменяет, отмечали семидесятилетие, а то и... семидесятипятилетие? Господи, а вдруг человеку плохо, вдруг он гигнулся там, на просторах своей, кое-кто из девочек говорил, сногсшибательной кровати, а она тут сидит как последняя идиотка и ещё думает, что делать?!

Надежда вскочила, решительно ринулась по тёмному коридору куда-то вдаль, вглубь, неведомо куда, тихонько поскуливая: «Михал... Мансуры-ич? Михал...» — натыкаясь на предметы мебели, пытаясь нащупать где-то выключатели и понять — куда двигаться. Нет, в жалкой ярости поняла она, это не две квартиры он соединил, а, наверное, целый этаж, вон, целый пролёт вдоль всей Третьяковки!

Вдруг... ласковое бормотание хозяйского голоса донеслось откуда-то справа, куда уходит широкий рукав одного из множества коридоров. Надежда взвыла чуть громче, требовательней. Да что он там — час по телефону с кем-то трендит? Пошла на смутное бормотание... и поодаль, под одной из дверей, углядела полоску света. Кинулась туда, пробираясь вдоль стены в темноте. Бормотание усилилось... Тихонько приотворив дверь, Надежда заглянула в комнату и — остолбенела... Здесь работал телевизор, и на экране, непринуждённо откинувшись, короткопалой веснушчатой рукой поглаживая в такт своей речи резную ручку малинового кресла, Михаил Мансурович Калинник, гораздо более представительный, чем в жизни, — ибо телеэкран, как известно, укрупняет личность во всех смыслах, — очень складно и артистично что-то рассказывал, лукаво глядя прямо на самого себя, неподвижно сидящего в кресле напротив. А тот МихМан, который внимал ему здесь, в этой комнате, просто не мог оторваться от магической картины: он наслаждался, он млел, замерев в полнейшем внимании к собственной персоне; он растворился в нирване, в этом дивном общении с самым тонким, самым изощрённым и образованным собеседником в мире... Ни за какие коврижки его нельзя было выудить отсюда до тех пор, пока не поплывут снизу вверх титры телепередачи.

Михаил Мансурович Калинник был нормальным писателем, то есть абсолютно сумасшедшим типом, свихнувшимся на себе, своих текстах, своём развратно-слащавом голосе, своей долбаной рыжей физиономии.

Надежда бесшумно притворила дверь и на цыпочках двинулась прочь по коридору в страстном предвкушении свободы, сигареты, купленного на углу и тут же схомяченного горячего чебурека, холодного воздуха улицы, вечерней толпы торопящихся по своим делам объяснимых людей... После пережитого напряжения её даже охватила лёгкая эйфория, та, что всегда заполняла душевные полости в минуту изумлённой оторопи, частенько сопровождавшей её касания с творческими личностями.

Завтра подпишу эти проклятые договора, думала она, аккуратно защёлкивая за собой шикарную входную дверь квартиры Калинника. Надо только по телепрограмме сверяться — что там, а не вламываться к занятому писателю наобум лазаря.

* * *

Когда Изюм вспоминал об армии (а вспоминал он так редко, как только душа находила силы спохватиться и прихлопнуть тёмной рогожей забвения весь тот пыльный кошмар), — когда всё-таки он вспоминал об армии, в его носоглотке немедленно возникал чужой запах какой-то сухой травы, застарелая боль впивалась в потревоженную пулей кость голени, и лишь затем — смутное и белоглазое на чёрно-белом экране — всплывало лицо популярного телеведущего новостной программы давно пережитых лет.

Правда, рассказывая об армии, Изюм обычно не забывал поправить себя самого — мол, всё было не страшнее, чем у других, ну армия и армия — вон, люди сплошь да рядом вообще домой не возвращались. Ну и не каждому, совсем не каждому он рассказывал о потерянном сокровище. О тайне капитана, бллин-блиновский! — Сильвера...

Все последние дни и недели, пока Надежда, странно улыбаясь — то сочувственно, то скептически, то прям-таки жалостно морщась, — записывала на диктофон его вечерние выступления, с лирическими вставками и призывами к далёкой Нине: «алллё, Нина, это для вас особая фишка!» — все последние дни, оставаясь наедине с собой, Изюм искренне пытался осознать и выстроить события, от которых так долго, да всю, считай, идиотскую свою жизнь, себя мучительно отучал. Ему ужасно хотелось, чтобы настоящий писатель, чьи книги можно потрогать и раскрыть, пролистать можно, страницу за страницей, буковка за буковкой, написал бы в конце такие вот слова: «Изюм Алмазович Давлетов, проживший на этой проклятой земле всю свою чёртову жизнь, плевал на мусор и говно этой самой жизни. Потому что он свободный человек без документов и имущества. Вот и всё!» И это была бы отличная эпитафия... или эпилог?

Так вот, поначалу, одуревший от побоев, с развороченной физиономией и ноющими рёбрами, он оказался где-то под Ковелем, в банной роте, где могучие спины склонялись и распрямлялись с такой пружинно-убедительной силой, что страшно было на них смотреть. Морды, как топорища, пилы — жуть! Двинет такой пилу разок: х-х-хук! — и к ногам падает кило опилок. И понял Изюм, что два года он обречён вот так пилить и рубить, пилить и рубить, и баню топить... И это ещё ничего, это совсем неплохо: ведь на Западной Украине что хорошо? Зайдёшь в столовую — там пахнет! Там едой пахнет! И свиньи — Изюм таких свиней никогда и не видал: как наши коровы. И сидеть бы там ему потихоньку, и пилить-пилить, и рубить-рубить, и баньку топить, и самому иногда париться...

Но командование распорядилось иначе.

Подняли их ночью, загрузили в самолёт, раздали автоматы, боеприпасы, сухпайки... Поднялись, полетели. Куда? Зачем?! Да кто ж его знает. Летели долго, несколько часов. Потом сесть пытались, и почему-то не получалось... Тогда выходит из кабины какой-то мордоворот, чёрт его знает, в каком звании, орёт в рупор:

— Слышь, сюда все! Вон там ящики, в них парашюты. Оперативно одеваем, автоматы на застёжку, сухпаёк оставляем, он не понадобится. Значит, так, — орёт, — вон жопа самолёта щас откроется, и все попрыгали, ясно?

А чего там ясного? Совсем ничего не ясно...

Кто-то крикнул:

— А вдруг там море внизу?..

— Ну, так, — орёт хмырь в рупор. — Если кто перебздел и тормозит, того без парашюта выкинем.

В общем, почесав репу, Изюм решил прыгать в первых рядах, — а то потом все начнут кашей валиться, сверху на тебя падать, тогда всё, считай, хана тебе конкретная. Страшно было так, что он даже в штаны писнул, чего потом не стыдился. А чего стыдиться! Вон народ аж позеленел от ужаса и застопорился, упираясь ногами и руками в открытой дыре... — пока кто-то из лётного состава не вышел, не надел парашют и не прыгнул. Ну тут уж парнишки стали вываливаться кто как, посыпались мешки с небушка...

Летел Изюм недолго, с километр-полтора, что ли, больно ударился, мордой в колючки угодил. И запах вот этот шибанул прямо в душу: неродной такой запах, и неродное тепло. Ночью, зимой — и вдруг тепло? От земли самой так и прёт остывающим жаром... «Блллин-блинович! — он мысленно аж застонал: — Афганистан?!» И запахи эти, и звёзды не те, и всё такое нехорошее. А вокруг пацаны падают кто куда, кто-то вопит со страху, кто-то ногу подвернул, кто-то сильно ушибся, кто-то и башку разбил. Изюм откатился к какому-то камню, забился за него, притих, сидит... Дай, думает, автомат гляну. Глянул — а там патроны боевые. Мать твою, неужто мы за бугром?!

Утром, едва рассвело, послышалось вдали урчание мотора, показался грузовичок — ехал, собирал по полю народ. За первым грузовиком показался второй... Светало и так сильно пахло неведомыми травами, неведомой тоской и каким-то глубочайшим беспамятством, в которое надолго предстояло погрузиться Изюму...

...И никакой это, конечно, был не Афганистан — когда? в тысяча девятьсот восемьдесят девятом-то году? Но не слишком далеко от того. Оказались все они под Баку, а в те годы ясно, какой геморрой расцветал в тамошних краях: то ли армяне залупались, то ли азеры всё затеяли — никогда Изюм не мог разобраться в этих чужих дрязгах, да и не горел разбираться. Всё просто: военная обстановка, а что да как — волнует только тех, кто застрял на этом кусочке земли.

Привезли ребят в какую-то часть — длинное приземистое здание из кирпича, — а там голод собачий-тягучий, все ходят — рыщут консервы. Народу до хрена, какая-то непонятная движуха, и хоть бы узнать подробности — как и что, хотя бы в телевизор какой глянуть одним глазком. И вдруг набрёл он на старый телевизор в красном уголке — точно такой, как дома, Изюм его наизусть знал: вечно там проблема с переключением каналов. Ну он засел, принялся ковыряться, довольно быстро настроил два канала — очень хотелось новости послушать, ибо не оставляло его ощущение, что привезли их сюда на какую-то священную народную войну, а почему в эту не нашу войну надо соваться, не объяснили.

И тут прапорщик какой-то заходит, видит такое дело: что железный, можно сказать, брошенный лом слегка ожил и даже картинку показывает, и дёрнул Изюма и ещё двоих с собой. Посадил в вертушку (тоже удовольствие немалое), — но Изюм как-то бестрепетно понял и принял всю эту новую бесправную жизнь. «Парашютов не бу-

164 дет?» — спросил он кротко. Прапор усмехнулся шрамом через нижнюю губу, говорит: «Здесь парашютов нет».

Оно и ясно, дотумкал Изюм: кто с вертолёта прыгает? Сразу под винт — и досвидос. Сизый, лети, парашют...

И сидели они, трое зелёных от страха новобранцев, к окошкам придавились, как испуганные дети... Вертолёт разогнался, побежал-побежал по дорожке и вдруг — у-у-уй! — *хоба!* — всё пропало, и внизу — крошечный такой городок. Баку... Сердце так: а-а-а! — и умерло. А может, он, этот прапор проклятый (Матвеев была его фамилия, и, ей-богу, стоит её запомнить) — просто город так хотел показать, с ошеломительной высоты?

Часа через полтора приземлились, что называется, в чистом поле, а именно: Мильская равнина, левобережье реки Аракс, километров сто до границы с Ираном, и народу в роте человек сто.

Город назывался Имишлы. И было там, в общем, два светофора...

Глава 9

ВЕСНА ПРИШЛА!

«Нина, дорогая, в затруднении я: поздравлять вас с праздником безумных женщин или не обязательно? Ныне по человеку и не определишь степень вменяемости. У нас в конторе все очумели: и мужики, и бабы. Мобильники содрогаются от несметного количества белиберды, пересылаемой с адреса на адрес. Тучи пёстрой чуши пролетают дикими кометами по электронным небесам. Ленивые даже и куцые слова замещают значками: рожицами, большими пальцами на «ять», и прочей морзянкой для дебилов, которую я ненавижу, считая это началом пути в немоту. (Забавно, если человечество от существа мыслящего и говорящего проделает стремительный путь в обратном направлении: к существу мычащему.)

Хотя остались ещё стихийные поэты. Кто-то, чей обратный адрес мне опознать не удалось, прислал поздравление в стихах:

Танцуя на столе ламбаду, порви любимые колготки!
Мартини запивай холодной водкой
И назови кого-нибудь козлом!
Пусть каждый месяц будет мартом,
а каждый день — восьмым числом.

Я мигом вообразила все эти сцены на своём драгоценном барском столе от Бори-Канделябра, в деревне Серединки, в присутствии благоговеющего Изюма... и долго хохотала. В общем, всё у нас непросто.

Во-вторых, сегодня мне приснился сон, что Пушкин (не малоизвестный ныне поэт, а мой знаменитый кот) валяется на моей койке кверху брюхом, закатив глаза и суча лапами. Он рожает. А я, как акушерки в кино, кричу ему: «Тужься! Тужься! Молодец!» Он и родил, умница. И только я склонилась глянуть — сколько и кого он мне принёс, как проснулась, вот огорченье!

(Кстати, вы когда-нибудь видели, как мой котяра ловит мух? Он неподвижно сидит, полуприкрыв глаза, и, кажется, не имеет к презренной действительности никакого отношения. Но когда мимо летит муха, он мгновенно, как змея — жало, выбрасывает лапу и — вдруг муха оказывается у него в кожаной ладошке! Затем происходит следующее: он медленно подносит лапу к морде и начинает медленно разжимать подушечки лапы, прислушиваясь — жужжит ли ещё пленница? Если жужжит, то лапа опять сжимается и он сидит и ждёт... изучает процесс. Когда ему становится ясным, что муха сдохла, он просто выбрасывает её. Никогда не жрёт, ибо давно понял нечто важное: еда не главное. Мне это знание недоступно, ибо в моём представлении вкусная жратва — это высшее счастье!)

В-третьих, возвращаясь с прогулки с Лукичом, я обнаружила свежую надпись на стене нашего подъезда: «Кто тронет меня, тот тронет сухой репей!» Что сие значит, объяснить не в силах.

Дня на три смоталась в деревню. Как обычно, впечатлений — куча-мала! Вы же помните, что я коллекционирую надписи на грязных грузовиках? Так вот, в пути моя коллекция пополнилась тремя новыми перлами: «Ненавижу дачников!», «Замучен пробками» и «Водитель, помни: ты сделан из мяса!». Хорошо бы внедрить эту мысль — о мясе — в сознание некоторых наших топовых авторов. Не всех, конечно, но исключительно брэндо́в. Они ведь все поголовно (кроме вас!) — людоеды...

По пути в родную деревню остановилась в Боровске, подзаправиться в обоих смыслах: и в бензиновом, и в продуктовом. На ржавой стенке какого-то гаража, за оградой рынка, видела слоган: «Ешь снег! Помогай весне!» Умилилась: народ всё же бессмертен. Заодно и познания в медицине свои пополнила, стоя в аптеке в очереди за двумя дедками.

— Ну как твои ноги? Вылечил? — спрашивает один другого.

— Какой там! Ещё и псориаз навалился. Говорят, он теперь передаётся воздушно-капельным путём...

— Да... — вздохнул дедок, — черти метят, а мы страдаем.

А в вашу коллекцию, Нина, — вот, названия окрестных деревень: Ды́лдино, Медовники́, Федо́рино, Пина́шино, Бе́ницы. И совершенно очаровательное: Рябушки...

(Ещё есть деревня с чудесным названием — Роща, там очень старый храм, где всё убранство деревянное, резное и старое: и алтарь резной, и иконы резные...)

Ехала в деревню — веселилась, а прибыв на место, — прослезилась: снег на участке почти сошёл, и я увидела, что весь мой прекрасный лужок перепахан кротами.

Я стала громко и визгливо произносить запрещённые правительством слова, что не помогло мне ни капельки. Явился — как джинн из бутылки — сочувствующий Изюм, сообщил, что «такого не было двадцать пять лет», и мгновенно выдал ноу-халяву:

Если раскопать две свежие кротовые норки, налить туда водички, засунуть по электроду и херакнуть разрядом в триста восемьдесят вольт, то кротов всех поубивает. Правда, нужны: дощечка, на которую становиться, полная резиновая экипировка и спец-какой-то электроусилитель, который может сделать только профессиональный электрик (имеется в виду, конечно, он сам). Я говорю: «Если тебя не шандарахнет вместе с кротами, ты озолотишься! Вся округа наверняка уже стонет! Что мой газон — у людей огороды гибнут! Давай, внедряй скорее в жизнь! Соверши прорыв к обогащению!»

Изюм мне — проникновенно, с чувством: «А когда?» И уточняет с тяжёлым таким вздохом: у него сегодня «нерепродуктивный день».

Вот сейчас предлагает мне купить квадроцикл (три тысячи долларов), с тем чтобы привязывать к нему газонокосилку (полторы тысячи долларов), и таким образом не ходить за ней пешком по участку. Чтобы утяжелить газонокосилку, нужно её колёса обмотать шлангом, в шланг залить что-нибудь для веса и утыкать шланг длинными гвоздями, которые в качестве бонуса произведут аэрацию газона. И он, Изюм, спаситель человечества, готов всё это ради меня сделать.

(Я: «И затем выкинуть на помойку».)

Но во имя справедливости надо заметить: при всей «нерепродуктивности дня» он починил мне подтекавшую в подвале батарею. Смазал какие-то петли на воротах и вообще, орлиным глазом спеца присматривает за всем на хозяйстве. Тоже, Ангел-Изюм, что бы я без него делала. Денег он с меня не берёт, говорит: «Это тебе бонус». Расплачиваюсь долгими вечерами выслушиванием всяческих идей, соображений и технических озарений, расшифровываю записи воспоминаний (чёрт меня дёрнул обещать ему от вашего имени вечную литературную память!), ублажаю чайком и так далее.

Он всерьёз озабочен будущей книгой. Приволок сумку, набитую семейными и личными его фотографилми, — сказал, для иллюстраций. Кроме фотографий, в сумке полно всякого: там и грамоты почётные, и какие-то справки-донесения, и любовное пионерское письмо, и визитки: «Давлетов Изюм Алмазович, начальник отдела по переработке и реализации вторичных ПЭТ-ресурсов». (Сразу вспоминается Шариков Полиграф Полиграфыч.) Архив, однако...

Я покопалась — рожи есть изумительные! В следующий приезд буду расспрашивать и записывать, непременно отсканирую избранные лица предков и пришлю полюбоваться. Надо сказать, что от юного Изюма нельзя оторвать глаз: лицо точёное, взгляд доверчивый и слегка растерянный. Чистый, трогательный, пропащий мальчик. А я ведь, Нина, специалист по чистым пропащим мальчикам. Когда-нибудь расскажу... Вот приеду, сядем с бутылочкой красного на вашем балконе, обращённом прямо на гору Елеонскую, где когда-то принял всю меру смертных страданий ещё один чистый пропащий мальчик... (Жалко, что вы не пьянчужка, Нина! Есть вещи в моей судьбе, о которых я могу говорить только после третьей рюмки.)

Но — Изюм. Он по-прежнему весь в сыре, даже сдаёт его в местный магазинчик. Говорит, покупают. Теперь хорошо бы завести козочек, но надо искать таких, которые «беременные внутри», — что бы это ни значило. Так что ищет.

«Для сыра очень важна упаковка, — говорит он. — Лучше всего чёрная матовая, это шикарно. И как конфета: человек разворачивает фантик, пьёт кофе из турки и кушает этот сыр...»

Нарисованная картина секунды две тешит его внутренний взор, затем — я вижу это по сморщенному лбу — мысль бежит дальше, дальше, видения крепнут и кристаллизуются в сверкающем будущем: «Но мой сыр должен иметь вокруг себя не пластмассовую среду, — продолжает он, — а, например, бамбуковую подставочку! И в комплекте — деревянную ложечку или вилочку... Или соорудить керамическую голову козы, — как тебе? Откидываешь крышку с рожками, а там внутри сыр. Или баранья голова такая, — хоба! — а в ней рёбрышки. Это же эстетично! Или рыбий хвост из фарфора, синий с золотом, а там...»

Далее минут десять ошеломительные дизайнерские картины сменяют одна другую...

«А когда идёт аранжировка стола, — победно завершает Изюм, — тут и положить чёрные салфетки!»

Общение с ним всегда заканчивается тягучей головной болью. Уйти он вовремя не может, и у меня непременно наступает момент полного обессилевания, когда я просто и ультимативно велю ему покинуть сцену. Но даже и после этого, уже открыв дверь веранды, с нижней ступени крыльца он оборачивается и говорит что-нибудь этакое:

«Вот узбеки. Считается, что им надо больше платить, потому что они не пьют. И я теперь не пью, однако в цене пока не вырос. Хотя свои первородные ноу-халяу готов дарить встречному-поперечному. Например. Петровна, ты видала, в ИКЕЕ что придумали? Из больших чашек сделали светильники. Сидишь ты на кухне, а у тебя над головой чашка перевёрнутая висит. Между

172 прочим, в этом есть психологический эффект. Если ты сидишь под такой лампой, то, выпив чай, машинально переворачиваешь чашку вверх дном. И я решил: а что, если дальше пойти? Сделать поднос, на нём три чашки, тарелка, вилка, ложка. И — искусственная яичница! Красиво же? Ты когда на такой светильник посмотришь, мозг сбивается: воспринимает всё как ошибку. Ты сразу лихорадочно всё переворачиваешь на столе! Надо бы сделать и понаблюдать, как народ будет реагировать — Ванька, например. Или Лобзай. А вот если говно подвесить? Никакой гость вообще жрать не станет! Попробуй, Петровна, и ты застрахована от гостей на всю жизнь!»

«Только не от тебя», — говорю я, практически выталкивая его наружу.

Денег у него по-прежнему ни шиша, хотя все рассказы — именно о бурной коммерческой деятельности. О том, сколько шальных бабулек он мог бы иметь, если б не... Далее идёт список причин, негодных людей, природных катаклизмов и тотальной невезухи разного калибра. В этих высокопарных поэмах он всегда выступает то ли благородным рыцарем с поднятым забралом, то ли монахом-отшельником. Выражается соответственно образу:

«Ты положил мне в рот хлеб невидимый!» — это я Гнилухину сказал. — «Что-что?!» — «...ну, в том смысле, что хватит уже меня обещаниями кормить!»

Помимо основной своей должности — мальчика на все руки в дачном посёлке на Межуре, — время от времени он подрабатывает в бригаде у Альбертика, и это — отдельная душераздирающая глава его жизни...

Сейчас вдруг поняла, что, описывая местную фауну, обошла такую живописную рожу, как Альбертик! Ай-яй-яй... Непорядок. Это требует немедленного вмешательства. Ведь Альбертик — персонаж, да и какой! На развёрнутую экспозицию меня сегодня не хватит, так что несколько слов.

Во-первых и в-главных: Альбертик — он хо-до-о-ок! Считается красавцем, хотя, по словам Изюма, «пузо у него — три дня, и родит!». Но — сердцеед, и бабы за ним табунами, табунами...

Вот его любовная тактика и практика: ремонтирует он, Альбертик, квартиру какой-нибудь одинокой бабе. Вносит инструменты, лестницу, кисти-краски... и остаётся там жить. Уверяет, что женился. С первого взгляда предлагает даме руку и сердце (говорит, после этого человек быстрее идёт на контакт). А знакомится с бабами следующим образом. «Пошли мы, — рассказывает Изюму, — с Настей в «Плазу»... (Настя — это его двенадцатилетняя дочь.) Купили мороженое, сидим, кушаем. Вдруг вижу: за соседним столиком девушка. Многообещающая. Ну, я подвалил, то-сё, тары-бары-растабары... Короче, ушёл с девушкой».

«Как — с девушкой?! — удивляется Изюм. — А Настя?»

«А что — Настя... Настя с мороженым осталась».

«Вот такие у него, Альбертика, великосветские манеры, — провозглашает Изюм всё с той же кафедры: у меня на веранде. — Скажем, разбежался он с бабой. Например, года полтора назад была у него каланча. Делал ей ремонт и, как обычно, остался там. Любовь была несусветная, шарики-цветочки, рука и сердце, щит и меч... Потом ремонт закончился, Альбертик слинял. У него же новый ремонт по плану, да? И каланча сильно страдала. Так что ты думаешь, Петровна? Её родители, чтобы вернуть Альбертика в лоно, снова ремонт затеяли! Во как!»

Сейчас у Альбертика Галя. Она «работает в пряниках» — то есть закусь всегда под рукой. Галя оказалась лучше всех, так как нащупала правильный подход и успешно его использует: Галя его бьёт, и Альбертик уважает её увесистую руку. Хотя комплекции она небольшой, как раз такой, как Изюмина супруга Марго, а потому, приехав к Изюму в гости на пленэр, Галя таскает из шкафа и пялит на себя Маргошины шмотки. Недавно приехала, надела куртку, а там, в карманах — фантики от жвачки, стеклянный шарик. Это Марго недавно была, приезжала контролировать ситуацию.

«Эт что такое?! — возмутилась Галя, опустив руку в карман и нащупав там неопознанные объекты. — Эт что за блядь тут мою куртку носила?»

«Достали меня эти гости! — жалуется Изюм. — Понимаешь, они приезжают, когда вздумается, привозят бухло и какую-то отраву с уличного лотка, а я тут готовь, подавай-принимай, одним словом, пластайся. А если их отрава осталась недоеденной, они забирают её с собой.

Представь, Петровна, — говорит, — они в постели едят! *Они в постели едят арбуз!* Что за манеры! Шкурки от бананов под кровать бросают! Я вот повешу над зеркалом объявление: «Шкурки от бананов под кровать не бросать! Штраф десять тысяч рублей!»

Вчера с утречка звонит:

«Тут у меня такое... такое! Тут один встал и говорит: «Всех сейчас убью!»

«Почему?» — спрашиваю, опасаясь, что за этим последует длинная повесть о любви и смерти, а у меня на сегодня большие планы по уборке двора, да и поднялась я с такой головной болью, что в глазах — салют.

«Да ему лимон в штаны положили».

«Лимон?!»

«Ну да, причём цедру сняли, пожамкали и бросили в брюки».

«Ну и что?» — мычу я, мотая от боли головой.

«Как что?! У него теперь штаны лимоном пахнут!»

Все эти новости обрушиваются на меня, едва я въезжаю в ворота своего имения с мечтой отрешиться от суеты. Не тут-то было. Изюм ожидает меня, как провинциальный актёр жаждет выхода на публику. И пока я навожу порядок, мою пол, тягаю вёдра, он таскается за мной, даёт советы, поправляет, критикует... в конце концов, отбирает швабру (лейку, топор, плоскогубцы или отвёртку) и принимается за дело сам.

176   Словом, в деревне — Изюм. В Москве, как вы понимаете: производственный процесс, кампании продвижения книг, работа с топовыми авторами, начальство и бесконечные совещания. Жизнь бурная, идиотская, пустая. Из потрясений жизни подлинной — только одно: я потеряла и вновь обрела Пушкина, на которого напала ворона, когда тот сидел на балконе. Возможно, наоборот, Пушкин на неё напал — учитывая его сволочной характер и охотничью прыть. Ещё только, как пишут классики, «занималась заря», когда я подскочила от его душераздирающих воплей. Пушкин, как любовник молодой, висел, когтями вцепившись в нижний бордюр балкона, а над ним куражилась ворона, дико каркая, налетая и продолжая сбивать моего котика. На подмогу ей прилетела ещё одна — муж? подруга? — и вдвоём они его добили. Пушкин рухнул вниз, в голые колючие кусты. Пока я натягивала штаны и свитер и выбегала во двор, Пушкин залёг под какой-то автомобиль. Я садилась, вставала на карачки, ложилась на грязный асфальт, умоляя его выползти ко мне. «Пу-ушкин! — страстным голосом взывала я. — Пу-ушки-и-ин, с-с-собака!» Граждане, пересекающие об эту раннюю пору двор, с интересом глядели на безумную тётку. Я схватила припрятанную в кустах лопату дворника Адыла и стала шпынять ею под машиной, стараясь вытолкнуть котяру. Вороны надо мною продолжали кружить и громко каркать, я продолжала взывать к солнцу моей личной поэзии, то садясь на асфальт, то вставая на карачки.

Потом устала и присела на бортик крыльца. Пушкин выскочил из укрытия, но ринулся не ко мне, а в сторону ворон: видно, душа его жаждала реванша. Я рванулась в попытке схватить его, но он юркнул под другую машину и там залёг. В конце концов, от всего сердца послав его к чертям, я удалилась домой — досыпать. Проснулась от раскатов грома и шума ливня... Драматические картины вспыхнули перед моим (я опять к классикам) «мысленным взором»: задавили, украли добрые люди, расчленили вороны... Короче, вновь безумная женщина, насквозь промокшая и вконец одичавшая, днём и ночью бродила по округе с криками: «Пушки-и-и-н! Пушки-и-и-н!» (А округа сами понимаете — какая: Патриаршие пруды, отели-рестораны, галереи, элитные дома...) «Пушкин, паскуда-а-а! — завывала эта безумная баба. — Пу-у-ушкин, падла чёр-на-я!»

А вчера ночью мы с Лукичом, безутешные и осиротевшие, возвращались с прогулки и узрели блудного корсара: очень грязный и очень довольный, он сидел перед дверью родного подъезда. Я покорно его подхватила и понесла мыть-кормить...»

* * *

Поздно вечером позвонил из Каунаса Мартинас, — поздравлять с праздником. Как это было некстати! Надежда только-только развела в ведре побелку, сняла скатерть, расстелила вместо неё газеты и водрузила ведро на стол, собираясь чуток освежить стенки, изгвазданные зверюгами.

178   Мартинас был кандидатом филологических наук, весьма образованным, культурным и светским человеком, много-гладко-и-красиво говорящим.

Когда Надежда слышала в трубке такой знакомый, такой обстоятельный густой голос с лёгким прибалтийским акцентом, она понимала, что в ближайшие час-полтора сможет разве что ходить по квартире, прижав трубку к уху плечом и совершая скованные хозяйственные действия: цветочки полить, вытереть пыль... Собственно, именно из-за этих его звонков она когда-то купила радиотелефон, чтобы не спятить. Прервать Мартинаса могла только включённая на полную мощность бензопила, да где её взять. Час-полтора вынь да положь — вот что означал в трубке его обходительный гудёж.

— О, Марти! — воскликнула Надежда и вздохнула с глубоким отчаянием. — Спасибо, что не забываешь...

Только так с ним и следовало говорить. Такими вот штампованными фразами китайского производства. Впрочем, всё было бесполезно. Сейчас, к примеру, — хоть небо тресни надвое! — ей придётся минут десять выслушивать поздравления с женским днём Восьмого марта.

Хотелось сказать: «Ну хватит уже, Марти, прекрати нести эту пургу! Хрен с ним, с идиотским днём кларки-цетки...» — тут же упомянув, что в Калужском районе есть деревня: «Карлолиб-кнехтка».

Ей всегда хотелось завернуть разговор в хулиганскую подворотню. Но это было бы главной ошибкой: продлением мучений минут на сорок, вытягиванием одной ноги из трясины и погружением туда же второй ноги.

Они учились в одной группе в университете, в те незапамятные времена, когда Надежда была тощей умницей в старом растянутом свитере (ибо одна растила Лёшика и, чтобы не бросать учёбу, содержала няньку — вздорную, грубую, но расторопную и добрую Дарью Никодимовну, родом из Ростова-на-Дону).

Впоследствии Мартинас женился на Ирке Кабановой, очень тихой старательной девочке. Поговаривали, что она — валютная проститутка, во всяком случае, в те пустые холодные годы Ирка всегда была изумительно дорого одета. Он увёз её в Каунас, родил с ней двух крепких литовских дев, преподавал, разъезжал, защищал диссертации, выступал на конференциях... — проживал жизнь, все эти годы (трудно поверить!) являя собой уникальный человеческий тип, не поддающийся ни малейшему изменению.

Но лет пять назад он похоронил Ирку и вдруг остановил свой бег: задумался. Вокруг простиралась увлекательная и очень разнообразная жизнь. Очень разнообразная!

Обе дочери уже отчалили — каждая в свою семью. Знакомых дам Мартинас счёл «весьма приземлёнными и провинциальными». Всё чаще на память приходили молодые годы, студенческая жизнь в столице. Вот именно, в столице: настоящая жизнь, как известно, в любой стране бурлит исключительно в одном только городе. Вот тогда

180 он сконцентрировал внимание на «давней подружке Наденьке», предварительно вызнав через бывших сокурсников, что личная её жизнь — как там говорят в бабских телепередачах? — «не сложилась». (Сама Надежда считала, что жизнь её распрекрасная сложилась *щикарно*!)

Но присутствовал в их отношениях ещё один нюанс... не то что непристойного свойства, нет. Что там непристойного в попытках филолога заработать пером на-семью-на-деток! Достоевскому — можно? Куприну — пожалте? Гоголю — за милую душу? А нам отчего не дерзнуть? За годы работы в крупнейшем издательстве России Надежда наблюдала несколько вполне удачных проектов по созданию брэндо́в буквально из ничего: из мусорной мелочишки, из прелых, что называется, портянок. В этих опытах прорыва на книжный рынок принимали участие и кое-кто из знакомых, даже двое ковбоев-журналистов, бывших её сослуживцев по газете «Люберецкая правда». Засучив рукава, они, как правило, принимались строчить детективы (к середине девяностых те приобрели невероятный спрос у российской публики). Да что там: Надежда самолично придумала несколько удачных псевдонимов, приводить которые здесь некорректно и неправильно, учитывая дикие тиражи и дикие гонорары, полученные авторами на ниве этого хлебобулочного производства.

Нет, ничего непристойного в сочинении романов Надежда не усматривала, псевдонимы придумывала размашистые и даже хлёсткие, отчасти и забавляясь этим. Но дело в том, что Мартинас, старый друг и сокурсник, как ни странно (возможно, пребывая в стрессе после кончины любимой супруги), решил попробовать себя в сочинении *эротической женской прозы*, и псевдоним при этом выбрал соответствующий: Светлана Безыскусная.

Надежда не была ни ханжой, ни пуристкой. В своё время и сама, изрядно рискуя, участвовала в русской рулетке под названием «книжный бизнес». В самые огнестрельные годы она — одинокая, отчаянно молодая, взяв страшную ссуду у двух бандитов, — успешно вела два книжных магазина и два ларька на Курской и на Павелецкой; тяжело вкалывала, охотно присоединялась к рабочему классу, лично разгружая фуры с книгами и тягая ящики весом под тридцать кило; задорно именовала себя «торгашкой», деньги копила азартно и с пониманием («проначишь трафилку, проначишь и хруст!»), на полки выставляла новинки всех жанров и направлений, — пусть в этом садике расцветают все цветы. А что? Кому-то Бердяев с Соловьёвым, кому-то Умберто Эко с Рэем Брэдбери, а кому и кобыла — невеста, то есть — Светлана Безыскусная.

Первую сагу с изящным минетом Мартинас выпустил за свой счёт на родине, в Литве — тираж был крошечным, в пятьсот экземпляров. Но неожиданно он так молниеносно разошёлся по знакомым, что автор приободрился и допечатал сагу на сей раз с бесстрашной обложкой. Протоптал тропинки в неприхотливые книжные киоски, всюду представляясь *литературным агентом*

182 *Светланы Безыскусной.* Затем он накатал ещё три романа, а года полтора спустя Надежду вызвал Сергей Робе́ртович, со своим задиристым «Ну, здравствуй, душа моя!». «Ты для чего задницей место протираешь! — восклицал он, как обычно, весьма причудливо монтируя из разных народных оборотов и поговорок свой собственный незаёмный стиль общения. — Вот женщина: пишет ярко, завлекательно, с огоньком. Почему до сих пор нами не оприходована? Давай, дерзай, ищи эту минетчицу... Эту, как её... м-м-м... — он бросил взгляд на обложку: там, между двух пристально нацеленных грудей, висело тяжкое распятие: — Хосподи! Светлану Безыскусную!»

Так награда нашла героя, издательство обрело нового перспективного автора.

Этот идиотский женский псевдоним, вкупе с тягучим баритоном, сцены однообразных и убогих случек пылающих страстью героинь в его сочинениях, которые сам он именовал — тьфу! — «садами удовольствий», — всё это повергало Надежду в бесконечную тоску, доходящую до ненависти. Ни сил, ни желания выслушивать высококультурную бодягу бывшего сокурсника в его настырных попытках «возобновить нашу былую дружбу» у неё не было. Словом, у каждого своя голгофа. Надеждина голгофа носила литературный псевдоним Светлана Безыскусная, хотя по старой студенческой привычке откликалась на имя Марти.

Уже несколько лет Мартинас пытался либо

приехать к Надежде «повидаться», либо вытянуть её в Каунас, и все их длительные беседы были не чем иным, как сражением на линии обороны. Сюда его пускать было нельзя, ехать в Каунас она не собиралась.

Минут через десять закончив с поздравлениями («Я бы хотел, моя дорогая, в текущем году встретить тебя там, где ты выберешь сама, и лично поздравить с тем, что твоя пылкость, твой ум и восхитительная деликатность с годами ничуть тебе не изменили») — закончив с поздравлениями, Мартинас перешёл к следующему пункту программы: обсуждение «жизненных реалий»; спросил, чувствуется ли кризис в Москве.

Надежда оживилась. Хулиганская подворотня манила досрочным освобождением от куртуазного менуэта, тем более что следующим номером программы должен был стать мягкий натиск Светланы Безыскусной по теме нового эротического шедевра.

— Чувствуется, Марти, очень! Вот в прошлые новогодние праздники мы с Лукичом собрали по ближним помойкам полмешка жестяных пеналов из-под виски, а в этом году — всего один.

С одной стороны, только так и можно прервать всю его невыносимую чушь, с другой стороны, то была чистая правда: обходить окрестные помойки научил её Лёшик, чья художественная натура являла собой бесконечный хэппенинг. «Ты не представляешь, мать, что за клондайк — наши добрые русские помойки! В прошлую пятницу у себя во дворе я надыбал резной пюпитр с клавесина восемнадцатого века!»

— Я ведь стала страстной обходчицей помоек, Марти, я тебе хвасталась? И Лукичу приятно. Бывают находки потрясающие...

В трубке возникла пауза, словно кто-то кран перекрыл.

Тогда Надежда решила рискнуть: взяла кисть и помаленьку-потихоньку (краска-то уже разведена) приступила к затеянной побелке, а то весь вечер потеряешь в светской беседе.

— Вот на днях: подобрала на помойке большой пакет, — продолжала она, осторожно набирая на широкую кисть погуще белого, — а в нём — настоящие сокровища, и всё артефакты советских времён: суконная скатерть овальной формы, изумительная, большой кусок серебристой ткани типа гобелена и огромная бархатная портьера с выдавленными розами... Алё, ты слушаешь?

— Я... да... конечно, Наденька, дорогая... — сдавленно пробормотал Мартинас.

— А портьера, — оживлённо продолжала она (её уже несло на бешеных рысаках, и в то же время всё смелее и размашистей она водила кистью по стене), — портьера необычайного цвета: такого, знаешь, зелёного, а скорее, салатного, очень редкого, изысканного... Сынок сказал, этот цвет называется *эмальдовый*. А я, представь, и не слышала такого названия — дореволюционного. И у нынешних писателей никогда не встречала. Вся эта современная литература, Марти, в смысле стиля совсем оскудела. Ты не поверишь, что за подзаборный примитив приходится читать и редактировать. Не говоря уже о бранных словесах, обо всей этой уличной грязи: что ни страница, то мат-перемат...

В это мгновение Пушкин, лениво охотившийся на книжном шкафу, выпустил из лапы пойманную моль, и та полетела вниз, кувыркаясь и пытаясь зацепиться за воздух покалеченными крылышками. Кот напрягся, высматривая колченогий полёт упущенной добычи, и чёрной молнией сиганул за ней прямо в ведро, подняв при этом целый веер белых брызг.

— Блять!!! Чтоб ты сдох!!! — завопила в трубку Надежда; уважаемая коллегами и авторами Надежда Петровна Авдеева, руководитель отдела современной русской литературы крупнейшего издательства России. Отбросив кисть и телефонную трубку, она ринулась спасать своего облезлого, оглохшего и ослепшего каскадёра.

Часа через два, уже засыпая, вялой рукой поглаживая притихшего и всё ещё влажного Пушкина, она вспомнила, что надо бы Мартинасу отзвонить, а то как-то внезапно прервался культурный разговор. Надо отзвонить непременно... когда-нибудь, по возможности.

Глава 10

ЗОЛОТЫЕ АРМЕЙСКИЕ ПРИИСКИ

— Эт у тебя что тут за диски? Гоголь, «Мёртвые души»? Том первый, том второй? Неужто освоила всё это... наследие предков? Я тут случайно на канале «Культура» посмотрел «Мёртвые души» с каким-то супермодным режиссёром. Блин-блинадзе! Обплевался! На сцене все вдруг начинают танцевать брейк-дэнс. Один там чел в белых перчатках копчиком крутил, как... Разве у Гоголя была *такая* ориентация? А оформление! Собрали из поддонов что-то... не разбери чего! В центре — старый телевизор на тумбочке... При чём телевизор — к Гоголю?! Ну, я посмотрел с полчасика и понял, что мозг у меня и так больной. Думаю, если я ещё грузанусь сейчас этим делом, то Нина никогда своей книги не напишет. Так что приступаем...

А знаешь, Петровна, я уж даже привык излагать свою жизнь этой бездушной машинке. С одной стороны, эти незабвенные факты — для Нины;

с другой стороны, я вроде как сам себе говорю, ну и вот ты слушаешь. Но ты, Петровна, просто добрая душа... Эх, за всю мою жизнь никто мне чаю не подал — ни мать, ни жена. Одна ты... Ну, погоди: «к делу!». Что ты за торопыга, а? Разве так книги пишутся? Ты же понятия не имеешь, какую заповедную тайну я собираюсь Нине приоткрыть. Да! Тайну... А ты думала, я только и могу, что обо всех этих местных рожах трендеть?.. Так: давай, проверь, как запись идёт, а то я второй раз своё сердце-то надрывать не стану... Порядок? Ага... приступаем! Начинаем эпопею про бардак в наших великих вооружённых силах. Петровна, не маши ты мне своими красивыми кувалдами, не сбивай с темы. А тема такая: Передающий центр. Это, понимаешь ли, такой огро-омный ангар, внутри — станций и складов до хера, и каждый склад как шесть твоих домов... Никто там ни за что не отвечал, только замок висел амбарный, и печать на нём — знаешь, на пробке из-под пива сделанная. Типа «уплочено»...

Так вот, привезли меня, салагу, на этот самый Передающий центр и стали, так сказать, обучать мастерству. А я даже не знал, как сопротивление выглядит. Откуда мне знать, — я ж не учился, я месяцами спекулировал. Оценки просто покупал. Ну, ничего, я в этом самом Передающем, блин, центре быстро всему научился — через кулак по спине.

Первый учитель был — Вася, дембель. Простодушный такой бугай, кулачищи всегда на весу. Ему через два месяца на гражданку, а смены нет.

188 То есть — вот она смена, я, собственной спеку-
лянтской персоной. И он мне: «У тебя ровно два
месяца научиться выпаивать схемы. Каждый про-
водок должен знать в темноте, как собственный
хер. И где какой с чем соединяется. Ну и дежу-
рить круглые сутки». Я говорю: «А спать когда?»
А он: «Никогда».

И пошло учение. Дней через пять из госпиталя
вернулся его сменщик, и вдвоём они да-авай меня обучать! Ускоренная программа: по печени, по
спине, по башке... бах-бах... бах-бах! Думали, быстрее соображать начну. А я то ли жрать хочу, то
ли спать, то ли жить, то ли сдохнуть. Смотрю я на
триллиардное количество этих проводов и ничего,
ну ни херушеньки понять не могу! Когда мозг го-
лодный, он ничего не осязает...

Месяца через два ещё парнишку привезли, из-
под Самары. К тому времени я уже кое-что в этом
деле петрил. И в один прекраснейший день наши
мучители собрали манатки и — фью-у-йть! —
унеслись в прекрасную даль, чтоб им сдохнуть!

И тут пошла эта кавказская заваруха. Карабах
туда, бах-бах сюда... и конца этому салюту не видать. Представь: вокруг тебя мир раскалывается
и бушует, как океан, а ты сидишь на Передающем центре вдвоём с товарищем, как Робинзон
с Пятницей: до расположения роты — три кэмэ;
по утрам тебя будят взрывы и пулемётный горох,
потому что хачики друг друга мочат почём зря.
И оружие им не лишнее, верно? Стали происхо-
дить в роте такие оригинальные штучки: при-

везут ребятам азербайджанцы торт — кушайте на здоровье! Доходяги наши набрасываются, сожрут все розочки и листики из жёлтого маргарина и... дохнут. А эти — хвать оружие, — ищи ветра в поле!

Тут о еде надо отдельно пару слов. То есть не пару, коротко не получится. Это, знаешь, Петровна, такая длинная поэма о волчьей голодухе; как вспомню — у меня и посейчас желудок жгутом скручивается.

Короче, сидим мы с товарищем на своём Передающем центре в трех кэмэ от роты, и поначалу за пайком в роту пешком топаем, — то вдвоём, то порознь. Пока меня не подстрелили... Нет, погоди ты, Петровна, я о своём боевом ранении отдельную песнь пропою. Сейчас о жратве, которую после отстрела моей ноги нам стали привозить в сыром, сухом и непотребном виде, причём на всю неделю. Знатный паёк: гнилая грязная картошка в мешках и сигареты «Памир», прости господи... Не помнишь такие? Там на коробке овчарка на горе и будёновец с горном... Пачку открывать следовало аккуратно, иначе они рассыпались в труху, эти сигареты. Ну, а достал ты её — одну только тягу и вытянешь, она истлевала в минуту. Но эта тяга вырубала тебя враз и надолго! И были эти богоспасаемые сигареты с резервного запаса сняты, с двадцать шестого года. Так и на пачке было написано: «1926 год». Представляешь? А папирос не давали: туда же можно дурь забить; маковое поле — вон оно, рядом.

Ну и вот... В город выходить нам запрещено, потому как опасно; внутри тоже не санаторий. У нас на территории росло только два дерева и кусты ежевики. И арык протекал по нашей местности, выбегал в поле и пропадал где-то возле роты. В арыке можно было поймать трёх черепах и одного карасика. Но черепаха в первый же день заглотнула крючок и его уже не вытащили, он в черепашьей пасти сломался. Так что карасика уже никто не ловил.

На чердаке мы обнаружили накопленное за десяток лет энное количество консервов — килька в томате, сом в томате, толстолобик в томате...

Первые-то недели мы с голодухи всё это жрали, как оголтелые. На третьей неделе не могли уже ни слышать, ни произнести слова «рыба». И появилась эта жуткая изжога, от которой я, Петровна, годами не мог избавиться. Что там ещё было? Рис в пакетах: якобы готовый, но сушёный. И гречка тоже: якобы, блин, готовая. Но сушёная. Картошка — госрезерв шестьдесят лохматого года. А ещё каша была, «дробь шестнадцать» называлась, не знаю — почему, но тот, кто название придумал, гением был. В ней неизвестный наполнитель присутствовал — щепочки, камешки, дробинки...

Готовить её... надо было технологию знать. Вот, залил ты её кипятком, а есть нельзя ни в коем случае. Минуту-другую нужно переждать, собрать червячков. (До сих пор для меня загадка, как они там, эти червячки, выживали. С другой стороны: мы ведь тоже выживали.) И когда эта муть отстоится, всё надо слить, а затем ещё кипятком раза три хорошенько ошпарить. И лишь потом варить. А варить её нужно часов шесть, чтоб она приобрела хотя бы вид съедобный.

Ну и венец солдатской кухни: комбижир. Нам выдавали одну банку на целый месяц. Им хорошо сапоги чистились, комбижиром. А есть его было нельзя, но мы на нём шикарно жарили, на нём еда не пригорала. Жрать-то надо было каждый день. Жрать хотелось всё время, Петровна! Всё время хотелось жрать!

Хорошо, что парень — тот, второй, который позже появился, — был из деревни, откуда-то из-под Самары. Саша, да. Он соображал, что можно посолить, посушить, какие травки в дело пустить. Грядочку разбил...

В общем, жили мы, не подыхали... почему-то. Удивительное, как говорится, рядом.

И проходит так месяца четыре, как я служу, служу и никак не подыхаю... — и однажды утром въезжает к нам на территорию неопознанный объект: грузовик с цистерной. «Солярку сливай!» — «Какую солярку?» А у нас там дизеля такие огромные стояли, с половину твоей веранды каждый, подстанции же серьёзные. Свет часто вырубался, и дизеля полагалось заводить. Саша был как раз дизелистом, я — связистом. И вот эти самые дизеля надо было греть каждые сутки. Но до нас их никто не грел, и думаю — после нас тем боле никто их не грел. Оказалось, там у нас танкеры были в землю врыты, и эта самая соляра в них копилась-копилась... просто уже наружу лезла.

Ну и сливать её, собственно, некуда. Грузовик с цистерной, короче, разворачивается и уезжает. На следующий день прилетает вертушка, в ней — какой-то долбаный чин со звёздами, из Баку. Полковник. С лампасами. Или с пампасами? Неважно. Он с прапором приехал, с Матвеевым, — запомни это проклятое имя... И давай всюду ходить, орать на нас, строить, как зайцев. Вы, кричит, дизеля не прогоняете, вот солярка и копится. Что хотите, говорит, делайте, но к концу недели чтоб эта ёмкость была пустая.

А там тонн двести, да, — танкер в четыре моих роста и конца-краю фонариком не видать. Куда мы эти тонны денем? Вылакаем? В арык не сольёшь — местные прибегут, зажарят тебя живьём. Прапор говорит: поливайте поле, поливайте нахер всю площадку, где антенны растянуты, чтоб трава не росла.

Улетели они, а мы с Сашей принялись поливать, блин-блинаровский, этой соляркой всё живое вокруг... А жрать охота! И спать охота! И сил уже нету никаких.

А у нас через проволоку, прямо через арык жил беженец-азербайджанец. Он иногда нас подкармливал. Не за так, само собой. Мы уж ему всё, что могли, продали. Портянки запасные, рубашки. Я к этому соседу: «Тебе солярка не нужна? Бочечка?» Он: «Нужна. Почём?» Я говорю: «Да блин-блинареску, за жратву!» Он говорит: «За какую жратву?» — «Да что соберёшь!»

Ну, он, видимо, сам сообразил, что и сколько

нам отвалить. Мы ему бочку перекатили через арык. И он нам за эту бочку — лаваш и целую кастрюлю говядины! мосол там, помнится, плавал, с настоящим нежнейшим жирком...

И мы, вот пока всё это несём, начинаем хлеб туда закидывать, в подливку... макать и жрать, макать и хавать, и урчать, и рыгать, как блаженные... Боже на небушке! Как же мы налопались! И никакой изжоги, ни черта. Прозрачно небо, звёзды блещут... Почему ты ржёшь, в конце концов? Что это? Это стихи, я думаю. Евтушенко. Или кого? Ты учти, я ведь четыре стеллажа книг на заре своего детства осилил. Меня на ху-из-ху не прособачишь.

Ну ладно тебе. Не отвлекай, а то мысль утеряю. Короче, нажрались мы, как люди. Как белые культурные люди. Прямо банкет в райских кучах... Не в кучах? А где?

Но тут, знач, военное положение. Пулемёты, гранаты, мочиловка всякого-каждого... как положено. И к соседу нашему, смотрим, на другой день тракторочек прискакал, и сосед с трактористом эту бочку грузанули. И — шасть опять к нам: ещё солярочки. Я говорю: а что дашь? Он: еды, понятно... А мы-то вчера налопались, как удавы на солнышке; нам на пять дней переваривать хватит. Не, говорю, не катит, мил человек. Ты, видно, через нас решил сбыт организовать? Тракторов вокруг до хрена... Вот тебе пример, Петровна, что значит в жизни личности достойное питание: лишь однажды я поел как человек, и мозги мои немедля заработали. А мозги у меня всегда в одном направлении фурычили — на восход, на солнце, как говорится, нашей поэзии. И стали мы брать за бочку соляры-мамы пять рублей. За неделю триста бочек ушло. И когда приехала цистерна, ёмкость под горючее была свободна. Так взвился занавес над очередным проектом моего беспокойного гения.

Я знаю, что ты сейчас скажешь: что это статья, причём такая, серьёзная...

Но когда ты услышишь продолжение, тебе это не статьёй покажется, а лёгкой прогулкой среди цветков и бабочек.

Тем более что как раз посреди этого цветущего солдатского бизнеса меня подстрелили на взлёте махинаций... Вот смотри... щас, тут брючина тугая, не заворачивается... О! Видишь — синяя вмятина? И кость задета. Причём стреляли из допотопного ружья, которое, видимо, камнями заряжают.

Короче, ходили мы каждый день в роту за жратвой; по очереди ходили. Три кэмэ идёшь вдоль хлопкового поля, по-над арыком. Идёшь, о своём думаешь. Хорошая прогулка, свежий воздух... И тут слышу звук такой: «пух!» И всё. И сначала вроде ничего... а потом так больно стало! Оглядываю себя, а у меня нога в штанине вся чёрная сзади, в крови!

А мы с автоматами, с гранатами ходили... И я на середине пути — куда деваться? Вперёд, в роту? Или назад — на станцию? Я — в арык и вплавь, враскорячку, кое-как... в роту, к своим! А в роте, видать, выстрел-то услыхали. Там у них на вышке пулемёт стоял, ДШК, серьёзная такая херовина, ствол — как отсюда до той двери. И когда ребята услыхали выстрел, они приналегли и «ф-ф-ф-ф-ф!!!»... в нужную сторону, то есть по мне. А пулемёт — это ж не просто пульки, они ж взрываются! И по мне, бллин-блинович, такое мероприятие! Ну, я — в арык и ползком, пригнувшись, мордой в воду, жопа горбом... доплыл! И меня — в госпиталь... Я сначала возрадовался, думал, комиссуют. К тому времени я уже год прослужил, и, скажу тебе честно, полностью утолил военно-патриотическое любопытство. Но нет, видимо, я нужен был родине до зарезу.

Теперь спроси меня, Петровна, что я заработал своим геройским ранением? И я отвечу тебе: пенсионерскую уважуху и пищевое воздержание. Книжечку после армии мне дали — бесплатный проезд на метро. И подарили спортивный костюм цвета абрикоса. В метро я как-то пару раз проехался, да. Потом эту стариковскую книжку потерял...

Стоп, Петровна, перерыв. Горло засохло... Ага, чай-чаевич, король-королевич. Я теперь спец по чаям, а был спецом по водяре. Не знаю, что дешевле — если чай-то хороший брать, не барахло. И выключи текущую жизнь, зачем её Нине впустую слушать...»

«— Ку-ку! Приём! Приём стеклотары! Как слышно? Поехали?.. Мы на чём там остановились, Петровна? А! На мудацком ранении в ногу. Хорошо, что не в жопу, это была бы печаль на всю жизнь. Ну, ладно. Переходим к острову сокровищ... А жалко, что зловещей музыки нет. Слушай, ноу-халяу: может, параллельно с рассказом включать музыку ужасов? Настраивать Нину на правильный фокус. И к книжке потом диск присобачить: музыкальное сопровождение к миокарду.

Да ладно тебе, это шутка. Я не отвлекаюсь. Поехали... Остров сокровищ: та-да-ам!

Я говорил, да, что у нас телевизора не было? Но на основе удачных махинаций с солярой мне удалось выкружить у какого-то деда старенький «Рекорд В312». Только у него кинескоп был сгоревший. Тогда из города мне ещё один притащили. И как раз у того только кинескоп и работал: плата оказалась живая, телик говорил, переключался... И вышло у нас: вещал один, а показывал другой. Они и стояли боком друг к другу. Худо-бедно мы смотрели все новости, в том числе знаменитую передачу господина Невзорова «600 секунд». Так что во всём случившемся он, считай, больше всех и виноват.

У нас там на складах, понимаешь, стояли списанные станции. А склады огромные, шесть таких на территории. Не опечатанные, ничего, свободный доступ. И полно серной кислоты. Раньше станции были все ламповые. Как-то мы по ЗИПам лазали, лазали, осматривались... ЗИП — это запасные части станции. И там всё лампы, лампы, лампы... конца-краю не видно. Главное, в каждой коробочке инструкция: пишут, сколько палладия, сколько ванадия, сколько где содержится драгоценного метала: в аноде, в катоде. Ну, лампы и лампы...

Их надо было утилизировать, но до этого никому уже дела не было: перестройка, разброд, в армии — смертоносный бардак, и никто никому не сват и не начальник.

А тут к тому же — денежная реформа, беда и ужас для многих. Я лично сам видел, как деды лет под сто возле сберкасс на мешках денег сидят, слёзы горючие льют и, можно сказать, помирают, потому как внука теперь женить не могут. В городе за ночь со складов пропали все товары, которые раньше никому ни на что не сдались — тазы, автозапчасти... Город пустой стоял, ветром продувался. Говорили, что люди вешались...

И тут вот эта самая передача.

Сидим мы, смотрим Невзорова, а там, в его напористой манере возникает следующий сюжет: арестованы, мол, два предприимчивых гражданина, которые занимались скупкой краденых радиодеталей с целью выплавки из них драгоценных металлов...

Я, такой, сижу, слушаю... Пока ещё не напрягаюсь.

Тут камера, значит, пошла гулять по квартире: обычная кухонька в «хрущёбе», газовая плита, самодельная вытяжка в окошко, гайка и баночка из-под детского питания... И далее нам, бывшесоветским лохам, преподают наглядный конкретный урок алхимии: берут транзисторы, головки срезают и катод с анодом опускают в баночку... Затем включают газовую плиту и плавят в баночке это дело... Затем расплавленный раствор опускают в серную кислоту. Вуаля! Вам три рубля! Да не-е, поболе трёх рублей станет.

Я сижу такой, очарованный странник, погружаюсь в новую глубокую мысль и думаю: так-так-так... Прекрасен ты, огромный божий мир.

— Саша, — говорю решительно своему мягкому и мирному напарнику, — будем делать конструкцию передового алхимического комбайна. Пора взглянуть судьбе в лицо. Или мы её, Саша, или она — нас.

А он сидит, смотрит на меня... и пока ничего не понимает. Он же не прочёл, как я, четыре стеллажа книг.

Первым делом нужно было модернизировать паяльную лампу. У нас же не было газовой плиты.

И начальный эксперимент прошёл неудачно: нас обрызгало так... еле живы остались.

Понимаешь, этот расплавленный раствор надо опустить в серную кислоту. Реакция бешеная. Потом это в арыке промывать надо... Руки прожигало кошмарно, мы оба были, как шрапнелью изгвазданные.

Второй эксперимент получился вполне. Образовались крупицы золота, из которых мы отлили вот... такой кусочек, с серную головку спичечную. Зато это было чистое техническое золото, потому как в радиодеталях используется самое чистое золото, а оно ценится дороже, чем золото с приисков.

И тогда понеслось! Эх, понесло-о-о-ся-а-а!

Разве что серной кислотой очень сильно воняло. Но это был прорыв! Вызов судьбе. Нашей лохматой убогой дебильной судьбе.

Мы как взбесились, когда впервые получили эту золотую граммулечку-красотулечку. Полуголые танцевали под солнцем на берегу арыка, вопили и кувыркались от радости, как чунги-чанги в том мультике нашего детства.

Такой канкан счастливой солдатни.

Ну, что: технология золотодобычи у нас со временем усовершенствовалась. Я тебе расскажу, ты ж не будешь золото из лампочек добывать? Смотри: оторванные аноды-катоды мы складывали в баночку. К этой баночке медной проволокой прикреплена большая гайка, и она греется. А сверху — обычная крышечка железная. И мы придумали так, что могли эту баночку безопасно перевернуть. Отодвинуть паяльную лампу по специальной направляющей, чтобы не было брызг, дёрнуть за верёвочку, — как в «Красной Шапочке»... — а там тазик с кислотой стоит. И мы осторожно т-а-а-щим, та-а-ащим... и сталкиваем баночку в этот тазик с серной кислотой! А там весь химпроцесс и происходит. Потом всё это остывало, оседало, пары улетучивались.

Сейчас-то я понимаю, чем мы дышали. Запах этот... невозможно жизнеописать! Одно скажу: не «Шрапнель № 5». С другой стороны: а ассенизатором — что, благоуханнее трудиться? Потом кислота опять переливалась в бутылку, и через обычное сито для муки это всё промывалось в арыке:

какие-то шняжки, частички... и вот, золотая крупичка спичечноголовая из такой банки.

Из старого советского мусора — первейшее *золото инков*.

Сколько времени мы этим занимались? Да с полгода. Круглосуточно! Посменно! Что такое шесть складов с лампами, только представь? Там один склад размером с пять твоих домов. Мы переплавили только полсклада. А там ещё столько всего прекрасного было! Мы потом находили чудеса непосредственно на таких серьёзных платах, там же тоже золото присутствует; я уже знал, что точка № 7 — это золото...

Теперь — другое. Вспомни, что у писателей бывает, когда их пираты наконец находят клад? Не помнишь? Эх ты, а ещё редактор... Их пираты начинают делить сокровища и друг друга мочить почем зря! Нет, мы с Сашей не поубивали один другого, но когда напивались, то начинали делить богатство. Передел собственности — это чей термин? Менделеева?

Короче, специальных весов по граммулечке у нас не было, конечно. Но мы соорудили такие самодельные, довольно точные. К тому времени наплавили тяжеле-е-нные слитки... килограмм, наверное, шесть. Размером, если их сплавить все, то... да вон, круглый хлеб у тебя на полке лежит, — чтоб мне сдохнуть, не вру! Эльдорадо!

И вот, по пьяни мы каждый раз начинаем всё это взвешивать и делить. Взвешивать-перевешивать и делить-делить-делить...

Саша мечтает о большом доме и крутом тракторе. Я — о квартире в Сочах и «Жигулях» седьмой модели... Смешно тебе? А я скажу: во все времена у каждого пирата свои планы на будущее.

Да нет, попойки у нас были не частыми. Военное положение всё же. Я получал сто пятьдесят рублей, бутылка пива стоила полтора рубля. Путём продажи дизельного топлива мы обеспечивали себе прокорм. Идёшь по городу, а тебе: «Эй, солдат, ты откуда?» — «С Москвы». — «Иди сюда, солдат!» И тебе — лепёшку ихнюю в руки суют, ту, что с зеленью и сыром внутри, — вкусную! И водкой угощают — а водка такая интересная: бутылка как из-под минералки, и пробка с колечком, как уксусная. Её откроешь — водка тут же становится мутной. Короче, угощают тебя, потчуют, не отпустят, пока ты свой адрес не дашь. И это понятно: ты с Москвы, а где людям ночевать, когда они за мебелью приедут или ещё чего прикупить.

Не могу пожаловаться на местный народ. Наш сосед через арык, беженец с Армении — он к нам часто приходил. Лепёшки приносил, или ещё какую еду взамен гвоздей, или там по хозяйству. Серьёзно выручал: когда мы оба в хлам, он нас растолкает — разбудит... Несколько раз буквально спасал нашу, блллин, репутацию.

Дальше? А что — дальше? Дальше, как всегда в русской истории — катарсис с мочиловом.

В один прекрасный день — полгода до дембеля оставалось — мы поехали в Ханлык за «Агдамом» — вино такое было, помнишь? Молоденькое оно очень вкусное, хотя от него почему-то внутри потом всё плачет и болит.

Тут надо обрисовать ситуацию: у нас был ЗИЛок. В нём вообще-то стояла тропосферная станция, изъять которую никто из нас не решался. Я водить не умел, а Сашка — он тракторист был и на все руки мастер. Долго мы этот ЗИЛок приводили в боевое состояние: от нас до «Агдама» километров восемьдесят, приличный такой поход. Да ещё с таким грузом. Если б кто нас поймал — лет десять каждому бы навесили: потому что это что получается? получается, мы украли засекреченную тропосферную станцию.

А «Агдам», я скажу тебе, — он вставлял так прямо не по-детски, великолепно ложился, но в нём много сахара, может, потому от него кишки и вопили. Мы не в бутылях его брали, а прямо у местных крестьян; у них посреди виноградного поля железные бочки стоят с краником: наливай, плати. А сторож — дед с берданкой, лет под двести. Нам переливать особо некуда — у нас бак был, литров на сто. Резервный, чистый. Ну мы залили туда это зелье, и назад... И примерно так на середине пути — километров тридцать оставалось до Центра — машина заглохла. Саша полез смотреть, крутил-вертел... ничего сделать не может. И сидим мы так — а уже светает, день накатывается на нас неотвратимо. И думаем мы: где и когда нас посадят, поскольку это ж ЧП, согласись?! Это ж всё равно что взять вертолёт, слетать за пивом... Тут, видим, машина какая-то мимо пылит. Мы выскочили, заорали, замахали, чуть на грунтовку на колени не хлопнулись. Он остановился — мужик какой-то, механик. Покрутил-повертел что-то там... — в общем, ЗИЛок наш заурчал и согласился продолжить банкет. Так мы этому мужику, во-первых, «Агдаму» в банку отлили, во-вторых, спрашиваем — что, мол, хочешь за спасение отечества? Он показал на маленькую такую подстанцию, генератор. Ну, мы отдали...

Когда вернулись к себе на Центр, от радости готовы были стены родных ангаров целовать. Пере-бздели, конечно, перетюкались и решили вечером косануть чуток по винцу. У нас была вяленая говядина — свежую не держали, холодильника же не было, мы еду в кондиционере хранили, пару мятых помидоров было и — не удивляйся — чёрная икра. И росли на территории две туи... нет, не туи, а... как называются они? Ягоды такие длинненькие. Да-да, тутовник, шелковица. Одна с белыми ягодами, другая с красными, почти чёрными. Которая белая очень сладкая была, прямо мёд, во рту тает. Причём она у нас так удобно росла — заберёшься на сарай, растянешься на плоской крыше прям под ветками и лопаешь...

Ну, мы и устроили на радостях праздник. И пошла очередная делёжка наследия пращуров.

Короче, как-то очень в тот раз мы ужрались, до потери самоотверженности. И отрубились... Саша ушёл куда-то блевать и там же уснул. Я прямо за столом уснул, как Кощей Бессмертный над своими яйцами.

А посреди нашего волшебного сна пропала связь. «Передающий, Передающий... — это у нас ник такой был: Передающий. — Ответьте центру!» Вот так слышишь и обычно просыпаешься: «Дежурный по смене Давлетов слушает!» — «Передающий, проверь 20-ю линию, туда-сюда...»

Два года, два года просыпался как штык! «Передающий, Передающий...»

А какой нам, к чертям, передающий: на столе — чёрная икра, «Агдам» и слитки золота. И бычок в золоте торчит. Как в голливудском кино, да?

И под утро мне кто-то по башке со всей дури — херак!!! Глаза открываю, смотрю — прапор передо мною: Матвеев Павел Викторович... Я тебе говорил запомнить это блинароскотское имя? Так вот. Он уже увольнения ждал, перевода куда-то в центр. Повсюду гонял на мотоцикле, — «Иж» у него был с коляской.

Видимо, приехал проверить — почему Передающий молчит, как взорванный, и увидел на столе этот пейзаж. Не пейзаж? А что? Натюрморт?.. Ну, один хрен, — дорогущий увидел натюрморт, в золотом сверкании порока. Думаю, он не сразу допёр, откуда что взялось. Потом нашёл серную кислоту, недогоревшие коробочки из-под ламп... Покумекал, сложил два и два...

Первая моя мысль: «Прощай, Москва!» — хотя правильнее было бы думать: прощай, жизнь. Лет семь я бы точно получил: хищение государственного имущества в крупных масштабах, плюс тёмное валютное прошлое. Какая там статья была за валютные операции? Сто шестнадцатая? Или сто восьмая? Не помню... Учитывая мое тёмное прошлое, я бы из тюремной параши вообще макушки не высунул.

И тогда я мигом про-тре-зве-е-ел... и говорю: «Товарищ прапорщик! Я — могила, потому что я — бизнесмен. Вы же всё равно переводитесь, забирайте себе весь капитал».

А он в ажиотаже, адреналин из него фонтаном: вызываю, типа, понятых, туда-сюда. Я похолодел в этой жаре с копчика до макушки. Волосы у меня вздыбились и замёрзли, как сосульки. Можно сказать, умер я, кочерыжкой стал. Говорю: «Вам этого хватит на всю жизнь, товарищ прапорщик! Дом построить шикарный, благоустроить, так сказать, обделённую комфортом семью. Не лишайте себя заслуженного семейного счастья, — говорю, а сам от ужаса еле языком ворочаю. — Пожалейте своих будущих сирот...»

Ну что — что?! Петровна, у тебя глаза горят, как прям те лампы, которые мы на золото кололи. Ты сама-то как думаешь — что он сделал, этот блинннароскотский прапор, вор проклятый?! Конечно, забрал он всё! Всё, что у нас было.

Сказал: «Делайте связь», — и укатил на своём «Иже»...

После чего каждый день являлся, шугал нас до смерти. Видимо, сам перебздел, на взводе был, — как бы чего не вышло.

Потом приехал с каким-то хачиком на белой «семёрке», — у азеров белая «семёрка» была тогда как у грузин — «Волга». Видимо, тот был протезистом, потому как все зубы золотые, — рот открывал, глаза слепило на солнце... В Азербайджане золотой зуб — как в Штатах доллары. Если у тебя нет золотых зубов — ты не человек. Долго лазали они вдвоём по складам, осматривались, что-то считали, спорили, ругались. Потом — издали мы наблюдали — ударили по рукам.

Ну и ночью приехали с двумя грузовиками, заставили нас грузить ящики с этими лампами. Все ящики загрузили, ни одного не оставили, и — увезли.

А увольняясь, Матвеев приехал к нам уже на новой «Волге»... Предупредить, мол, что преступление не имеет срока давности, блин! Довольный был, напылил на грунтовке...

Жаль, конечно, золота... Благородный металл! Я, признаюсь тебе, даже грудь накачивал — думал, отолью золотую цепуру с гимнастом, буду шикарно-рельефно смотреться...

С другой стороны, я всё-тки живой вернулся. К нам иногда, знаешь, привозили на вертолёте очередного мцыри, который сидел полтора года один в горах, в снегах-сугробах — там же тоже нужно связь поддерживать в какой-то неизвестной высокой точке, куда не ступает нога ни человека, ни зверя. И вот, привезут его, а он смотрит на нас и не понимает — что это за существа такие. Ему жратву скидывали с вертушки. Представляешь, человек полтора года слышал только голоса. Говорил, птицу увидеть — за счастье было. Рассказывал, что предыдущего товарища — кто до него в горах сидел, — в дурку отволокли. Так что — ладно, не самое это главное, богатство. Меня бы наверняка пришили за то золото. Можно сказать, счастливо ноги унёс. Я вообще удачливый.

Смотри, дождик зарядил... Весна! Крестьянин, торжествуя, туда-сюда и ё-моё... Как нас в советской школе беспощадно учили-то, а, Петровна? Этот Некрасов прям как экзема: если что — обостряется, и прицепится, как репей, ничем не сведёшь! Так думаю, дождь-то на всю ночь запрограммирован, а? Петровна, а знаешь, как твою антенку от дождя уберечь? На неё нужно презерватив надевать. Нет, серьёзно!..»

Глава 11

В РЕМОНТНОЙ БРИГАДЕ АЛЬБЕРТИКА

Это ж с ума сойти — во что человек может превратиться на почве трезвости! Вот Изюм: бросил пить и превратился в такого моралиста — хоть святых выноси. Во всём же надо и меру знать. Уж очень он стал назидательным: и то не скажи, и так не выражайся. Сёмку Морозова, лучшего штукатура Всея Руси — из бригады Альбертика, — он вообще замудохал:

— Вот ты, — говорит, — сам себя послушай-ка. Что ни слово, то «блять». Как так можно, не понимаю!

— А что? — недоумевает Сёмка. — Слово как слово. Кто его у нас в стране не знает.

— Ну, неужели нельзя как-то без него обойтись?

Сёмка лишь плечами пожимает. А как, спрашивается, без него обойтись! И, главное, — зачем? Это ж напряжение какое: говори, и всё время думай, что говоришь. А работать когда? Работа, она ждать не любит. Так что алё, Изя, кончай, блять, свои лекции для кормящих матерей!

— Но ведь иначе можно выразиться, — не отступает Изюм. — Иносказательно. Можно «блин!» говорить, как интеллигентный человек.

— Бли-и-ин?! — прищуривается Сёмка. — Ты кто, блять, — кондитер?!

Ну, Сёмка тот — ладно, он хоть штукатур от Бога. Стенку шпаклюет — она как зеркало. Краску кладёт, засмотришься: рука прям как асфальтовый каток — ровная, тяжёлая, не дрогнет. Это потому, что Сёмка тоже не пьёт. То есть пьёт, конечно, но не постоянно, а запоями. Поболеет, отваляется с неделю — это ж всё равно что грипп перенёс, — и потом месяца полтора пашет как ласточка. В сторону спиртного и не смотрит.

Чего не скажешь о самом Альбертике, который прикладывается постоянно. Клюкает, тяпает, цедит, хряпает... но не признаётся. Что придумал: заливает зелье в банку из-под сока и время от времени: «где там моя баночка, жажду утолить?» Жажду! Тут Изюм как-то потянулся тоже — жажду утолить, — глотнул и плюнул: водяра!

Оттого и не клеится у него, у Альбертика. Работают они, скажем, а Альбертик каждые десять минут: «Я — покурить!» — а от самого пивом за версту несёт. Изюм-то чует, сам давно завязал.

Главное, Изюму ничего объяснять не надо: прошёл весь этот путь, такой же был: «Да я всех круче, я супер, короче, пупер... всех вас имел-переимел, я всё умею: из камня могу розочку вырезать, только в Интернет гляну, как...» А ночью проснёшься, и вся твоя жизнь перед тобой раскинется такой необъятной помойкой. «Ну и говно ж ты несчастное, — думаешь. — Надо было не пить, а розочку вырезать...»

А теперь с этим — всё, с этим кончено! Нет, бывает, конечно, что дико хочется выпить! Особенно пива, зимой! Прям вот пойти, купить бутылки три-четыре и — жандарахнуть! И ещё жандарахнуть! И ещё! Дрожжи вот эти... этот запах ненасытный, этот вкус!

Так Изюм — что? Нашёл, как выйти из положения. Он в хлебопечку побольше дрожжей — херакс! Испечёт хлеб, и тот — па-а-хнет! На весь дом. И с чаем его, с чаем... Изюм ест-пьёт, запах вдыхает, и себя, такого хорошего, хвалит.

А Альбертик — ну сколько можно врать, сколько можно за нос водить окружающую среду! Взять его сердечные дела, кобелиные: он ещё одну бабу завёл. Теперь у него... стоп, это ж считать надо, пальцы загибать, это уже не арифметика, а высшая, блин, математика: жена, значит, плюс Галя... плюс ещё две нимфы. Недавно заявился к Изюму с одной из нимф. Посидел-посидел... «Дай машину, — говорит, — покажу девушке живописные окрестности». «А на своей чего не показать?» «Да мою на живодерню надо отволочь». А сам уже такой хороший-хороший... И Изюм ему сурово: «Идите ногами гулять. Заодно проветришься. Какая разница, каким путём живописать эти, блин, легендарные окрестности!»

Звонит тот всегда внезапно и сваливается на

тебя так, что и причины не придумаешь отвертеться.

«Ты где?» Ну, а где он, Изюм? — дома, само собой...

Альбертик: «Мы вот с ребятами на рыбалку приехали, а тут ни хрена не клюёт. Можно я подскочу?»

Что тут скажешь. «Ну, подскакивай...»

Изюм от прошлого его визита ещё не оправился, — когда тот с женой и ребёнком приехал сюда мириться-воссоединяться на лоне природы.

Изюм, гостеприимный хозяин, на кухне стоял и плакал (лук нарезал колечками). А они всё: ой-ой, птичка! — и к клетке с попугайчиком Федей. И через минуту являются: «А чего-то он не дышит...» «Как — не дышит?! Он у меня тут час назад круги нарезал, как ракета!» Смотрит Изюм — а в руке у Альберта Федя дохлый, но тёплый ещё, и глаз один так полузакрыл, точно смотрит на Изюма и, как в фильмах, просит отомстить за свою гибель. Любимая птица Костика! Они с матерью купили его на птичьем рынке, такая славная птичка, и так чётко произносил «Суперрржопа!» по каждому поводу. Это ж какое трагическое шапито ждёт Изюма в ближайшие выходные! Позвонил он Марго, та — вне себя от ярости. Но делать-то нечего. «Клетку убери в сарай, — говорит, — а Костику скажем, что Федя улетел на юга жениться».

Изюм говорит Альбертику: «Давай, езжай завтра, покупай мне попугая». А тот: «Ну, он же и у тебя мог сдохнуть...»

Любой нормальный гость после такого случая закрыл бы ассамблеи года на два. А этот — нет, ему водяра всё воспитание по уши залила.

Так вот, «Заскочу к тебе на полчасика», — говорит. И когда уже в калитку заходит, так небрежно роняет: «Правда, я не один...» А позади... Смотрит Изюм, а за Альбертиком вышагивает такая... такая... фиу! И у Альбертика вид, точно он не знает, что она за ним идёт. Изюм стоит как Кролик в «Винни Пухе»: «Как, мол, вас только двое?» — и неловко ему спросить: «А это что ещё за шмара, прости господи?!.»

Собрал, конечно, на стол кое-что. Сидят они, и Альбертик к этой своей баночке туда-сюда прикладывается. Вышла нимфа покурить — Аня, что ли, или Неля... неохота уже запоминать всех его баб, память-то не компьютерная; малярша, она, как выяснилось. Альбертик спрашивает: «Изя, можно мы у тебя переночуем?»

Ну, что прикажете отвечать старому другу? Изюм думает: «Блинадзе! мне что теперь: повесить над дверью табличку «Публичный дом», выдавать бельё по рублю и брать с гостей почасовую плату?!»

«Вон там, в шкафу, бельё, — говорит, — на котором ты с женой и ребёнком на той неделе спал, отныне будешь ночевать только на нём. Заберёшь-постираешь-привезёшь...»

Другой бы смутился, а Альбертику всё — божья роса. Не сморгнул даже. И остались они...

А ночью такой начался шапито! И у Изюма — билет в первом ряду. Вернее, ему самому предлагалось на канате плясать, потому как звонит-то весь этот гарем на его домашний телефон. Альбертик, тот предусмотрительно отключает мобилу, типа — «наработался, как ишак, и ночью хочу отдохнуть». И чего он добился? То жена его, Маша, звонит Изюму, то Галя звонит, и тоже — Изюму, и опять жена, и снова Галя... Одна угрожает: «Щас приеду, спалю твой шалман нах!» Другая: «Ты его покрываешь с его шалавами, вражина! Приеду, камня на камне от твоего борделя не оставлю!»

А Изюм со сна то Машу Галей назовёт, то Галю — Машей. Вконец растерялся и обозлился. «Женщина! — говорит, так чтобы уж не ошибиться. — Ну, за что вы меня кошмарите! Приезжайте, заберите навсегда своего романтика и долбоёба!»

Погорячился. И зря.

Обе дамы примчались на такси почти одновременно. Тут недалеко, из Обнинска. Причём жена и дочку прихватила, в назидание: мол, полюбуйся, что твой папаша вытворяет. И сцепились обе прямо в прихожей. Галя у Маши клок волос выдрала — такой приличный клок, хоть парик мастери. Та взвыла и кинулась на неё с кулаками. Изюм бросился их растаскивать; ему-то, пусть бы они позадушили одна другую, но ребёнка жалко: что за пример семейной любви для неокрепшей души! К тому же он боялся, что «свинья» — Нюха то есть, совсем очумеет от шума, сорвётся и загрызёт кого-нибудь... Короче, кино не для нервных: у Маши полголовы лысой, у Гали морда расцарапана, «свинья» лает-рычит, готова всех растерзать... В прихожей тесно же, а они толкаются, обувную тумбу свернули, зеркало на одном гвозде повисло, вот-вот упадёт. И тут выплывает пьяненький Альбертик со своей полуодетой маляршей, как там её вчера звали...

Изюм хвать Нюху за ошейник, — ибо та сильно озадачилась столпотворением, — и как заорёт: «Проваливайте отсюда все со своей Сандрой-Барбарой!!! Или я щас свинью на вас травану!!!»

Короче, мат-перемат, шутихи-петарды, визг и плач невинно убиенных младенцев... Хорошо, оба такси так и стояли на улице: бывалые водители могут предсказать грядущие события куда точнее астрологов или метеорологов, так что измочаленная компания с избитыми рожами вывалилась в ночь и с некоторыми перетасовками разместилась в фаэтонах для дальнейшего променада...

А Изюм до утра уже не заснул. Даже не ложился: порядок навёл, подтёр кровищу, зеркало заново повесил, запустил в стирку бельё...

Потом включил телик и от расстройства просмотрел всю «Аиду» — от начала и до конца. Эта брюнетка была такой страстной, такой целеустремлённой. И чётко выпевала свои принципы и выглядела очень порядочной женщиной... Приятно было на неё смотреть.

* * *

Но речь-то не о любви, и даже не о выпивке, а о работе. Хотя именно в связи с постоянными алкогольными парами скромный бизнес Альбертика совсем захирел. Ничего у него не клеится. И приличные люди с ним уже работать не хотят, потому и набирает тех ещё специалистов: кто под руку подвернулся и кто полутрезвым оказался в данный миг бытия. Один просто дома у него живёт, Петя такой из молдавской провинции, — возит он Альбертика, ибо тот целый день тяпает по чуть-чуть и за руль сесть не может. Возит его и работает на объектах, хотя никакой не специалист.

Взял Альбертик квартиру на ремонт, понабрал в бригаду подобных джентльменов удачи. Договорился с заказчиком — ламинат стелить. Комната метров тридцать, да коридор, да кухня. Ну и они, пока работали, что-то там крутанули, что-то недовинтили... Разверзлись хляби небесные, как говорится в поздравительной открытке. Затопили, короче, весь материал. А ламинат дорогущий, полторы тыщи метр. Бросились воду собирать, вроде собрали, но пол всё равно вздулся. Хозяин приходит, у него глаза на лоб: «Эт-то что ещё такое?!» Альбертик давай ему впаривать: «Некондиционный товар, бракованная партия...» Хозяин: «Ни хера!» — и вынимает телефон экспертизу заказывать. Тот сразу в раскол: «Так у вас тут потоп ненароком случился». «Ага-а!!! Какой такой потоп, кто его организатор посреди полного здоровья квартиры?!» И в процессе выразительного диспута — пожалте вам справедливый штраф: на шестьдесят тыщ новый ламинат да перестилка.

Вот так они все и косячат, что-то взрывается у них, кого-то затопляет. И звонит он: «Изь, приезжай-посмотри». Приходится ехать...

Вчера приезжает Изюм — там новый какой-то мужик; выходит, опять Альбертик подобрал на вокзальной скамейке бомжа, и это понятно: ребята от неопределённости разбегаются по более выгодным заказам. Мужик такой... странный. «А почему — странный?» — спросил сам себя Изюм. Нормальный мужик. То есть никакой: среднего роста, черноволосый, но уже седоват, а глаза — синие, холодные и жёсткие такие. Молчун. И работает тоже... как-то неловко. Видно, что старается, и аккуратный, но и не то чтобы спец. Изюм пытался познакомиться, посоветовать, как ловчее дверь ставить. Но тот такой — как дикий кот: зыркнул-буркнул и дальше делом занимается. Изюм, он же общительный, как Доктор Айболит, спросил — как того зовут, а вместо него Альбертик отозвался:

— Сашок, смотри, у тебя тут плинтус маленько вылез.

Значит, Сашок. Ну и хрен с ним. Странно, что какое-то время тот занимал мысли Изюма. Кого он ему напомнил? Что-то музыкальное...

И только вернувшись домой, сообразил — кого: того самого, из любимой песни парня, который «подними повыше ворот», который «чёрный ворон... чёрный ворон переехал мою маленькую жизнь...». Именно такой и виделся Изюму, когда он слушал песню, и всегда страшно сочувствовал и переживал. Хотя никакого ворота, кроме как на мятой куртке, у того не было. Нечего повыше поднимать. И жизнь его — как узнать: маленькая она или жизнь как жизнь?

Странно... Изюм весь вечер варил для Нюхи и Лукича рагу из костей и требухи, возился по хозяйству и под нос мычал себе, скулил: *Окрестись, мамаша, маленьким крL есточком... Помогают нам великие кресты... Может, сыну твоему, а может, дочке отбивают срок казённые часы. А ну-ка, парень, подними повыше ворот... и ля-ля-ля... и ду-ду-ду... и му-му-му-у-у...»*

* * *

Сегодня праздник случился: вечерком ненадолго, но дружественно и снисходительно погостевал у Надежды Лёшик.

Обычно любой его визит подготавливался обоими очень тщательно. Сначала он невзначай отзывался на одну из робких, но настойчивых эсэмэсок Надежды, по-прежнему умиравшей от страха и воображения: что с ним произошло, почему он молчит, не заболел ли, не обнищал ли окончательно, не впал ли в тоску и в голод. Когда накал страстей и несчастий с её стороны превышал уровень допустимого, Лёшик проявлялся — вначале неясно, как смутный лик Иисуса на Туринской плащанице: мобила выкатывала ряд дебильных рожиц, которые Надежда ненавидела. Если она вела себя разумно, то есть по его понятиям «культурно», то есть не взрывалась тирадой с давно устаревшими вопросительными и восклицательными знаками, а просто скромно молчала, — он посылал какие-то шуточки, стайку-другую придурковатых анекдотов или псевдоодесских хохм с псевдоеврейским акцентом: «таки да!» и «шо ви говорите?!»; если и дальше её не оставляла выдержка, он снисходил до визита. Ненадолго, само собой. Полчаса. Крайний срок: сорок минут. Происходило это примерно раз в два-три месяца.

Почему так случилось, Надежда объяснить себе не могла, хотя обдумывала этот клинический, по её мнению, случай упорно и подробно. Почему ласковый и заласканный мальчик, с младенчества заваленный игрушками и развлечениями, с детства вывозимый на моря, в леса-поля и круизы; занимавшийся всеми видами искусства, которые Надежде удалось на него обрушить — музыкой, живописью, театром (только не балетом: Надежда не любила балетных мужчин с обтянутыми гениталиями и натруженными ягодицами, напоминающими поршни насоса; вообще, считала, что мужчина должен быть физически незаметным), — короче, почему Лёшик вырос таким. Каким? — уточняла она у себя самой, и самой себе пыталась ответить: ну, таким... неактивным к действию... индифферентным к проявлению чувств... незаинтересованным таким, одиноким... Можно уже смело сказать: равнодушным.

Иными словами, Надежда пыталась понять: почему её единственный ненаглядный ребёнок вырос такой сволочью.

Лёшик был красив: высокий и худощавый, с густыми выразительными бровями, с тёмно-каштановыми волнистыми волосами, с которыми он вытворял бог знает что, а они всё росли и не выпадали, и когда их оставляли в покое, благодарно ложились на лоб и на плечи крупными небрежными волнами, как на картинах эпохи Возрождения. Словом, Лёшик был очень хорош: итальянистый тип лица, обаятельная пластика — глаз не оторвать. (Все его единоутробные братья и сёстры, о существовании которых мальчик не подозревал, были белобрысыми, курносыми, именно что незаметными людьми. И хорошо, что Надежда запретила себе появляться в Вязниках, ибо любой сосед или одноклассник с лёту опознал бы в Лёшике папаню.)

Кроме того, он обладал прекрасным слухом, и изо всех инструментов, на которых поочерёдно желал учиться, выбрал саксофон — само собой, купленный Надеждой в дорогом магазине по простому её прасоло-купеческому принципу: чем дороже, тем надёжней. На этом саксофоне он — когда охота приходила — иногда замещал заболевшего музыканта в группе с каким-то инфекционным названием: не то «Скарлатина», не то «Инфлюэнца», и играл очень здорово: мягкий вкрадчивый звук, хорошая техника. Людям, самым разным, он очень нравился. Он вообще был обаятелен и талантлив. И в хорошем настроении любил поработать на публику (особенно, если публикой оказывалась мать) и порассуждать об особенностях своего инструмента, который называл просто: сакс.

Конечно, Надежда хотела бы видеть его художником, не потому, что он *почти* закончил Училище 1905 года (диплом получать не стал, это ведь пошлость, — все эти бумаги-свидетельства-рамочки; небось у Андрея Рублёва или гениальных пещерных художников никаких дипломов не было!); и даже не потому, что, работая в издательстве, могла, не покривив душой, рекомендовать его в качестве художника и оформителя книг, а это была интересная, творческая и денежная работа. Нет, не потому.

Просто время от времени ей вспоминался один мальчик в её детстве и юности. Тот тоже был очень талантлив и тоже прекрасно рисовал — сколько портретов Надежды он сделал, с неизменной внизу надписью «Дылда», за что регулярно получал по башке тем, что под руку попалось: думкой с дивана, учебником, в крайнем случае — туфлей, скинутой с ноги. Надежда всегда была чуть выше ростом.

Так вот, Лёшик явился и сразу порадовал её своим видом: он был чистеньким, культурно одетым, с промытыми блестящими волосами, традиционно, даже скучновато подстриженным. Всё быстро объяснилось: он теперь официант. Прошёл стажировку, работает в кафе (название просвистело мимо сознания оглушённой матери). Надежда с обречённой натянутой улыбкой минут двадцать выслушивала про степени прожарки стейков, салат «капрезе» и лепёшки фокаччи. Далее Лёшик, который был хорошим рассказчиком, подробно описал шефа, су-шефа, пиццера (кто пиццу печёт), забавно изобразил даму, главного менеджера, — как она незаметно подкрадывается и шепчет в ухо: «Отвечай, какие особенности у стейка «рибай»?» — а также кальянщика Мафусаила, которого коллеги зовут Михеичем...

Живописал несколько эпизодов трудовых будней:

«Сидит девушка за столиком, грустная. Одинокая. Заказала только пиво, пьёт его целый час и смотрит в окно. Я подхожу, потому что никто не хочет её обслуживать: какие чаевые с бокала пива? Спрашиваю, может, что-нибудь ещё хочет? — «Нет, ничего». — Я говорю — может быть, сладкое? Она оживилась: «Да, да, сладкое! Что посоветуете?» — Ой, — отвечаю, — сладкое меню я ещё не выучил. «Как же так? — восклицает девушка. Сладкое — это же самое главное!»

— Ещё есть судомойка, особа лет семидесяти. Необыкновенная осанка, как у... — он замешкался, подбирая слово.

— ...у балерины? — с пониманием встряла Надежда.

Лёшик поморщился, поправил:

— ...у негритянки. Лицо — печёное яблоко, а губищи такие... ярко, вызывающе накрашенные. Я говорю: «Давайте знакомиться. Я — Алексей». — «А я — непреклонная Анастасия!» Осмотрела меня с головы до ног и говорит: «Главное, Алексей, — не сдаваться! Никогда не сдаваться!»

Дальше новости скатывались на Надежду одна за другой, как арбузы с грузовика. Девушка появилась у Лёшика новая. Кличка — Ева Браун, потому что она любит всё немецкое: «тащится от Третьего рейха, и все её инсталляции включают знаменитую фотографию, знаешь: гора обтянутых кожей скелетов где-то там, в Бухенвальде, что ли». Брови сбривает совсем, белые волосы поставлены перпендикулярно голове, одевается фольклорно (стиль трахтен). Смастерила себе юбку и обшила подол подсолнухами, которые собственноручно отлила из олова.

— Приходи в «Инфлюэнцу», мать, — пригласил Лёшик. — Поглядишь на наших ребят — это чудо психоделии.

— Не знаю, решусь ли, — вздохнула мать. Она ещё не пришла в себя от прошлого «экшна».

Это была лекция о саксофоне (история создания и исполнительства, всё очень культурно), для детей (!!!), которую Лёшик взялся провести в гостеприимных стенах своего клуба, чьё руководство придумало вести такие вот лекции для будущих своих клиентов и их потомства.

Надежда прискакала туда из парикмахерской, принаряженная, в гранатовых бусах и серьгах, купленных в ювелирной галерее Марианских Лазней... Явилась гораздо раньше назначенного часа, чтобы занять место в первом ряду, и — вдохновлённая, влюблённая в сына: в его кудрявую шевелюру, сощуренные синие глаза, в белые джинсы и белую майку, в мускулистые руки, легко и привычно держащие «сакс», — сидела в большом нетерпении.

И — ах, как блестяще он начал свой рассказ, просто рассыпав перед слушателями (это были дети и родители, бабушки и внуки) яркий мощный, чувственно-округлый музыкальный пассаж!

Затем наступила благодарная и благожелательная тишина.

Лёшик опустил инструмент и негромко проговорил:

— Господь бог бросает поцелуи в пространство: на кого выпадет... Мог ли успешный брюссельский обыватель, трудолюбивый владелец мастерской духовых инструментов Шарль-Жозеф Сакс вообразить, что фамилию его обессмертит один из сыновей, сообразительный и на редкость усердный мальчонка, со временем изменивший простонародное имя Антуан-Жозеф на более изысканное — Адольф?

Надежда млела... Она кожей чувствовала внимание публики, знала, каким образом сын держит это внимание, и наслаждалась: его звучным голосом, непринуждённой повадкой, свободой, с какой он двигался по крошечной сцене, ни минуты не оставаясь в покое и этим как бы иллюстрируя текучую прихотливость звучания инструмента, сверкающего в его руках. На сцене стоял только барный табурет, и время от времени Лёшик присаживался на него боком, откидывался, улыбался, порывисто вскакивал...

— Старший Сакс и сам был далеко не промах: всё же придворный музыкант, он не только ремонтировал и строил духовые инструменты, но и искал и выводил закономерности распределения столба воздуха (вновь инструмент взлетел к губам, новый пассаж распластал публику и улетел под потолок, замирая); это помогало определить с наибольшей точностью сверление отверстий в стволах дудок. Причём — о, прагматик-белыиец[1] — он не забывал каждое из двенадцати своих открытий оформлять соответствующим патентом, что приносило небольшой, но стабильный доход.

«Надо заставить его написать и самому начитать цикл лекций о музыкальных инструментах, — думала возбуждённая мать. — Он чертовски много знает, а баритон просто бархатный, бархатный! И, главное — у него замечательный драйв рассказчика! Когда чувствует малейшую усталость слушателей, сразу переключается на инструмент. И это здорово! Интуитивно он сопоставляет и сталкивает слова и мелодию, и мелодией, как рычагом, воздействует на слова...»

— И вот наступило время, когда бывший простецкий Антуан, а ныне элегантный Адольф Сакс решается на небывалое: он полностью пересчитывает акустику старого громоздкого бас-кларнета, придаёт изогнутому раструбу форму чубука с четырьмя клапанами, чем значительно расширяет вниз зловещий регистр шалюмо, а сверху насаживает изогнутую трубку с мундштуком, к которому крепится трость. И — о чудо! — нелепый и громоздкий, но такой искусный инструмент зазвучал намного ярче!

Вновь чистый волнующий звук саксофона прорезал тишину зала, публика зашелестела хлопками, пока неуверенными — можно ли хлопать в середине лекции? Но и не хлопать было невозможно! А голос Лёшика с каждой минутой наполнялся всё более тёплыми обертонами, то звенел, то приглушённо падал, то восторженно поднимался всё выше и замирал где-то там, наверху. «Он прирождённый...!!! — с волнением думала мать, — прирождённый музыкант. Нет — артист! Разве в живописи он слабее себя проявляет?»

— Сакса издавна будоражила мысль: как сгладить разность в силе и тембрах между группами деревянных и медных духовых. А почему бы не создать нечто, до сих пор невиданное: медный духовой инструмент со звукоизвлечением по принципу деревянного, дабы слились воедино узко звучащая группа «дерева» и мощная, прорезающая оркестр группа «меди»!

Дальше он разошёлся и даже разгулялся, демонстрируя то верха, то низы, то прогуливаясь по всем регистрам; то замедляя и останавливаясь на продлённой тоскующей ноте, то вприпрыжку пробегая вверх и вниз этажи длинной звуковой лестницы. И после того как опустил инструмент, зал уже решительно зааплодировал лектору. Надежда хлопала со всеми как безумная. Это был час её личного триумфа!

— Мир действительно до сих пор не слышал подобного: мощный, чувственно-округлый тембр, абсолютно ровные, выливающиеся друг из друга регистры — куда там кларнету! А верхние звуки, выдуваемые почти без усилий! А удобство игры: ни одного отверстия, всё прикрыто двадцатью клапанами. Это массивное, сверкающее металлом сооружение стало легче, чем обычный большой кларнет! — Лёшик возздел саксофон и потряс им над головой. Блеснул металл под лампами. У Надежды не было сомнений, что завтра очередь желающих обучаться на саксофоне выстроится к Лёшику с самого утра.

Он успокоил ладонью зал, присел на барный табурет и долго рассматривал саксофон в своих руках, поворачивая так и сяк, словно увидел его впервые. Держал паузу... Публика ждала как миленькая.

— Адольф Сакс запатентовал своё достижение в 1846 году, — наконец проговорил Лёшик, подняв голову. — Кто схватился за новый инструмент? Конечно же, падкие на всё оригинальное композиторы-французы. Бог искусства оркестровки — Гектор Берлиоз — уделил ему немало лестных страниц в своём знаменитом «Большом трактате об инструментовке». Под мрачный плач саксофона в бурю тосковала о Вертере осиротевшая Шарлотта у Массне (Лёшик поднёс инструмент к губам, и тот зашёлся в безутешной мольбе). В сюите Бизе к драме «Арлезианка» млел под саксофон от любви к невесте робкий юноша Фредери... (вновь изысканное очарование мелодии тревожит и ласкает наш слух). Кудесник Равель, оркеструя томительно-чувственное однообразие вариаций «Болеро», саксофонов не пожалел — их там целых три! И наконец: богоданная «Ромео и Джульетта» Прокофьева, где тема любви извивается волшебно-гибкой змеёй...

«Когда? — думала Надежда. — Когда он умудрился так блестяще подготовиться к этой лекции, ведь он только три дня назад походя сообщил об этой идее. Талант, сука, талант! — горестно подумала Надежда. — Папанин талант, — сука, сука!»

— И всё же, и всё же... — тихо, совсем тихо проговорил её талантливый сын. — Нет! В упоительно-разнообразное сплетение тембров группы деревянных симфонического оркестра саксофон не вписался: уж слишком ярким, слишком специфичным оказался звук гениального изобретения мастера Сакса! — Он приблизился к кромке сцены, оглядел публику — пристально и торжествующе. Увидел мать в первом ряду (он близорук) и подмигнул. Вскинул обе руки: — Подлинное время этого чудо-инструмента наступило в двадцатом столетии, когда — перекочевав через океан! — этот сверкающий металлом монстр попал в руки и уста американских негров!!!

Тут зазвучала всем известная мелодия из мюзикла «Хеллоу, Долли!» — и зал взорвался аплодисментами, настраиваясь на джазовые и блюзовые примеры и надеясь, что музыкальные вставки в этой части рассказа окажутся более длительными.

И слушатели не ошиблись. Примерно с этой минуты Лёшик, с растрепавшимися по лбу и глазам кудрями, принялся даже и не говорить, а выкрикивать полуфразы между громкоголосыми фонтанными выплесками саксофона. И поначалу это выглядело выигрышным контрастом слегка академическому исполнению музыки в первой половине лекции.

— Только в их устах инструмент зазвучал чарующе разнообразно — от причудливых шлепков языка по трости до истерично-виртуозного альтиссимо, от пианиссимо в изысканных импровизациях на темы спиричуэлс до... (вопли и режущие пассажи нот высокого регистра)

— Только великому созвездию чернокожих виртуозов импровизации!!! Оказалось под силу!!!

(хрип и стон, и вопли, вопли, режущие ухо) продемонстрировать миру конгениальность саксофона и всей джазовой музыки!!!

У Надежды заложило уши. Одуревшая, она сидела в первом ряду, не понимая — что это, к чему, зачем он это... ну, есть же и джазовые прекрасные певучие... блюзовые... оой, какой ужас...

Саксофон Лёшика продолжал наяривать на фортиссимо пронзительные режущие, словно для звуковой пытки, выхлопы. Несколько родителей с детьми или бабушек с внуками поднялись и стали выбираться из зала. Эти, подумала Надежда, провожая глазами убегающих, эти вряд ли завтра выстроятся в очередь на учёбу.

А Лёшик, как бесноватый, изгибался, скакал, мотался по сцене с хрипящим саксофоном в руках, будто напрочь и вдруг лишился способности на нём играть и сейчас только выдувал и выдувал те звуки, что подворачивались под пальцы. Скрючивался в три погибели, прилаживая саксофон между ногами, что выглядело ужасно непристойно.

— Вот оно!!! — кричал он, отрываясь на мгновение от инструмента. — Вот они, нечеловеческие вопли изнасилованного!!! Экстаз музыканта, бьющего по ушам!!! Струя спермы самца гориллы, мастурбирующего в лицо посетителям зоопарка!!!

Посетители зоопарка быстро покидали помещение клуба... Надежда тоже поднялась и скорым шагом, суетливо перебирая содержимое внутри сумки (искала ключи от машины), удалялась прочь от этого самца гориллы. Это был её сын, любимый сын, в которого ухнула она все молодые годы, каждую копейку, заработанную зверским трудом, а также преданность и одиночество. Одиночество и преданность принесла она на блюдечке этому самцу гориллы...

По пути домой не отвечала на его звонки — потому, что вела машину, и потому, что не хотела слышать его голоса. Но, войдя в дом, вынуждена была ответить: он набирал её номер каждые пять минут. Когда наконец она ответила, спросил:

— Ну как? — задыхаясь и торжествуя, будто всего секунду назад завершил свою лекцию.

— Ну зачем ты! — проговорила она горько и внятно. — К чему ты всё это сделал... вот так.

— Как? — оживлённо уточнил он. Кажется, в его голосе ничего, кроме любопытства, и не было.

— Вот эта сперма гориллы... струя и так далее в лицо зоопарку. И вообще, вся эта... подлость посреди прекрасной лекции!

Он расхохотался:

— Ма-а-ать, да ты что! Чем тебя не устраивает сперма? Это же самое главное! — проговорил в точности как та девушка в ресторане, что заказывала сладкое. — А если я не интересуюсь, от чьей именно спермы ты меня родила, это ещё не значит, что мне запрещено произносить сие сакральное слово.

Ей в тысячный раз захотелось сказать: «Я тебя не рожала» — точно так же, как ей этого хотелось в его четыре годика, когда на её отказ купить двести восемнадцатую машинку он восклицал: «Зачем ты меня родила?! Чтобы я страдал?!» — Гово-

230 рить начал рано и сразу очень бойко, и чуть ли не с рождения был виртуозом-манипулятором.

— Ну, понятно, — отозвалась она устало. — Весь этот зоопарк предназначался мне и только мне.

Вспомнила, как прекрасно начинал он лекцию. Всё продумал, сукин сын!

— Конечно! А кому же ещё! — засмеялся Лёшик, видимо, жуть какой довольный. — А ты думала — кому, этому пенсионерскому клубу?

И пока она боролась с желанием бросить трубку, сам же её и бросил — на ближайшие два месяца.

* * *

Пока трепались, пока чай пили, ну и пирогов из «Братьев Караваевых» Надежда прикупила, Лёшик с детства любил сдобу, — ему дважды звонили ещё две какие-то шалавы. Разумеется, последнее слово Надежда произносила мысленно и во время непринуждённого обмена репликами сына с собеседницей лицо старалась держать непроницаемым. В обоих случаях диалог был поразительно схожим:

«Хей-хоп! Как дела? Может, встретимся?» — И после небольшой паузы: «Ну почему ты так легко соглашаешься?»

Всё это время крутил картинки и людей телик, который Надежда вообще не включала, а Лёшик врубал мгновенно, как только входил в дом, словно жаждал шумового фона не только для общения с Надеждой, но и вообще — для жизни. Причём, если мать убавляла звук, он непринуждённо и незамедлительно его восстанавливал.

На сей раз, пока сын обменивался репликами с закадровыми девушками, Надежда с интересом уставилась в экран. Там шла передача про индийских... то ли йогов, то ли совсем каких-то оголтелых истощённых безумцев: они ходили босиком по толчёному стеклу, ложились на него, а некто, чьи толстые ноги анонимно и твёрдо стояли в кадре, колотил их дубинками по головам и по спинам, и разбивал прямо на их организмах настоящие кирпичи; после чего испытуемый индус вскакивал и был как новенький...

Надежда подумала о пределе человеческой выносливости. Она знала, что всю эту ночь, после ухода Лёшика, не заснёт ни на минуту, потому что лет уже пятнадцать как он вот так же колотит по ней дубинками, заваливает кирпичами и обрушивает молот.

— Лёшик... — осторожно спросила она, — а сколько же там тебе платят, в этой инфекции?

— Двадцать рублей плюс чаевые, — бодро ответил сынок, имея в виду, конечно же, тысячи, а не рубли.

Вот тут Надежда всхлипнула: в их богатом издательстве ставка за нарисованную обложку книги была — четыреста долларов. Её редакция постоянно нуждалась в талантливых ребятах, ибо работы было — выше головы.

— Сынок... — сказала она. — Я дам тебе больше. Только нарисуй уже что-нибудь.

Лёшик утомлённо ответил:

— Мама, почему ты всегда погружаешься? Надо скользить! Скользить!

И какое-то время (бесконечное) рассуждал о том, как надо жить, медленно проводя по волосам ладонью, забыв, что остригся коротко для своего нового облика и жест этот надо сменить хотя бы на время.

И когда он ушёл наконец — а Надежда всегда в последнее время страстно мечтала об этом чуть ли не с пятой минуты его визита, попутно размышляя, почему за подобные рассуждения она постороннего человека назвала бы мудаком, а когда всю эту пургу несёт собственный ребёнок, она мучительно пытается вслушаться, и понять, и по возможности даже в чём-то согласиться, хотя очевидно же, что всё это — мудацкая чушь, мудацкая чушь, мудацкая чушь!!! — словом, когда он ушёл с богом, Надежда всё сидела и смотрела в экран: чертовски длинная оказалась передача. И там непонятных ей садомазохистов колотили, и мучали, и безуспешно пытались прикончить, а они всё жили, как особо стойкие бактерии.

Как бы начать скользить, думала она. Скользить, а не погружаться всю свою жизнь в битое стекло и кирпичи...

* * *

Непростым мужиком оказался тот парень, из песни про чёрного ворона. Изюм не то что приглядывался к нему как-то уж особенно, да тот и не торопился душу раскрыть — работал хорошо, с каждым днём всё лучше, но не то чтоб подмётки рвал, в разговоры ребят не встревал, права не качал. Но по нему видно было: такому права качать и не требуется. Таких стараются обходить сторонкой самые безбашенные личности. Говорил мало и очень странно: городским правильным языком, без какого либо акцента, а вот всё равно казался... иностранцем не иностранцем, но чужаком. Будто его до-о-олго где-то учили, натаскивали-готовили, а потом забросили на нашу территорию в целях шпионажа. Он не употреблял слова, которые поганками расплодились в живой народной речи последних десятилетий, вот в чём дело. Не матерился! Ни о чём не спрашивал, ничего не уточнял, но время от времени на какой-нибудь вопрос, совсем простой вопрос, не отвечал: стоит, смотрит, будто смысла фразы не понимает. Хотя в другой какой-нибудь области слов разбирался отлично. К примеру, послали плиточника Серёжу в Обнинск за кое-каким материалом, он всё купил по списку, а белый клей для керамики забыл. Ну и как прикажете работать!

— У тебя что — сколиоз? — в сердцах спросил Изюм, которому не улыбалось терять тут ещё часа два. — Иди голову лечи.

Тогда Сашок этот, шпион замаскированный, проговорил, слегка улыбнувшись:

— Неправильно термин употребляешь. Склероз. Сколиоз — это другое.

— А ты почём знаешь! — поинтересовался уязвлённый Изюм. И тот суховато ответил:

— Я — врач.

— Вра-а-ч? — Изюм помолчал. Сильно удивился, честно говоря. Можно сказать, был потрясён. Интересные врачи у нас тут обретаются. Видимо, медицина им настолько приелась, что лучше кистью махать и гвозди заколачивать...

Вот не было печали: дался ему этот Сашок! Мало ли какие обстоятельства могут человека изъять из белого халата и выдать в руки мастерок и прочий не врачебный инвентарь. Может, он спирт налево пускал или кого на операции зарезал? Может, его только-только из тюряги выпустили? Хотелось Изюму поинтересоваться — мол, а ты какой специальности врач? — но Изюм язык придержал. Вот как-то умел человек делать лицо и всю свою личность недоступными, чтоб неохота была вопросы задавать. Видимо, чёрный ворон, или кто там ещё, всё ж таки переехал его маленькую жизнь.

Но стал Изюм время от времени — деликатно так, словно шарлотку готовил, — интересоваться какой-то бытовухой, и Сашок этот стал помаленьку отвечать. Разок сели перекусить рядом — Изюм приволок пиццу, которую недавно освоил: с зелёным сыром и грушей, — и заставил того попробовать. И мужик был поражён «волшебством невероятного вкуса». Так и сказал, купив этим Изюма с потрохами.

— А сам ты с Обнинска, или как? — спросил Изюм.

— Не совсем...

— С Боровска?

Тот отхватил ещё кусок пиццы, прожевал, покачал головой, сказал:

— Нет, это что-то особенно изысканное, эта пицца...

И Изюм заткнулся.

Но попозже Сашок сказал, что снимает в Обнинске комнатушку в одной квартире в семье с тремя детьми. Люди хорошие, но покоя нет совсем, и детишки по очереди или вместе скопом болеют, так что он и лечит, и ночами бдит, и совсем уже осатанел от усталости...

И тут Изюм оживился и заявил, что Сашок может запросто пожить у него — целая комната в его распоряжении. По крайней мере, до каникул, пока не приедет Костик. А даже если и приедет...

Словом, уговорил его мотнуться посмотреть на Серединки, остаться на ночь, воздухом подышать, на небо ночное взглянуть — у нас такая природа, ты чё, обо всём забудешь!

Пока ехали, Изюм рассказывал про свои гениальные ноу-халяу: всё так и выложил — тапки светящиеся, интерьерные разные мысли... Очень вдохновился присутствием собеседника.

— Я думаю, мне сейчас надо такое что-нибудь замастырить... что-то придумать такое... изобрести, например, тележку! Что за тележку? А вот, которая брёвна таскает...

И говорил, и говорил, радуясь, что его слушают и не делают, как это обычно бывает, козью морду.

Сашок слушал молча и уважительно: Изюм глазом-то метнул пару раз, убедиться, что тот без задней мысли. Нет! Очень спокойно и уважительно слушал. А потом стал своё рассказывать. Про достижения современной медицины — такие вещи, с ума сойти, интересно, где у нас и кого так лечат — кроме олигархов, конечно. Вроде чип такой изобрели, микроскопический, вживляют его под шкуру, как вот собачкам на опознание, и когда человек поглощает пищу, на его мобильный телефон поступает информация: как эту пищу воспринимает твой собственный организм, что полезно, а что — как яд или просто мусор... Изюм прямо в восторг пришёл: понимающий парень, родственная натура, тоже ищет пути обновления мира. Он рулил и думал: вот человек, интеллигентный, спокойный, опять же, врач, а не бандит; почему ж от него веет такой опасностью, такой... лихой дичиной, что ли, безудержной какой-то свободой. Пытался додумать ещё, осознать нечто важное и не мог сосредоточиться, ибо тот вдруг разговорился. И говорил спокойным гладким говором человека, который много сил положил на то, чтобы *сойти за своего*. Ох, надо ли было Изюму его к себе приглашать...

— Сейчас вообще происходят потрясения основ, — говорил Сашок. — Люди пока не умеют соразмерить и разделить существование двух реальностей — подлинной и виртуальной. Ещё теряются, когда одна проникает в другую. Например. Есть такой парень, Вит Едличка. Он основал государство, назвал его «Либерланд» — то есть Страна Свободы... Небольшое, прямо скажем, государство: семь квадратных километров, где-то между Сербией и Хорватией. Ничейная земля, никак её поделить не могут. Ну, он и подсуетился, этот Едличка. Ни одно государство в мире пока не признало его страну.

Изюм засмеялся и сказал:

— А что, идея отличная: провозгласить, что ли, Серединки отдельным государством? А с лесом, с прудами — это будет побольше кэмэ, чем у этого завирального... как там его...

— Да-да, — невозмутимо отозвался Сашок. — Побольше. Если не учитывать того факта, что его государство высокотехнологично, и владеет четвертью всей криптовалюты в мире. А это — огромные средства. Ну, и история знает случаи, когда государства образовывались, и их не признавали, не признавали... а потом вынуждены были признать.

Изюм осторожно промолчал, не зная, как ответить на эту речь политического комментатора, и главное, не имея понятия — что такое «криптовалюта».

— И вот он раздаёт гражданство, — продолжал его собеседник, глядя прямо перед собой на дорогу, — приличным людям, само собой, и уверяет, что скоро многие государства признают его прекрасную страну.

— Такой «Волшебник Изумрудного города», — вставил Изюм, заворачивая на свою улицу и отметив, что у Надежды-то окна светятся — прямо сердце ёкнуло! Значит, приехала, явилась наконец глянуть — что да как, провести пару дней на воздухе. Соизволила Лукича повидать, который за пять дней уже одурел от общества нахальной Нюхи.

Как всегда, когда он видел её освещённые окна, ему стало так легко, так тепло... и немного грустно. Он предвкушал замечательный вечер с неожиданными пикировками, с кучей новостей, с «собачьими» разговорами. И подосадовал на себя: какого рожна пригласил этого нудного типа, который тут лекции читает на тему «удивительное рядом». Вот, пропал, считай, вечер с Петровной! И когда ты научишься не соваться со своей подмогой к первому встречному-поперечному, сказал он себе и сразу возразил, — с другой стороны, вот ведь и с Надеждой они подружились благодаря этой его черте: увидел, что человек нуждается в помощи, — подойди, поправь, предложи, помоги...

Короче, открыл калитку, провёл человека в дом, показал комнату, усадил за кухонный стол, принялся щи разогревать и овощи резать. И Сашок этот самый (кстати, что за манера — человек серьёзный, его, вероятно, нужно Александром звать, не иначе? хорошо бы уточнить), — тот помягчал, похвалил и комнату, и дом, и собак. Сказал, что очень у Изюма тут уютно.

А Изюма вдруг осенило: он понял, что вечер-то вполне может оказаться и не пропащим.

— Эх, ты настоящего уюта не видал! — отозвался от плиты. — Мы попозже к соседке моей наведаемся, увидишь настоящий уют. И красоту! Там столько чудес разных, диковин со Святой земли, и каждая на своём месте — прям музей! Ну и разный там... антиквариат, канделябры-спинеты-корсеты... И ещё есть такой... настоящий старинный оркестрион, из тех, что по кабакам на Руси играли. Дребезжит и кашляет. Трясётся, но исполняет «Разлуку», — знаешь такую песню? *Разлука, ты, разлука, чужая сторона...*

Его гость вдруг оживился, приподнялся на табурете, опершись обеими ладонями о стол.

— Оркестрион?! — воскликнул. — Ну как же, это же... У меня в детстве, в моём городе... я сто раз слушал такой оркестрион! Он у Гиляровского описан. Играл знаменитую: «Гудел-горел пожар Московский»: *Судьба играет человеком, Она изменчива всегда, То вознесёт его высоко, То бросит в бездну без стыда...* Он у одного человека стоял, у женщины, которая... да что ты! всё моё детство...

В общем, внезапно и удивительно разволновался. Для такого сухого господина прям-таки поразительно. Изюм и не думал, что этот доктор способен так возбудиться. Он выключил газ, вытер руки, снял фартук и решительно сказал:

— Сейчас пойдём! Что, в самом деле, Петровна нас не покормит? Она не то что некоторые, знаешь... Она такая... *эксклюзивная!* А Лукича потом отведём, он только мешаться будет. Пошли-пошли, там столько всего такого, *оркестрионного,* — зашибись!

Изюм и сам уже вдохновился. Он, как радушный хозяин, который перезнакамливает своих гостей, предвкушал, как станет свидетелем какого-нибудь интересного научного разговора двух этих незаурядных личностей. Вот так подарит их друг другу, и в дальнейшем, возможно, завяжется почти научное трио. Пока вёл парня через двор — накоротки (соорудил к Петровне свой собственный лаз: три доски сдвигались, как мехи гармони, —

нырнул, и они за тобой — хлоп, и вернулись на место), — Изюм перечислял диковины соседского дома: и печь изразцовая, заказанная у какой-то московской керамистки, наверху — настоящие скульптуры: Лукич и Пушкин, обнявшись, смотрят на резной буфет...

Но, видимо, сегодня астрология в небесах, того... не фурычила. Не сложилось сегодня дружное сообщество интеллигентов, не вытанцевалась чайная церемония китайцев. Петровна была то ли расстроена, то ли уставшая, то ли приболевшая — выяснить это Изюму так и не удалось, потому как, едва он открыл дверь её веранды и бодро крикнул в глубины дома:

— Хозяйка, гостей не ждёшь?

— Не жду, — отозвался её голос, не празднично-звонкий, *рыжий,* — как любил Изюм, — а тусклый какой-то и смурной. — Отнюдь не жду.

И показалась в дверях гостиной, — хмурая.

— Не до гостей мне сегодня, Изюм. Завтра давай.

Изюм замешкался, смутился. Вот те на! А он-то расхвастался перед гостем, который где-то за его спиной неслышно и деликатно тушевался. Получается, наврал ему, что они такие с Петровной дружбаны.

— А можно... — попытался Изюм.

Надежда крикнула:

— Не можно! Ты человеческий-то понимаешь язык?! Когда тебе ясно сказали, что...

И тут произошла абсолютно дикая вещь!

Этот Сашок, чужак этот, бродяга-лектор по научной части, неслышно маячивший за спиной у Изюма и ни к чему не причастный, вдруг так по-хозяйски отстранил его, взбежал по ступеням веранды в гостиную, сразу попав в круг мягкого, но внятного света, и, глядя в лицо Надежды, глухо произнёс:

— Дылда...

Изюм заледенел. А она...

Это была вторая дикая вещь. Вместо того чтобы возмутиться и турнуть обоих, она отшатнулась, обмякла, будто услышала приговор, и, не сводя глаз с того типа, неуверенно подалась вперёд. Как слепая, нащупала спинку стула, тяжело на него опустилась.

— Аристарх... — проговорила чуть слышно.

И по тому, как они смотрели друг на друга, Изюм понял, что между этими двумя людьми простёрлась целая жизнь: и счастливая, и непереносимая. И — потерянная, проигранная. Стёртая в пыль.

И ему стало так больно в груди, так больно стало, что даже удивительно — с чего бы?

Он постоял ещё, посторонний в этой кричащей тишине; повернулся и молча вышел, прикрыв за собою дверь.

А Сашок этот... или как там его — Ари-старх, — так и не вернулся к Изюму ночевать. Значит, что же: проговорили они всю ночь? или...

И опять у него стало так больно в груди, он вдруг подумал: с какой стати он, Изюм, называл её Петровной, — как пенсионерку какую-нибудь, вот дурак!

И вновь всплывали в памяти обрывки той песни, которая теперь лепилась к ним обоим: «А если вспомнится красавица молодка, если вспомнишь отчий дом, родную мать... подними повыше ворот, и тихонько начинай ты эту песню напевать».

И всё крутил и крутил сцену у Надежды, без конца вспоминая, как произнесла она это имя: «Аристарх», — тяжёлое, как артиллерийский снаряд. Произнесла обречённо, безнадёжно... нет: безутешно.

Словно стоящий перед ней человек давным-давно умер.

Часть вторая

ВЯЗНИКИ

Глава 1

ОРКЕСТРИОН

В оркестрион, уверяла Вера Самойловна, изначально было записано много песен: а как иначе, трактир ведь был знаменитый, у Калужской заставы стоял, место солидное.

Какая-то либеральная партия даже проводила там собрания, канареечники да голубятники постоянно толклись по своим интересам, а что до артистов, то и господин Шаляпин, бывало, заглядывал, не брезговал.

Так что из развлечений полагалось не только спиртное. Не станут завсегдатаи трактира, пусть и пьяные в лоск, одно и то же крутить, не потерпят убожества. Да и сам величественный шкаф красного дерева, выстроенный по образу европейского собора, даже с небольшой колоколенкой, по обе стороны которой сходили резные скаты; сам шкаф, с молодцевато выпуклой грудью, инкрустированной лентами-гербами и вензелистыми росчерками (а если отпереть её ключиком, то в глубине открывался ряд медных труб, выстроенных как на плацу), — этот шкаф-собор представал олицетворением великолепия и скрытых чудес; предполагал обширнейший репертуар, кипучий и бравурный, раздумчивый и надрывный, — песен двенадцать, если не пятнадцать, не говоря уж об отечественной «Боже, царя храни!» — прискорбно не сохранённой, как, впрочем, и царь, и отечество.

Оркестрион вообще-то считался имуществом, приписанным к желдоршколе, хотя и достался лично Вере Самойловне по наследству от *кузины Бетти, богини пищеблока номер два.*

Интересно, что и это, и другие странные её заявления Сташек пропускал, будто бы не слыша, заминал, не придавал им значения, словно произносила их не сама Вера Самойловна, а некто, сидящий внутри её головы, *где-то на задах затылка,* кого Сташек считал *полным ку-ку* и старался не выпускать на подмостки. Не переспрашивать и не уточнять — вот была его тактика, — дабы не сорвать стоп-кран, что приведёт к лавине полубезумного бреда. Ему частенько хотелось переключить в старухе невидимое реле, переводя её на другие *жизненные* рельсы. И потому, даже годы спустя, некоторые темы и эпизоды её жизни, к запоздалому сожалению Сташека, так и остались между ними не проtóяснёнными. Что за кузина Бетти, например, загадочная, как и пищеблок номер два?

Вера Самойловна Бадаат (именно так; и само собой, все, кроме участников школьного оркестра, именовали её Баобабом) сошла с поезда на станции Вязники в пятьдесят четвёртом году — давно, ещё до рождения Сташека. Была она в кирзачах, в железнодорожной шинели со споротыми пуговицами; сквозь шершавые лишаи на лысине пробивались кустики седины. Впрочем, лысину она прикрывала дерматиновой кепкой с козырём, подаренной ей на выход из лагеря знакомым учётчиком. Сквозь мешковину торбы за плечом проступали очертания какого-то загадочного круглого предмета, и хорошо, что по дороге никому из гопников не пришло в голову торбу распотрошить, ибо находилась в ней большая кожаная коробка на потрёпанном ремне. Коробка была выпуклой с одного боку, будто беременной. Такие в начале девятнадцатого века изготовлялись во Франции для хранения и перевозки в сложенном состоянии нескольких духовых инструментов, необходимых для мини-оркестра. Точно такую коробку до войны можно было увидеть в Ленинградском музее старинных музыкальных инструментов на Исаакиевской площади, дом 5 (а лет этак сорок спустя Сташек встретит такую же в Metropolitan museum, в Нью-Йорке).

Их таскали на себе бродячие музыканты и возили с собой армейские оркестры. Нежно-малиновый плюш выстилал внутри многочисленные продолговатые и круглые выемки и бороздки, в которые очень тесно и ловко были упакованы части инструментов.

Каких же инструментов, полюбопытствуем мы? Каких угодно, но обязательно на все три регистра, что делало ансамблик оркестром настоящим, полностью укомплектованным, удобным для переноски. Высокий регистр: флейта или гобой, средний: английский рожок, а регистр басовый — фа-

гот или тромбон, ну или, на худой конец, валторна. Мы бы выбрали: флейту piccolo, английский рожок и валторну, — те инструменты, что, собственно, и находились в коробке. Правда, у валторны есть неудобный раструб, но для него в чехле продумана специальная полая горка. Все же её многочисленные трубки легки и на вид ненадёжны, но, собранные вместе, производят неожиданно низкий и волнующий звук осенней охоты.

Интересная деталь: коробка сделана была из тонкой сухой бычьей кожи и, открываясь, превращалась в барабан — если вынуть плюшевую начинку. Палочки тоже присутствовали в комплекте, и с барабаном оркестр был просто изумительно оснащён той необходимой пульсацией ритма, без которой музыка любого ансамбля похожа на иноходь хромой кобылы; с барабаном же оркестр, да ещё военный, — суть истинно армейский авангард, возжигающий боевой дух в воинских сердцах!

(А пионерский горн, произнесём мы чуть ниже тоном, гораздо позже купили в «Культтоварах», и он тоже весьма пригодился для истории оркестра желдоршколы станции Вязники Горьковской железной дороги.)

Станция подходила Вере Самойловне по двум причинам: она находилась за сто первым километром и, судя по благообразному вокзалу, свежеокрашенному в жёлтый цвет, по отсутствию косых горбылей и грязно-кирпичных заборов, здесь жили нормальные люди, и значит, непременно должна быть школа, а школе необходим оркестр.

Она и создала этот оркестр буквально за полгода простым и самым логичным по её мнению способом: дала объявление в газете, и инструменты разной сохранности стали приплывать из самых неожиданных мест, — из Мстеры, Гороховца, Холуя... даже из Пировых Городищ, — порой, из глуши невероятной, — и привозили их самые неожиданные люди. Эх, повторяла полушутя Вера Самойловна в конце жизни, а вот скрипочки Страдивари я так и не дождалась.

Спустя много лет, умирая от рака в Народной (бывшей земской) больнице города Вязники, она говорила Сташеку:

— Я понимала, где оказалась. Это ведь самое нутро России. Купеческие, дворянские гнёзда, непременное домашнее музицирование, а значит, инструменты, выписанные из парижей-марселей-лиможей... Да, потом, в дни Великого Террора, многое было сожжено по поместьям, но многое и растащено. Слава богу, не перевелись мародёры в нашем народе! Скажу тебе прямо: я всегда предпочту мародёра идейному товарищу. Ибо, при прочих равных, есть надежда, что в его руках, ну, в крайнем случае, в нужнике на задах огорода, может сохраниться культурное наследие нации.

Тут Сташек опять пропустил — речь ведь шла о музыкальных инструментах; при чём тут мародёры и нужники, тем более идейные товарищи!

А потому вернёмся к оркестриону

Вера Самойловна, замечательно чуткий музыкант, создатель и дирижёр школьного оркестра, в механике ни черта не понимала, а обнажить перед местным умельцем изношенное нутро инструмента опасалась; говорила, вот если б его как-нибудь до Москвы дотащить или пригласить сюда специалиста из Музея музыкальных инструментов. Так ведь это в какие деньги станет: за билет туда-обратно вынь да положь, а сама работа во что обойдётся — страшно представить. Нет, это уже потом, со вздохом говорила она, это уже после нас...

Жила она при школе: огромные окна, всегда светло, всегда тепло, ибо своя котельная, — самые благоприятные для музыкального инструмента условия. Оркестрион стоял в комнате, занимая чуть не всю стену, и свою коронную, последнюю-угасающую «Шумел, горел пожар московский» выхрипывал через силу и не часто, раза два-три в году, на праздники. А однажды, когда в самом начале их знакомства Сташек признался, что родился прямо-таки сегодня, под самый Новый год, Вера Самойловна, бормоча «ах, это ж надо, ну, мы сейчас... в честь такого дела...», стянула с оркестриона тусклую бархатную тряпку, разыскала в деревянной плошке на столе старую монету и торжественно, будто целила прямо в сердце, вбросила её в прорезь на груди собора...

Сташеку показалось, что оркестрион тяжело вздохнул краснодеревной своей, медно-органной грудью, и грозно и слабо зазвучал далёкий простуженный оркестр...

(Это мучительное исполнение почему-то напомнило ему гороховецкого деда Назара Васильича, его попытки помочиться: как стоит он в огороде, слегка наклонившись, чтобы не забрызгало штанин, а вялая ржавая струйка течёт и течёт, как бы сама по себе: *Судьба играет человеком... Она изменчива всегда... То вознесёт его высоко... То бросит в бездну без стыда.)*

Слова песни с начала до конца продекламировала выспренним речитативом Вера Самойловна, стараясь попадать вприсядку усталой мелодии. Это был простой и понятный рассказ о горечи поражения, он проникал в душу, будоражил, и в то же время смирял перед судьбой. Как хотите, это была замечательная песня! Слова её, печальные и поучительные, Сташека пробрали, как ледяной сквозняк:

> *Зачем я шёл к тебе, Россия,*
> *Европу всю держа в руках?*
> *Теперь с поникшей головою*
> *Стою на крепостных стенах.*
> *Войска все, созванные мною,*
> *Погибнут здесь среди снегов.*
> *В полях истлеют наши кости*
> *Без погребенья и гробов.*

— Это... кто? — ошеломлённо спросил он. — Про кого это? Когда?

— Это, милый мой, про императора Наполеона, кто двинул на Россию свою армию двунадесяти языков... и еле ноги унёс.

— Потому что мы все — русские герои, — утвердительно проговорил Сташек, хотя слова песни бередили в нём странное сочувствие к *человеку в сером сюртуке.*

— И да, и нет, — невозмутимо отозвалась старуха, наливая себе в стакан крепчайший, на просвет аж буро-кровавый чай из заварочного чайника. — Потому что Россия — огромная вязкая страна. Необъятная. Непоглотимая... Такое, знаешь, в степи, ещё в предгорьях бывает: отмахаю, думаешь, километров семь вон до той горки, за час легко добегу. И всё идёшь и идёшь, потом тащишься... а горка всё дальше, и темнеет, и вдруг перед тобой — болото... И ко всему прочему, наваливается главный ужас: героическая русская зима, лютый мороз, то есть самое время жрать своего павшего коня, или... — она выкатила чёрные, под цвет чифиря, глаза, как делала, когда показывала вступление басам: — ...Или своего убитого товарища.

Ну, приехали. Вот опять этот ку-ку старухи выскочил из подпола, как безобразник Петрушка, и скачет, и кривляется, и чёрт-те что несёт!

Сташек привычно пропустил мимо ушей дикое превращение лёгкой прогулки в непроходимое болото, полное людоедов (*потому что якобы — лютый мороз*)... Самое время было старуху переключить. Вообще, он как-то иначе представлял наши войны, а тут получалось, что в победах и мужество солдат ни при чём, и военный гений командиров — пустяки... Он примолк, нахохлился, а спустя минут пять попросил ещё разок прочитать то место, где

...призадумался великий,
Скрестивши руки на груди;
Он видел огненное море,
Он видел гибель впереди.

И Вера Самойловна прокашляла всё это своим астматическим голосом, заперла на ключик оркестрионову грудь, накинула на него лысый бархат и строго проговорила:

— Когда уйду... это ценное достояние исторической культуры нашего народа в музей переместят. Я уже всё в бумаге отписала, с печатью, у нотариуса. Это вопрос принципиальный. Ты слышишь, Аристарх?

Сташек кивнул.

* * *

Сташеком его называла мама, и в детстве он ещё как-то изворачивался — в дворовых играх, драках с цыганами и разборках с соседскими ребятами. Что делать дальше, надо было думать. Это всё отец: ну кто нормальному советскому пацану даёт такое старорежимное имя — Аристарх?! Курам на смех. Мама говорила: из пьес Островского, и когда сердилась и отчитывала сына, называла его «батюшка Аристарх» или «ваше степенство Аристарх Семёныч». У отца в роду по мужской линии два только имени и тасовались: Семён и вот этот Аристарх паскудный. Сам отец был Семёном Аристарховичем, это ещё можно пережить, он же старый. А как быть пионеру, драчуну, футболисту?! Да ещё если ты ростом не шибко вышел. Ну, назвал бы тоже — Семёном. Тогда бы все и в школе, и во дворе звали его Сенькой или Сёмкой, а потом был бы он нормальный Семён Семёныч, — чем плохо? Нет, упёртый батя человек! Хоть ты тресни: традиция да традиция. А то, что сыну предстоит драться из-за имени чуть не каждый божий день, особенно когда новая училка открывает журнал и произносит: «Бугров... Ари... Ари... страх?» — И весь класс валится от хохота на парты. Тут и Медведев: «Трах-та-ра-рах!», и Москалёв Ванька: «Страх трясу-учий!», а девчонки — те вообще изгаляются, как могут. Сташек сидит-бледнеет, копит заряд холодной ярости и на дуру-училку (сама читать не умеет!), и на классных бугаёв, и на девчонок: дожили до одиннадцати лет, а мозги куриные — всмятку!

Но главная мысль при этом всегда: «Эх, батя!..»

* * *

Батя был матерщинник, антисоветчик, рыбак... и не любил заборы (это в империи-то оград, колючей проволоки, засовов и замков). Первое, что сделал, прибыв на станцию Вязники: снёс все примыкавшие к вокзалу заборы из горбыля и досок внахлёст, а вместо них возвёл аккуратные невысокие штакетники. Он даже забор вокруг собственного сада порубил, показательно, в назидание, к чертям собачьим. «Куркули, блять!» — бормотал себе под нос, орудуя топором. Родившись ещё до революции, в 1916 году, он успел окончить два класса начальной школы, когда один за другим от тифа умерли родители. Родня была хорошая, здоровая, пропасть мальчонке не дали, но учиться дальше не позволили: читать-писать ты мастак, сказал дядя Назар, а теперь, как все, — работать в поле.

— Почему? — спрашивал в этом месте Сташек, который больше всего на свете любил читать и ужасно жалел отца, у которого *хорошая родня* отняла все книги. Отец всегда отвечал непонятно: «Потому что они — Матвеевы, а не Бугровы», — тоном, исключающим продолжение ненужных расспросов.

Так вот, хозяйство у Матвеевых было немалое, и хотя батраков никогда не держали — трое сыновей, и мужики все крепкие, трезвые и толковые, — после октябрьского переворота, когда деревенские смутьяны принялись еженощно палить зажиточные избы (*пьяная блядова́*, говорил дядька Назар, поживу чует, а главное, во власти чует своих, таких же охотников грабануть чужое) — задолго до «Великого перелома» из родного села просто бежали.

Было это так: старик Матвеев, человек угрюмый и решительный, после очередного «случайного» на селе пожара, решил не дожидаться в гости красного петуха; тем же утром снарядил в дорогу одного из сыновей (как раз дядю Назара), с поручением «осмотреться, где воздух чище» и по возможности зацепиться. Отцово напутствие тот понял по-своему и решил, что воздух ныне чище на железных дорогах, где пролетают составы туда и сюда и вихри сметают все худые людские намерения...

Поколесив от Владимира до Нижнего, приглядел он станцию Гороховец. Местечко тихое, — передал своим, — до города вёрст десять, население всякое-пришлое, мастеровое-обслужное, каждый вкалывает для себя. *Обчеству не до собраний.*

Тут же за ним потянулась семья: а чего ждать? Матвеевы, все как на подбор, люди были осторожные: ухо всегда востро, а нос чует опасность загодя, едва она первым дымком займётся.

Сташек всю жизнь встречал подобных людей среди старшего поколения: несмотря на отсутствие, в сущности, всякого образования, понятие о жизни — трезвое, суждения точные и несуетные, а ум — ясный и безо всяких пустых обольщений.

Вот батя, Семён Аристархович Бугров, любую заковыку, любой затор в деле предвидел заранее и умел быстро перегруппировать силы и вывернуть события к общей пользе. В работе не терпел праздной болтовни, и от решения до действий путь у него был короток. На любой должности вокруг него начинали живее крутиться невидимые колёсики, всё ржавое и старое, включая людей, заменялось, подтягивалось и начинало работать как бы само собой. Он механизм всего дела видел, как часовщик видит в лупу мельчайшие детали — всякие там аксы-пружинки, вилки-балансы, анкерные колёса; ухватывал самый корень проблемы, уже понимая, как его выдернуть. Словом, в кутерьме первых десятилетий советской власти батя быстро выдвинулся, по служебной лестнице не поднимался, а прямо-таки взбегал через три ступени, и к началу войны был уже начальником станции Горький-Сортировочная в чине инженера третьего ранга, что приравнивалось тогда к званию майора.

Что за время было кромешное, ни к чему живописать, всё знаем из многочисленных фильмов и книг; можно только представить, какой вал составов шёл через станцию с востока на запад и с запада на восток! Стратегически важный объект, ответственность смертельная, бессонная, должность не для нервных: круглые сутки на ногах, голос сорван, глаза, как из пожара, если что и держит, так только курево и родная речь — надёжный русский мат, который никогда его не подводил.

Так он однажды обматерил самого Кагановича: тот явился на блокпост, командный пункт станции, в раскалённый момент отправки нескольких составов. В суматохе его не опознали. Отец, понятно дело, аж позеленел от ошибочки, а тот ничего, вполне добродушно отнёсся. Видать, в Кремле его обкладывали почище батиного.

— Семён Аристархович, — обратился к отцу нарком. — Вижу, ты работу никому не передоверяешь, лично за всё болеешь, молодец. Но, говорят, тот начальник хорош, у кого дело делается, даже когда он в отлучке. Давай-ка мы с тобой на балконе тут выпьем-закусим, а твои ребята пусть без тебя разбираются. Идёт?

Что отец мог ответить такому начальству! Поблагодарил за приглашение, сел к столу (холуи Кагановича накрыли его молниеносно) и стал выпивать-закусывать, вести культурную беседу с наркомом, мать его, путей сообщения. О чём — не помнил, хоть убей, и спустя много лет так и не вспомнил. Сидели до вечера, а на станции — ни единого сбоя!

Наконец Каганович поднялся, расправился, ноги размял. Подал бате руку и говорит:

— Ну что ж, Семён Аристархович, хороший ты начальник, станцию наладил толково, вижу, тут и без тебя справляются. Поедем, поработаешь у меня в наркомате.

Тот взмолился:

— Помилуйте, Лазарь Моисеевич, какой из меня работник наркомата! У меня всего образования — два класса начальной школы!

— Ничего, — невозмутимо отвечает Каганович, — мы не бюрократы. Образование дело наживное. Главное, голова у тебя ясная и опыт работы есть. Месяц даю на сборы.

Но прав был нарком: голова у бати была ясная. Газет он не читал, времени на это не хватало, но радиоточка в доме не выключалась никогда, так что о повальных арестах-расстрелах он знал и особых иллюзий никогда не строил ни о власти, ни о себе — ещё с тех времён, когда всей семьёй они бежали из родного села. Так и не поехал за Кагановичем, всю войну на Сортировочной лямку тянул. А позже Лазарь Моисеевич припомнил его уклонение от барской милости, перевёл начальником на станцию Вязники. Явное понижение, но ничего не попишешь: «минуй нас пуще всех печалей» — это ещё классик сказал.

Мама в этом месте рассказа не забывала добавить: «Легко отделался». «Легко?!» — шутливо возмущался батя, обеими руками на неё же указывая. Это была старая шутка: мол, как же это легко, когда ты меня и округлила на той же станции!

Мама от поезда отстала, от своего ударного студенческого стройотряда, и дальше уже не поехала, очарованная лёгкой сединой сурового начальника станции. Отец был старше мамы на девятнадцать лет, но углядела же она — красавица, артистка-активистка! — нечто особенное в этом, даже по виду одиноком и немолодом человеке. Ради него институт бросила, друзей, будущую профессию, — в сущности, законопатив себя в провинциальной тесноте посёлка Нововязники. Вот уж поистине: «и прилепится к мужу...»

Через год после знаменитой в семье стычки отставшей студентки с «железнодорожным бюрократом» родилась сестра Светлана, а шестнадцать лет спустя (мать думала, что уже выскочила из опасной *зоны залёта*, да и отца, седого и почти лысого, признаться, считала уже неплодным), огорошил всех поздний, никем не жданный, трудно рождённый, но такой любимый Сташек. Особенно батей любимый, и того можно понять: наконец-то в семье возобновилась традиция, вековая чечётка имён — Аристарх-Семён-Аристарх-Семён! Аристарх!

Глава 2

СТАНЦИЯ

От проходящих поездов дома дрожали.

Сташек этого не чувствовал, с детства крепко спал. А родители, если, к примеру, опаздывал кировский, просыпались и не спали, пока тот не прибудет. Спали они спокойно, только когда поезда шли по расписанию.

Гомон, отдышка, вибрации и *визго-лязги* станции были той вспухающей опарой, в которой проходила жизнь всего поселка Нововязники. Днём сплошным воздушным потоком: гудки, стук колес, бубнёж репродукторов о прибытии-отбытии составов... Ночь была грузовой-рабочей, простёганной окриком матюгальника; как поплавок на поверхности воды, он возникал и опадал в тёмной толще звуков, чтобы выскочить в следующее мгновение хрипящей матерщиной. Пока тягач формировал состав под разгрузку (вагоны приходили с разными составами, какие-то нужно отцепить-отогнать, вновь соединить для перегона к пакгаузу, — крупный был узел, 14 путей, и только два пассажирских, остальные под товарняки), матюгальник работал безостановочно. Вдоль всех путей висели «колокольчики» — динамики, соединённые с блокпостом, — и оттуда непрерывно неслось: «Четвёртый маневровый на третий путь!», «Второй маневровый подцепляй вагоны с углём к составу на пятом пути!» — орнаментированное такими фиоритурами, что впоследствии ничто в этом виде искусства не могло поразить нашего героя.

Извергавшиеся из матюгальника сложные смысловые конструкции в детстве, бывало, занимали воображение мальчика (например, пожелание тупому машинисту забеременеть от слона, с подробными уточнениями — что, куда и на какую глубину при этом будет вставляться) и казались Сташеку непременным условием успешного преодоления работы. Будто все усилия людей, как физические, так и умственные, все действия подвластных им механизмов осуществлялись с поддержкой особого рабочего языка, более устрашавшего и вдохновлявшего, чем обиходный русский. В семьях его дворовых приятелей этот язык тоже был в ходу и, возможно, поэтому меж собой пацаны обходились без мата: футбол, или войнушка, или ещё какая игра — это ж не работа. Ну, скажешь: «блин!» — чтобы досаду выплеснуть, оно и ладно.

Вокзал был старинный каменный, и выкрашен, как Екатерина Вторая велела, в жёлтый цвет. Только псевдоколонны на входе да гипсовые наличники на окнах ежевесенне красили белым. Вокзал Сташеку нравился, он был солидным, опрятным, и всё, что нужно для станции и пассажиров, в себе содержал: столовую, буфет, зал ожидания, медпункт, парикмахерскую; наконец, туалет, не по-вокзальному чистый. Батя, чей кабинет находился на втором этаже, рядом с бухгалтерией и коммутатором железнодорожной связи, частенько спускался даже не по нужде, лично проверяя состояние дел, так что уборщица Мария Харитоновна с ведром и шваброй не расставалась. Он не терпел безобразий, мерзкого запаха, воровства и безделья. По мнению подчинённых, Семён Аристархыч жестковат был и вспыльчив, хотя... Тут следует сделать оговорку, припомнить некие с его стороны исключения, даже попущения...

Но будем же обстоятельны. Сначала — двор.

* * *

Со всеми своими сараями-огородами, садами-палисадами, чердаками-погребами двор примыкал к зданию вокзала. Дома назывались «железнодорожными», ибо принадлежали ведомству путей сообщения и поставлены были прочно, — бревенчатые, обшитые досками и внутри и снаружи весьма хитро: с одной стороны доски тонкий выступ, с другой — канавка. Доски накладывались друг на друга, выступы вставлялись в канавки и для надёжности пришивались гвоздями-сотками. Дома обстояли просторное поле, внутри которого, на утоптанной земле, по весне прошитой худосочной, но неубиваемой травкой, и протекала дворовая жизнь. А двор — это несколько семей, вынужденных поддерживать добрососедские отношения.

Первым, торцом к перрону, буквально в десяти метрах от путей шёл дом Башкирцевых; далее жили нелюдимые Колюжные, со своим вредным, вечно подглядывающим дедом (заберёшься в собственный сарай, а в щели, как мышь в подполе, рыскает его голый розовый глаз); за ними жили многодетные Панкратовы, следом — станционный милиционер Костя Печёнкин... Затем линию домов прерывал проезд для машин на пакгауз, за которым лепилось краснокирпичное, под шиферной крышей здание пожарной части и бревенчатый склад железнодорожного инвентаря, где впоновалку лежали тулупы, сигнальные фонари, свистки, флажки и прочее, весьма привлекательное для пацанов хозяйство. И всё это тоже был Двор.

Складом заведовала одинокая пьющая Клава Солдаткина; она подторговывала тулупами, на что и пила. Предназначались тулупы для охранников, сопровождавших составы; те ехали в открытом тамбуре последнего вагона, — зимой жуть как холодно, даже в пересменку. Именно в этих тулупах, никем и никогда неучтённых, поголовно все ходили *наши* цыгане.

Впрочем, не до цыган сейчас, о них позже... Цыгане, это не детство даже, а юность, с её ожесточёнными драками, разделом территории и завоеванием авторитета, с внезапной дружбой, взрывной ненавистью и налетевшим, как порыв ветра, уходом за чужим табором, за иной любовной дрожью, за печально-весёлой Папушей, которую наш герой выбрал себе в учительницы. Нет, сейчас не до цыган.

А Клава Солдаткина пришлой была и мутноватой, откуда-то из южных республик — то ли Казахстана, то ли Киргизии. До сих пор ходила в остроносых галошах, одетых на портянки. Чтобы те не хлюпали и не спадали, через дырочку в заднике продевала верёвку, дважды обвязывая ею щиколотку. На голове выплетала жидкие косицы, а поверх нахлобучивала засаленную тюбетейку с вышитыми огурцами. Свёклой рисовала на щеках два аккуратных круга: не то лубочная боярышня, не то базарная матрёшка, и материлась через два на третье, как-то оригинально: к общеизвестным словам присобачивая тюркские окончания. Не «сука» произносила, а «сукалар». Когда требовалось усилить эффект, Клава со страстным напором добавляла: «ебанутый сукалар!»

Именно так она именовала Веру Самойловну Бадаат, с которой иногда сталкивалась в хлебном ларьке и, как многие, подвергалась небольшой, но интенсивной лекции — на разные темы. Выступления старухи Баобаб на публике можно было сравнить с ковровой бомбардировкой. Её голос взмывал, руки мелькали, лексика ускорялась и металась в диапазоне от выпускницы Смольного института до выпущенного на свободу уголовника. Вера Самойловна была то ли бесстрашной, то ли безмозглой — до близкого знакомства Сташек определить не умел, а потом уже так её обожал, что потерял всякую объективность.

Пахло от Клавы Солдаткиной отнюдь не «Ландышем серебристым» и совсем не «Красной Москвой», что объяснимо: она жила на отшибе у самого аэродрома, среди машинной технической вони, почти впритык к накопителям мазута — здоровенным круглым бандурам, поставленным на попа.

Ага... вот и добрались. И хотя речь у нас о дворе и, собственно, о станции, невозможно не зарулить на минутку в аэроклуб, чьё поле начиналось сразу за «нашим» садом.

На День авиации тут ежегодно устраивалась выставка самолётов: просторно и гордо расставленные по полю, стояли «аннушки», «ПО-2», «дугласы» и первые «ТУ...».

Однажды батя объяснял Сташеку про «лендлиз» и про то, что после войны не всю технику мы вернули странам, которые помогали нам воевать. И если в Англию вернулись все «спитфайеры», а в Штаты отправлены были все «виллисы», то на «дугласы» американцы махнули рукой: у них в пятидесятых так рванула авиация, что старичок «дуглас» был им до лампочки, только место в ангарах занимать. И потому забытые «дугласы» продолжали службу в провинциальных советских аэроклубах. На День железнодорожника, первое воскресенье августа, все желающие могли бесплатно совершить над городом шикарный круг на этом обезумевшем бумеранге.

Сташек тоже слетал, пришлось, хотя втайне он упирался до последнего. Стыдно было «от бати»: тот вначале просто предлагал, потом уламывал, потом принялся намёками допекать — мол, слабо, и тому подобное. А Сташеку не то чтобы слабо было, а тошно: поднимешь голову в небо, а там эта щепочка кувыркается. Ну и... да, слабо. А что? Подыхать не хотелось. Но он не признавался. И однажды решился, как потом в жизни всегда решался: раздавить в себе это своё «слабо», наступить каблуком, как на мерзкую змею!

Это было на каникулах между первым и вторым классами. Лето на тот год выпало холодным и промозглым, по утрам за окнами колыхалась влажная туша тумана, а на небе громоздились тучи, как по весне — льдины на Клязьме. На фотографии, снятой в тот день возле самолёта, все парни в кепках... Но к полудню вдруг налетел ветер, растолкал тучи по дальним закоулкам небосвода, и впервые за многие недели над головами людей чисто засинела глубина, по которой беззаботно и неторопливо плыли редкие облачка.

Пока фотографировались, Сташек по приглашению пилота облазил кабину, подержался за штурвал, посидел в кресле пилота в наушниках связи... Всё это было увлекательно — тут, на земле. Он всё ждал, когда батя заявится, — не отпустит же сына одного! Так что держал лицо: улыбался в предвкушении грандиозного полёта, хотя с удовольствием побежал бы играть к пацанам.

Но батя не появлялся, а между тем Витя-пилот турнул Сташека в общий отсек, где было всё гораздо проще, чем в кабине: два ряда откидных металлических сидений вдоль стен, для парашютистов.

Вдруг ввалилась гурьба парней и не спеша поднялось на борт начальство; среди них, слава богу, и батя, так что Сташек перевёл дух. Он уже выбрал место у иллюминатора, чтобы смотреть вперёд. Сидел, делая вид, что бати не замечает, что само ожидание полёта перешибает все остальные чувства. Задраили входной люк, загудел мотор, сотрясая всё тело... Сердце торкнулось в левый бок и бешеным поршнем загуляло вверх-вниз, вверх-вниз... трудно было вздохнуть! Если на земле так мандражно, обеспокоенно думал мальчик, что будет в воздухе?! Он не то что боялся обоссаться от страха, а просто забыл вовремя сбегать и потому тесно сдвинул колени, вжимаясь в сиденье.

И словно подавшись на его, Сташека, слабину, мотор вдруг стих, вращение пропеллеров сошло в ленивый говорок, вместо сотни лопастей, как у взлетающей стрекозы, осталось шесть, потом три...

Из кабины вышел Слава Козырин, их сосед (он работал механиком в аэроклубе), и деловито пнул каблуком металлический люк в полу. Открылся «трюм» самолёта, куда Слава нырнул и сразу вынырнул с обрывком проволоки в руке. Затем минуты две под ворчание обеспокоенных пассажиров он пропадал в кабине пилота, наконец вернулся и стал скреплять проволокой два каких-то «передаточных рычага управления». Всё это было непонятно и дико, но, видимо, привычно экипажу. Наверное, это нормально, успокаивал себя Сташек, стараясь не оборачиваться и не смотреть на батю, выглядеть спокойным, не таращить в панике зенки. Может, эту фигню они затевают каждый раз, чтоб пугнуть народ, думал он. Может, это как в цирке, когда канатоходец с шестом якобы оступился и машет ногой, цепляясь за воздух, а зрители подыхают от ужаса...

Наконец, вытирая промасленные руки о штаны комбинезона, дядя Слава ногой же задвинул крышку люка и удалился. Снова заурчали моторы, медленно ожили и залопотали пропеллеры, а на крыльях вверх-вниз задвигались элероны.

«Порядок», — высунувшись из кабины, доложил Слава. «Ну, так взлетайте!» — раздражённо отозвался кто-то из начальства.

К тому времени Сташек уже мастерил из ватмана модели самолётов и догадывался, что если вдруг найденная Славой проволока лопнет, то полёт, пожалуй, прервётся в воздухе. Господи-господи, беззвучно повторял он, сделай так, чтобы эта проволока дотерпела... и чтобы я дотерпел до земли.

«Дуглас» уверенно вырулил на взлётку и мощно понёсся вперёд (неужели всё дело было в проволоке?) — внутри у Сташека ухнуло и мелко затрепыхался живой кролик: самолёт резко взял вверх.

Сначала в иллюминаторе неслась, сталкиваясь и крутясь, комкастая белая каша, затем «дуглас» набрал высоту и выровнялся. Внизу блеснула серебром Клязьма, вспенились океанскими волнами сосны, мелькнул понтонный мост, лениво раскинулась пойма и заскользили-потекли улицы Вязников. Пилот зашёл на город с севера, пролетел над любимым оврагом Сташека (странно было видеть три сосны на обрыве не снизу, а сверху: ма-а-аленькие такие, то-о-оненькие); проплыли — будто книжку листаешь — коробки домов, острая ярусная крыша колокольни Кресто-Воздвиженской церкви, купол самой церкви, сверху приземистой и неинтересной, зелёные холмики священнических могил и спичечные могильные ограды, и даже избушку кладбищенского сторожа Сташек различил... А вот и центральная площадь, и Народная больница... Ещё один разворот — и внизу потекло всё в обратном порядке.

Это было здоровски! Это было клёво... Никакой автомобиль не сравнится, понял Сташек. Зверская машина ихний «дуглас»! И страха совсем не осталось. Да и не было никакого страха. Теперь он был уверен: не было страха! Нормальная осторожность была, поладил он с собой, мама же говорит: осторожность человека равна его уму, а Сташек считал себя умным. Страха не осталось — только азарт и чувство, что сам летишь, и уже хотелось лететь и лететь, далеко и долго, и высоко, как только можно, — хотя бы и с проволокой, кто там о ней помнит.

Но самолет шёл на посадку: вон парк, роща, взъерошенные картофельные поля... Тощую задницу приподняло и больно шлёпнуло о скамейку: приземлились, покатили, резко тормозя и подскакивая, вырулили к двум начальственным «Волгам» и встали.

Выходить не хотелось, но подпирало: он выскочил вслед за батей и побежал к кустам за дальней кромкой поля.

* * *

К пакгаузу примыкали два дома, один из них — одноклассницы и подружки Сташека Зины Петренко. Это был *богатый* дом, в отличие от остальных домов посёлка. *Богатым* его называли все соседи, но Сташеку это слово казалось неточным, завистливо-простоватым. Разве дело в богатстве, когда...

У Петренок можно было рассматривать и, если родителей не было, перетрогать разные потрясающие штуки. Весь двор знал, что Петренко-старший в сорок шестом отправил из Германии целый вагон *трофея* («Трофей Иваныч, — усмехался батя. — Скажи «награбил» — некрасиво, скажи «трофей захватил» — и ты герой).

Коротким словом «трофей» называлась целая куча вещей: аккордеон, сверкавший белой перламутровой надписью «Hohner», узорная ширма, обтянутая расписным рассветным шёлком, где длинноглазые женщины в прозрачных одеяниях танцевали вокруг густобровых мужчин в халатах и в чалмах; бронзовый канделябр на пять рожков, подпёртых неприлично голым человеком с копытцами вместо ног и бронзовой курчавой порослью в интересном месте; резные шкатулки и лари, торшер с таким огромным розовым абажуром, что, если перевернуть его, на нём, как на плоту, можно Клязьму переплыть... а также фарфоровые фигурки дам и кавалеров в разных заковыристых друг к другу отношениях. Рассматривать их жесты и позы, их веера и камзолы, кареты, ботфорты, шпаги, широкополые шляпы — ух! — можно было часами...

А мебель — точь-в-точь из краеведческого музея: вдоль одной стены выстроились, чуть присев, стулья с полукруглыми спинками, сумрачно-нежно мерцавшими шёлковой обивкой травяного цвета. Оскорблять эдакую красоту чьей бы то ни было задницей никому и в голову не приходило; для задниц, в том числе и хозяйских, существовали табуреты. У противоположной стены расселся диван-начальник: массивный, коричневой кожи, с валиками, похожими на торпеды. Зинка божилась «чесс-пионерским», что диван — из кабинета главного фашистского генерала. А напротив окна, выгодно освещённый в любое время суток, был воздвигнут буфет красного дерева со стеклянными, гранёнными, гнутыми с боков на фасад верхними дверцами.

Посуда за стеклом тоже была трофейной, тонкого белого с золотом фарфора. К посуде в семье относились с особым благоговением, величая её какой-то еврейской фамилией: «Арцберг», что ли, а бокалы и рюмки — «Мозер», отчего весь дом, а заодно и его обитатели, приобретали налёт двусмысленности. Перед приходом гостей Сташеку, как незаметному-своему, приходилось слышать разговоры типа: «Может, «Арцберг» поставить?» — «Перетопчутся! За стеклом посмотрят».

Зинкина мама, тётя Клара, была родом из Киева, что-то там окончила народно-музыкальное и очень этим гордилась. Свою жизнь на станции (она работала в привокзальной парикмахерской) считала загубленной, всем своим видом демонстрируя это семье, соседям и клиенткам. Обожала любое скопление публики, на людях прямо расцветала, а по праздникам выступала на эстраде в берёзовой роще Комзяки, где всегда проходили народные гуляния.

Дородная, в белом платье, с немецкими жемчугами на шее, с валиком волос надо лбом и шикарными малиновыми губами, тётя Клара была жуть как похожа на настоящую певицу из «Голубого огонька». Исполняла она старинные народные песни, а «Шумел камыш...» считала своей «коронкой». Малиновые губы тёти Клары так подходили содержанию всей песни (а куплетов — штук сто, Сташек никогда не мог досидеть до развязки), что и много лет спустя, заслышав припев сей народной баллады, он так и представлял *помятую девичью красу*: с трофейными жемчугами на полной шее и с малиновыми губами, под конец исполнения слегка размазанными.

Порядок (тут правильнее иначе сказать: протокол) проведения всех без исключения праздников в Комзяках был неизменен, батя не любил неожиданностей. Сначала он — высокий, чуть лопоухий, в неизменной служебной фуражке, осевшей на уши, в белом кителе, увешанном орденами и медалями, — толкал с обитой кумачом трибуны короткую аккуратную речугу, следя за её политическим и грамматическим, так сказать, строем. После чего на небольшой кирпичной эстраде начинался концерт перед всегда доброжелательной публикой. Из года в год зубной техник Лев Аркадьевич читал «Рассеянного с улицы Бассейной», руками, ногами и особенно лицом сопровождая все злоключения этого, по мнению Сташека, *полного мудака*. Затем долго и нудно пела тётя Клара, но её, по крайней мере, можно было рассматривать и представлять себе голой, как циркачку в шапито, и думать, что вся история *возлюбленной пары на мятой траве* происходила именно с ней и с Зинкиным трофейным папашей, в результате чего и появилась на свет сама Зинка.

Наконец, на закуску, под растянутым меж двух берёз плакатом «Да здравствует Союз Советских Социалистических Республик, великая железнодорожная держава!» выстраивался малый состав духового оркестра желдоршколы под управлением Веры Самойловны Бадаат.

Надо было видеть, как громоздкая, красная от напряжения Баобаб, упакованная в чёрный мужской пиджак, с бабочкой на шее, то откидываясь с блаженной улыбкой в лирических разливах, то всем корпусом грозно устремляясь вперёд в грохоте парадных залпов, вымахивала дирижёрской палочкой блеск и радость, напор и торжество, и стук колёс «Попутной песни» — Ф. И. Глинки. «Слова Н. В. Кукольника!» — не забывала объявить она, и Сташек, сжимая в руках английский рожок, неизменно про себя отмечал: во фамилия у чувака — Кукольник! Это даже хуже, чем Аристарх.

И пока грохотал оркестр — бум!!! «Дым-столбом-кипит-дымится-пароход, пестрота-разгул-

274 волненье-ожиданье-нетерпе-е-енье!» Бум!!! «Веселится и ликует весь народ, и быстрее, шибче воли, поезд мчится в чистом по-о-о-оле...» — под каждым деревом уже расстилались скатерти и на них появлялась выпивка-закуска; затем возникала вожделенная бочка пива, прикатывала тележка с мороженым... А оркестр всё наяривал: «чисто по-о-о-ле, чисто по-о-оле...», и Баобаб раскачивалась вместе с мелодией: «Нет, та-а-а-айная ду-ума быстре-е-е лети-и-т, И се-е-рдце, мгнове-е-енья счита-ая, стучи-ит...» — долго, настойчиво... — до тех пор, пока увеселённые и полностью ублажённые граждане дружной толпой валили к ближайшему пруду — купаться.

Но это — в праздники.

В будни всё выглядело иначе.

* * *

«Наш» дом расположен был параллельно зданию вокзала. Одну его половину заселяли три семьи, вторая вся была отдана Бугровым, — отцу, как начальнику станции, полагались дополнительные метры.

Славный, обжитой и толковый был домик: с крыльца шагни внутрь, попадёшь в холодную прихожку, где только уборная и полки для хозяйственного барахла. Это — преддверие жилья; за утеплённой дверью — прихожая настоящая, просторная, с фикусом, за годы детства объявшим стену лиановой лаской.

Отсюда расходятся двери: прямо — в комнату сестры Светланы, налево — в родительскую спальню и в залу, направо — в кухню, с печкой и раковиной (вода холодная, зато в доме). А за кухней, как настоящее убежище разведчика, не сразу и вход меж полок углядишь! — комната Сташека. Ну, не совсем комната, она раньше кладовкой была метров в восемь, но отец повыкидывал старьё, рабочие прорубили окно в сад, и комнатка, по словам мамы, стала «просто загляденье». Ещё бы: она повесила девчачьи занавески в цветочек, Сташек их ненавидел-ненавидел, а в четвёртом классе просто содрал и затолкал за ящики в холодной прихожке. И комната сразу превратилась в мужскую берлогу: деревянный топчан со спартанским матрацем, такой же крепкий стол (просто чертёжная доска на деревянных козлах), стул, а по стенам сплошь — книжные полки. Тесновато, конечно, зато «всё своё ношу с собой». В берлогу Сташека сунуть нос мог только батя. Ему разрешалось. Ему же не скажешь: «я занят!»

Две вещи в этой каморке были заветными и из другого мира: настольная лампа, бронзово-буржуйская, с зелёным, чуть треснутым по боку стеклянным колпаком (батя привёз её из своего кабинета на Сортировочной), и настоящая пишущая машинка.

Огромный подвал под зданием вокзала был завален подобными сокровищами, бывшим служебным инвентарём: изработанными, давно списанными приборами и предметами. Сташек давно мечтал туда понаведаться. Наконец выклянчил у бати разрешение на осмотр «ненужного лома». Тот предупредил: не шляться, а по делу; полчаса даю. С батей шутки не шутились: полчаса так полчаса...

Полдня, выкрикивая время от времени: «Ща-а-ас!!! Ща-а-ас, ба-тя-а-а!!!» — *Сташек ползал по завалам пещеры Али-Бабы. Трижды ободрал ноги о какие-то железные штыри и торчащие отовсюду пружины, синяками разжился без счёту... но в итоге вытащил на белый свет аж две пишмашинки! Одна на ходу, но без пяти букв, их припаивали со второй машинки, совсем убитой. Зато после ремонта возрождённый гибрид из двух чёрных «Адлеров» защебетал под руками, как ласточка, — только ленты меняй (их Сташек покупал в «Канцтоварах»). Буквы на клавиатуре ровненькие, отдельные, каждая на своём рычажке, как маслёнок на ножке, каждая под прозрачной плёнкой, чтобы не стиралась. Сташек быстро научился печатать и впоследствии, протырясь в редколлегию школьной стенгазеты, шпарил целыми страницами «наблюдения», «критику», «статьи по теме»...*

...да и просто всякие несвязные бессонные восклицания и клятвы в письмах к Дылде, когда они ссорились, и она проплывала мимо него: чужая, несметь-касаемая, далёкая-золотая... так что холодело в животе и отчаяние ядовитой змеёй изнутри жалило горло.

Он сидел под старинной настольной лампой, а вокруг разливался тихий летний свет, особенно уютный, когда за окном вьюжит, и снежный плащ взмывает и полощется над деревьями и крышей, или когда снаружи ливень хлобыщет, а у тебя тут зеленейшее лето, — сидел и стучал на своей клёвой машинке, воображая себя настоящим журналистом, а может, и писателем!

И если уж говорить о доме, о возрождённой пишмашинке, о многих талантливых преобразованиях в технике, в быту... даже в искусстве! — нельзя не вспомнить Илью Ефимыча, *краснодеревца*.

* * *

Если кто, бывало, при первой встрече называл его «краснодеревщиком», он заказ не принимал: обижался. Говорил: «Илья Ефимыч — краснодеревец, это как дерева певец; а щик-халявщик щи на пещи хлебал».

Работал он плотником в службе с загадочным названием-шифром НГЧ, что означало ещё более странное: «Дистанция гражданских сооружений». Отвечала эта самая «дистанция» за железнорожные дома, за вокзал, баню и клуб, за все нудные работы: котёл, ремонт-покраску, подводку воды... — короче, за всё батино станционное хозяйство.

На станции Илья Ефимович появился давным-давно, в самом начале, когда отец задумал снести глухие заборы и заменить их штакетниками, и для этого вызвал бригаду плотников, которых привёл высокий осанистый, чем-то похожий на портрет критика Стасова в городской библиотеке, молчаливый мужик.

Углядев в палисаднике расшатанный столик семёновской росписи, лихо его подхватил-развинтил; как-то мгновенно, почти не глядя, пробежался пальцами по шурупам, как пианист по клавишам, вновь свинтил... — и больше тот не шатался. Никогда.

Затем отодрал наличники с окон (просто доски прибитые), открыл наплечную клеёнчатую сумку, расстелил её на земле: внутри та оказалась сплошь простёгана плотной материей так, что множество карманов и карманчиков облепливали её чешуёй. В каждом карманчике сидел-глядел молодцом какой-нибудь инструмент. Вытянув несколько стамесок с полукруглыми острыми резаками, Илья Ефимович уверенно, одним махом — без карандашных пометок, без направляющих линеек — провёл резаками вдоль досок, смахнул стружку...

И вышел весёлый такой, залихватский наличник, располосованный дорожками разной глубины и ширины. То же проделал с остальными наличниками и прибил на место, бросив маляру: «крась!» Маляр выбрал краску — тёмно-голубую, и через полчаса... Окна будто распахнулись, и весь дом заулыбался-затаращился, а стёкла в голубом обводе стали как пруды...

С тех пор отец (он вечно кому-то покровительствовал и обожал мастеров своего дела) перевёл краснодеревца из плотников в столяры. Расчистили ему большую комнату за клубом, повесили на дверь табличку: «Мастерская». Управившись с обязаловкой для НГЧ, Илья Ефимыч принимался за частные заказы, и никто не смел ему указывать или недовольство какое выражать; батя своих в обиду не давал.

Зато в обстановке дома Бугровых точный глаз, безупречный вкус и талантливые руки Ильи Ефимыча сыграли свою облагораживающую роль. Ведь всё его работа: овальный стол, который раздвигался-размахивался с таким запасом, что за ним усаживалась вся большая южская родня; комод с плавной полукруглой столешницей, с гнутыми ножками, похожими на запятые в тетрадях по чистописанию.

Но главным украшением дома была вырезанная им рама. Именно вырезанная, как вывязанная, так что картину в ней — точнее, жалкую копию очередных медведей на лесоповале — никто уже не замечал. Рама была вихревой увертюрой, барочным шедевром, целой рощей завитков, целым букетом лилий... Трудно было оторваться от созерцания этой красоты. А медведи... ну, что — медведи! Их, кажется, сам же Илья Ефимович и вписал в свою раму, и родители отнеслись снисходительно: должно же там внутри что-то быть. Его огорчительная страсть к малеванию бездарных картин (в мастерской на отдельной полке стояли банка с кистями, бутылка лака, а в коробке, стыдливо задвинутой в уголок, лежали тюбики масляных красок, за которыми он ездил в Мстеру, ибо в Вязниках не было ни галереи, ни художественного салона), — эта жалкая побочная страсть не могла ни омрачить, ни как-то скомпрометировать его бесподобное мастерство.

«Красно-деревец — дерева певец!»

* * *

От вечно гудящего, бубнящего-грохотучего вокзала двор был отделён штакетником с калиточкой. Символическая граница... и всё же за калиткой, будто отсекавшей служебную жизнь, расстилалось пространство жизни домашней: расхристанной, разно-пахнущей, разно-движимой, и ласковой, и ругачей, а случалось, что и драчливой. Словом, семейно-забубённой. Возможно, поэтому женщины ходили по двору в халатах, большинство — в выцветших и подштопанных, но если удавалось отхватить где-то новый, байковый или шёлковый, могли в нём и в гости явиться, покрасоваться. Это считалось приличным.

Соседи...

Почти все они, так или иначе, принадлежали станции: работали на станции, зависели от неё, крутились на её орбите. Женщины, если не домохозяйствовали по своим огородам и курятникам, работали поварами в столовой, продавщицами в магазинах, парикмахерами, медсёстрами в станционном медпункте... Мужское население посёлка Нововязники в основном обслуживало круглосуточную деятельность железной дороги: стрелочники, сигнальщики, осмотрщики, обходчики... Пока состав, особенно пассажирский, стоит, надо проверить все буксы колёсных пар, иначе — беда в пути; значит, обходчикам надо пробежать вдоль всего состава, открывая для проверки все буксы. Вон, Володька, брат Зины Петренко, оплошал, пропустил тлеющую буксу, и поезд на ближайшем перегоне съехал с рельсов на шпалы. К счастью, устоял, ещё скорость не набрал. Володька долго был под судом, Зинина мама, тётя Клара, аж почернела вся, но обошлось условным сроком.

Многие работали на кране и на тепловозах в депо — в огромном, как город, ангаре с несколькими путями. Тепловозы пригоняли и отгоняли вагоны, которые нуждались в ремонте. Буксы ремонтировали без крана, просто меняли смазку. Но часто требовалось заменить в вагонах доски, подкрасить их под общий колер. Тогда кран подцеплял вагон и приподнимал его, отчего — при своей огромности — вагон сразу приобретал вид щенка, поднятого за шкирку; колёсные пары снимали, заменяли другими, ставили вагон на место: беги! Ещё один кран, более мощный, стоял снаружи депо, где по обе стороны от него были проложены специальные рельсы.

В детстве Сташек любил наблюдать за работой этого монстра, похожего на гигантскую саранчу, считал его очень умным, хотя и знал, что на огромной высоте, в крохотной стеклянной башке сидит мозг: крановщик. Тот действовал двумя способами: крупные грузы, как и везде, стропалились к крюку. А мелкие детали кран, осторожный Гулливер, поднимал огромным магнитом, закреплённым на месте крюка, плавно переносил в нужную точку, зависая над вагоном узкоколейки... после чего магнит — тот на электричестве работал, — отключался от тока, и груз точнёхонько падал в вагон без крыши, как бильярдный шар — в лузу.

Узкоколейка вела прямиком на завод Текмашдеталь, где производились детали для ткацко-прядильных фабрик, какие-то станины для станков, а также чугунные ограды и ступени городских лестниц, тех лестниц, что взлетали на холмы, откуда распахивался невесомый зелёный-голубой вид на город, на купола церквей и на реку, с голенастым во́ротом понтонного моста...

* * *

Из всех станционных профессий больше всего Сташеку нравился дежурный на блокпосту. Он частенько забегал туда поглазеть, — и попробуй не пусти куда-нибудь сына Семёна Аристарховича, — на всегда интригующую его картину движения поездов. На стене зала картой звёздного неба висело электрифицированное панно, сияющее красными и зелёными огнями: схема всех путей станции. Вот лампочка, одна из многих, замигала зелёным: состав тронулся. И тут же она погасла, а зажглась соседняя: состав идёт в сторону Горького. Вот целая россыпь красных огоньков — значит, составы стоят и ждут, а из Горького мигает и движется цепочка зелёных огней: встречный поезд. Тут же — специальный рычаг: его надо передвинуть, тогда и стрелки на путях переводятся, и горьковский состав прибудет не на этот, а на соседний путь. И так всю смену...

Сташека завораживало могущество человека над паутиной железных дорог: от движения твоей руки зависит не только заведённый порядок некой части страны, но и жизнь тысяч людей! Великая железнодорожная вселенная переливалась огнями, дышала и даже звучала — для человека понимающего; порой Сташеку казалось: вот-вот перемещение огней и вспышки красного с зелёным сольются в мажорный аккорд, в ликующий хор несущихся составов. А могут и зависнуть в долгой фермате, или сочиться каплями нот в томительной тишине.

* * *

Несмотря на грохот проходящих составов, на близкие — рукой подать — пакгаузы, с их постоянным лязготно-гремучим копошением, двор всё же был обжитой и уютной территорией.

Кроме непременного сада-огорода на задворках каждого дома, перед крыльцом разбивался палисадник, в котором весь сезон сменяли друг друга цветы.

Перед домом Бугровых палисадников целых два, крыльцом разделены. В одном — традиционные «золотые шары» на высоких стеблях, маргаритки, анютины глазки и львиный зев, а ещё мамина особая гордость: кусты грандиозных пионов, чьи цветы — белые, душистые, с редкими малиновыми жилками вен, словно намеренно обнажёнными перед человеком: мол, и в нас течёт кровь — неизменно расцветали огромными, с голову ребёнка, так что от тяжести даже клонились к земле. По другую сторону крыльца отец врыл в землю стол и две длинные приземистые скамьи для чаепитий. Когда наезжала родня, тут и сидели все шумной компанией, выпивали-закусывали, а ближе к ночи на весь двор разносилась ядрёная отцовская антисоветчина, пересыпанная отрывистым, всегда уместным, как горчица к сосиске, матерком.

Вечной приметой двора высился тополь, прямизны и мощи необычайной. Как уцелел он в местности, где срубить дерево вообще не считается за досадную промашку? Может, ещё со времён какого-нибудь Ильи Муромца тянулся и рос, становясь всё крепче и пышнее, уверенно царствуя над зеленью округи, и уж ни у кого рука не поднялась на этакое чудо? Красавец был тополь, со светлым неохватным стволом, исчирканным ножичками многих поколений, с целым океаном плескучих листьев, сбиваемых ветром то в шумящую толпу, то в лепечущий шёпот, то — в органную предураганную тягу. Возвышался над двором так высоко, что, возвращаясь домой из города, Сташек видел его издалека и всегда мысленно приветствовал... Ну, и привычная в те годы голубятня парила над крышами двора, и если резко задрать голову, казалась наклонной и неслась в небе, рассекая облака миниатюрной белой башенкой, увенчанной деревянным голубем — будто из облака выпал сизый турмалин и присел передохнуть.

Голубятню возвёл над собственным сараем Вячеслав Козырин, тот, что работал механиком в аэроклубе. Был он из тех пропащих русских кулибиных, что из шайбы и болта могут запузырить космический аппарат. Это благодаря ему аэроклубный «дуглас», скреплённый проволокой, много лет нарезал над Вязниками свои легендарные круги. Слава вечно что-то изобретал, голову его распирало настырным техническим беспокойством. То созовёт всех пацанов строить воздушного змея, да не простого, из газет и реечек, а особо хитроумного *коробчатого, без гвоздя и клея*; то примется бумеранг выстругивать, и тоже не простой, а *на два круга*... То заманит дворовую ребятню запускать ракеты.

С ракетами вышло-таки несколько увечий. Мастерились они так: обычная фотоплёнка скручивалась, обёртывалась фольгой, в один из концов вставлялась спичка серной головкой наружу. Спичка поджигалась, огонь нырял внутрь крошечного снаряда и... через пару секунд ракета взмывала метров на двадцать, оставляя за собой голубоватый дымок и резкую вонь... А то притащит талмуд со множеством схем моделей самолётов из ватмана, да ещё подначивает: слабо, мол, сделать: без клея, с одними лишь бумажными заклёпками. И ты, конечно, принимаешь вызов (Сташек с малолетства самолюбив и обидчив) и сидишь весь день над схемой, повторяя самому себе с батиной интонацией: мол, главное тут не торопыжничать, терпение иметь. Он дружил с Андрюшей, младшим сыном Козыриных, — тихим покладистым мальчиком, всегда ведомым, в отличие от отца. Скажешь ему: «А давай вот так замастырим?»... Он кивает: «Давай, давай...» — «Нет, не так, а вот так!» — «Ну, ладно, пусть так...»

Всё свободное время Слава Козырин околачивался на голубятне, даже провёл в дом самодельный телефон — если жене что понадобится. Его долговязая летучая фигура так часто возвышалась на железной крыше сарая, маяча сквозь крупную металлическую сетку голубятни, будто угодил туда голубь-великан из другой вселенной. Батя говорил, усмехаясь: «Интересно, когда это Славка троих детей настрогал? Не иначе как по телефону», — тогда ещё не догадываясь о горькой подоплёке этой невинной шутки.

Мать у них была красивая: стройная, черноглазая, крутобёдрая. Почти открыто блядовала — с кем подвернётся, кто подмигнёт. И главное, ничего не скрывала, первому встречному, да и всем соседям жалуясь — Славка-то, мол, импотент! За что ж ей-то страдать... И как оно бывает в провинции, во дворе, где каждый на виду и каждый о другом знает всю подноготную, потёк за Славкой придушенный такой стыдный шепоток: а куда, мол, бабе деваться? Это ж не блядство, мол, а чуть ли не прописанное лечение... Может, кто из женщин Славке намекнул... или кто из мужиков отпустил подлую шуточку. Это уже потом, перетолковывая-перебирая причины трагедии, соседи сокрушались и на поминках, как водится, обливались пьяными слезами, ханжили: «Эх, Слава, и с какого ж горя ты, друг сердешный, руки на себя наложил... голубем сизокрылым улетел», — гнусная, бесстыжая слободская шарманка.

Потому как, да: Славка повесился. Прямо в своей голубятне...

Стах уже учился в Питере и, услышав новость, отшатнулся, будто его в грудь толкнули. Будто воздушный змей коробчатый, ярко-жёлтый, рухнул прямо на голову, или ракета из фотоплёнки взмыла в небо и, упав, опалила макушку. Он представил, как Славка висит в огромной клетке своей голубят-

ни, видимый напросвет не только всему двору, но и пассажирам проходящих поездов...

Будучи медиком, подумал с отчаянием: проклятая баба, ведь Славку можно было вылечить! Вспомнил, как гениальными своими руками тот шуровал проволокой в нутре «дугласа», как полнилось сердце мощью летучей власти над городом...

А тихий Андрюша, люто ненавидевший мать, спустя годы стал настоятелем церкви, преобразованной из магазина «Культтовары», — того магазина, где Сташек покупал кисти-краски, блокноты и всякую занимательную мишуру, пошучивая (и в самую точку), что в «Культтоварах» торгуют предметами культа.

* * *

Всевозможные тетради, блокноты, карандаши-резинки-ручки-точилки Сташек обожал, копил про запас в заветной «пище-бумажной» тумбочке; купив, неделями держал чистыми, вынимал, перебирал, листал-разглаживал... и прятал обратно; сомневался, прежде чем сделать первую запись или провести линию, или вставить в круглую точилку чистенький, целый, с глазком грифеля гранёный карандаш. «Ну, давай уже, вспаши целину *пище-бумаги*!» — усмешливо говорила мама, и Сташек открывал тетрадь, расправлял, проводил ладонью по сгибу и аккуратным бисерным почерком вписывал дату: число, месяц, год. И думал: что бы ещё такое написать важное? Какую-нибудь мысль, которая... (мыслей у него было до хрена, считал он).

Смешно: читать научился рано, лет четырёх, и можно сказать, сам: просто некоторые буквы — походя, через плечо, собираясь на свидание и высоко закалывая клубень волос на затылке, — показала взрослая сестра Светлана, «чтобы отстал». Вернее, не показала, а прошепелявила сквозь шпильки во рту. Остальные, чётко артикулируя, протяжно пропела мама. И передвигая линейку по строчкам в книге, где-то узнавая, где-то угадывая буквы, Сташек медленно продвигался от строки к строке. Тем летом основным местом его пребывания стала прислонённая к торцу дома лестница, сколоченная из толстых деревянных брусов. Он взбирался на самый верх, усаживался на последнюю ступеньку, спиной приваливался к дверце чердака и... пускался в путешествие по буквам, кропотливым усилием объединяя их в островки слов, нащупывая островки смысла, а пробелы восполняя по своему разумению. Книга попалась та, что стояла у Светланы на нижней полке: письма А. С. Пушкина. (Впоследствии самой любимой книгой — до седьмого класса! — был «Волшебник из страны Оз» Баума. В клубной *желдорбиблиотеке*, куда они с мамой были записаны, оказалось несколько книг Баума. А выкинутая жалким *перелопатчиком* Волковым глава о жителях фарфоровой страны, охраняемой дерущимся деревом, была особенно любимой.)

Так вот, читать-то научился рано, лет четырёх. А писать не умел! Не смел: казалось, это особая тайна. Как-то рука робела. Даже печатные буквы не решался выводить, будто невидимый страж навесил на руку тяжеленный замок. «Ну ладно, — думал огорчённо, — в школе научат. Там любого болвана учат всему-на-свете...»

Но вышло иначе.

За грибами, за белыми, они ездили в Каменово (одна остановка на электричке в сторону Горького), а если за груздями — то в Скоропыжку, в сторону Владимира. В один из таких выездов всего семейства по ранние грибы Сташек тихонько смылся. Вообще, это занятие, *грибосбор*, он считал идиотским: упрёшь в землю рога и ничего, кроме грибных шляпок, присыпанных жёлтыми иголками сосен, вокруг не замечаешь... Он-то любил побродить, башкой повертеть, там подметить, тут застрять, ещё и палочку выстругать... Сосновый бор на всполье покрывал много километров и был *зеленомошником*, — с цветастым ковром черничных и брусничных россыпей. И дышалось там, мама говорила — «в дюжину ноздрей». Ещё бы: головокружительный слиянный запах трав овевал голову и плыл-стелился, терпко-душистый, мятный-полынный; прогибался под мощным смолистым духом вековых сосен.

Мальчик покрутился в тот день меж согнутых спин, насмотрелся на скачущие солнечные пятна в траве и на стволах, развернулся и пошёл к железнодорожной платформе. За него никогда не волновались — мама считала, что сын самостоятельный, везде разберётся, тем более в лесу; называла его «лесной кикиморой». Он и правда в лесу отлично ориентировался, ни разу в жизни не заблудился.

...Выбрел на косогор и повалился в траву. Внизу с протяжным железным воплем проносились поезда. Сташек прикрыл глаза и сквозь оранжевые веки изнутри следил, как тёмная мощная торпеда поезда врывается, заполняя грохотом мир, и исчезает, вновь оставляя искристое оранжевое поле внутри головы.

Вот тут к нему и подошёл Володя. Откуда-то сверху взрослый голос спросил:

— Братишка, ты не заблудился? Помощь не нужна?

Сташек нехотя приоткрыл один глаз, собираясь послать подальше участливого дяденьку, но, проморгавшись, увидел, что тот и сам почти пацан и — *хороший*. Володя был невысокий, костистый сутуловатый юноша с длинными чёрными волосами, заправленными за уши. С добрыми узкими глазами. Индеец!

— Нет, — сказал Сташек, садясь. — Я никогда не заблуждаюсь.

— А я — да, — вздохнул индеец и сел рядом. — Только ногой ступлю в пять деревьев — всё, мне кранты, так и хочется завопить: спасите ребёночка! — И рассмеялся. Сташек удивился: такой взрослый — и не боится оказаться смешным, сам себя перед пацаном высмеивает.

Володя оказался не индейцем, а корейцем; а фамилия чудная такая: Пу-И, — он написал её прутиком на утоптанном пятачке земли. Его родители, кавказские корейцы, ещё в войну бежали от немцев аж до Нерехты, в Костромской области. Там их приютила какая-то набожная семья, и в благодарность они крестились, и Володю, когда родился, тоже крестили... Сейчас он жил в Каменово на заработках, но скоро должен был возвращаться: спустя столько лет, прожитых в Нерехте, родители надумали возвращаться домой, на Кавказ: мать сильно болела, тосковала по теплу. Всё это Володя сразу и просто рассказал Сташеку, как взрослому, напомнив этим батю. Тот тоже никогда не сюсюкал, не приспосабливал к возрасту сына ни голоса, ни манеры говорить.

Было Володе семнадцать лет. Работал он на торфоразработках, а угол снимал у одинокой женщины с ребёнком.

— За харчи, — пояснил. — Ну, и за работу немножко: дрова там наколоть, где что забить-поправить, забор починить... Корова тоже имеется, её доить надо...

— А ты всё это умеешь? — удивился Сташек, и тот легко ответил:

— А чё там уметь, я ж деревенский.

И поддавшись вдруг странному порыву, — тут и симпатия сработала, и внезапная надежда, и зависть, когда Володя написал своё имя прутиком, — Сташек спросил:

— А писать... на бумаге... по-настоящему, тоже умеешь? — И добрый кореец Володя не рассмеялся, не вышутил мальца, — мол, кто ж в моём возрасте писать не научился, ты в своём уме? — нет, он внимательно посмотрел на Сташека узкими глазами и серьёзно ответил:

Умею писать. И даже хорошо умею. Хочешь, научу?

Так он стал ездить к Володе в Каменово...

292   Тут надо кое-кого постороннего-городского просветить насчёт местных способов катания на велосипеде, ибо на станции все, даже такие мальцы, как Сташек, очень рано осваивали это средство передвижения. Просто надо приёмчики знать: прежде всего снять седло, а на раму надеть голенище валенка, разрезанное вдоль и обмотанное тряпками. Это и будет твоё первое седло. Но ещё раньше ездили «под рамой»: левую ногу ставишь на педаль, правой отталкиваешься и быстро просовываешь её под раму, резко давя на правую педаль. Тут дело двух-трёх секунд, — успеть, пока велик не завалится набок. Успел, погнали: от автобусной остановки напротив вокзала нырнуть в переулочек, тот выводил к дороге, которая тянулась вдоль поля аэроклуба. Прежде дорога шлаковая была, потом её заасфальтировали, но Сташек всё равно ездил твёрдой и удобной тропинкой, что вилась рядом. От забора аэроклуба тропинка сворачивала к железной дороге, петляла меж сосен и через пару сотен метров выводила к платформе Каменово.

Володя был обстоятельным и бережливым до оторопи. Например, стригся сам маленькими кривыми ножницами, перед червивым зеркальцем, отломанным от найденной на помойке пудреницы. Однажды попросил Сташека подровнять сзади. Его волосы на ощупь оказались жёсткими и гладкими, и блестящими, как конская грива. Сташек медлил, не решаясь начать: такие тугие толстые волосы... Думал, ножницы не возьмут. Сам он был кудрявым, черноволосым, в маму, и отросшие за лето волосы мягко и путанно вставали шаром на голове; он терпеть не мог расчёсываться, кривился и пытался поскорее смыться, завидя гребешок в маминой руке.

— Режь-не-жалей, братишка! — сказал Володя. — Экономим полтинник.

У него был — Сташек гораздо позже понял, когда много думал об этом лете, о своём внезапном изумлённом взрослении, — врождённый педагогический дар, просто милость божья. В первый день Володя будто забыл, что предложил мальчику учиться писать. Вывел его в огород за домом — там турник был, прямо меж капустными рядами. Под турником стояла кривая колода, видимо, Володя приготовился к уроку. Он подтянул Сташека под мышки, взгромоздил на колоду и с полчаса заставлял правильно подтягиваться и напрягать разные группы мышц: например, упершись в перекладину, пытаться её поднять. Сташек чуть не плакал от напряжения и разочарования. Ему и бати хватало, тот гонял сына в хвост и в гриву при каждом удобном случае, даже на рыбалке, но он всё-таки стерпел, и назавтра был вознаграждён. Володя встретил его после работы уже умытым, причёсанным, в белой рубашке. Шаткий столик на веранде был расчищен и протёрт тряпкой. Учёба началась...

Письменной премудрости Володя учил по-своему, и потом Сташек запоздало удивлялся: где, у кого тот мог перенять столь диковинную систему обучения? Поначалу выдал Сташеку газетный лист и не самую тонкую кисточку, отвинтил крышку с пузырька чёрной туши. На листе надо было написать строчную букву «а» во всю высоту страницы, перерисовать с листа блокнота, где Володя очень красиво выводил прописные буквы. Сташек старался, пыхтел... Страшно было смотреть на его каракули.

— Плохо, — честно говорил Володя; он никогда не хвалил зря, и потому похвала была драгоценной и заслуженной. — Смотри, получилось криво. И где утолщения — вот тут и тут? Повтори-ка, братишка.

И так бесчисленное количество раз... Время от времени давал отдыхать:

— Руки опусти, — говорил, — и расслабься: закрой глаза и дыши носом. Только носом... Теперь упражнение такое: встань, упрись в перекладину турника и напряги руки.

Потом опять заставлял дышать... и выдавал новый листок блокнота с другой, идеально выписанной буквой. Так они очень медленно шли по всему алфавиту и, когда Сташек освоил прописные буквы, перешли на слоги, на соединения разных букв. После чего Володя впервые выдал ему обычную школьную ручку с самым мягким пером, достал купленную им тетрадь, что было по-настоящему трогательно — при его-то экономии на всех своих нуждах! — и начался новый круг тех же мучений, но уже на твёрдом и гладком тетрадном листе.

Июнь, июль, август... — три месяца всего Сташек гонял на велике в Каменово на занятия с Володей. Они прошли все прописные буквы, соединения слогов, и только-только приступили к целым словам и даже предложениям, как Володя получил из дома письмо: родители настойчиво звали его назад в Нерехту. Где-то там, на юге, в одном из посёлков Черноморского побережья родственники уже купили им домишко. Пора было собираться.

Для Сташека это известие грохнуло средь ясного лета. Он как-то позабыл, что Володя всё равно должен когда-нибудь уехать, и искренне считал, что они теперь никогда не расстанутся. И неважно, что Володя всего-навсего предложил научить его письменной грамоте. За эти три месяца он стал настоящим другом! А ведь друзей не предают. Как же он может... вот так, запросто... да ещё письмо это проклятое вслух зачитал, с таким счастливым, даже мечтательным лицом: он поедет к морю, навсегда! У Сташека ещё не было слов, чтобы объяснить ему, да и себе — почему внезапный отъезд Володи для него — предательство. Он засвистел, вскочил на своего «Орлёнка», крикнул: «Ага, пока!» — и умчался. И всю ночь проплакал, как маленький — а ведь он считал себя совсем уже взрослым человеком. Ночью же решил, что больше не поедет в Каменево — а зачем, ведь он уже научился писать по-настоящему. Весь день промаялся, околачиваясь по двору, наведался к Зинке Петренко, лазал на голубятню к Славе... А когда подошло время его уроков с Володей, вскочил на велик и помчался в Каменово по затверженной наизусть тропинке.

Володя его уже ждал. Ни баночки с тушью, ни кисточки, ни тетради на столе не было. Ну, вот и всё, понял Сташек. Значит, и в самом деле прощаемся...

Но Володя посадил его перед собой, обеими руками заложил за уши пряди длинных чёрных волос, упёрся прямо в лицо ему добрыми, но всё равно непроницаемыми узкими глазами и сказал:

— Знаешь, братишка... Я могу ошибаться, но, думаю, очень высоким ты не вырастешь. Амбалом не станешь. А люди... они разные встречаются. Есть такие, совсем дрянные, трухлявые люди. Не упустят удовольствия почесать кулачки на более слабом...

Сташек сидел перед Володей, напрягшись. Он уже знал, когда тот шутит, а когда серьёзно говорит. Сейчас это было, он видел, очень серьёзно.

— Хочу показать тебе кое-какие приёмы, — продолжал тот. — Ты просто запомнишь, затвердишь. А когда подрастёшь, они пригодятся. Пока вот, возьми. — И протянул девчачью прыгалку, купленную в «Культтоварах». — Бери, бери... Попрыгай, не стесняйся. Отличная тренировка ног! Каждое утро прыгай. Ноги — они не только для бега-ходьбы или для велика.

И оставшиеся пять дней до Володиного отъезда они повторяли и повторяли разные увёртки и ускользания, обманки и коварные тычки, которые, попадая в определённые места тела, отзывались неожиданно дикой болью. Володя называл это «приёмами». Он в эти дни говорил больше, чем за все три месяца письменной учёбы, повторяя по многу раз то, что, считал он, Сташеку положено было запомнить. Останавливался и заставлял мальчика повторить и демонстрировать то, что зазубрил.

— Никогда не наращивай мускулы, — говорил Володя, — это всё чепуха. Сила мужчины в том, чтоб в нужный момент напрячь все возможности души и тела, а после расслабиться. Перед ударом заточи мысль — и бей наверняка... Старайся никогда не бить первым. Отвечай словом, лучше — насмешкой. Особенно, если есть зрители. Запомни: насмешки боятся все. Она даже самых сильных ослабляет. Уходи от ударов, особенно в начале стычки, у тебя лёгкие ноги, используй это, измотай противнику нервы, и главное: не приближайся, до последнего тяни; если коснулся его хоть пальцем — всё, это уже драка.

Он нарисовал куском кирпича большой круг, пояснил задачу: «Не касаясь противника, но и не выходя за пределы круга, — увернуться, переместиться, оказаться за спиной врага». Он скакал, Володя наступал, он уворачивался, Володя доставал его чувствительными тычками то справа, то слева. Это длилось и длилось до бесконечности, ещё и ещё; Володя стирал очертания круга и следующий чертил более тесным, пока круг не сузился до двух метров. И тут началось новое: защита лица, положение рук...

— Ты выглядишь увёртливым, но хлипким, и противник бесится, и ужас как хочет тебя достать и ухлопать, — говорил Володя. — Вечно ускользать не получится... Время тикает, противник в ярости и на пике азарта... И тогда... запомни первый приём: внезапно ты ломаешь схему, — не уходишь, а идёшь на сближение, *якобы* собираясь нанести удар. Замахнись! Всё внимание противника — на твои руки, а ты — вот сейчас смотри во все глаза: правой ногой подсекаешь его правую ногу... он летит мордой в землю, а ты наклонился и — хрясь! — рубишь ему шею ребром ладони... А больше и не надо, бой закончен. Только один болевой приём: в районе ключицы... вот здесь, двумя пальцами, большим и указательным, пережми эту мышцу — твой противник взвоет от боли. При твоей щуплости — идеальная тактика боя... Запомнил? А сейчас повторим всё с начала.

Он ужасно скучал по Володе, долго скучал, иногда казалось — всю жизнь. У него появлялись разные друзья и приятели, возникали мимолётные знакомства, он перетекал из одной компании в другую, взрослел, страдал, предавал и был предан. Но уже никогда у него не было такого бескорыстного, такого великодушного взрослого друга, как Володя Пу-И, посланного ему судьбой на станции Каменово.

Что касается почерка, то — мелкий, внятный и округлый, — он всегда удивлял его близких, коллег, его женщин. И вопреки врачебной традиции и медицинским анекдотам, даже пациенты могли свободно прочитать то, что он писал на латыни.

Глава 3
ЛЮДИ ДВОРА

Утро во дворе начиналось с появления пяти Петровичей. Четверо из них были безногими и разъезжали на деревянных гремучих тележках, особенно когда с травяной почвы двора тележка въезжала на мощённую булыжником площадку пакгауза и шарикоподшипники тарахтели гремучим горохом, перешибая даже вопли матюгальника.

Пять Петровичей напоминали недособранный конструктор, при взгляде на них хотелось догнать того недотёпу-умельца, который то ли растерял детали, то ли наскучило ему человечков собирать, вздёрнуть за шкирку и накостылять от всего сердца — на будущее. (Впрочем, до будущего далеко, а при коммунизме вообще никаких калек уже не будет.) Трое Петровичей обходились культями вместо рук, а один вообще был одноруким под самый корень, под левую подмышку. Зато главный их Петрович, собственно, *настоящий Петрович*, по которому и называли остальных, был героем и предводителем: у него имелись целая рука и целая нога, обе левые; нога была обута в *чобот*, резиновый сапог, обрезанный по щиколотку, а правая часть организма — для баланса — страховалась слева надёжным деревянным инвентарём: хороший костыль никому не помешает, говорил Петрович, с ним жить веселей.

Первым делом Петрович, предводитель Петровичей, наведывался в вокзальную столовку, где на столах, кроме перца и горчицы, всегда стояло по тарелке квашеной капусты. Бесплатно! Батя распорядился. (А давным-давно, до какой-то там засухи, говорят, ещё и хлеб нарезанный лежал, бери не хочу). Петрович ковылял в столовку, аккуратно и вежливо, не наглея, понемногу набирал в бумажный кулёк капусты с каждого стола и относил остальным четверым, ожидающим его снаружи. Потом выгребал из карманов засаленных пиджаков мелочь, частенько кто-нибудь из соседей пару копеек добавлял, — и Петрович скакал на своём костыле в продуктовый на привокзальной площади и брал две бутылки водки в полотняную торбу, которую продавщица Маняша-добрая вешала ему на шею. Расположившись под былинным тополем, Петровичи выпивали и чинно закусывали, — завтракали. После чего с грохотом удалялись куда-то через пакгауз — на паперть, вероятно, мелочишку сшибать. На другое утро возникали вновь.

Вообще-то, из крупных городов таких калек давно уже куда-то вывезли за одну ночь. Куда — кто их знает, люди разное говорили, а когда батя на эту тему рот открывал, мама хмурила брови

и грозным шёпотом просила «закрыть матюгальник»! Но пять Петровичей годами ухитрялись
прятаться, и мама говорила — уже после смерти
отца, когда у них со Сташеком случались внезап-
ные и серьёзные ночные разговоры, — что батя
покрывал калек, позволяя ночевать на складах
пакгауза.

Было там хитроумное убежище.

Пустые, освобождённые от груза отсеки не за-
пирались никогда. Со стороны путей под склада-
ми шла глухая стена, а вот если со двора зайти...
Грузы-то надо было перегружать-перетаскивать-
перекатывать на машины, и потому пол складов
поднимался к самым бортам машин. Под этим
накатом было пустое пространство, зашитое досками. Ну и несколько досок аккуратно расша-
тали, раздвигая понизу. Эту огромную полость
вдоль путей и облюбовали Петровичи. Хранили
там разный скарб, собранный по добрым людям:
зимнюю одежду, посуду, керогаз для стряпни.
И много, много пакли — для обустройства ноч-
лега.

Да, батя покрывал их, обиженных жизнью
победителей, и те не подкачали (кто в разведке
служил до ранения, кто в сапёрах, а кто в пехо-
те), жили себе и жили, сотворённые ужасным
конструктором — войной; жили при станции аж
до конца шестидесятых! — правда, к тому времени двое Петровичей умерли: один не проснулся
утром, другой случайно под маневровый угодил —
короче, в одну из ночей их всё же словили, такое
дело. Интересно, кому они мешали, говорила за-

плаканная мама, и кто такая падла нашлась, что не поленилась в нужную инстанцию написать?

В общем, в одну из ночей они исчезли, и вечером того дня батя мертвецки напился.

* * *

Но это к слову, если уж разговор зашёл о людях двора и о бате, который всех этих увечных и причудливых типов не то что подбирал или там опекал, но своим явным попустительством (при его-то суровости!) просто спасал, продлевая их скромный жизненный путь.

Возьмём, к примеру, Розу-Драный-чулок, которая тоже при станции жила, вернее, обитала, ну... как-то бытовала, короче; превозмогала жизнь. Роза-Драный-чулок, мелкая жертва минувшей войны, неизвестно как прибилась к их привокзальному двору. Кто-то говорил — вытолкнули на перрон из поезда, кто-то уверял, что она и сама решила здесь осесть. Скорее всего, ни то и ни другое: вряд ли Роза-Драный-чулок была способна что-то «решить», тем более что-то предпринять. Её просто вынесло и прибило волной беженцев и полуживого люда, несущегося на поездах по огромной стране. И она — словно камешек, принесённый большой волной, что закатывается в прибрежную пещерку и там застревает, — осела на станции. По утрам выползала из полуподвала пожарной части — в выцветшем халате с начёсом, подаренном ей какой-то хозяйкой, что собиралась этим халатом мыть полы, да пожалела бродяжку. Поверх халата, и летом и зимой, была надета на

ней стёганая засаленная душегрейка времён вой-
ны. Из-под халата видны были затёртые панталоны, а уж из панталон к стоптанным мужским ботинкам спускались трижды перекрученные чулки.
Ботинки Розе тоже кто-то подарил, с диковинно выпуклыми носами, вспученными, как у клоуна Карандаша, такие в нашей стране производились для заключённых. Есть ли у Розы волосы и какого они цвета — выяснить не представлялось возможным, ибо голова её раз и навсегда была закутана в грязный оренбургский платок, ветхий до изумления.

Она усаживалась всё под тем же тополем вязать чулок — единственный, словно она вязала его одноногому инвалиду, например, одному из Петровичей, и долго-долго вертела крючком, при этом её собственные чулки, собранные под коленями гармошкой, являли всему двору многочисленные дыры.

— Роза! — окликал её кто-нибудь из женщин. — Ну, ты уже довяжешь свой чулок? Когда уже с обновкой тебя, Роза?

Она только слабо улыбалась и вязала, вязала... пока не заканчивалась шерсть. После чего распускала чулок и вновь принималась вязать его с начальной петли.

Подходить к ней детям строжайше запрещалось. В этом запрете, возможно, сказывалась опаска подхватить бациллу безумия, как болезнь в чём-то заразную. Но дети не только подходили — они облепляли Розу, тормошили её, морочили дурашливыми вопросами. Роза была откуда-то из Белоруссии, попала под оккупацию, была изнасилована; чудом, вернее, случайно перебралась за линию фронта, и долго её гнало по стране, перебрасывая из поезда в поезд, пока, завидев жёлтый вокзал с такими мирными белыми колоннами, она не сообразила, что здесь её немцы не настигнут. Ни о чём, кроме как о немцах, даже сейчас, спустя два десятка лет после войны, она говорить не могла; сильно тревожилась и, по мере продвижения бессвязной беседы, пыталась вызнать у детей: что в новостях, как там, на Гродненском направлении — наступают?

— Наступают наши? — в волнении спрашивала она, опустив на колени вязание. — Фрицы драпают?

Кстати, Розу подкармливали не только хозяйки, вынося ей после ужина остатки еды в кульках, свёрнутых из газетного листа, её подкармливали и дети, ибо выскакивали во двор с привычным лакомством: горбушкой ржаного хлеба, натёртой зубцом чеснока, политой постным маслом и присыпанной крупной солью.

Хлеб покупали в ларьке возле автовокзала.

Автовокзал — это сказано, пожалуй, слишком громко. Просто конечная остановка городского автобуса за сквером: скамейка под навесом от дождя.

Дощатый ларёк, как большой хлебный ларь, был пропитан сытным дрожжевым духом и исполнен ржаной и пшеничной благодати ещё с тех времён, когда после войны хлеб завозили только дважды в неделю, и очередь выстраивалась к при-

лавку, и продавщица выкликала се́мьи по списку:
буханка на человека.

Ныне хлеба навалом было в нашей советской стране, но, как встарь на Руси, он по-прежнему оставался едой заветной. На свете, конечно, существует до фига всякой-разной снеди вкуснее хлеба: и пироги, и пельмени (маленькими их лепили, из говядины и свинины), да студень, да щи, да котлеты... да много чего ещё, замучаешься перечислять! Чего только не стряпали хозяйки по домам, что струилось и выплескивалось во двор одуряющими ароматами и властно звало со двора — *ох, и жрать охота!..* Но основой трапезы, её корнем по-прежнему оставался *хлебушко*, его хрустящая горбушка. Вот горбушку-то, пока донесёшь буханку от ларька до крыльца, непременно отгрызёшь, и мама опять скажет в сердцах: «Что ж ты голимый хлеб всухомятку жрёшь, как голытьба беспризорная!» А зато вот и Розе перепадал кусочек-другой горбушки. Она принимала дары, как барыня — полагающийся ей оброк. Долго сидела с оттопыренной щекой, поддевая крючком петли, невнятно бормоча:

— А шо там наши — наступают?

Чуть не всё детство, как святой покровитель двора, она осеняла их игры, ворочая крючком в заскорузлых пальцах. Но и Роза однажды зимой исчезла, и взрослые прятали глаза, не отвечая на расспросы. Скорее всего, замёрзла в своём полуподвале, заболела, умерла... А сейчас уже и подавно никто не скажет — куда подевалась Роза.

Роза-Драный-чулок.

* * *

Зима была замечательным временем риска и удальства, и Сташек всегда ждал зимы, загодя доставая лыжи из холодной кладовки. Лыжами заведовал батя, научив сына кататься ещё в сопливом детстве. Главное же, научил правильно «хранить инвентарь»: лыжи складывались полозьями друг к другу и закреплялись специальной защёлкой, а между ними — ровно посерёдке — вставлялся деревянный клин, чтоб сохранялась форма изгиба, пружинящего при ходьбе. Раза два, когда Сташек рванул за лето в росте, покупались новые лыжи. Для этого ездили в город; там за центральной площадью, аккурат напротив мясной лавки колхозного рынка, был магазин «Спорттовары».

И какая же это радость была, какой азарт, приключение! Длина выбранных лыж определялась так: нужно встать, вытянувшись до хруста в спине, поднять вверх руку и накрыть острый конец лыжи ладонью.

— Самое то! — нетерпеливо восклицал он, пританцовывая от нетерпения.

— Да погоди ты. Уймись. Не тянись на цыпочках, ровно стой!

Батя обходил его со всех сторон, измерял как-то по-своему, хмыкал, щипал за задницу, просил у продавца другую пару лыж... короче, нервы трепал. Наконец шли в кассу, и отец доставал из внутреннего кармана пальто увесистый «семейный» кошелёк жёлтой потёртой кожи, из которого обычно платили за что-то значимое, серьёзное. А новые лыжи — куда уж серьёзней!

Стилям лыжной ходьбы тоже обучил отец. Их было два: традиционный, когда по очереди отталкиваешься от лыжни палками, и «коньковый ход». Вот это Сташек любил: острия лыж разводишь при толчке в стороны, и тогда возникает бесшабашное чувство неостановимого бега, лёгкий наклон, стремительный гон... — лететь можно до Северного полюса!

И вот выпадал и ровно ложился настоящий снег... Все выезжали кататься, не гурьбой, а как получится: с уроками ведь каждый справляется по-своему. Но собирались всегда на Лисьей горке, на оконечности огромного парка-питомника. Сташек взбирался на самый верх самого крутого склона, где и лыжни-то не было, и пока остальные разминались на пологих горках, внезапно возникал на вершине, радостным воплем привлекая к себе внимание; плотно сдвигал лыжи и ухал вниз — снег веером по сторонам! — а внизу, развернувшись лихим полукругом, победно вскидывал руки.

Другая зимняя забава — каток на ручье. Летом заболоченный и тощий, осенью ручей разливался, и до хорошего снега схватывался мутной коркой льда. И тогда: натянуть шаровары с начёсом, на ноги — ботинки с коньками, и — вперёд! Если ветер от станции к городу, это самое то: разбежался, выпрямился, распахнул полы пальто... и ты — живой буер! И несёт тебя попутным ветром, успевай только от кочек уворачиваться; скорость растёт, дух захватывает, в глазах — чёрно-белая мельтешня берёзовых стволов... а ты летишь и орёшь от счастливого испуга. И домой возвращаешься затемно, с разбитыми коленками и носом, но абсолютно счастливый!

* * *

Летом же...

О, летом жизнь всегда огромна и подробно-разнообразна. Одни только дворовые игры взять. И не повсеместные «ножички», или «штандер», или дурацкий «чижик»... Были игры особенные, дворовые, тесно связанные с привычными растениями вокруг станции. Например, войнушка. Боевые укрепления, шалаши возводили из пижмы, её до фига росло у водонапорной башни. На оружие шёл китайский бамбук, растущий на клумбах пристанционных скверов. Он не бамбук, конечно, и далеко не китайский, но похож: полумягкие стволы с перетяжками и с огромными, как у лопухов, листьями. Из стволов мастерили брызгалки-стрелялки. Делалось это так. Срезаешь стебель под последней перетяжкой, очищаешь от листьев ствол и аккуратно нарезаешь обрубки на «ружья» так, чтоб перетяжка была с одного конца. Затем дырявишь её шилом, с другой стороны вставляешь точно подогнанный под отверстие штырёк из картофелины, насаженный на прутик. Загоняешь «пулю», ствол опускаешь в воду и тянешь прутик на себя: принцип шприца. Оружие к бою готово. Условия битвы заранее честно оговорены: попали в тебя водой из ружья — выбываешь.

Особо тщательно изготовлялись свистульки, ибо свистком выманивали врага из боевых укреплений. По периметру скверов рос гороховник, нечто вроде акации. Его мелкие жёлтые цветы быстро обсыпались, вместо них вырастали пузатые стручки, из них-то и мастерили отличные свистульки: надрезаешь ногтем ребро стручка, вылущиваешь мелкую россыпь горошинок, и свисток, в сущности, готов — звук тонкий, пронзительный. Это — для одной армии. Если стручок надкусить, звук получался на тон ниже: сигнальное обеспечение армии врага.

Воевали обычно за водонапорную башню, именуя её то замком, то крепостью. И, между прочим, ещё неизвестно — какая крепость или замок могли сравниться с «нашей» башней: краснокирпичная, дореволюционная, овальная в периметре, с полукруглыми окнами и зубчатым навершием второго этажа, — она была видна издалека и всегда притягивала взгляды своим нездешне-романтическим обликом.

Так что в войнушку гоняли целыми днями, до темноты, до одури, до пересохшего рта, до сорванных голосов. Разве что проливной дождь мог остановить вдохновенные бои. И едва распогодится, едва подсохнет земля, новая рать выходила во двор, перемешиваясь, согласно изменчивым дружбам и коалициям, стреляя, трубя, истошно вопя и доказывая убитому, что нечестно хлюздить, а коли ухлопали тебя, сука, так и падай на землю по правилам, как приличный человек!

* * *

Впритык к рельсам, но возвышаясь над перроном метра на два, тянулась мощённая булыжником площадка пакгауза, а точнее, настоящая площадь:

сто пятьдесят на сто пятьдесят метров. От путей по краю площадки шёл высокий металлический забор, за ним вдоль тупикового пути — склады с раздвижными воротами для погрузки на автомашины брезента, рулонов пакли и прочего груза.

Там часто сгружали огромные бобины с электрокабелем высокого напряжения. Их увозили, потом возвращали без проводов и бросали, пустыми и бесхозными, валяться на площади пакгауза. Не вспомнить сейчас, кто первым придумал кататься на этих бобинах, — явно какой-нибудь сорвиголова. Ну а где опасность, там немедля возникал Сташек. Он разбегался и с разбегу влетал на бобину... та начинала катиться... Ловко перебирая ногами и балансируя руками, Сташек бежал по ней и бежал... пока не утыкался в забор. Тут надо было изловчиться вовремя спрыгнуть, не угодив под тяжёлую махину: можно ведь и покалечиться или даже убиться до смерти. Однажды эту забаву случайно — из окна своего кабинета — увидел батя, и цирковые приключения бобины пришлось отменить. Хотя в один кошмарный день Сташек увидел ее — в полёте. И день этот был вполне цирковой, а зрелище — покруче какого-нибудь леденящего трюка под куполом шапито или неопознанного летающего объекта.

Раз в году, летом, по железной дороге в город прибывал цирк. Полосатый, когда-то красно-белый, а ныне блёклый шатёр шапито растягивали в городе на центральной площади. Программа повторялась из года в год, стандартный набор разъ-

ездного цирка: акробаты и клоуны, дрессирован-
ные собачки, семейство из трёх серых, будто при-
пылённых слонов, непременная лихая джигитовка,
и в финале — яркой звездой! — блескучая Нора
Малинная, чёрт-те что вытворявшая на обруче своим зрелым, но гибким телом под самым куполом.

Разгружался цирк на пакгаузе, и это всегда было грандиозным событием. Вся ребятня, понятное
дело, с утра крутилась неподалёку. Оборудование
увозили быстро, а вот слоны томились до ночи
из-за каких-то всегдашних бюрократических пре-
пон: ждали разрешения на перевозку, потом ждали, пока прибудет соответствующий транспорт,
а главное, — пока дорога не опустеет, ибо перевозить крупных животных по нашим колдобинам
на виду у всего населения — это то ещё сафари.

Состав на разгрузку подавался тепловозом-
толкачом, и тот удивительно ловко, будто и сам
был дрессированным огромным животным, оста-
навливал нужный вагон у единственного зазора,
выходящего прямо на булыжную площадку. Из
этого вагона и выходили слоны: невероятные, не-
уместные, марсиански огромные... Серые на фоне
жёлтого здания вокзала.

Разумеется, животные не оставались без присмотра. При слонах и верблюдах состоял жили-
стый мужичок неопределённого возраста и какой-
то южной, горбоносо-орлиной национальности.
Одет был — из года в год — в синие брезентовые
штаны и такую же безрукавку на голое тело, являя
миру синие от татуировки, расписные бицепсы

и грудь. С этими взбегавшими по телу коронами, флагами и лианами, он как-то очень ладно вязался со своими подопечными и представал надсмотрщиком королевского индийского кортежа. Целый день сидел на земле, привалясь к решётчатому забору, отгораживающему площадку пакгауза от двора; покуривал, явно скучал, то и дело кемарил... Металлический шест с острым крючком на конце вываливался у него из руки. Слоны же топтались рядом, прикованные к тому же забору цепями, — но цепями довольно длинными, чтобы терпеливые животины могли размяться.

Тут же неподалёку в полном беспорядке валялись пустые бобины-катушки из-под электрокабелей, и то и дело на них кто-то вскакивал, катился в цирковом ажиотаже, спрыгивая буквально перед тем, как с размаху врезаться в забор... Дворовые тарзаны, разгорячённые и возбуждённые впечатляющим присутствием живых представителей джунглей, скакали как безумные, ещё и дразня животных. Ор стоял несусветный.

В какое мгновение вожаку — матёрому морщинистому самцу — осточертело это мельтешение, сказать трудно, ибо никто не предполагал (кроме униформиста, дремавшего в сторонке), насколько быстро и бесшумно передвигаются эти громадины. Цепи-то были длинными, а булыжная площадка, где дожидались транспорта животные, отнюдь не Марсово поле. Огромный раздражённый слон вполне мог дотянуться до Сташека, который в азарте игры слишком близко оказался к ограде; мог, перехватив его хоботом, зашвыр-

нуть подальше, как пёрышко, или шмякнуть о бу-
лыжник. Но повезло: свою ярость слон обратил
на пустую бобину — поднял её легко, как катушку
ниток, и швырнул в толпу детей. И пока она летела, как снаряд, дети, визжа, кинулись врассып-
ную. Все, кроме Сташека. В полёте бобины было
что-то магическое, парализующее волю. Позже он
вспоминал этот полёт как бесконечное мгновение
ужаса. Бобина летела долго и обречённо и предназначалась именно ему. (Спустя десять лет так
же бесконечно и обречённо падал отец на перрон
родного вокзала.) Но вот она упала, грохнулась на
ребро рядом с другой бобиной, сбила её, и обе покатились на Сташека, синхронно скатываясь друг
к другу... Стакнулись в полушаге от него, уткнув-
шись одна в другую, образовав шалаш, куда — аккурат в зазор между бобинами — и нырнул бес-
памятный от страха мальчик, прикрывая голову
руками.

Глава 4

ОГНЕННАЯ ПАЦАНКА

Зимой, особенно в холодрыгу, Сташек ездил в город на автобусе, — всё же девять остановок до центра. И дорога была обычная автобусная, длинная и скучная: Привокзальная переходила в Механизаторов, затем тарахтели по бывшей деревне Свистихино, выпрямленной в улицу, а за той тянулся Пригородный совхоз. Далее автобус пыхтел вверх к Народной больнице, после чего скатывался к центру.

Летом же Сташек предпочитал иной маршрут: укромно-овражный, тропинчатый, берёзово-сосновый. Велосипед тут не годился: замучаешься в гору втаскивать, и перед библиотекой его не оставишь — стибрят, да и оставить негде — тротуары все узкие. Так что — пешочком: выходишь со двора, минуешь площадку пакгауза, ныряешь в тенистый проулочек и мимо домов с садами выходишь прямо в картофельное поле, где протекал хилый заболоченный ручей, тот самый, что зимой разливался и становился кочковатым, но таким клёвым катком! По мостику перебежал (да и не мостик, а две шпалы, перекинутые через ручей и скреплённые скобами, а перил никаких), и ты уже на улице Механизаторов. Её надо пересечь аккурат напротив прудов, пройти между первым и вторым в парк, и по пихтовой аллее выйти к «пекинке» (народное прозвище трассы М-7, подаренное ей во времена Хрущёва и нерушимой советско-китайской дружбы). Пересекаешь «пекинку», и ты — в Комзяках.

А Комзяки...

Это не ругательство. Хотя слово древнее, заповедное, как и те слова, при помощи которых ночью матюгальник тепловозы направлял. Комзяки — это берёзовая роща между станцией и городом. Как раз в ней и происходят все массовые гуляния жителей — так было всегда, ещё до революции.

Чудно́е название взялось то ли от чуди, то ли от мери, так им директор на уроке объяснял. Мол, раньше в нашей местности встречалось название Гомзяки, и была это священная роща у древней муромы или мери. Ну, священная или нет, а только прекрасная она, белая-белая, иссечённая солнцем, травянисто-прозрачная, с густыми жёлто-фиолетовыми мазками цветущих чистотела, лабазника и иван-чая.

Большая часть этой природной рощи раскинута по левую сторону от «пекинки», если ты направляешься из Москвы в Горький. А по правую руку тянется парк, и вот он-то, в отличие от природных Комзяков, рукотворный; он — часть огромного питомника, и сам продуман и рассажен, и вначале, вероятно, нарисован на бумаге — батя говорил, есть такая профессия: «парковый архитектор». Во всяком случае, от центра лесопарка красиво и строго расходятся радиальные аллеи настоящей сибирской лиственницы, а вокруг посажено столько всего из разных широт и стран: и дуб монгольский, и ель голубая, и клён американский, и каштан, и груша уссурийская, и орех маньчжурский... и чего тут только нет! И у каждого дерева или куста, у каждой травки свой запах: острый проникающий, или властный, одуряющий, или нежно-ускользающий, опахивающий нёбо тихой многостворчатой лаской.

Запахи — это была особая потаённая и бурная жизнь его существа. Его настроение, намерения, влечения и отношения с людьми и местностями, прежде всего, зависели от запахов: затхлого запаха кирпича и неочищенного бензина, запаха прибитой дождём пыли, горьковатого запаха дыма... А уж запахи трав — это стихия особая.

Мама, которая на прозвища была легка и изобретательна, в детстве называла сына по-всякому: «нюхач», «гончая», «вострый нос», «санинспектор». Потому как, едва войдя в дом, Сташек с порога мог объявить, что сегодня мама готовила на обед, и дома ли отец, и приходил ли сегодня краснодеревец Илья Ефимыч (тот всегда приносил с собой запах свежей стружки, причём сосновую от берёзовой Сташек отличал безошибочно). Он сразу определял присутствие в доме сестры Светланы, хотя духами та пользовалась весьма экономно: пару мазков за ушами своим драгоценным

«Сигнатюром», который ей «доставали» у спекулянтов. («Сигнатюр» тоже был с отдушкой ландыша, но ту забивал сладковатый и пряный вездесущий запах роз.) Отец иногда насмешливо совал
под нос Сташеку свою рубашку, дабы тот вынес
вердикт: можно ещё сегодня надеть или пора бросить в корзину с грязным бельём.

*С раннего детства запахи кружили над ним, всю
жизнь от них зависел. Мысли, ощущения, вспышки памяти и многие поступки были связаны с запахами, с букетами запахов, накатами, волнами...
с далёкой и призрачной вибрацией разных запахов.
Как одинокая нота английского рожка, вдруг всё
естество пронизывал тонкий аромат кого-то или
чего-то. Запах мамы — навеки, сквозь сон, сквозь
темень, сквозь любую печаль и сиюминутное от-
вращение: острое свежее облачко ландыша — любимые её простенькие духи. Или сложносоставной
общественный запах школы: тут и мастика для пола, и мел, и чернила, и ватман старых стенгазет,
свёрнутых в рулон в углу учительской, и ребячий
пот в раздевалке после урока физкультуры... Добрый и безопасный запах его комнаты, привычный,
почти незаметный: нагретое стекло настольной
лампы, книжная пыль плюс терпкий дух овчинного
покрывала на топчане. Табачный горьковатый запах отца, что годами неприкаянно витал в доме
после его смерти. И озорной, одуряющий, с отдушкой летней испарины и речной воды, рыжий запах
девочки-женщины, запах его любви и самой безвоз-
вратной потери, запах, который всю жизнь он пы-*

тался стряхнуть со своих мятущихся снов, который настигал его, и мучил, и требовал воплощения. Он с ума сходил, если в проносящейся мимо толпе улавливал нечто похожее, хотя бы компонент (девушка только из бассейна?), хотя бы дуновение её запаха. Разворачивался, шёл следом, торопясь догнать... и убеждался: не то, не так, никогда, уже никогда больше, очнись и смирись...

Однажды, явившись к любовнице раньше назначенного часа — у него был свой ключ, — бродил по квартире и от нечего делать, из любопытства открыл платяной шкаф. Там дурно пахло... спёртым, неряшливым духом женского пота и давно не стиранной материи. Он аккуратно притворил дверцу и ушёл из этой квартиры — навсегда.

Так вот, запахи... Терпкие, пронзающие или воздушно-травяные запахи летней Мещёры.

Нет! Не лето. Сначала первый запах весны: прелая листва из-под снега; гниловатый её запах как весть грядущего тепла и янтарных пятен света на траве, нагретого воска, сосновой смолы и ветреных рваных облаков над поймой. Тогда же случается везение: найдёшь подснежник и стоишь, дышишь, дышишь этой капелькой весны. А если рискнуть и забраться в чащобу за сосновым бором, там, в густой тени вдруг наткнёшься на россыпь необыкновенно крупных ландышей. Сташек приносил домой и по всему дому расставлял их в стеклянных баночках из-под майонеза: для мамы. И тогда весь дом полнился нежной лесной утробой, смешанным запахом мамы и острым холодным запахом ландышей, — слитный, нерасторжимый запах детства.

Затем следует первая большая гроза с сильным ливнем: настоящая буря запахов. Тогда в организме переключается какое-то реле, зима дырявится, истаивает, вянет... и уходит на целый год, ибо ты перемещаешься из дома наружу, выплёскиваешься всем естеством на природу, стряхиваешь с себя почти всю одежду, и твои кожа, волосы, глаза и губы пропитываются солнцем, ветерком, зеленовато-мятными тенями и запахами листвы и коры: сухой, тонкой, пергаментно-белой берёзовой коры и любимой розовато-шершавой, нагретой на солнце коры сосновой.

Но ещё до лета, конечно, — сирень, куст сирени в палисаднике, мощные кусты сирени в саду, и ночью открыто окно, и на рассвете густой волной вливается влажная душистость, ненасытный вдох, наслаждение чистотой, сладкое забытьё утреннего сна... Это — на всю жизнь.

На всю жизнь — запахи любимого луга. Там: мята, лиловый иван-чай, жёлтенький чистотел, горькая полынь, розовые цветки лопуха и чертополох с белыми пятнами молока святой Марии на листьях... Бредёшь-бредёшь по дурманной жаре, сорвёшь цветок гвоздики-травянки, с детства известной как «часики», и быстро вертишь пальцами, а красные лепестки бегут наперегонки по кругу. Шмели гудят, как далёкие паровозы, снуют стрекозы; в ноздри, в гортань, в звенящую голову проникает дружный травяной настой, и этот настойчивый аккорд луговых испарений длится и ширится, как тяга в печи, а по-над запахами трав царит дух папоротника, причём папоротника редкого, с листьями, скрученными в тугую воронку, в тесный такой кулёк; того папоротника, что, по преданиям, зацветает в ночь на Ивана Купалу.

Были у Сташека и заветные-секретные места, где жили и властвовали определённые, всегда им опознаваемые запахи. В самой сердцевине огромного парка-питомника таилась (не сразу и отыщешь) круглая полянка с секретом. По утрам и вечерами пахла обычным влажным разнотравьем. Но к полудню, когда припекало солнце и хотелось прилечь, Сташек растягивался на спине, зажмуривался так, что изнанка глаз становилась оранжевой. И огненные всполохи косо мчались и вновь возвращались из правого угла в левый... — и тогда с поляной происходило чудо. Все запахи исчезали! все, кроме одного: медуницы, на подушке которой покоились все остальные травы, — а ветра, чтобы встревожить их и перемешать, взметнуть насыщенный переплетённый аромат... не было. И над твоей головой, над всей поляной, над лесом, над облаками плыл сладкий медвяный дух, заполонивший всё вокруг: ибо медуница, городская-садовая, невинная-неказистая травка была здесь рассажена по кругу.

В первое их лето он привёл сюда Дылду — показать фокус. Но день вышел ветреным, трава вымахала по пояс, и ветер волнами гнал и гнал траву, почти полностью изгоняя запах. Ничего интересного. Сташек досадливо морщился: он не любил, когда его планы в чём-то или кем-то нарушались. А девочка в восторге закричала: «Мо-ореч-ко-о!», раскинула руки и повалилась на спину в травяную волну.

И всегда издали тянула к себе говорящая душа соснового бора; причём она по-разному с тобой говорит: в дождь — это протяжный запах мокрой хвои. В солнечный день — смолистый терпкий запах коры, а под ногами неизменный песок, и в нём — причудливые плоские корни, мелко и хитро переплетённые: пластаются по поверхности метра на два вокруг ствола.

А ещё — удачный эксперимент! — из своих велосипедных прогулок по огромному питомнику Сташек привёз как-то лесной бересклет, который отлично прижился в саду. Цветы его напоминали то ли причудливый колокольчик, то ли изящно вырезанный китайский фонарик...

Вообще, кустарников разных в питомнике — тьма, не перечесть, не говоря уже о бузине и жимолости, о барбарисе и шиповнике. Но пунцовый бересклет — самый красивый. Осенью парк пузырился жёлто-ржавыми кронами, а в одной своей части изумительно пламенел: там от края рябиновой аллеи сам собой образовался багряный рукав рябин, уж точно никем не запланированный. Место необычное, ведь рябиновая роща — довольно редкое в природе явление. Да и никакая не роща это, а просто рябиновый клин, алый от кровавых ягод.

* * *

С рябиновым клином у Сташека была связана *тайна: та девочка.* Эта картина двигалась, кружилась, мчалась потом всю его жизнь — то в непрошеных снах, то, наоборот, в вымоленном у памяти воспоминании. Бегущая девочка возникала на закате дня: длинноногая, лёгкая, рыжая, в буре алых рябиновых брызг и солнечных пятен. Низкое солнце стояло за рощей, прошивая всю её насквозь, весь тонконогий багряный клин с его парящими в воздухе крапчато-огненными гроздьями ягод...

Она и возникла в глубине рябинового клина, та девочка; выбежала из него прямо на Сташека, не сбавив ходу ни на миг, и рыжие волосы летели за её спиной каким-то отдельным живым течением. Подбежала, будто долго-долго мчалась именно к нему, и вот домчалась, допрыгнула, конец пути. Дышала бурно и как-то радостно. От неё пахло одуряюще сладко, терпко, прелестно: кора и трава, нагретая, влажная от девчачьего пота кожа. Она раскрыла кулак, ткнула ему в лицо:

— Зырь!

В кулаке у неё извивалась змейка. Сташек отшатнулся: он ненавидел змей, не понимал, как можно не то что прикасаться к ним, а смотреть, наблюдать это тошнотворно-склизкое движение. Он отпрянул, и девчонка захохотала.

— Слабо́! — выкрикнула торжествующе. Закатное солнце венчало её растрёпанную шевелюру пылающим нимбом. — А я ни фига не боюсь. Я могу её даже слопать. Вот, гляди!

Схватила за хвост — змейка мучительно извивалась — и медленно, кося на мальчишку бешеным
золотисто-пчелиным глазом, понесла её ко рту.
Тут Сташек чуть сознание не потерял. Повернулся
и бросился прочь незнамо куда, а за ним нёсся такой звонкий, заходящийся рыжий смех, что в ушах
звенело.

Позорная для парня история...

Он не спал всю ночь, то ли от стыда, то ли... бог
знает — от чего ещё. Пропотел, как в болезни, когда мама, бывало, дважды за ночь меняла простыни.
Но девочка (про себя Сташек назвал её Огненная
Пацанка) всё выбегала и выбегала к нему из рябинового клина, раскрывала ладонь, в которой извивался
змеёныш, почему-то не причиняя пацанке никакого
вреда.

Он выждал дня три, испепеляемый ночными сладкими кошмарами, извёлся, представлял, как пацанка хохочет. Надо ли было наступить на это «слабо»
и невозмутимо принять в ладонь скользкий жгут
новорождённой змеи? Или отколотить насмешни-
цу, чтобы запомнила на всю жизнь? Наконец против собственной воли пошёл — странно! — искать
её среди пылающих рябин. Будто она могла там
жить, будто принадлежала той алой россыпи ягод;
будто была внучкой лешего и немедленно отозвалась
бы, позови её Сташек с края опушки. Разумеется,
никого не встретил. Ветер тихо покачивал пунцо-
вые грозди, перебирал ими, шелестел. Никого... даже
отзвука её издевательского смеха не донеслось...

* * *

...Так вот, любимая пешая дорога в город.

Если следовать дальше пешком, среди берёз, дойдёшь до любимого оврага. Справа он пологий, слева — крутой. Там на крутизне растут три сосны, тоже любимые, с розовато-шершавыми стволами и высокими-далекими кронами... Под ними — непременно посидеть. Тут думается так широко и далеко, куда только взгляд добегает, хотя видна отсюда только кипень садов по верхушке оврага: вишни, яблони, сливы; весной цветение одуряющее, — взбитые сливки, дымчатые облака, в которых плывут буро-сине-чёрные крыши, а в нежной прозрачной зелени многокилометровой берёзовой рощи отдельными мазками сидят тёмные, почти чёрные кроны одиноких и редких сосен.

Но главный вид — впереди, и для этого нужно подняться и двигаться дальше: спуститься на дно оврага и оттуда кручёной тропинкой подниматься зигзагами, — уж очень склон крутой. Зато когда вскарабкаешься на край, такая ширь открывается, что ты непременно застрянешь, хочешь не хочешь, и стоишь, и стоишь над далёким простором, будто на палубе лайнера, рассекающего неохватную голубизну.

Городок разрывает берег Клязьмы и выходит к затону. Слева к тебе выплывает готическая башня обсерватории дачи Сенькова, а сразу за ней — высокая, белая, с острой крышей колокольня Троицкого храма — закрытого, там хранят зерно. За дачей Сенькова видна на холме Аллея героев, опоясанная полукольцом широких бетонных ступеней. Ниже — ещё одна колокольня, Благовещенского собора. И острова, нет, целые архипелаги крыш — это дома с садами, а дальше, за крошевом крыш — охвостье берёзовой рощи, с той самой Фатьяновской поляной, где ежегодно проходят праздники песни.

Если направо повернуться — во-он она, блескучая лента Клязьмы с понтонным мостом. Раньше, батя рассказывал, мост был другим, сейчас — стандартный военный. Несколько раз Сташек наблюдал, как его наводят.

Первым делом с военного грузовика, задним ходом приткнувшегося к краю берега, скатывается здоровенная капсула. В воде она автоматически раскрывается плоской такой гармошкой. К ней тут же подлетает буксир-катерок и носом, как сука — щенят, толкает его к месту переправы. Тут со всех сторон к гармошке моста шасть-шесть катерков: выстраивают ровную линию. Сапёры быстро закрепляют по бокам звеньев какие-то защёлки — и мост вытягивается поперёк реки. А две другие группы сапёров по обе стороны реки сооружают сходни на берег и кладут настил из досок. Буквально несколько минут, и мост готов к переправе. Настоящий театр, если сверху смотреть.

Одно плохо: пропускают суда через такой мост только раз в сутки. У двух звеньев понтона, тех, что вниз по течению, отжимаются защёлки (другая сторона остаётся принайтованной), и вездесущие трудяги-катерки толкают их носом, отводя в стороны. Выглядит так, будто ворота открыва-

326 ются, а ведь это и есть — ворота реки... И после того как суда прошли вверх по течению, те же катерки, как пастушьи собаки — овец, носами загоняют звенья понтона на место.

Вся пойма видна отсюда не хуже, чем с любого венца.

А венец — это... Нет, это непременно описать надо!

Вверх и вниз по течению Клязьмы наш берег то полого тянется, то высоко взбегает; но есть места, где он взмывает почти вертикально, и на самом краю наверху вытоптана площадка, откуда распахивается вид на левостороннюю пойму. Эта площадка и есть — венец, в Вязниках их два, а ещё один — в селе Пировы Городища. Кое-кто, бывает, говорит про Вязники: «город на семи венцах»; но это, скорее, для красоты слога. Сташек однажды целый день потратил, исходил километров тридцать, и сейчас точно знал: венцов в городе два. А ещё он знал, куда приведёт Огненную Пацанку, чтобы сказать ей — на этой высоте! — что...

...в мечтах он попеременно то падал перед ней на колени (а над головой по тусклой позолоте закатного неба неслись с дикой скоростью облака!), то с хладнокровием Стеньки Разина сбрасывал её вниз, и она летела под шатром своих рябиновых волос, как подбитая птица...

В общем, многое надо было ещё обмозговать и отнюдь не торопиться. Пока ещё он не выбрал окончательно свою — и её — дальнейшую судьбу.

* * *

С другой стороны двора, сразу за «нашим» садом был разбит небольшой станционный сквер, озеленённый и облагороженный отцом: по периметру тянулись регулярно подстригаемые а-ля заборчик кусты, а в центре красовался фонтан «Три щуки» — тоже батина задумка. Из зубастых пастей били три бодрых струи. Эти три крокодила будто бы хохотали над только что рассказанным анекдотом, — неприличным, а может, даже и политическим. Крестьянская жилка отца: щукам, вернее, воде, которую они изрыгали, зловеще улыбаясь и даже хохоча, нашлось отличное применение. Отец отвёл от фонтана трубы прямо в сад, и с тех пор его стали поливать из шланга к немалому облегчению Сташека, который до того тягал вёдра от колонки во дворе, вручную поливая все деревья и кусты. А уж сад...

...вот на него надо бы отвлечься.

Там вишня росла, та самая, знаменитая «родителева», которую лет пятьсот назад завезли в сердцевину России греческие монахи с Афона. Ох, и вишня была: крупная, сладкая, почти чёрная!

Про эту знаменитую вишню однажды на уроке рассказывал директор Валентин Иванович. Он всё-всё знал про Вязники и весь наш край на страшенную глубину истории, географии и разных обычаев, так что уважительная оторопь брала. И когда рассказывал, приходил в сильнейшее возбуждение и огорчение, если что-то, некогда бывшее и процветавшее, исчезало или оскудевало.

Принимался быстро ходить между партами, — высокий, мосластый, — пятернёй забрасывал назад чуб с барсучьей седой полосой, и беспокойные его руки безостановочно выписывали и расставляли по сторонам какие-то невидимые фигуры.

— Сама сеялась, сама росла, и прививки никакой не требовала, — говорил Валентин Иванович, расхаживая по классу, то обнимая обеими руками воздух, то вроде как разбрасывая его в стороны. — Отродясь у нас не было «школок»! А ведь ни климат, ни почва — самый скверный песок — к урожаю не располагали. И поди ж ты: десятки тысяч пудов вишни разлетались по всей России, а в маринованном виде отправлялись в Сибирь, аж до Томска, и за рубеж — до Парижа! И тянулся вдоль крутого северного склона Клязьмы чуть не самый большой в России — семь вёрст в длину! — вишнёвый сад, причём сад этот коллективным был, тогда говорили, «обчественным»: никаких заборов, всё на доверии, границы участков — их купцы арендовали с зимы — по тропинкам определяли.

Он остановился, обвёл глазами ребят, отчеканил, будто приказ по школе читал:

— Валовой доход с вязниковской вишни доходил до тридцати тыщ рублей золотом!

Видимо, это целая куча бабок, думал Сташек уважительно, рассматривая совершенно мальчишеский вихор на затылке Валентина Ивановича. С этим вихром ничего тот поделать не мог, как ни стригся. Из-за вечно торчащего вихра замечательный их директор носил тайную кличку Чижик.

— А будущий урожай определяли так: на Спиридоньев день запаивали воском в бутылке с водой веточку, и если она зацветала — быть урожаю. Дармовой промысел! — процедил «Чижик» с горечью, будто доказывал что-то собеседнику неприятному, упёртому и бесполезному. — Собирай его, да от птиц защищай... А ведь загубили!

Увы... После войны сад мало-помалу перестал быть «обчественным»; нагородили по нему заборов, домов понастроили, и постепенно «родителеву» вишню вытеснила «алуха», совсем другой сорт, ягоды твёрдые, кислые, ярко-красные. Разрослась, как сорняк. Зато из «алухи» все варили варенье.

Так вот, в «нашем» саду батя «алуху» запретил, у «нас» вишни обсыпаны были чёрными сладкими плодами. Ох и сла-а-адкими... И потому, что ни лето, — проклятая повинность всего детства: трещотками птиц гонять. Эта каторга кого хочешь, даже самого старательного, самого терпеливого на свете человека с ума сведёт! Сидишь на пеньке, читаешь книжку и всё время, как придурок, машешь над собственной башкой самодельной трещоткой: две ребристые дощечки, одна, подлиннее, с ручкой; треск противный такой, слышно за километр. А птицам — что! Птицы — ноль внимания, они и к духовому оркестру привыкают...

Но сад был настоящий, благодатный: кроме вишен, в нём росли терновник и крыжовник, смородина всех цветов (даже мичуринская из питомника, с продолговатыми, как у кизила, терпкими ягодами), и клубника, и помидоры... А уж китайские яблони! Варенье из них мама варила прямо с черенками, и яблочки клала целиком, и получались они упругими, сладкущими, и сироп был густым, как повидло!

В августе начиналась маята.

Всей семьёй усаживались на крыльце и готовили ягоды к варенью: ножницами обрезали усики у смородины и крыжовника (руки быстро покрывались бурым налётом, и оно понятно: паровозы давали обильную гарь, и даже когда дорогу электрифицировали, эта гарь ещё долго была составной частью воздуха, почвы, предметов, запахов... самой жизни. Летом, в жару, вытрешь пот со лба, а ладонь — как у мулата). Из вишен выдавливались косточки специальной давилкой, купленной в «Хозтоварах», и к вечеру рука уже болела от самого плеча, немела спина и всё тело просило пощады. Зато вечером же за все адские труды тебя ждало вознаграждение: блюдце с пенкой от кипящего варенья. Нежная, дымчато-розовая, лаковая глазурь неописуемого вкуса...

...слаще которой были только губы Дылды, той же пенкой и перемазанные, — восьмой класс, полчища ос, прокалённый солнцем воздух и золотистые «пчелиные» её глаза прямо перед его лицом, и испуганная радость, пульсирующая в кончиках пальцев, в животе, в губах и в паху...

А на исходе зрелого лета: ягоды. Вот это — сущее наказание, как и грибы. Ноги в кедах, сатиновые шаровары туго завязаны у щиколоток, рубаха с длинными рукавами, на шее платок, на голове — кепка. И в три погибели согнувшись, по жаре, в облаке жгучего комарья...

Ягод много было: на просеках земляника, брусника... костяника — словно ядрышки граната на тонком стебле с косточкой внутри. Попадались малинники и заросли чёрной ежевики. Тогда ещё и голубика встречалась, — и впрямь голубые кисло-сладкие ягоды, после детства почему-то пропавшие. А клюкву привозила тётка со своих южских болот.

Однажды в детстве тётка Наташа взяла ребятню (и шестилетнего Сташека — впервые) собирать на болотах клюкву. Вот когда он нутром ощутил, каково это: ступать по живой, словно вздыхающей почве. Бредёшь по елани, полянке такой в ельнике, вокруг — изумрудно-ласковая влажная тишь: сочная трава с тёмно-зелёными листочками и рубиновыми каплями клюквенных ягод... Вдруг земля под твоей ногой пружинит и словно уплывает в сторону! Будто неосторожно ступил ты на огромную спящую змею, и та шевельнулась, просыпаясь. Сташек ахнул, застыл, шумно, с присвистом, втянул в себя воздух... Тётка оглянулась и заполошно крикнула:

— Кочку! Кочку ищи! Прыгай на кочку!

Нет, почему-то он знал, что прыгать нельзя. Вообще нельзя никаких резких движений. Вдруг в памяти всплыла картинка: он босиком на свежесжатой стерне. Под ногами короткие колкие иглы: остатки стеблей... Сташек тогда придумал, как двигаться: стоя на одной ноге, второй заскользил, как на коньках, приминая босой ступнёй колкие соломины, затем осторожно и легко подволакивал по стерне другую ногу, проскальзывал всё дальше, лёгкий, увёртливый... И тут, понял он, тоже надо лёгким стать и плавным, стать маслом — по болоту.

Он медленно оторвал правую ногу от дышащей змеиной шкуры болота, заскользил ею, плавно перенеся вес тела на правую сторону. Вновь почва прогнулась, и вновь он заскользил по-над болотом, невесомый, текучий, неощутимый для спящей змеи...

Вдруг увидел впереди сухой загривок травы, сгруппировался, прыгнул и ощутил под ногами твердь! И застыл, отдыхая... На краю елани испуганной молчаливой группкой стояли ребята — и свои, и соседские, а тётя Наташа, белая как полотно, сжимала в руках здоровенный дрын. Отколотить его, что ли, собралась? (Да нет, дурачок, позже объяснила она, — мы думали, ты провалишься, так палку тебе подать, чтоб цеплялся.)

А дальше он искал глазами островки сухой травы и прыгал по ним или скользил, пока не добрался до края елани.

Черника росла только в ельниках, и там нужно было двигаться сторожко, во все глаза под ноги глядеть: в ельниках змей полно. Тошнотворное вихлявое движение холодного жгута Сташеку было омерзительно. Никогда не мог преодолеть этой дрожи отвращения. И будучи взрослым, видавшим разные виды смертей и преступлений, всегда отворачивался, нервно сглатывая, когда где-то на пляже странствующий балбес вешал всем желающим на шею сонного пятнистого удава.

Да, в ельнике полно было змей. Но соседская старуха, Башкирцева, бабка во дворе неприметная, в лесу становилась главной: когда сборщики ягод приезжали на место, собирала всех в кружок и читала то ли молитву, то ли заговор от змей... Ни разу никто не был укушен!

Ну и — грибы, конечно. Батя был грибником заядлым: брал только белые, подберёзовики и подосиновики. Ещё до маслят и лисичек снисходил, а осенью — до груздей и волнушек. Но и только. Остальных грибов не признавал.

Шёл он позади Сташека след в след и через час демонстрировал полную корзину, презрительно поглядывая на жалкую добычу сына. В наказание забирал его пустое лукошко, а Сташеку приходилось тащить отцово, полное...

Но на этом грибные бдения не заканчивались. Вечером надо было пережить ещё семейный ритуал: ужин, жареные грибы. По тарелкам их не раскладывали, ели — как исстари в семьях водилось — с одной огромной сковороды, поставленной в центр стола. Хорошо тому, кто умеет быстро есть, загребая так, что ложка в воздухе мелькает. Сташек не умел, он вообще не умел сосредотачиваться на еде — может, потому, что ел всегда с книгой в руках, в захватывающих местах зависая над тарелкой, как лошадь у забора. Так что после дружного семейного грибожора из-за стола выходил полуголодным и злым.

Лето заканчивалось уборкой картошки. Её копали-убирали-увозили целый день, и когда наконец взрослые уходили, уводя велосипеды с последними тяжёлыми комкастыми мешками, на чёрном поле оставался Сташек. Это его обязанность была: сжигать картофельную ботву.

Картофельные поля сходили под уклон. По правую руку — на взгорке, между полем и аэродромом — стояли в ряд совсем уже старые шлакоблочные домики с очень вредными и даже чокнутыми жильцами. Если учуют дым, могут выскочить и скандалить, а то и чего похуже придумать, всяко бывало. В низине же поле влажное, а в дождливый сезон — прям болото, без резиновых сапог и не сунешься. Так что ботву Сташек сносил в центр поля, где посуше. Собирал и носил охапками, постепенно наваливая приличный холм, в котором прорывал пещерку. В пещерку насыпал щепочки (мелкими щепками для розжига набивал карманы ещё с утра), прикрывал их сухими стеблями ботвы от погибших корнеплодов и осторожно разжигал, просовывая внутрь пещерки длинную горящую спичку.

Поначалу ботва пропитана влагой и занимается трудно, а дым — чёрный, и запах тяжёлый, удушливый. Но, облизанная огнём, куча ботвы быстро высыхает, занимается... и вот уже ветер несёт над чёрным дымом другой, лёгкий бледно-голубой дымок. В нём и запах золы примешан, и печёной картошки, и лёгкий запах черемши... — любимые грустные запахи уходящего лета.

И стоило потом когда-либо и где-либо учуять запах печёной картошки, — пусть даже в других землях, в каком-нибудь занюханном Кирьят-Малахи, где ребятишки пекли картошку в углях костра на огненный праздник Лаг-ба-Омер, вихрь его взметнувшейся памяти приносил вкусный дымок с далёкого чёрного поля, где мальчик и девочка, в резиновых сапогах, с перепачканными руками, с разрисованными золой индейскими физиономиями, стоят над кучкой догорающей ботвы, на фоне желтеющих берёз, что тянутся вдали, по кромке аэродрома, и в сумерках всё больше и больше разгораются призрачным мертвенным светом своих белоснежных тел...

Голубоватый шлейф дымка тянулся долго, протяжно, и растворялся медленно-медленно, смешиваясь с вечерним воздухом, с быстро темнеющим небом, с лиловой прохладой подкравшейся осени. Стоишь, вороча палкой сизый пепел сгоревшей ботвы, мысленно с летом прощаешься и вздыхаешь: «Бли-ин! Скоро школа...»

* * *

А школа была замечательная! С огромным яблоневым садом, с ветряком, питавшим электричеством мастерскую, — там создавались действующие модели электровозов и вагонов, и на выставках в Горьком ребята неизменно занимали призовые места. Сташек во всём этом торжестве *ручной техники* не участвовал. Мама говорила: «Руки не к тому месту пришиты», и очень удивлялась, когда в старших классах он решил, что станет хирургом. Говорила: ты ж кишки-мослы-культяпки не тому и не туда приторочишь!

(Мама была насмешницей, красавицей, артисткой... Мама была — *погубленной судьбой*. О маме — потом, предрассветные сны: тревога, тоска, тяжкая необъяснимая его вина, и никогда, никогда больше...)

Впрочем, мы о школе.

Посёлок Нововязники делился на две части: станционную и фабричную, и школа находилась по ту сторону путей, напротив пакгауза, от путей её отделяло депо. После электрической революции на железных дорогах, когда чумазые дымящие паровозы были заменены на тепловозы и электровозы, всё упростилось: в школу добирались пешком по мосту, построенному над рельсами. А вот в начальных классах на занятия надо было добираться через пути, и это было серьёзной заморочкой. Станция вечно перегорожена товарняками. Идёшь вдоль состава, ищешь вагон с открытым тамбуром: взобраться, пробежать, спрыгнуть! Но чаще опаздываешь и потому лезешь под состав. Однажды Сташек не посмотрел на семафор, нырнул под поезд, а тот вдруг толкнулся мягко так и страшно, по-звериному, как проснувшийся медведь... Интересно: Сташек помнил яркий фонтан мыслей в голове, а вот как выскочил на другой стороне — не помнил. Что было здорово — с самого раннего детства пережитую опасность у него в памяти отшибало напрочь, будто кто глиной залеплял, будто вышибло пробки: выскочил, ну и ладно...

Школа — большое бревенчатое, обшитое досками одноэтажное здание — было выстроено просторным покоем. И парадный вход представительный: каменное крыльцо полукругом, белые колонны и, особая гордость, окна: высокие, праздничные, как в дворянском имении. Хорошо, что занавесок на них не вешали; во всех классах эти тряпки понавесить — в копеечку влетит. И потому сидишь на уроке, а взгляд нет-нет да убегает за окно. Осенью, особенно в яркий день, там течёт-струится золото берёз; весной нежнозелёная новенькая листва бежит, а зимой, сквозь графику чёрных ветвей льётся в класс голубоватая белизна неба, снега, колкого морозного воздуха... и особенной хрусткой тишины, в которой гаснут человеческие голоса.

За школьной оградой тянулись стадион и футбольное поле, внутри ограды грузно процветал старый фруктовый сад и бойко плодоносил огород ботанички.

И всем места хватало, все умещались, и даже учились в одну только смену. Не говоря уж о том, что при школе жили: в правом крыле — директор, выпускник легендарного ИФЛИ, слегка загадочный, слегка отстранённый Чижик, Валентин Иванович Шеремякин; а в дальнем конце левого крыла — для всех уже привычная Баобаб, повелительница медных-деревянных-духовых Вера Самойловна Бадаат.

Глава 5

АНГЛИЙСКИЙ РОЖОК

«В городском саду играет духовой оркестр. На скамейке, где сидишь ты...» — помните, конечно? — так вот, это про Вязники. И написал эти стихи купеческий сын Алексей Фатьянов, что и родился в Вязниках, и немало за своё происхождение пострадал. *«На скамейке, где сидишь ты, нет свободных мест, и — ля-ля-ля-ля-ля-а-а-а...»*

Ах, какой городок был! Чудный-странный, на семи крутых холмах. С тем, уже описанным, самым большим в России вишнёвым садом над Клязьмой. На девять тысяч жителей — представить только! — семь фотоателье. Не говоря уже о двух синематографах, о трёх типографиях, о бесплатной школе для особо одарённых детей... Не говоря уж о ежегодной антрепризе, что приглашалась в летний театр из обеих столиц — и ведь редко прогорала! Не говоря о танцах под граммофон, к которым жена одного из Демидовых приохотила рабочих. А рабочие...

Собственно, в Вязниках никакого пролетариата и не было: на фабриках работали те, кто этот лён выращивал, а льном занималось всё окрестное население. Летом его, батюшку, растили по своим деревням (фабрики стояли), с осени вставали к станкам и своё же перерабатывали. Конечно, работали тяжело: шесть часов у станка, шесть часов сна... и так всю неделю. И дети трудились лет с девяти. Изматывались так, что на фабрику сонных кормильцев на руках несли. Ну и что? Из таких вот крестьянских детишек вышли чуть ли не все вязниковские купцы. Все до единого дома возведены здесь купцами!

Да что там! Первый съезд льнопромышленников России в Вязниках прошёл. Здесь купец Елизаров первым внедрил льнопрядильную паровую машину Уатта — ещё в 1828 году! В 1914-м сюда пришло радио, и в том же году в Вязниках появился первый автомобиль. Довольно поздно? Так и это объяснимо: все купцы сплошь были страстными лошадниками.

Нестандартную местную «гетцевскую мочку» льна специально приезжали изучать из разных дальних мест: эти тонкие полотна ценились за рубежом выше голландских! Может, потому, в отличие от ивановских ткачей, вязниковцы устанавливать советскую власть не спешили.

В прошлом веке до революции стреляли здесь дважды — по грабиловке, можно сказать, по уголовке. А Октябрьского переворота вязниковцы попросту не заметили... Какая там революция, с какого, извините, бодуна?

Советская власть пришла сюда только в апреле 1918 года...

Чудный, странный был город: на гербе и в названии — вяз, а пройдись пешочком по улицам — там всё старые липы, и вокруг на десятки вёрст только изумительной белизны берёзы. Откуда ж название? Да, говорят, слобода была тут неподалёку ремесленная, называлась «Слобода под вязами»; вот, может, оттуда. С «венца», крутого правобережного откоса Клязьмы, под которым Вязники и стоят, открывается грандиозная панорама поймы с церковью на изгибчивом холме, и по этой холке тянется берёзовая роща, сплошь золотая в пору осеннего увядания. Потому и название деревни: Золотая Грива.

А лица какие! Сколько среди них зеленоглазых, черноволосых кудрявых людей с наведёнными, будто углём, бровями. Откуда они здесь взялись, эти лица с древних фресок?

Есть объяснение, есть, и очень простое: до революции, в годы Первой мировой хлынули во Владимирскую губернию толпы беженцев, и Вязники, уездный городок с населением в девять тысяч душ, принял две с половиной тысячи разноплемённых бежалых людей; подавляющее большинство было из сербов. А на ткацкие фабрики, уже в советское время, набирали девчонок по детдомам Украины, Молдавии, Крыма... А ещё — гречанок с Кавказа, да армянок и татарок, да ассириек со жгучими чёрными кудрями, с такими прожигающими очами под густыми ресницами, что оторопь брала. Смешайте всё, как жизнь смешивает, взболтните хорошенько второе-третье поколения, да не забудьте о пресловутом сто первом километре, за которым оседали не худшие люди, не худшие крови, не худшие мозги великой державы...

* * *

Духовых оркестров в городе было множество, один из них, некогда созданный под покровительством купцов Демидова и Елизарова, с 1880 года играл (и играет!) в Городском саду — том, что обустроен на самом высоком холме, где эстрада — ракушкой, скамейки перед ней, и танцплощадка за укромной ширмой берёз, — о чём в своё время мы непременно доложим...

Но сейчас речь не о конкретном духовом оркестре, а о провидении, о чутье, о случае. Как угодно можно назвать то наитие, сердечный толчок, что заставляет человека при взгляде в окно остановившегося поезда вдруг вскочить с деревянной скамьи, подхватиться, взвалить на спину торбу с музыкальным коробом и сползти с высоких ступеней на незнакомый перрон.

Это о Вере Самойловне, о её стойкости и умении, как сама она говорила, «вовремя крутануть сальто и не грохнуться на спину, а приземлиться на обе кости».

Собственно, дело тут не в одном лишь наитии. Музыкальная старуха сошла на станции Вязники ещё и потому, что это был оптимальный выбор: за Александров (другое направление) высылали уголовников. В Петушках обосноваться не могла: девяносто восьмой километр от Москвы, да ещё

342 и райцентр. Вот и получается: станция Вязники оказалась для неё, отсидевшей свою красивую двадцатку поочерёдно в трёх (из четыреста двадцати семи) лагерях ГУЛАГа, самым подходящим прибежищем.

Вообще-то, по образованию и судьбе Вера Самойловна Бадаат была историком, кандидатом наук, специалистом по наполеоновским войнам. Она и в лагерь загремела по теме и, честно говоря, считала, что за дело сидит: за нетривиальные, за, скажем так, своеобычные исторические взгляды, изложенные в докторской диссертации, посвящённой известному походу императора на Россию. В диссертации, которая так и не была ею защищена.

В другое время можно было бы задаться вопросом: к чему выбирать темой столь серьёзного научного труда столь противоречивый предмет (военный поход одного диктатора) в столь противоречивую эпоху правления другого диктатора; да ещё вываливать в этом обширном труде ворох скандальных архивных документов и диких, политически и исторически сомнительных фактов? Можно, повторим, было бы задаться этим вопросом, если не знать саму Веру Самойловну — её носорожью прямолинейность, великолепное упрямство и абсолютно идиотическую неспособность принять обстоятельства такими, какими они обрушились на голову.

Но суть не в этом.

Само собой, после освобождения из лагеря и речи не было о преподавании истории в советской школе. Вообще, перспектива выживания могла оказаться для Веры Самойловны весьма печальной, если б не семейная музыкальная закваска: отец Веры много лет дирижировал знаменитым Придворным императорским оркестром; младший брат Матюша, угасший от голода в блокаду, был виртуозом-флейтистом оркестра Мариинки и вообще играл чуть ли не на всех духовых. Да и сама Вера в юности недурно играла на гобое и одно время даже колебалась в выборе профессии между историей и музыкой, ибо переживала бурный (единственный в своей жизни) роман с выдающимся исполнителем партий английского рожка, человеком влюбчивым, хотя и семейным. Она вдохновенно и безрассудно брала у него уроки игры на этом удивительном инструменте, пылко отдаваясь *изучению особенностей звукоизвлечения*, в роман посвятив одну лишь кузину Бетти, на квартире которой они и встречались с Игорем Даниловичем...

В юности Верочка Бадаат была не то чтобы красива, но чрезвычайно остроумна и мила; у неё были чудесные сахарные зубки и большие чёрные глаза, озорной блеск которых затмевал толстый носик и слегка скошенный подбородок. К тому же стоило ей открыть рот, как любой кавалер в обществе бывал немедленно заткнут за поясок. Пылкий роман на всех парах мчался к той общеизвестной развилке, на которой женатый мужчина обязан выбирать между старым браком и но-

344 вой любовью. Но папа, по-дирижёрски властный и даже суровый человек, слава богу, вовремя обнаружил *это безумие*. Неосмотрительный оркестрант был из коллектива изгнан столь решительно, что недели две оркестр обходился вообще без английского рожка. А вскоре всё полетело вверх тормашками: Октябрьский переворот отменил государя императора вместе со всеми сопровождавшими высочайшую власть институциями; вместе с гобоями, английскими рожками и остальным, противоречащим революции вздором...

Всё это совпало с трагической гибелью единственного возлюбленного Веры.

Он попросил последней встречи, которая и состоялась на квартире у кузины Бетти, и поскольку в городе было уже очень тревожно и опасно, перед уходом оставил «до светлого дня» свой прекрасный инструмент работы Франсуа Лорэ. Инструмент остался в ожидании того самого светлого дня, который никогда не наступил для его владельца. Игоря Даниловича (всегда элегантного, всегда — о боже! — одетого с особой тщательностью и вкусом) на перроне пригородного поезда шайка грабителей раздела до исподнего и столкнула на рельсы, прямо под колеса подкатившего состава. Эта трагедия и послужила той гирькой на весах выбора судьбы (музыка или история), которые сама История услужливо подсовывает тем, кому кажется, что они имеют хоть какой-то выбор.

Изумительный инструмент Игоря Даниловича, напоминавший Вере о трагедии и потому ненавистный, так и остался у кузины Бетти до лучших времён, которые очень долго не наступали, а наступили тогда, когда некая фигура в железнодорожной шинели со споротыми пуговицами, в затоптанных кирзачах и без царя в лысой лишайной голове, решила рискнуть и по пути на свой сто первый километр зарулить в родной и такой далёкий Питер, к кузине Бетти, от которой давненько не получала никаких вестей. Добавим в скобках: и не могла получить, ибо кузина Бетти, «богиня пищеблока номер два», пережившая, между прочим, блокаду, к тому времени скончалась от крупозного воспаления лёгких. Её комнату в коммуналке заняла бездетная пара, которой весьма пригодилась и комната, и добротная обстановка покойной кузины. Многое осталось не сожжённым в блокаду; а что совсем не пригодилось, то было снесено в кладовку под лестницей, куда Вере Самойловне позволили наведаться, покопаться и взять что-то «для памяти».

Там, из завалов чугунных угольных утюгов, деревянных квашней и сечек для капусты, среди лопат, швабр и стиральных досок она и откопала English horn Игоря Даниловича, рожок эбенового дерева работы легендарного Франсуа Лорэ, в ужасном состоянии и почему-то без футляра. Там же стоял старинный кабацкий оркестрион, заставленный пустыми жестяными и стеклянными банками из-под какао и жидкости для удаления волос. А главное: Вера Самойловна наткнулась на большую коробку из тонкой бычьей кожи, открыв которую, даже вскрикнула — так это было невероятно! Нежно рдел малиновый плюш, в выемках которого интимно и уютно покоились все округлости и трубки-трости разобранных инструментов старинного мини-ансамбля. Доискиваться, каким образом у кузины Бетти оказалась музейная вещь, а тем более таскаться с коробкой на Исаакиевскую площадь у Веры Самойловны просто не было ни времени, ни сил, ни права передвижения. Да и никакого желания. Двадцать лет лагерных университетов вышибли из её головы и сердца любые «советские», говорила она, позывы. Ради этой коробки и этого рожка там же, в кладовке, она выбросила из своей торбы нехитрый, но весьма полезный скарб: одеяло, почти новую кофту, приличные, слегка лишь потёртые боты из кожзама с чудесными медными пуговками, запихнув в мешок коробку, а также многострадальный, продольно треснувший рожок незабвенного Игоря.

Это был подарок судьбы. Это была надежда на честный и чистый кусок хлеба. Детей по-прежнему принято было учить музыке, а Вера Самойловна вполне сносно владела когда-то навыками игры на рояле, на гобое и на английском рожке, а главное, выросши при отце и с детства проводя уйму времени на репетициях, худо-бедно вполне могла дать ребёнку начальную базу игры практически на любом инструменте.

* * *

Оказавшись на станции Вязники, первым делом она прошла в привокзальную столовую, приятно удивилась чистоте и бесплатной квашеной капусте на столах, пообедала котлетой с приличной горкой картофельного пюре, запила вкуснейшим смородиновым киселём и направилась прямёхонько к начальнику станции — «по вопросу культуры». В его кабинете она развязала мешок, достала из него круглую коробку, водрузила на стол и продемонстрировала набор инструментов, каждый дотошно собрав и разобрав.

За долгие годы железнодорожной карьеры Семёну Аристарховичу пришлось видеть несметные полчища психов. Да что там: он и собственную жену когда-то принял за психопатку. И потому внимательно и невозмутимо следил он за манипуляциями пожилой лысой женщины (в кабинете было натоплено, и Вера Самойловна, ничтоже сумняшеся, сняла с головы картуз. Бугров-старший к тому времени тоже порядком облысел, так что две лысины озаряли сей парадный смотр будущего оркестра).

— Если вы захотите, — подытожила зэчка эту демонстрацию, — весьма скоро по торжественным датам приличный духовой оркестр будет достойно приветствовать прибывающие поезда.

— Ну, грохоту мне тут и без оркестра хватает, — отозвался батя, — а при школе такой коллектив необходим.

Сел и написал записку директору школы Валентину Ивановичу Шеремякину. Кстати, первое время, пока для неё не освободили и не отремонтировали комнату при школе, Вера Самойловна жила в безоконной пятиметровой подсобке завхоза. Ломаный инвентарь, убитые пыльные маты из спортзала, мятые вёдра и прочее, копившееся годами и уже списанное школьное имущество директор велел наконец выкинуть, а для нового преподавателя музыки поставить раскладушку, тумбочку и стул.

Первые уроки Вера Самойловна проводила в той же шинели и в дерматиновой кепке, но уже не в кирзачах, а в чёрных рабочих ботинках, пожертвованных завхозом школы Еремеевым с личных его ног сорок шестого размера.

К тому же, глядя на холода, Семён Аристархович распорядился выдать ей с железнодорожного склада новый тулуп, чем привёл в страшное негодование Клаву Солдаткину. «Тулуп?! Задарма?! Народный инвентарь — кому ни попадя?! — восклицала она (не перед батей, конечно, а перед женой Славы Козырина). — Гешефты крутит, мандалар жидовский!»

Тем временем, пока собирался полный состав оркестра, будущий музруководитель школы, будущий дирижёр Вера Самойловна Бадаат обрастала почтенными сединами, — так что буквально месяца через полтора предстала перед первым набором юных оркестрантов. Невесомый пух новой причёски осенял округлившееся и слегка разглаженное лицо. Ей, оказывается, было только пятьдесят восемь лет.

Через полгода школьный духовой оркестр выступал в желдорклубе ещё не очень стройно, но с большими перспективами.

Говорите после этого о случайных встречах. Ничего нет случайного там, где вьются и пересекаются людские тропы.

Вот она, чёрно-белая фотография духового оркестра желдоршколы станции Вязники Горьковской железной дороги. Первое мая 1955 года. Их человек сорок, все до единого в коричневых вельветовых, в рубчик, курточках. Только ребята постарше, верхний ряд — в пиджаках, и причёски взрослые: полубокс. А второй и нижний ряды все с чубчиками на стриженых пацаньих головах. Набор инструментов классический, все медные сверкают: совсем недавно по распоряжению директора школы и с поддержкой Семёна Аристарховича они закуплены во Владимире специально для нового оркестра.

Драгоценный английский рожок покойного Игоря Даниловича пока безмолвствует, ибо Аристарх Буров ещё не родился.

* * *

Сташека *определили в культуру* на каникулах, после взрыва самодельной гранаты из фотоплёнки, которая взметнулась особенно высоко и свалилась точнёхонько на макушку экспериментатору, спалив там небольшую тонзуру в смоляных вихрах, не стриженных с начала каникул. Когда он, опалённый и довольно вонючий, явился домой, мама пришла в ужас, а отец — в несвойственную ему ярость настолько, что, вернувшись с работы к ночи, разбудил сына и, по выражению мамы, *справедливо насовал ему пенделей.*

В общем, на семейном совете было решено, что Сташеку пора становиться человеком. Сестра Светлана, приехавшая на каникулы из своего Владимира (училась в тамошнем химико-технологическом техникуме), сказала: «Точно, забейте ему мозги культурой, а то он дикий, как репей», на что Сташек показал ей длинный пупырчатый язык.

Мама считала, что у Сташека хороший слух. У неё и самой был отличный слух и грудной задушевный голос, и пела она в любую минуту, когда позволяло время и настроение, — романсы, песни из кинофильмов, особенно *бернэса*, а также душу рвущие блатные, которые Сташек любил больше всего. Они хорошо шли под мытье посуды или глажку белья; часто, исполняя то или другое, переполненная эмоциями, мама оставляла утюг на простыне и превращала песню в театральный номер, в балладу, в захватывающую историю любви или предательства, так, что Сташек, если оказывался рядом, бросал все дела и прибегал смотреть на маму (на маму всегда хотелось смотреть): «Эх, Мур-ка, ты мой Мурён-а-чек! Мур-ка, ты мой котён-а-чек! Мурка, Маруся Климова... прости люби-ма-ва!» Или вот, была ещё клёвая песня про матёрого вора, которого Сташеку было безумно жаль, — как мама пела её, ах, как пела: «Окрестись, мамаша, маленьким крёсточком, помогают нам великие кресты. Может, сыну твоему, а может, дочке отбивают срок казённые часы». И пошла шажочками по кухне туда-сюда, туда-сюда, и локтями так в стороны, и каблучками притоптывать: «А ну-ка, парень, подними повыше ворот, подними повыше ворот и держись! Чёрный ворон, чёрный вора-ан, чё-о-орный ворон переехал мою маленькую жизнь».

— Ну, так как, — спросила она, — на чём хочешь брынчать, сынок?

— На роя-а-а-ли... — Сташек лёг грудью на кухонный стол и обеими руками изобразил сдвоенный велопробег по клеёнке от сахарницы до хлебницы и там якобы заснул-захрапел, очень музыкально.

— Что ему в руки дадут, на том и задудит, засранец, — заметил батя. — Вера Самойловна лучше знает, в чём там недостача в оркестре.

В оркестре недостача оказалась только в английском рожке. Смешная была дудка, внизу с грушей, похожей на клизму.

И тут уместно вот что вспомнить.

У дяди Марата, соседа их, Ванькиного папани, была редкая профессия: он занимался сжиженным азотом. На фига этот азот был нужен в депо, не знали ни Сташек, ни сам Ванька. Но однажды дядя Марат, который в свободное время руководил ансамблем народных инструментов при желдорклубе, пригласил стайку пацанов на «несанкционированную музыкальную экскурсию». Велел принести ветки люпина — тот как раз цвёл повсюду, и там, где засевали им целое поле, чтобы отдохнула земля, плотный иссиня-фиолетовый ковёр подросшего люпина представлял собой на закате совершенно марсианское зрелище.

Натянув резиновые перчатки ядовито-жёлтого цвета, дядя Марат взял ветку люпина и окунул её в сжиженный азот (температура, заметил вскользь, минус 273 градуса!). Затем вынул ветку, и ничего особенного с люпином не произошло, — так, слегка поблёк на вид. Взяв тонкий металлический прутик, дядя Марат принялся тихонько так, нежно так прикасаться к цветкам. От невесомого прикосновения те звенели валдайским колокольчиком и падали на грязный кафельный пол, рассыпаясь мелкими брызгами. Сначала все они, пацаны, озадаченно молчали... пока вдруг не поняли, что дядя Марат вытворяет: на цветках заледенелого люпина он исполнял мелодию романса «Однозвучно звенит колокольчик»!

* * *

— Значит, Аристарх, — проговорила Вера Самойловна. — Ишь ты!

Комната у неё оказалась большая, но почти пустая. Из мебели — старый директорский диван, с обтресканной чёрной кожей, с традиционной полочкой для слоников, гружённой стопками, штабелями, башнями книг. Интересно, почему они не падают... Ещё был круглый стол с тремя венскими скрипливыми стульями, пара крепких табуретов и тумбочка с электрической плиткой, на которой всегда кипел большой эмалированный чайник. Вера Самойловна пила свой чифирь практически непрерывно. На стенке, на трех длинных гвоздях висели «плечики» со всем её наличным обмундированием: чёрным мужским пиджаком, в котором она дирижировала, белой парадной блузкой и коричневой шерстяной кофтой с оттянутыми карманами. Впрочем, кофта сейчас была надета на Баобабе.

Вся эта, прямо скажем, убогая обстановка была озарена таким родниковым зеленоватым — от берёз за окном — светом, такой покой лился в огромное, как и все в школьном здании, не занавешенное окно, что Сташек притих и сидел на стуле очень прямо, очень смирно и даже задумчиво.

Он зачарованно смотрел в бугристую родинку на подбородке старухи, из которой торчал кустик седых волос, и думал: «Клёвая бородавка! Вот если б она не на бороде, а на носу у неё выскочила!» Голова её, довольно благородной формы, была покрыта седой щетиной, регулярно стриженной в привокзальной парикмахерской. (Много лет спустя, при взгляде на работающую газонокосилку, ему — в любом настроении и при любой степени занятости — на память приходила ровная и колкая на вид седая щетина старухи.) Сейчас и седины её были ополоснуты березовым светом и плыли зеленовато-седым шлемом в волнах, колеблемых этим светом теней.

— Аристарх. Великолепно! Имя греческое, с традицией. Заметное имя. Некий Аристарх Бугеро́, адъютант-переводчик при вице-короле Италии Евгении Богарне, лет этак сто пятьдесят назад сопровождал при отступлении из Москвы легендарный «золотой обоз» Наполеона.

Сташек подумал: «Старуха любит потрендеть».

Однажды в хлебном ларьке, в очереди, он наблюдал, как пьяненькая Клава Солдаткина шикарно материла эту самую музыкальную старуху.

Выкрикивала: «Сукалар! Ебанутый сукалар!» — а та, с улыбкой полуприкрыв глаза, — будто Моцарта какого слушала, — дирижёрским жестом протягивала к Клаве ладонь (вторые скрипки — вступаем на пианиссимо!), продолжая что-то мягко-убедительно ей говорить. «Забери свою клешню! — визжала Клава, её свекольные щёки ярко пылали даже в полутьме хлебного ларька. — Я тобой брезгаю, ебанутый жидовский сукалар!..»

Очень интересный выдался скандал; правда, Сташек упустил — по какой причине, да ведь это никому и не интересно.

Все эти наполеоны, и принцы, и адъютанты, и всякие идиотские золотые обозы, о которых трендела Вера Самойловна, были ему до лампочки. Но сама старуха неожиданно понравилась: в ней бурлило и кипело что-то такое... заводное. Ловкое и круглое, как смешной и колючий шар её носатой головы. Разговаривала она другим языком, не тем, каким объяснялись все окружающие его станционные-фабричные люди-соседи. Слова, несмотря на явную недостачу зубов, произносила чётко, как бы одним сшитым куском, без зазора, без единого лишнего звука, и ясно было, что, начав говорить, знает, чем и когда закончит. Сташек и половины слов её не понимал, но — удивительно! — всё равно хотелось слушать эту тарабарщину. Иногда она сама возвращалась к непонятным словам:

— А вот это знать тебе необходимо. — И принималась подробно объяснять, показывать, напевать или играть, — играла она буквально на всех пищалках, пукалках и дуделках... Когда дула, становилась ужасно смешной: лицо багровело, глаза вытаращивались, шея вздувалась, и она дирижировала сама себе бровями, будто удивлялась: «надо же, как ловко получается, с чего бы!»

На столе между ними лежала дудка, длинная, деревянная, вся обвитая металлическими трубочками и заклёпками, — та самая, с клизмой на конце. Эти металлические части глуховато отблёскивали, а заключённое в них тёмное деревянное тело будто парило и тосковало, и звало прикоснуться. Дерево было таким же светящимся изнутри, как чифирь в старухином стакане с железнодорожным подстаканником: тонкая штамповка с мчащимся составом.

Вера Самойловна взяла дудку привычным движением и подала её Сташеку на вытянутых руках, как ребёнка.

— Английский рожок, — проговорила слегка заговорщицким тоном. — Драгоценный, старинный. Был практически погублен, но здешний кудесник... там, на задах вокзала... Илья Ефимович, да? Называет себя «краснодеревец», и за каждой малостью надо его умолять и поклоняться, как богу солнца... Я поклонилась, от меня не отвалится. Он долго возился, но починил: надел это хитрое кольцо на корпус, так что звук почти не пострадал. Потрогай, погладь его, не бойся, он не кусается...

Сташек нерешительно протянул руку, потрогал дудку, случайно соприкоснувшись с тёплой рукой старухи, отдёрнул свою и нахохлился.

— Название легкомысленное: «рожок», — продолжала Баобаб, словно не замечая его инстинктивного движения, — а он большой, солидный, как видишь, господин. Такой слегка отстранённый двоюродный дядюшка, дальний родственник, в дом является по большим престольным праздникам: цилиндр, дорогая трость, перстень на пальце, золотые часы на цепочке... Немногословный. Но когда произносит что-то своим необыкновенным голосом...

И подняла палец, словно призывая прислушаться...

Эта её сумасшедшая речуга (какой-то дядюшка, цилиндр, перстень — бред, пурга!) — нарочито нездешнее плетение слов, движения крупных, почти мужских рук с коротко остриженными ногтями, пронзительные чёрные глаза, ощупывающие лицо собеседника — всё было странно и притягательно, из другой жизни было, из других, каких-то старых книг, от которых в библиотеке он отмахивался. В то же время Сташека подкупало то, как она держит себя с ним: как с равным, и потому, вопреки здравому смыслу, он пытался вслушаться в каскад её почти иностранных слов и хоть что-то из них выудить.

— Вообще-то, английский рожок — видовой инструмент, — снисходительно заметила Вера Самойловна. — Что значит: не сам по себе, а из семейства гобоев. Звучит и нотируется на квинту ниже обычного гобоя. Он похож на того — помнишь сказку — младшего брата, кому в наследство достались не дом, не мельница, а кот. Но то был

Кот в сапогах! И тембр у него, то есть голос, — густой и пряный, как... аромат духов «Пиковая дама». Он наваристее, гуще, *ин-фер-наль-ней* голоса гобоя. Все слова потом объясню... — И вновь подняла палец, призывая к вниманию. Сташек уставился на этот длинный, вероятно, некогда изящный, а ныне костлявый, несмотря на общую грузность старухи, указующий перст.

— В России на него вообще не учат, традиция такая сложилась. И потому английский рожок — это судьба; сочетание Божьего промысла и душевной неудовлетворённости музыканта. По-человечески, по-настоящему, учиться тебе надо бы на гобое или блок-флейте, ибо это проще... Но, я смотрю, паренёк ты ловкий, грудная клетка у тебя хорошо развёрнута и достаточно широкая; ну и не младенец же ты. Короче, рискнём. Не станем оглядываться на занудные правила, их придумывают тру́сы.

В окне струился под ветром шатёр берёзовой листвы, приоткрывая то один, то другой сине-белый небесный лоскут, — там, в небе, кто-то сильно торопился, и неслась, неслась сине-белая дорога, и мела её нежно-зелёная листва берёз...

— Английский рожок — инструмент изумительный, ты позже вполне оценишь. Он и в военных оркестрах звучит. Брат Абрама Петровича Ганнибала, тоже, разумеется, негр, но более бестолковый, был отправлен в полк, где выучился на гобое, а заодно и на английском рожке... Это я к тому, что и ты осилишь. Сольного репертуара для рожка — кот наплакал, в основном оркестровые партии. Но мы тебе сольный репертуар организуем, выкроим, перепишем, переложим... Переворуем, наконец! Голь на выдумки хитра.

В этот момент приоткрылась дверь, в ней полыхнуло багровым большое родимое пятно на щеке уборщицы Зоси.

— Версамолна, — пропыхтела тучная Зося, — в гастрономе сельдь *марьновну* выкинули. Взять вам баночку?

— А как же, — оживилась та, не оборачиваясь к двери. — Мать-селёдочка — основа нашей жизни, ядрить ея... — и дальше, будто не прерывалась на бытовую реплику: — А как он хорош во втором действии «Кармен», перед знаменитым романсом Хозе, где звучит тема рока. Почему именно ему доверена эта весть? Рожок никогда не шутит, юмор — не его область. Он — пророк, восточный мудрец, заклинатель змей... В «Щелкунчике», в «Танце пастушков» он просто божественен, — там у него проходит изумительная стретта! А Кот-баюн в «Кикиморе» у Лядова, этот мягкий чарующий голос. Или Дворжак, симфония «Из Нового Света», когда вторая часть открывается слегка ленивым восхитительным соло рожка. Несколько тактов... и вот она перед тобой, — американская прерия...

Сташек встрепенулся: прерия — это он знал, это он отлично представлял, недавно в пятый раз перечитав «Всадника без головы». В общем, вся эта халабуда с английским рожком начинала его занимать.

— Наконец Глюк, «Мелодия» из оперы «Орфей и Эвридика». Вообще-то, писана она для флейты, но мы и тут подсуетимся, подстроимся, — дело того стоит. Знаешь историю этой великой любви? Нет?! Плохо. Ну, ладно, начинаем не с этого.

Начать они могли с чего угодно, восьмилетний Сташек мало что понимал, но уже хотел остаться здесь, со старухой Баобаб, как между собой называли её все ученики, в этой вот большой, почти как класс, почти пустой комнате в левом крыле школы.

В первый день они только разбирали-разнимали и зубрили названия частей инструмента, пока Сташек совсем не ошалел.

— Видишь, здесь три части: верхнее колено, нижнее и раструб. Последним вставляется эс — вот эта специальная изогнутая металлическая трубка. Не вздумай назвать эту трубку мундштуком! Раструб — видишь, необычный — то ли груша, то ли луковица, — сильно влияет на тембр. Иногда его называют d'amore bell, раструб любви. Он не сразу появился, немецкое изобретение. Но окончательную физиономию английский рожок приобрёл у французов — а это мастера духовых! — например, парижская фирма «Triebert».

К концу урока Сташек вызубрил всё назубок, выпаливая названия всех этих клапанов, раструбов, тростей, пробочек и чашечек, едва палец Веры Самойловны прикасался к рожку.

Потом она заставляла его дышать — глубоко и редко... ещё глубже... задержи дыхание... ещё... хорошо! — чем напомнила Володю Пу-И, и тем купила Сташека с потрохами.

Часа через полтора достала из тумбочки буханку хлеба, креманку с маслом и два огурца, и заявила, что сейчас накормит его «божественным ужином». И всё время, нарезая хлеб и огурцы, намазывая ломти маслом, продолжала говорить.

Временами пленное солнце за окном, выпрыгнув из вязкой сметаны облаков, доплёскивало бледную улыбку на подоконник, на голубую, в чёрную клетку, клеёнку на круглом столе, на старинную, непостижимого вида дуделку в клапанах и трубочках. Неужели Сташек смог бы извлечь из неё хотя бы один хрипловатый звук?..

— Откуда вообще он взялся, этот самый «английский рожок»? История длинная. Понимаешь... Вся эта аристократическая свора, графы, бароны-маркизы-князья... у них основная задача в жизни была: убить время. Они наезжали друг к другу в поместья и замки, где, помимо постоянного обжорства, непременным развлечением была охота. Мужики удирали из семейной скуки недели на две. Великая культура охоты, питавшая все виды искусства — музыки, скульптуры, архитектуры, живописи и литературы: своры собак, лошади, ружья, мушкеты и... конечно же, звук охотничьего рога, — ведь у каждого висел на поясе охотничий рог. И когда стало ясно, что все эти рога могут издавать звуки разной высоты, аристократы в своих замках стали сколачивать целые оркестры — из рогов. Так появилась валторна — потом увидишь, у нас на валторне играет Саша Гнедин, — ну и все разновидности гобоя, в том числе — английский рожок... Бери вот ещё бутерброд. Нет, вот этот шмат, он привлекательней. Никакого отношения к Англии он не имеет. Просто итальянское название «корно англезе», то есть «угловой рожок», — по ошибке трансформировалось в «корно инглезе». Это недоразумение, лингвистический курьёз. Так бывает: Америку открыл Колумб, а наглец Америго Веспуччи до сих пор пожинает лавры. В истории навалом подобных случаев. Вообще, когда имеешь дело с историей, такое понятие, как справедливость, лучше сразу засунуть в чью-либо задницу, пока кому-нибудь из сильных мира сего не подвернётся твоя собственная задница.

Вера Самойловна протянула ему ещё один бутерброд и несколько мгновений наблюдала, как мальчик уминает толстенный шмат хлеба с маслом, не забыв перед тем посыпать его крупной солью из деревянной солонки.

— Кстати: после еды — не играть! — проговорила она. — Крошка в инструменте — кошмар духовика. Намучаешься вытряхивать. Что касается имени рожка, есть ещё одно толкование, моё. Вот, слушай!

Из баночки с водой она достала трость, движением руки стряхнув лишнюю воду, обстоятельно облизала и продула её, что ужасно Сташека насмешило; затем, аккуратно и плотно надев её на эс, зажмурив один глаз, посмотрела на трость вдоль, как стрелок смотрит в прицел ружья. Объяснила скороговоркой: это затем, чтобы плоскость трости совпала с той, где верхний октавный клапан. Наконец поднесла инструмент ко рту, ещё раз чмокнула, и... одинокий печальный голос завис на одной ноте, протяжно полнясь, волнуясь и проникая в плоть воздуха; соскользнул на тон, опять поднялся, вопросительно окликая мальчика, будто приглашая следовать за ним... но куда же, куда?

— Ан-гель-ский... слышишь? Ангельский рожок, говорю я тебе. Единственный из всех духовых, который волнуется вибрацией. Вот что хочу я: в нашем оркестре должен быть голос, который требовательно позовёт — среди бравады праздника, среди помпезного грохота маршей и прочих *пламенных моторов*... посреди вальсового флирта, — посреди всего этого гимнического забытья... Остановит, будет окликать. К нашей совести воззовёт, к совести каждого. Голос ангела...

Старуха сидела, растопырив толстые ноги, уперев рожок в правое колено, серьёзно, в упор глядя на мальчика.

— Это — миссия. Это — трудно. Ты готов?

И Сташек растерянно кивнул, не сводя глаз с мятых мешков под глазами Веры Самойловны. Он ещё ничего не понимал; ангела — любого — представлял таким, каким видел святителя Николая Мирликийского на ростовой иконе в Троицкой церкви села иконописцев Холуй, где южская бабушка Валя когда-то (якобы втайне от родителей) его крестила.

К чему там надо взывать, и что такое вальсовый флирт, и отчего смешная дудка с круглой клизмой на конце непременно должна кого-то окликать посреди и без того отличного школьного оркестра... Всё это было заскоком полусумасшедшей седой старухи.

Почему же на следующий день после уроков, наплевав на футбол, он и пошёл вроде в сторону дома, но вдруг вернулся, побежал обратно, к зданию школы, и постучался к Вере Самойловне, — хотя занятие у него назначено было на послезавтра. И она отворила — со стаканом чая в железнодорожном подстаканнике. Просияв так, что все морщины собрались в гофрированный фонарик, сказала:

— О! Ты очень кстати, Аристарх! Сейчас кое-что увидишь. Тут я вот что подумала насчёт рожка, Аристарх...

Она отступила, пропустив Сташека в комнату, где двое мужиков распутывали верёвки, освобождая от старых тряпок и одеял, с горелыми пятнами от утюга, какой-то шкаф — старый, тёмно-красный, с башенкой, с уступчатыми скатами... завораживающе дикий в этой комнате, как египетский саркофаг в хлебном ларьке.

Они стали двигать его к свободной стене напротив окна, покачивая и направляя, как корабль, спускаемый со стапелей, и когда установили и подоткнули под ножки деревянные клинья для устойчивости, солнечный сегмент осветил круглые бронзовые ручки и благородно-тускловатую инкрустацию на выпуклой груди этого гренадера. И комната превратилась в дворцовую залу.

— Ну, как? — спросила Вера Самойловна, когда грузчики получили расчёт — видимо, несусветный, ибо ошарашенно кланялись, как мужики барину в фильме по роману Тургенева, и суетились даже «прибрать после себя», но были царственно отосланы. Она хлебнула чифиря из стакана и с удовольствием проговорила своим печатающим слова голосом:

— Ор-кест-рион! Услада замёрзших извозчиков и вечно пьяных артистов. Наследство кузины Бетти, богини пищеблока номер два. Это *Зови-меня-Гинзбург* постарался. Решил по справедливости, что сие кабацкое развлекалово должно осенять местный интерьер. — Вновь потянула в себя чифирь шумным долгим хлебком, с удовольствием повторила: — Да. *Зови-меня-Гинзбург*. Он же — Муса Алиевич Бакшеев, свирепый зэка, поборовший судьбу.

Почему здоровый драчливый пацан привязался к бредовой старухе, которая непрерывно тянула чифирь и, помимо допотопной дореволюционной речи, отлично знала и в любой момент могла ввернуть пару слов ядрёной уголовной фени? Почему его не раздражали ни въедливость её, ни занудство, что сменялись вдруг внезапной восторженностью и безудержной говорливостью? Почему ребёнок из полной, *нормальной* дружной семьи более всего ценил похвалу именно Веры Самойловны, хотя и умудрялся пропускать мимо ушей иные из её рискованных пассажей?

Он не стал музыкантом, другая профессия завладела его руками, мыслями, привычками и судьбой. (Кстати, Зови-меня-Гинзбург, он же Муса Алиевич Бакшеев, сыграл в этом не последнюю роль, о чём — впереди.) Музыкантом он не стал, и со временем

вовсе оставил английский рожок, ибо слишком ува-
жал и ценил мастерство настоящего оркестранта,
чтобы развлекать себя и других в так называемое
свободное время, которого, в общем-то, у него и не
было. Но от английского рожка, от игры в орке-
стре, от бесконечных разговоров с незабвенной се-
дой старухой осталось главное: любовь к музыке,
знания, ощущение культуры — не только русской,
но мировой — собственным достоянием, обиходным
привычным грузом, сбросить который и отряхнуть-
ся уже невозможно.

Со временем Сташек просто «на минутку» забегал к Вере Самойловне после уроков и до вечера там обретался. Конечно, они занимались музыкой — то есть учили какую-нибудь конкретную
партию гобоя, переложенную ею для английского
рожка. Потом обедали всё тем же: хлеб, масло,
огурцы. Иногда — селёдка. Ну, ещё варёная картошка в мундире, «потому как в шкурке — хре-
нова туча кальция, первейшего друга всех лысых
и беззубых». Но огурец был незаменимой фигурой
обеденного натюрморта («Огурец — вот основа
русской жизни, Аристарх! Все эти ананасы-по-
мидоры — чепуха, баловство. В огурце — чёртова
пропасть витаминов. Лук и чеснок тоже хороши,
особенно от цинги, но справедливости ради: по-
вонивают»).

Потом учили французский, просто потому, что
«я ведь знаю французский, Аристарх, болтала на
нём в детстве с мадам Жамэ, потом специально
учила для диссертации, можно сказать, во славу

Бонапарта. Ну и не пропадать же добру!». А французский притащил за собой целый мир вещей, понятий и слов, историй и книг, и имён. И людей...

Однажды Вера Самойловна сильно заболела, и Сташек, как обычно явившись к ней после уроков и увидев старуху бессильно простёртой на диване, немедленно включился в хозяйство: сбегал за молоком, нажарил картошки («Да ты умеешь славно управляться!»), подмёл пол и перемыл посуду... И с того дня ощутил эту комнату своей без оговорок, во всяком случае, заявлялся в любое время, без повода и без приглашений. Баобаб никогда не запирала двери, даже ночью, она вообще не терпела запертых дверей: «Я двадцать лет жила за колючей проволокой, — говорила, — а ныне мой нужник открыт всем ветрам». Как-то Сташек явился, а у старухи — никого, может, в баню пошла... Он ждал-ждал, прилёг на диван и уснул, и проснулся только поздним вечером, укрытый её старым халатом. Вера Самойловна сидела за столом, в кругу света от чёрной кабинетной лампы, и читала...

Сташек чихнул, приподнял голову и услышал:

— Нет, что ни говори, Пастернак по главному, по гамбургскому счёту — переводчик плохой. Он в каждой строке — Пастернак, никогда своим нутром не поступится. Спасибо, конечно, поэзия неслабая, но я бы хотела услышать голос и дыхание Гёте, именно Гёте. Понимаешь, Фауст был куда более сухим господином, чем Борис Леонидович. Ведь он был немцем. Вот этот отрывок, где

Гёте сравнивает работу мозга с работой ткацкого станка... возьми подстрочник, и ты убедишься, как здесь передана трудная работа шестерёнок и мельчайших деталей. Да, нужно читать простой подстрочник! У Пастернака же опять: разливанная поэзия, и несёт его, и несёт...

О чём они говорили? Вроде бы о музыке и о том, что с нею связано... но любая музыкальная тема попутно выруливала на что угодно: на историю, на литературу, на военное дело; на просто-жизнь.

— О наследии Страдивари мы знаем всё... — вдруг замечала Вера Самойловна, откладывая в сторону очередную книгу. — Как думаешь, откуда? Парадокс: из его налоговых деклараций. Что такое налоговая декларация? В Кремоне, где жил мастер, как и всюду, существовала налоговая инспекция... Такая кровососная организация, перед которой каждый человек обязан отчитываться о своих доходах.

— А у нас?

— У нас тебя потрошат без всяких отчётов... Просто власть, как бандит в подворотне, отбирает у человека всё, чтобы жил тот налегке. А в случае Страдивари: доложи-ка, мил человек, сколько настрогал альтов-виолончелей и сколько их продал, а мы тебе укажем, какие денежки ты обязан нести в городскую казну. Вот из этих паршивых бумаг, а они — все! — сохранились в их бюрократическом благословенном архиве, — нам всё и известно. И ещё из писем... Люди когда-то писали кучу писем по самым разным поводам, ты знаешь? Это было нормой. Представь, что утром до уроков ты должен мне написать: мол, драгоценная Вера Самойловна, полагаю сегодня около двух часов наведаться к вам по делу изучения партии в «Орфее и Эвридике». А я тебе в ответ: «Драгоценный Аристарх, буду счастлива увидеть вас и заодно вкусить три-четыре огурца с огорода вашей уважаемой матушки, которые вы соблаговолите принести».

— Мы в этом году огурцы не сажали.

— Отлично. Вот ты и пишешь в ответном письме: обойдётесь, мол, без огурцов, драгоценная Вера Самойловна. А жаль. Конечно, в письмах не только огурцы-картошка, хотя и этого было навалом, но ещё и рассуждения всякие, и стихи, и деловые вопросы решались. Например, в одном из писем к сыну Обомо Страдивари пишет, что каждый день к нему приходит и одолевает просьбами некий аристократ из Польши. Умоляет сделать квартет инструментов, даёт хорошие деньги. А каков состав классического квартета, Аристарх, ну-ка?

— Две скрипки, альт и виолончель, — отвечал Сташек.

— Верно. Так вот, безмозглый аристократишка хотел, чтобы за полтора месяца мастер сделал ему четыре инструмента. Четыре! Где это видано? Наш Илья Ефимыч, краснодеревец, камышовую трость вытачивает чуть не три дня, потому как серьёзен и дело уважает. — Она брала паузу, прихлёбывала тёплую бурду из стакана в железнодорожном подстаканнике, похожую на мазут в цистернах авиаклуба, и добавляла: — Аристократы. Помещики. Им нечего было делать зимними вечерами, понимаешь? Они собирались с соседями, перекидывались в картишки, музицировали. В те времена по модным каталогам из Европы выписывалось всё — от рессорных колясок до пеньюаров и музыкальных инструментов. Домоправитель составлял список предметов, которые надиктовывали хозяева. Какая-нибудь барыня изъявила желание поучиться игре на скрипке. Не пошлёт же она за плотником Федькой, чтобы тот сколотил ей на скорую руку. У князя Юсупова был полный квартет инструментов Страдивари! Где эти божественные инструменты, где?! Куда всё это запропало? Продано в Европу и Америку? Растащено по деревням? Вывезено немцами?

* * *

Из года в год на зимние каникулы Сташек с Верой Самойловной ездили в Москву, где в Ленинке, в нотном отделе работала её старая подруга с длинным именем Суламифь Илларионовна («Видишь, Аристарх, бывают имена ещё кошмарней, чем у тебя»), и там с утра до вечера сидели в уголке, за «чайным» столиком, переписывая нотные партии, вместо того, чтобы пойти в цирк, в мавзолей или, на худой конец, в какой-нибудь ТЮЗ. Ночевали всё у той же подруги, где старухи спали валетом на узкой железной койке, а Сташек полулежал-полусидел на двух составленных продавленных креслах.

Вообще-то Суламифь-ла-ла-ла-ла была когда-то скрипачкой, старуха Баобаб утверждала: очень талантливой, но мучительные обстоятельства жизни (опять кто-то погубленный, опять арестованный и расстрелянный муж, опять — эвакуация, кажется, в Пермь, и умерший младенец... — Сташек не вслушивался) не позволили ей исполнительски процвесть.

Вот что было здорово по вечерам: слушать их перепалки. В частности, на тему обучения Сташека игре на английском рожке. Оказывается, это было «преступлением, безответственностью, полным вздором»! Суламифь-трам-там-там предостерегала: детей не обучают на рожке, куда проще учить хотя бы на флейте rekorder, ну, на гобое...

— Английский рожок ничем не сложнее гобоя, ну совершенно ничем! — отмахивалась Вера Самойловна. — По-настоящему труден только кларнет.

— Английский рожок... — упрямо вклинивалась Суламифь-бом-бом-бом-бом, у нее был слегка гундосый голосок простуженного подростка, — как и все музыкальные инструменты, является сущностью, крайне зависимой от качества социальной жизни общества. Для того, чтобы рожок функционировал, вокруг должна быть не станция посёлка Нововязники, а культурно развитая цивилизация. Где там трости брать?

— Ци-ви-ли-зация?! — каркала Баобаб и с той же саркастической ухмылкой оборачивалась к Сташеку. — Немного о цивилизации, мой юный ученик. Английский рожок, этот великолепный инструмент, формировался в конце эпохи Возрождения, в начале эпохи барокко, то есть между пятнадцатым и шестнадцатым веками. Прекрасные времена Монтеверди и князя Гонзаго. Эти ребята писали в основном мадригалы, если никто им не заказывал опер. Мадригалы, запомни, это двух-трёхголосный городской романс для домашнего потребления. Очень доходная вещь для композитора во времена отсутствия «Голубого огонька». Князь Гонзаго был музыкантом выдающимся: он придумал несколько новых аккордов, использовал более развитую гармонию, но и забавным человечком тоже был: на охоте пропадал неделями, и славился пикантными заскоками, например, не мог уснуть, пока на него сверху не клали тушу свиньи.

— Что-о?! Как ты можешь при ребёнке...

— ...а однажды, вернувшись с охоты, — невозмутимо продолжала Вера Самойловна, раскалывая щипчиками кусок рафинада в пригоршне левой руки и затем щедро рассыпая осколки по трём чашкам (Сташек никогда не мог понять — зачем рафинад колоть, почему просто не бухнуть в стакан увесистый кусок), — однажды вернувшись с охоты, наш очаровательный князь Гонзаго застал жену с любовником. Вообще-то, её можно понять: если охота тебе дороже грудей и задницы собственной...

— Вера, Вера, опомнись! Перед тобой...

— ...и не то смешно, что он порубал их в капусту, а затем волок — по жмурику в каждой руке — вниз по мраморным ступеням шикарной лестницы своего замка, заливая эти белые ступени кровавым шлейфом, а то смешно и поучительно, что после этакого ужаса сосед отдал за него свою дочку.

— Не понимаю, зачем ты всё это сейчас...

— ...затем, — парировала Вера Самойловна, — чтобы мой ученик никогда не бросался словами, вроде «цивилизация». Высокоразвитая цивилизация германского духа, с пантеоном великих умов во всех областях человеческой деятельности, совсем недавно, буквально на днях варила из людей мыло и мастерила из кожи профессоров и музыкантов кошельки и абажуры...

— Боже! Боже! — Суламифь-мур-мур-мур вскакивала, бегала по комнате, вскидывала тонкие, всегда озябшие руки подростка, терзала свои бледные виски...

Сташек внимательно следил за обеими: это было куда интересней, чем спектакль какого-нибудь заезжего ТЮЗа, на который водили их целыми классами. Хотя, как и актёры на сцене, обе старухи перебрасывались словами, какими в жизни нормальные люди, и вообще, все известные ему люди не говорят:

— Боже! В тебе нет ничего святого.

— Во мне до хрена святого: например, мой геморрой. Его прошу не касаться: «aut bene, aut nihil[1]»... Аристарх! — она всем телом грузно поворачивалась к Сташеку, доливала из заварочного чайника бурду в его чашку. — Я рассказываю это лично тебе, для того, чтобы ты почувствовал, какими дикими были те времена, впрочем, как и все остальные. «Культура»?! «Развитая цивилизация»?! — выкрикнула она в воздух. — Не смешите меня. А трости: из камыша как вырезали

---

[1] Либо хорошо, либо ничего *(лат.)*.

их в пещерные времена, так и сейчас вырезают. Кстати, у нас там есть кооператив «Камыш», который, вообще-то, изготовляет сборные беседки для садов, но попутно промышляет и рожковыми тростями, подумаешь. Что касается скрипичных струн, вспомни-ка, Сула: ты сама начинала своё обучение на струнах из натуральных скотских жил. Мясомолочный комбинат — вот истинное святилище музыки! Прекрасная вещь: и Бах, и Вивальди, и даже Паганини отлично на них играли. Наяривали, отжигали за милую их, виртуозную душу! Правда, эти жилы никогда не строят и рвутся от попадания на них любой жидкости, включая вдохновенный пот исполнителя. — Вновь поворот к Сташеку: — Напомни, Аристарх, я тебе в поезде расскажу известный анекдот, как Паганини якобы играл на последней оставшейся струне. Думаю, полная чушь, но знать полагается.

* * *

Всё можно было пережить, только не Наполеона. Того проклятого Наполеона, кто был темой и отравленным роком судьбы (и диссертации) Веры Самойловны, кто втемяшился всеми своими войсками, регалиями, победами и поражениями в ее научную башку и почему-то будоражил до сих пор её «историческое чутьё». Без Наполеона не обходился ни один урок музыки. Если одну стену комнаты занимал плечистый оркестрион (услада замёрзших извозчиков и пьяных артистов), исполнявший «Пожар московский» два раза в году, то на другой стене висела огромная блёклая карта под названием «Планъ похода Наполеона въ Россію въ 1812 году», вся утыканная булавками с цветными шариками. Вера Самойловна уверяла, что и сам Наполеон так отмечал передвижения своих войск.

Это было похоже на карту железных дорог, что висела у бати на блокпосту, но означало совсем другое.

Нельзя было угадать, невозможно предчувствовать поворотный момент, фразу или движение, которые вдруг встряхивали старуху и приводили в боевое настроение. Это могли быть слова завхоза Еремеева о том, что «на Клязьме с вечера лёд пошёл». Встрепенувшись, Вера Самойловна хватала указку, которая на всякий случай всегда лежала поперёк стола, и говорила:

— Кстати! Покажу тебе передвижения войск после судьбоносного перехода через Неман...

И Сташек внутренне вздыхал и обречённо опускался на стул, даже если уже, одетым, стоял в дверях, собираясь уйти.

— Я тебе уже объясняла, что армия императора Наполеона, которую ещё называли армией двунадесяти языков, была разделена на три «великих массы». Каждая включала несколько армейских корпусов и имела своего главнокомандующего. Первой массой командовал сам Наполеон, в неё входили: императорская гвардия, первый и второй корпуса кавалерийского резерва...

Слова чеканились в почти уже беззубом рту, указка свободно летала в руках. Бывало, Вера Самойловна подбрасывала её, ловила, вертела,

как вертит шест церемониймейстер оркестра или
дрессировщица собачек на арене цирка. (Когда
впоследствии Сташек вспоминал эти манипуля-
ции с указкой в руках старой и больной женщины,
он понимал — почему она выжила во всех этих
грёбаных лагерях; да не то что понимал — просто
чувствовал мотор её неубиваемого характера).

— Второй армейской группой командовал Ев-
гений Богарне, вице-король Италии. Это: четвёртый и шестой армейские корпуса и третий корпус
кавалерийского резерва... Третьей армейской массой командовал Жером Бонапарт, король Вестфалии: соответственно, пятый, седьмой и восьмой
корпуса и четвёртый корпус кавалерийского резерва... Итак, внимание на карту (указка соверша-
ет пропеллерный круг и утыкается в переплетение
дорог, рек, озёр и населённых пунктов): перед нами — Неман!

Он слушал, а куда денешься. И память, цепкая
мальчишеская память, хочешь не хочешь погло-
щала и осмысливала все цифры и направления.
Больше всего Сташека раздражало вот это самое:
великая армия! Нет, давайте разберёмся, Вера Самойловна, уважаемый Баобаб: мы ведь победили
её. Выходит, не такая уж она была и великая? Но
мы же не бахвалимся. Бородино и всё такое: нас
возили, клёвая панорама...

— С чего ты взял, что мы победили при Бородино? — спрашивала она вкрадчиво. — Да мы половину армии потеряли, — более пятидесяти тысяч. А если победили, — почему бежали? Почему
сдали Москву без боя?

— Да просто!.. Просто наш гениальный полководец Кутузов мудро решил... это план такой — оставить Москву, заманить врага и...

— ...и? так торопились, что оставили на разграбление все сокровища Кремля? Ни черта не успели эвакуировать? ведь всё погибло — арсенал, библиотеки, государственный архив. Не говоря о том, что исчез бесследно самый богатый, нагруженный драгоценностями обоз, потому даже названный Золотым. Чушь! — восклицала она. — Никакого плана не существовало. Кутузов — проходимец и казнокрад. И абсолютный бездарь!

Он пыхтел, злился, огрызался, не в состоянии возразить: она ведь была, блин, учёная! Сыпала какими-то цифрами, численностью войск и лошадей, манёврами, направлениями, донесениями, пушками... И откуда только всё это знала?! И почему эти её цифры и теории отличаются от тех, что в учебниках? Господи, да они уже проходили в школе всю эту грёбаную муть с грёбаным Наполеоном, им всё уже объяснили честь по чести, они уже *сдали этот параграф*! Имена Кутузова, Багратиона и Барклая де Толли были заучены и втемяшены. И хватит! Какого ж хрена ему могли понадобиться в жизни ещё и все эти Евгении Богарне, короли Вестфалии, Италии, маршалы и полководцы, и ещё куча разных имён, и стран, и островов, и столиц (башку мусором забивать!)?! — когда и так ясно, какая страна САМАЯ главная в мире: конечно же, Советский Союз, ну, то есть Русь — почитайте учебники: шестая часть земли с названьем кратким. Всё!

— Смоленск, вот трагедия! — мелко потряхивая головой, восклицала Вера Самойловна, будто лишь сегодня утром услыхала дурные вести. — Вот город-мученик! Атака на Смоленск была одной из самых кровавых. Потери русских — гигантские, всё сожжено, мёртвых не счесть, улицы усеяны трупами! Стратегия выжженной земли — это идея Барклая, тот всё на своём пути разрушал: склады пороха и провианта, мосты, дороги... Но император будто не слышал, не понимал, не желал осознать реальное положение вещей. Он не желал слышать предостережений. Бонапарт стремился к Москве как безумный! Он пёр на Москву — в своей жажде победы! Ему необходима была победа. И, главное: он просто не в состоянии был поверить, что русские покинут священную столицу своего отечества без боя!

Годам к семнадцати, когда он и рожок забросил, и Вера Самойловна заболела так, что неделями лежала в больнице, и Сташек проведывал её там, и они, если сил у неё хватало, тихонько прогуливались по тамошнему парку среди старых могучих лип, а потом сидели на скамейке неподалеку от часовенки... — годам к семнадцати он знал практически всё о передвижении французских и русских войск в войне 1812 года. Зачем? Бог весть...

Зачем в пятом классе необходимо было перечитать «все великие эпосы», которые удалось достать в библиотеке, начиная от «Мифов Древней Греции» и заканчивая «Забавной Библией» Зенона Косидовского («...за неимением настоящей. Не обращай внимания на плебейский сарказм автора — редкостного говночиста. Просто запоминай библейские истории и имена. Это простые и удивительные истории на все времена, — с тобой они тоже произойдут. Когда-нибудь я достану тебе настоящую Библию, Аристарх, и ты замрёшь над ней и склонишь голову перед вечностью и роком...»).

Зачем в седьмом классе она кричала, вращая глазами, что не прочесть «Госпожу Бовари» Флобера не-воз-мож-но? — и он читал, мучительно преодолевая описания бесконечно далёких и скучных провинциальных обедов, каких-то непонятных устриц, утреннего света на островерхой крыше собора и дилижанса, гремящего по булыжной мостовой.

Зачем в восьмом классе она вручила привезённую из Москвы книжку американского писателя с длинным именем Сэ-линд-жер, и с таким же длинным названием «Над пропастью во ржи», с мальчиком на обложке («Смотри, смотри-ка, Аристарх, он ужасно на тебя похож, только лысый. Книгу переводчица подарила, Рита Райт-Ковалёва. Представляешь, мы встретились сорок лет спустя и сразу бросились друг к другу! Вот она надписала тебе, да-да, тебе: «Аристарху Бугрову — всегда верь только своему сердцу!»)... И Сташек нехотя раскрыл книгу, опоясанную всеми этими именами, как пулемётными лентами... и уже не закрыл, пока не дочитал до конца — в полтретьего ночи...

Он мечтал стать врачом, спасателем человеческих жизней; знал, что после школы уедет в Ленинград поступать в медицинский. (В Ленинграде жил какой-то бывший сослуживец отца по Сортировочной, какой-то полувоенный человек Марк Григорьевич, у которого можно было остановиться недели на две.) И в это же время каждый миг его жизни был пронизан рыжим солнцем волос некой девочки, которую насмешливо и ревниво он звал Дылдой, и задолго до отъезда в смятении думал об их неизбежной разлуке, пытаясь найти какое-то решение и возможность не расставаться. Он даже молча плакал в темноте, по-детски кривясь и отирая слёзы уголком пододеяльника, и молча клялся ей и самому себе в вечной, вечной, вечной...

А Вера Самойловна умирала медленно, тщательно, будто оглядываясь вокруг себя — не забыла ли уточнить что-то важное, распорядиться, прибрать за собой; угадывая для разговоров такие болезненные темы, что порой Сташек огрызался, вскакивал, размахивал руками, даже кричал на неё... Бывало, вставал и покидал палату, хлопнув дверью, но всегда с полдороги возвращался: представлял, что вот сейчас она и умирает, и смотрит на дверь, за которую он выбежал десять минут назад.

Почему трижды в неделю, а то и чаще он проходил в белёные кирпичные ворота Народной больницы, взбегал по лестнице на второй этаж и два-три мгновения ещё стоял, собираясь с духом, прежде чем войти в палату, где угасала старуха, чей образ был уже неотторжим от детства, от музыки, от замечательных книг, от мучительной истории страны и кошмарной судьбы её народов...

Кто там ведает нашими привязанностями?
И почему мы выбираем друг друга?
И отчего так больно расставаться...

Глава 6

ОРФЕЙ И ЭВРИДИКА

Второй раз он увидел Огненную Пацанку из рябинового клина — ту самую, заклинательницу змей... — на дне рождения Зины Петренко. Увидев, чуть не выронил футляр с инструментом; сердце забилось в горле, в животе... даже в пятках! Он так испугался, что она опять исчезнет! Там же, в прихожей, потянув Зинку за рукав блескучей зелёной кофты, яростным шёпотом заставил всё выложить: как зовут, где живёт, где учится...

Оказывается, обе девочки пели в группе сопрано, в хоре при желдорклубе. Знал он, конечно, и школу — двухэтажное здание бурого кирпича с мезонином, и улицу знал, где пацанка живёт: улица Киселёва, на ней бывшая дача Сенькова стоит. Она столько раз выбегала к нему из пламенеющего рябинового заката и во сне, и в измученном воображении, что даже не верилось: неужели она живёт на обычной улице и учится в обычной школе?

И звали пацанку совсем неподходящим ей благонравным именем Надежда.

Она и выглядела иначе, не по-лесному, не по-разбойному: волосы заплетены в толстую косу, да так изобретательно: мелкие косички начинались от висков (отчего её горячие, золотисто-карие глаза, похожие на спинки пчёл, слегка натягивались кверху), и струями вплетались в две другие косы, потолще, а те — уже вливались в пятую, главную пушистую косу, которая кренделем улеглась на затылке, сверкая рябиновым огнём под брызгами трофейной петренковской люстры. Вокруг белого выпуклого лба рыжие спиральки волос вились воздушной короной, а по бокам лёгкими кружевными бабочками сидели пёстрые сине-зелёные заколки, явно рукодельные: будто и впрямь живые бабочки присели на подсолнух.

Сташек был ошеломлён, подавлен и даже обижен — её ростом. Куда она рванула, думал он в отчаянии, это ж надо — двенадцать лет, а росту чуть не метр семьдесят, во дылда! Гости как раз рассаживались, и из прихожей видно было, какая она высокая — даже когда сидит. По левую руку к ней подозрительно прижимался Кифарь — Лёха Кифарёв, длинный и красивый гад из его школы, хотя за столом и вправду было тесновато, — ребята сидели не особенно шевеля локтями. Тётя Клара, — она вечно изрекала какие-то мозолистые поговорки или строки из своих протухших романсов, — ходила вдоль стола, раздавая всем салфетки и повторяя, как попугай: «В тесноте, да не в обиде!»

Из-за того, что Сташек немного опоздал и замешкался, выбирая надёжное место — куда положить футляр с рожком, чтоб никто случайно не смахнул (уложил на полку буфета), ему достался низкий табурет на другом конце стола. Что было делать и как избежать позора: есть стоя? идти искать по дому нормальный стул? или так и сидеть, как карлик, высунув макушку над столом? Он никак не мог решить. Так и остался стоять с тарелкой в руке, якобы задумавшись — что из салатов выбрать. И когда Зина, именинница, попросила его передать Надежде кусок запеканки, он осторожно принял тарелку, благодарный Зине за эту мимолётную связь, протянул через стол Надежде... — в тот момент она что-то говорила Лёхе; мочка уха, алая на просвет, рдела бусинкой гранатовой серьги, как рябиновой ягодой... — и хрипло окликнул:

— Эй, дылда! Вот, бери...

Она удивлённо обернулась, вдруг узнала его, вспыхнула — это было мгновение, которое потом они обсуждали не раз. («А ты сразу узнала?» — «Да меня как паром окатило, ты что!» — «Нет, а я чуть не умер: ты запылала, как тогда в роще, ты ж не видишь себя, рыжие-то горят, и меня точно бревном зашибло...»)

В голове, в груди у него мигом раздулось солнце, он разом вырос и сверху глядел на пигмея Лёху, на весь туманный, заставленный салатницами-тарелками-противнями с пирогами стол, на обочине которого пламенела красным золотом её увитая косами голова.

Больше всего на свете ему захотелось сыграть для неё. Только для неё и сейчас же, немедленно! Он уже играл не только в составе оркестра, но и солировал в некоторых вещах, которые когда-то они с Верой Самойловной переписали за чайным столиком у Сулы в Ленинке и потом переложили для английского рожка. Когда Вера Самойловна показывала ему палочкой, он делал вдох, облизывал губы и вступал — издалека, восхитительно и вкрадчиво, останавливая в зале воздух, вышивая в нём безыскусный трепетный узор мелодии.

Не таким уж разнообразным был его репертуар. Но коронным номером, коньком была «Мелодия» из оперы Глюка «Орфей и Эвридика». Старуха Баобаб давно заставила его прочитать замшелые «Мифы и легенды Древней Греции» и, обсуждая очередную диковатую историю из этой книги, приплетала ещё кучу убойных фактов, неизвестно откуда ею добытых. Голова её была просто напичкана разными сведениями, а Древняя Греция подразумевалась чуть ли не родиной всех человеков. Между прочим, Вера Самойловна не раз и повторяла, что эта самая Гревняя Дреция — Родина Мировой Культуры. Возьмём хотя бы историю о певце Орфее и его возлюбленной Эвридике. Понятно же, что это хрень, да ещё когда сочинённая — тыщи лет назад! Но старуха говорила об Орфее так, будто чувак существовал на самом деле, его семиструнную арфу описывала в таких подробностях, точно сделал её краснодеревец Илья Ефимыч на прошлой неделе. «Он приделал ещё две струны, по одной с каждого боку, вот тут и тут — гениально просто! — и арфа стали девятиструнной, по числу муз». Последователей Орфея она называла «орфиками» и уверяла, что даже Пифагор — тот, который «штаны на все стороны равны», — в своей геометрии, якобы, опирался на основы «орфической религии». А эта история с умершей Эвридикой и экспедицией Орфея в Аид... Ой, слушайте, думал Сташек, с тех пор столько любимых и великих людей на свете перемёрло от самых разных ужасов, кого сейчас колеблет эта древняя девушка? Короче, сказочка про белого бычка, бодяга стопроцентная, но... почему-то... едва он брал в руки инструмент и подносил к губам, и выдувал первую протяжную ноту... всё внутри полнилось вибрацией и волнением, и абсолютной верой в то, что Орфей играл перед ужасным владыкой Аида именно эту мелодию, играл, мечтая вывести Эвридику живой из погребальной тьмы.

— Почему же он обернулся? — спросил однажды раздосадованный Сташек, прерывая игру и опустив рожок. — Знал ведь, что нельзя! Он что, придурок? Дотерпеть не мог?!

— Не мог, — просто сказала Баобаб, ничуть не раздражаясь внезапно прерванным исполнением. И руками развела: — Та же сила любви, что погнала Орфея в ледяную пасть Аида, заставила его обернуться. «Ибо сильна, как смерть, любовь» — это, милый мой, уже из другой книги. Ты помнишь: всё это с тобой произойдёт.

Сейчас надо было скорее сыграть «Мелодию» для Пацанки, пока Кифарь не успел со своим идиотским ростом, своими примитивными шуточками втереться, вползти к ней в душу и расположиться там, как у себя дома... Сташек вскочил, пробираясь к буфету, где на полке между миской студня и тарелкой с пирожками лежал футляр с его английским рожком и в стакане с водой стояли наготове две трости. Не говоря ни слова, не обращая внимания на шум, смех и разговоры за спиной, быстро собрал, свинтил инструмент, надел трость на эс, проверил клапаны, повернулся, вдохнул и — первый же звук властно и печально прорезал воздух... завис над головами, над столом...

...Он так волновался, что играл превосходно, как никогда; Вера Самойловна в таких случаях говорила: «Ну что ж, в пределах допустимого»... Она была бы довольна. Никогда прежде — ни на экзаменах, ни на концертах — ему не приходилось так собираться, так странно чувствовать себя: точно рвёшься вон из собственной шкуры, в те же минуты ныряя в себя на такую чёртову глубину, что спирает дыхание! Он только чувствовал, что никогда, никогда ещё не играл так здорово! Это был первый *стремительный бросок* в его жизни, первый прорыв, когда на кон поставлено *всё*. Откуда он знал, с чего вдруг решил, что девочке будет небезразлична его игра на странной дудке, эти смешные потуги лицом, вздёргивание бровей — вообще, вся эта уморительная на посторонний взгляд пантомима? Ведь она могла оказаться любительницей спорта (и оказалась: к примеру, занималась плаванием, сильно опережая ровесниц). Просто в тот день впервые победно проявила себя главнейшая черта его характера: в решающий момент назначить себе цель и использовать самый короткий и самый ошеломительный путь для её достижения. Угадал его Володя Пу-И, давным-давно угадал в щуплом мальке бойца: «Сила мужчины в том, чтобы в решающий момент напрячь все жилы души и тела». Сейчас, в эти мгновения, надо было напрячь все жилы души, и своей музыкой, голосом рожка (выдохом-сердцем-языком-губами) смести всё, что мешало, на пути к этой девочке.

Если бы кому-то пришло в голову поинтересоваться, чего он, собственно, добивается, Сташек вряд ли бы ответил, хотя с первой минуты понял, что *угадал* — по выражению её сосредоточенного лица, по глазам, которые она не сводила с его рук, с его губ... а те говорили и говорили с ней голосом английского — ангельского — рожка. И пока звучал этот голос, так болезненно сливаясь с тем, что плыло и рдело перед его глазами, он чувствовал эту девочку, как себя: свои подушечки пальцев, свой язык, нёбо, горло... и то неназываемое, что торжествующе дрожало внутри, окликая каждую частицу её лёгкой плоти и требуя от неё немедленной готовности проникнуть, воплотиться, смешаться, *сдышаться с ним*; стать — им.

Когда он закончил, все зааплодировали: кто снисходительно, кто ободряюще, а тётя Клара закричала:

— Браво-браво, Аристарх! Какой чудесный подарок Зине! — и трескуче захлопала, и все опять следом за ней великодушно захлопали... Рыжая, не хлопая и не двигаясь (обе тихие ладони на столе), продолжала глядеть на него, как тогда, в рябиновом клину. Сташек ощутил изнеможение и счастье, крупный колокол бил в висках, в груди, в глубине живота...

Он отвернулся и, отойдя к буфету, медленно и тщательно принялся развинчивать и складывать инструмент в футляр. Снял с эса трость, выдул из неё влагу, аккуратно уложил в специальную коробочку (из-под маминых духов). Вдруг — по облаку запаха — ощутил присутствие за спиной Огненной Пацанки! Она подошла и молча стояла позади него (одуряющий аромат её кожи перебивался какой-то мелкой досадой: идиотские цветочные духи небось у сестры выпросила, и напрасно!). Он обернулся. Подумал: во дела, она выше на целых полголовы! И так близко: голубые жилки на висках и на скуле, волосы промыты, как стекло, а родинка над губой — будто мёдом капнули, так и тянет слизнуть; и пчелиные золотистые глаза, и брови тёмно-золотистые, натянутые к вискам.

— Аристарх, — сказала она, явно впервые произнося это проклятое имя, но так легко, даже аристократично его выговаривая. — Ты играл... больно так! Прямо в сердце.

Подняла руку, собираясь то ли положить ему на плечо, то ли прижать к собственной груди и... опустила, явно заробев. Он педантично сложил инструмент в футляр (сейчас уже можно было не волноваться, не торопиться и навсегда не бояться никаких кифарей).

Всё внутри у него сходилось и расходилось, как бешеная пьяная гармонь, — потому что эта рыжая девочка *вся* уже была у него внутри, и ему хотелось бежать — *с ней внутри, вдыхая её запах,* — ку-

388 да-нибудь, где нет никого, даже её самой, и там обхватить её всю разом десятью руками и прижать к себе... к груди, к животу и... трогать её всюду-всюду, и гладить... и без конца играть ей «Мелодию», слегка покачивая и медленно вынося её на своей груди из гиблой пещеры забвения... Так вот что имела в виду Вера Самойловна, когда произнесла: «ибо сильна, как смерть, любовь». Вот почему Орфей обернулся!

Он обернулся к ней и быстро проговорил:

— Я женюсь на тебе... потом, когда... сразу!

И она поспешно и серьёзно ответила:

— Хорошо.

Глава 7
ЗИНАИДА РОБЕСПЬЕР

Самым сладко-щемящим событием лета была поездка в Южу, к маминой большой родне. Сначала на пароходе, потом на поезде. Это было приключение, и даже почти настоящая экспедиция! Время от времени перечитывая «Приключения Гекльберри Финна», Сташек великую американскую реку Миссисипи представлял себе Клязьмой, а домик, плывущий по реке, куда Гек забрался и наткнулся там на своего дохлого папашу, представлял похожим на родной дебаркадер.

К пристани в Вязниках надо было идти по дощатому тротуару, метра на два поднятому над землёй: берег высокий, а пристань притулилась под косогором; весной Клязьма колобродила и заливала улицу, разрезавшую косогор.

Дебаркадер — деревянное сооружение, крашенное синей краской, — чем-то напоминал большую дачу с мезонином, поставленную на понтон. Когда, перебежав деревянный настил, ты ступал на поверхность плота, ноги чувствовали едва уловимую зыбь. Между берегом и дебаркадером всегда покачивалось множество лодок на цепях, и двойное это покачивание — лодки на мелкой волне и дрожь понтона, — волновало смутной тягой к туманным морям, к парусам Великой Армады, поставленным на зюйд-вест, к далёким островам-архипелагам.

Минуя кассы и буфет, под «мезонином» проходили на посадку. Сташек с мамой всегда приезжали заранее, ибо ожидание тоже было частью путешествия, предвкушением. Стоишь на деревянном настиле, река зыбится серо-зелёной маслянистой шкурой, вздымая на мелкой волне миллионы чешуйчатых бликов. Влажный ветер оглаживает лицо и треплет волосы, он пахнет рекой и бензином, прелым деревом и рыбьей чешуёй...

Вот вдали показывался белый колёсный пароход: флагшток на носу, полукруглое прикрытие палиц, застеклённая рубка на всю ширину судна. За рубкой — рында и труба, в раннем детстве Сташека белая, потом перекрашенная в чёрный цвет. Пароход деловито шёл посередине реки, так что Сташек начинал нервничать: уж не пропустит ли на сей раз капитан пристань «Вязники»? В какой-то миг был уверен: пропустит! Пропустит! Уже пропускает! Подмывало запрыгать, замахать руками, завопить: «Э-эй, там, на мости-и-кее-е!!!» И вдруг — почти напротив пристани, как бы опоминаясь, как бы нехотя, — пароход медленно поворачивал и минут через пять уже привычно швартовался бортом к дебаркадеру. На пароходе и на пристани одновременно раздвигались перила заграждений, матрос перекидывал сходни, перебегал по ним и начинал запускать пассажиров, наработанным движением отрывая квитки на билетах...

Все, буквально все называли пароход «Зинаида Робеспьер», хотя, вообще-то, на борту метровыми буквами было просто и революционно выведено: «Робеспьер», безо всякой Зинаиды. Но на рынде оставались выбитые буквы: «Зинаіда». В старших классах, когда в жизни наступила эра поглощения любой печатной продукции в валовых количествах, Сташек где-то прочитал, и так и не вспомнил — где, что пароход его детства построил однопалубным грузопассажирским судном купец из Собинки Павел Буров. Назвал в честь жены — говорят, редкой красавицы — и намеревался использовать на подвозке к фабрикам льна с окрестных деревень. Но опоздал: купец Сеньков, вездесущий, талантливый и хваткий, построил под Вязниками станцию, куда лён свозили на телегах, а оттуда по узкоколейке отправляли прямиком на сеньковскую же фабрику — на переработку. Станция и по сей день называлась: «Сеньково».

Делать нечего, продал Павел Буров свою однопалубную «Зинаиду» южскому купцу, у которого — вот же удобное совпадение! — жену тоже звали Зинаидой. Тот лишь перестроил на нижегородской верфи пароход в двухпалубный, и вновь поплыла обновлённая и похорошевшая «Зинаида» по Клязьме, крутились колёса, перемалывая речную волну.

В 1918 году пароход имени двух Зинаид, разумеется, переименовали; перекрасили борта и корму, чёрной краской нанесли новое, соответствующее эпохе имя... А вот рынду заменить то ли забыли, то ли посчитали необязательным. Таинственная двойная «Зинаида» вцепилась, впаялась в своё прежнее имущество, оставшись окрылять родные просторы. Вот уж точно: «имя красит человека, имя красит пароход»!

Ехали всегда на верхней открытой палубе, где под синим тентом торговал буфет, в том числе и спиртным, так что стайки мужиков постепенно подтягивались наверх и кучковались на скамьях: там пахло пивом, семечками-орешками, куревом, тиной, рекой...

На нижней палубе тоже буфет был, и более удобные, более солидные залы: скамьи с мягкими сиденьями, оклеенными слегка потёртой кожей. Но на воздухе дышалось вольготней, речь свободно разлеталась над водой, и смех рокотал-звенел-перекатывался с берега на берег.

Сташек носился по всему пароходу, как пущенный из пушки снаряд: взлетал-сверзался по деревянным лесенкам, ладонями скользил по гладким поручнями красного дерева. В ясный день под солнцем богато поблёскивало всё медное оснащение парохода: медная перекличка в обивке ступеней, в табличках с номерами, привинченных к спинкам скамей, в рамах окон. В рубке переговорное устройство с котельной тоже было с медным раструбом, как и отделка штурвала, — красноватого, натёртого до блеска тяжёлыми ладонями моряков.

Где-то с час Вязники оставались на виду:
Клязьма долго петляла... Солнце, к полудню про-
гревшее верхнюю палубу так, что босиком и не
ступишь, с каждым часом выдыхалось и зябло,
и позолота волны, днём такая искрючая — больно
смотреть! — постепенно меркла и подёргивалась
свинцом. Бакенов по вечерам не хватало: Клязьма
порядком обмелела, и для ориентации по мелям,
которые постоянно мигрировали, на носу парохода включался мощный прожектор. И всё-таки,
почти в каждом рейсе пароход — к восторгу Сташека! — садился на мель. Тогда по команде капитана — тот, на мостике, с жестяным рупором
в руке, зычно и отрывисто гаркал в него, как хар-
кал! — все пассажиры перебегали на левый борт,
затем на правый, снова на левый. Колёса быстро
вертелись на обратный ход... Наконец белая туша
«Зинаиды Робеспьер» сползала с мели, чтобы продолжить свой царственный парад.

*С тех пор любая массовка на сцене, будь то
в спектакле или в опере, напоминала Сташеку толпу пассажиров незабвенной «Зинаиды», по команде
капитана дружно раскачивающих с боку на бок за-
стрявший пароход.*

*Несколько лет спустя (после детства) израбо-
танная «Зинаида», ветеран пассажирских речных
перевозок, была списана и — говоря высоким сло-
гом — отправлена на покой. То есть её попросту
оставили гнить неподалёку от дебаркадера, от за-
тона, где драги намывали высоченные груды песка,
и с этих песчаных гор в своих беспечных играх ска-*

тывалась новая ребятня, не знакомая с усталой роскошью легендарного парохода.

Вот там, чуть в стороне от пристани и лежит остов «Зинаиды Робеспьер». Медь и бронза, равно как и красное дерево, предусмотрительно растащены всеми желающими (слава богу, не перевелись мародёры в нашем народе), а ржавый корпус цел до сих пор и возвышается на берегу, напротив берёзовой рощицы, сбегающей к берегу с Фатьяновской поляны.

На пристань «8 февраля» прибывали затемно. Долго маневрировали в устье Тезы, наконец подваливали к тамошнему дебаркадеру.

Тут, скатившись с надоевшего парохода, Сташек с мамой меняли транспорт: пересаживались на поезд Балахнинско-Шуйской сети узкоколейных железных дорог — по-простому «кукушку», — который и привозил их в Южу. И это тоже было путешествие не для слабонервных! Тарахтела эта самая «кукушка» по болотам, так что всю дорогу состав раскачивался не как обычные поезда — из стороны в сторону, а вверх-вниз, вверх-вниз: мягкая болотистая почва то проседает под составом, то распрямляется, будто вздыхает. Порою кажется: болотное чудище, спящее до поры до времени, вот-вот проснётся, возмутится и заглотнёт поезд вместе с пассажирами.

Старая натруженная узкоколейка... Тут важны мастерство и опыт машиниста. Пока состав идёт медленно, рельсы проседают, ведь шпалы под ними просто брошены на землю и никак не закреплены. Так что машинист прибавляет скорость, чтобы не увязнуть. Разогнался состав — и стал легче; тотчас разогнувшиеся рельсы его подбрасывают, и тогда... вот тогда поезд может и с рельс снести... и машинист резко сбрасывает скорость. Так и едем в ночи: вверх-вниз, тихо-медленно, а кое-кто приглушёнными голосами рассказывает истории о том, как, было дело, сорвался состав в болото... и с концами, и тю-тю... Лежит небось где-то там, со всеми пассажирами, целёхонькими, с узлами да баулами, добра — точняк на всю жизнь бы хватило, да и не одной семье. В жёлтой полутьме вагона Сташек представлял себе этот поезд, навеки погружённый и законсервированный в тяжкой тине болот. Но наступает заветная ночь, и Тягучий Голландец, взмыв бешеной касаткой над чёрной торфяной бездной, бесплотно тарахтит по-над рельсами в глухой тишине...

В общем, страшновато было не только детям.

На перрон в Юже пассажиры вываливались с глуповатым облегчением на лицах.

* * *

Южа — в древности Юзга, то есть болото, оно и есть болото, — тоже ткацкий городок, и тоже забавный, домашний такой: тротуары — деревянные настилы. Или памятник возьми: просто крашенный зелёной краской танк Т-34. А посреди города — озеро Вазаль, мелкое, с травянистыми камышовыми берегами, дно топкое, вода чёрная, болотистая, купаться в нём невозможно, да и неохота. Зато на берегу расположились кирпичные корпуса прядильно-ткацкой фабрики в окружении белейших берёз, — деловое средоточие городка. Плюс торфоразработки. Мамин отец, дед Яков, закончил аж четыре класса церковно-приходской школы, и потому всю жизнь до пенсии был там главным механиком.

Но душой дома, главой и тайным диктатором над всей многодетной и многосоставной южской роднёй была баба Валя, Валентина Степановна: очень родная, добрая, всегда смешливо и притворно испуганная: «Ой, пригорело жаркое!» — и чуть не плачет. А жаркое — объеденье, пальчики оближешь.

— Мама, ну что вы придумываете, всё очень вкусно, как всегда.

— Да нет, мясо вышло жёстким... я же знаю. И тесто в пирожках — попробуй-ка... совсем не рассыпчатое...

— М-м-м! Тесто вообще особенное!

— Нет, Сонечка, я уж точно тебе говорю: такой неудачи, да к гостям... такого у меня ещё не бывало! Позор, позор на мою голову!

Интересно, что из всех пятерых детей (дочерей трое и двое сыновей) — «вы» говорила родителям только мама, она была старшей. И хотя в детстве Сташек не слишком задумывался над этим обстоятельством, оно казалось естественным: другие-то дети живут тут же, в Юже; кто на соседней улице, кто буквально за углом, до родителей — рукой подать, а мама — вон где, сколько добираться! Это расстояние, так трудно и долго преодолеваемое, и казалось Сташеку в детстве объяснением некоторой дистанции, вот этого самого «вы».

(А потом он просто не вникал, — до того самого дня, когда после маминой смерти явился в Южу — взъерошенный, алчущий правды. А там — с кого этой самой правды взыскивать? Ни деда, ни бабки в живых уже не было. Наугад ехал, выпустить пар, то есть излить родне свою горечь и горе... И неожиданно нашёл всё, чего искал, о чём даже и не догадывался, что перевернуло его жизнь, и самого его оглушило, выдернуло с корнем и зашвырнуло туда, куда, как бабка Валя всю жизнь говаривала: Макар телят не гонял.)

А в остальном вся южская родня, вся эта двоюродная и троюродная рать, которой было так много, что повидаться «с сеструхой» они являлись по заранее оговорённой очереди, была шумной, смешливой, общительной и гостеприимной. И щедрой: женщины, все как на подбор, — отличные хозяйки. И то, говорил дед Яков одобрительно, мать не железная, мать — изработанная душа: наготовилась, баста! Теперь сами стряпайте. И стряпали, а как же. Мама тоже становилась к плите, несмотря на протесты бабы Вали: «гостья же!», и сёстры-невестки несли и несли всякую снедь, так что, буфет и стол, и ещё маленький стол на веранде — всё было завалено сладкими пирогами, расстегаями и курниками. Баба Валя всё потчевала, лукаво приговаривала: «Съешь кусочек... с коровий носочек». А мама ему заговорщицки подмигивала...

У мамы были такие длинные гладкие руки и плечи в весёлом сарафане. В Юже она становилась совсем девчонкой, — раздетой, свободной, далёкой от станции и от бати. *Она всегда казалась такой молодой, хотя Сташек знал, что мама уже не очень... не слишком молодая. Но думать про это боялся.*

Она вообще выглядела более юной, чем её младшие сёстры. Платья-костюмы носила лет по пятнадцать, даже не переставляя пуговиц или молнии в талии. «Вот же счастливая конструкция!» — приговаривала младшая её сестрёнка Ольга, пышка: что ни год, то новый размер. Сколько Сташек помнил маму, она была одинаковой: стройной и как бы лихо пританцовывавшей; всё более отдалявшейся в возрасте от стремительно стареющего бати.

В раннем детстве, совсем малышом он обожал наблюдать, как она надевает чулки: пристегивает застёжки пояса, как-то так поворачивая ногу, что электрический свет, упавший на бедро, выкатывал вдоль икры серебристую ленту... Зная, что мама сейчас станет переодеваться к празднику или к гостям, он прибегал в родительскую спальню, плюхался животом на кровать и, подпирая голову обеими ладонями, принимался безостановочно болтать, желая только, чтобы не кончался этот театр облачения ног. Чулки — дорогие, тонкие, так что процесс был тщательным: сначала, сидя на пуфе у кровати, мама кончиками всех десяти пальцев бережно и даже почтительно собирала прозрачную гармошку чулка — к мыску, затем осторожно приподнимала точёное колено и, танцевально вытянув пальцы ноги, знакомила их с чулком — они опасливо снюхивались, как собаки, и затем уже — так змея сбрасывает кожу, только движением наоборот, как если бы плёнку запустили в обратном направлении, — чу-

лок нежно обволакивал, взлизывал ногу — искристые рёбра световых бликов на икре, — и где-то высоко, так что почему-то замирало сердце, застежка хватала кромку чулка пластиковыми челюстями.

Лет до семи это зрелище было его тайным любимым театром. Потом мама уже выгоняла его из спальни.

Дня через три мама уезжала назад в Вязники, а для Сташека продолжалось упоительное южское лето. Все многочисленные разновозрастные двоюродные братья ходили в тюбетейках «от жары», — по довоенной моде, почему-то в Юже застрявшей. И Сташеку выдавали такую же: круглую, синюю, с простеньким узором, чтоб макушку не напекло.

— Да что с его макушкой сделается, — хохотала баба Валя, ласково потрёпывая голову внука, перебирая патлы, отраставшие мгновенно и жадно, как сорняк. — Ты глянь на эти заросли: вот уж кудри, ай, да кудри: жунгиля́, а не волосы. Маманьку обобрал!

— У маманьки осталось, — отзывался дед Яков, насмешливо поглядывая на мальчика.

Сташек скучал без воды, без своих ежедневных заплывов, без искрящейся ряби, в которой дробилось огромное солнце... И заботливые тётки, собрав целую ватагу братьев и сестрёнок, в выходные везли всех на Клязьму. Был там дивный песчаный пляж, вода невысокая и без водоворотов, в отличие от устья Тезы.

По вечерам чаёвничали. то у тёти Фаины, то у самой младшей из тёток, многодетной Ольги,

400 то у кого-то из дядьёв. Разговоры всё больше велись о фабрике, где так или иначе работали все; слушать было необязательно, ибо темы не менялись годами: главным образом кляли начальство и жалкий ассортимент: «Уж сколько лет — марля, мешковина... никакого льна в помине...»

Дети под эти взрослые разговоры спать расползались рано. Набегавшись за день до одури, наоравшись в играх, накатавшись на великах, прожаренные солнцем, они буквально падали в постели, чтобы назавтра с утра уже снова крутить бесконечное колесо восхитительной летней свободы. И Сташек не помнил, чтобы хоть раз заболел у бабушки на каникулах.

* * *

Густо-зелёная, летняя, водяная Южа для Сташека навсегда была отмечена солнечным светом того далёкого дня, когда вдвоём с бабушкой Валей (и с курицей в матерчатой кошёлке) они шли сначала пешком до остановки автобуса, потом ехали, а потом ещё долго брели по длинной улице села Холуй до Троицкой церкви; и уже в виду её, на подходе баба Валя быстро и меленько крестилась...

Курица предназначалась батюшке. Накануне одна из тёток — самая добрая, незамужняя хромая тётя Наташа — поймала её в курятнике, понесла в хлев и там, на колоде ловко отсекла ей голову секачом. Сташек в это время уложен был в доме спать вместе с самым младшим братиком, двухлетним Яшкой. Когда в хлеву раздался клёкотный переполох, он прикрыл Яшку одеялом и кубарем скатился с крыльца, но тётя Наташа, увидев племянника в солнечном проёме двери, властно и громко велела вернуться в дом. Сташек смутился (тётя Наташа никогда не разговаривала с ним так строго и так громко), и из сеней свернул не направо, в дом, а в чулан, где в маленькое окошко просматривалась почти вся внутренность хлева, охристая, с двумя косыми солнечными лезвиями, в которых струились искорки сенных частиц. В этом окошке, как в раме, сейчас виднелась тётя Наташа, держащая безголовую курицу над тазом; она слегка приподнимала её и потряхивала, словно поторапливала скорее слить всю кровь через обрубок шеи.

Затем вошла баба Валя, подхватила таз и широким движением вылила кровь в комбикорм для коровы...

А тётя Наташа ошпарила обмякшую курицу кипятком, села на низенький табурет и, расставив ноги, принялась деловито, мерно, спокойно ощипывать перья птицы над расстеленной газетой: подушки и перины в доме были перьевыми, ничто не пропадало.

Сташек стоял на подрагивающих ногах и с зачарованным ужасом наблюдал все этапы смертной казни, этого жертвоприношения во славу введения *младенца Аристарха* в веру Христову. Не мог отвлечься, не было сил отвернуться, смотрел на экзекуцию, как приговорённый, даже описался. Курицу не то чтобы жалко было, их до фига бегало по двору, каждый день он уминал ножку в супе (баба Валя томила на редкость душистые бульоны), — но оторопь брала от деловитого спокойствия, с каким шустрое и квохчущее существо было превращено в перламутровую тушку. Так просто? Так обиходно просто живое делается неживым?

...Баба Валя с усилием потянула на себя тяжёлую дверь храма, и — с солнца — они вошли в сумрачно-таинственную, глубокую пещеру, изнутри пыхающую на вошедших золотом огромного иконостаса и многоярусной, неподъёмной, как небесное светило, люстры. В глазах у мальчика запестрел шахматный, бело-тёмно-красный пол, потом выкатила глухое потаённое золото огромная дальняя стена, вся закрытая картинами красочно одетых мужчин. И душноватой завесой встал запах, в котором переплелись ароматы ладана, воска, старого дерева и стылого камня, а также лёгкая гарь: старушки гасили свечи, не задувая, — пальцами, под которыми седовато вился дымок.

Тут же рядом возник старик в очочках, почти в таком же золотом одеянии, как и мужчины на портретах (это риза, потом объяснила баба Валя; сегодня праздник церковный, вот батюшка и разоделся). И втроём они пошли по весёлому клетчатому полу куда-то в далёкую страну.

В той стране стояла колода на приземистых ножках: старинная, каменная, грубо выдолбленная; бабушка шепнула: «купель». Сташек в неё уже не помещался. Баба Валя быстро раздела его до трусов, так что он покрылся пупырышками, подхватила под мышки и взгромоздила в эту самую купель... Он стоял там и дрожал, и всю жизнь его пятки помнили шершавость холодного камня, затылок и плечи — строгую высоту собора, а глаза — тёмное золото неохватного воздуха над головой.

Батюшка в очочках стал поливать его из ковшика, быстро и певуче приговаривая что-то непонятное, лихо размахивая над его кудрявой макушкой чадящей плошкой, от которой в воздухе веяло тлеющей смолой и разносилась та же едва уловимая гарь.

Баба Валя сияла, и по тому, как преданно, как благодарно она крестилась (вообще-то, Сташек никогда не помнил её в церкви), видно было, как сильно она переволновалась...

Когда у Сташека уже зуб на зуб не попадал, на него надели, прямо на мокрое тело, белую рубашку, на шею — крестик, и уже поверх баба Валя натянула его одежду.

Старичок оказался ласковым и любопытным: всё спрашивал — что Сташек знает про Иисуса и про Матерь Божию и понимает ли, что с ним сейчас произошло... Очень добрый оказался старичок, но Сташек был совершенно оглушён всем, что видел и обонял, ничего не отвечал, только глаза таращил. Тогда батюшка взял его за руку и повёл смотреть на большие портреты разодетых в красное, синее и зелёное дяденек. Подвёл к одной из картин, на которой не столько лицо было заметным, сколько большие золотые кресты на плечах.

Много лет спустя, когда отца уже не было в живых, Сташек приезжал в Холуй сам по себе

404 и всегда заходил в «свой» храм. Уже знал, что эта широкая, с большими крестами лента, перекинутая через шею и пропущенная вниз, называется «епископским омофором».

Никакого особенного трепета в церквах и соборах он не испытывал, хотя очень любил церковную утварь, иконы, деревянную резьбу и, главное, голоса колоколов; то есть всё, что озарено человеческим гением.

А в тот день далёкого-далёкого лета, потрясённый, заробевший, озябший, он только чувствовал сухое тепло от руки старика и слушал — даже не вполуха, а каким-то будущим далёким слухом — что-то о своём ангеле-хранителе апостоле Аристархе, одном из семидесяти, кого какой-то Павел зачем-то послал в разные концы света... И охота была его слушаться, этого Павла, думал Сташек.

Потом его память совсем отключилась — малец устал, на обратном пути в автобусе всю дорогу пришибленно молчал, хотя с детства был страшным «трепачом, знайкой и перебивалкой», за что частенько получал на орехи и от бати, и от мамы.

В старших классах школы, когда «Зинаида Робеспьер» была отправлена в заводь на заслуженный отдых — то есть гнить и ржаветь в воде, Сташек разведал короткую дорогу до Южи: от Мстеры, что совсем рядышком с Вязниками, он за рубль переправлялся с лодочником через Клязьму, после чего не спеша шёл пешком до самого Холуя, села богомазов, что стоит на реке Тезе, — той самой, где их колёс-

ный пароход маневрировал, подходя к пристани со странным названием «8 февраля».

В десятом классе они добирались туда вдвоём с Дылдой и бутылочкой розового крымского пойла, остаток которого подарили на паперти нищему. Стах водил её вдоль иконостаса, как батюшка — его самого когда-то, объясняя про сцены из Евангелий, про апостолов, отправленных в семьдесят сторон света; показал и своего апостола Аристарха, и Николу Мирликийского, самого почитаемого святого на Руси, который практически приравнен к Богоматери, ибо может творить чудеса без разрешения начальства — в экстренных, разумеется, случаях... Они ходили чинно, разомкнув руки — из напускного благочестия, храм же, не дискотека! — и он рассказывал, а она была серьёзна; в церквах она всегда вспоминала своего кроткого деда, того, что узрел мальчика-бога в огненном шаре. Для церкви же надела «скромную» плиссированную юбку, которая всё равно была слишком коротка: эти длинные, длинные ноги как-то не терпели никакой завесы! Они уже решили, что обвенчаются здесь, совсем скоро, на всех плевать!.. Он говорил, припоминая ещё что-то важное вдогонку, но — скороговоркой, мечтая только о склоне, густо поросшем вётлами, куда, выйдя из храма, поведёт её — вначале неторопливо, до конца улицы, потом стремительно, всё ускоряя шаги, и затем уже мчась, задыхаясь от счастья...

Глава 8

РОДНЯ

Южа была любимой и весь год страстно ожидаемой — в отличие от Гороховца, куда Сташек ездил по обязаловке с батей вдвоём; мама — никогда!

Гороховец возникал нечасто, и ни в какое сравнение не шёл своей заторможенностью-замороженностью, угрюмой опаской перед всеми и за всё, с говорливой смешливой Южей, с открытостью и щедростью южской родни.

Зато добирались до Гороховца просто: сорок минут на электричке. Городок небольшой, но тоже уютный, купеческий, стоит на круче над Клязьмой и весь — в куполах и колокольнях, которые особенно хороши, если смотреть на них с Пужаловой горы, не замечая извечные горбыли — заборы. Встречались там, как и всюду в районе, прекрасные старинные, да и новые деревянные дома, в таких наличниках, в такой кружевной резьбе, что мимо пройти невозможно! Иной хозяин-столяр и флюгер замастырит петушистый, и какого-нибудь медведя или кота на крышу посадит, и сидит тот хитрющий котяра в шляпе-борсалино, какой у хозяина сроду не было, ещё и трубку покуривает... Остановишься и стоишь, любуешься деревянными кружевами и фигурами. Сколько же, думаешь, умельцев живёт по русской провинции!

Но от станции до города далеко, четырнадцать километров, и уж станция сама, и посёлок при ней (шесть сотен душ) совсем неинтересны и, в отличие от холмистого Гороховца, плоско-унылые, как блин.

А родня ещё и жила на окраине.

Так батя говорил: «родня», и Сташек в детстве за ним повторял. Хотя, если вдуматься, это такая родственная даль, что уже не родственная, а свойственная. Батя однажды рассказывал ему длинную историю переплетения двух разных ветвей в одной семье, но, видимо, рановато: Сташек заскучал и из головы всё повымел. Ему в то время плевать было — кто там с какой стороны и кому является пасынком или приёмным племянником. Он детским сердцем чуял: Южа — вот это родня, а Гороховец — наказанье-послушанье, за-ради бати.

Считалось, что приезжали навестить дядю с тётей. Тётя Настя и дядя Назар — так их батя называл, а Сташеку велел уважительно: Настасья Васильевна и Назар Васильевич. Разговаривали они, как в драмах Островского, протяжно-певучим ладом, сильно «якали»: *да мой плямянник, так то всё лебяда, связти б на подводе...* Сглатывали слова: *фчерашпо малако, вот в спиро время... ну ты как делаш! да что ты знаш!..* И вместо «ремонтировать» или «починить» говорили «уделать»: «уделай мне телявизар, совсем рябит-заикатса». На морковь говорили «морква», на церковь «церква».

В общем, были они какие-то... старорежимные старики. К тому времени из детей у них в живых остался только сын Виктор, — он слесарил в депо, а жена Виктора Людмила работала в службе дежурного по вокзалу. И рос у них сын Павел, Пашка, Павлуша... обожаемый дедом с бабкой, балованный, вздорный, очень сильный физически, года на четыре старше Сташека, а наглее раз в сто. Играть с ним было неинтересно и опасно, он норовил исподтишка завалить подножкой или ткнуть в бок чем-то острым — ручкой или просто отточенным колышком; а в кармане всегда наготове перочинный ножик, которым он изрезал окрестные деревья, парты в школе, прилавок в хлебном магазине... Говорить с Пашкой тоже было не о чем, он вообще ничего не читал, ничем не интересовался, зато замечательно передразнивал и мать с отцом, и бабку с дедом, да и гостей. Демонстрировал в этом какой-то изощрённый талант. Например, батя слегка заикался, и мало кто обращал внимание, но сопляк этот Пашка в разговоре с батей вдруг тоже начинал добавлять чуть подпрыгивающие «п» и «к», вроде и не слишком явно — для серьезной-то обиды, но так, чтоб заметили. Словом, всё то время, пока они с батей *отдавали долг уважения старикам*, Сташек жался к отцу и старался находиться где-то поблизости, даже если батя отсылал его *погулять с братом*. Весь этот *долг уважения* Сташек ненавидел ещё и потому, что за столом там непременно было вдоволь выпивки; куда только подевалась их хвалённая семейная «трезвость», думал Сташек, глядя, как Виктор выносит из кладовки и ставит перед гостями очередную бутыль самогона, — рассосалась?

Дело в том, что последние годы батя стал не то чтобы запойно пить, но... попивать стал при случае, и та граница, за которой человек обычно чувствует, что надо остановиться, у него сильно отодвинулась. Мама это очень чувствовала и переживала. Провожая их в Гороховец, шёпотом просила Сташека «смотреть, чтоб не напоили...». Бесполезно, ничего не помогало! Брат отца Виктор за стол без бутылки не садился, а пил некрасиво, жадно, молча... Быстро накачивался и выходил из строя. Дядю Назара при виде пьяного сына корёжило, но силы и влияния на Виктора он уже не имел, вот и сидел мрачный, не поднимая глаз, — никакой беседы за столом не получалось. Разве что женщины, чувствуя неловкость и неладность застолья, заводили натужные разговоры о том о сём, — о соседях, о поселковых новостях, о том, что вчера в телевизоре показывали... Батя же в доме гороховецкой родни будто терял всю свою выправку, всю свойственную ему строгую подтянутость, грузнел, в подпитии неудачно шутил и казался каким-то... блаженным, что ли. В разговоре с роднёй почему-то заискивал, со стариком всегда соглашался, не лез на рожон. Сташек, когда подрос и стал кое-что понимать и наблюдать за людьми, в таких застольях тосковал, отчуждался... и злился на отца.

Дом в Гороховце — основательный, просторный бревенчатый пятистенок с русской печью, — построен был давным-давно, ещё когда сыновья все были живы и никто не спился. И вот печь была замечательная: приёмистая, глубокая — чего там только на огне не стояло. Чугунная плита с пятью конфорками, устроенными весьма изобретательно: снимешь одну заглушку, центральную, и тепло идёт под кастрюлю, но не шибко; снимешь следующее кольцо — огня прибавится... ну, и так далее, до мощного обогрева. По пять штук их было, этих колец, на каждой конфорке.

А ещё Назар Васильич когда-то оборудовал на огороде настоящий ледник, притом необычный: высокий холм с дверцей сбоку. С этого холма можно было на санках кататься, если б разрешали. Двери-створки на покатом склоне ледника открывались-откидывались в стороны и на землю, так и лежали покато.

В нутро подземелья вели каменные ступени, и с первого шага снизу в лицо и по всему телу шибало глубинным холодом сырой земли, неистребимой зимы и речного льда. Широкое и глубокое — метров в шестьдесят — помещение было тесно завалено кубами льда, твёрдого, как гранит, кристально-голубого, обжигающего. Каждой весной его выпиливали из ближайшего пруда пилой «Дружба» и привозили на тачках. Микроклимат в леднике устанавливался сам собой и держался до следующей весны — лёд даже в летние месяцы отлично держал в подземелье холод.

Поверху льда насыпали опилки, а на них уже

ставили и выкладывали провизию. Хранилось там всё мясное, вся рыба — это прямо на голом льду. На опилки, где не так холодно, ставили ящики с овощами и сырами. (Молочное держали в погребе дома, как и картошку, — в леднике та могла просто помёрзнуть.) Крепкое было хозяйство, кулацкое. С осени забивалась свинина, говядина, крольчатина. У охотников покупали кабана целой тушей и сами разделывали его на колоде перед ледником, за высокими и густыми кустами смородины. Потом всей семьёй лепили пельмени — целыми вечерами, сотнями наготавливали! — в леднике их хранился огромный запас.

Могучий был схрон: в потолке мощные балки-брёвна, по стенам — столбы, обшитые лёгкими досками. В центре — штабелями, рядами, целыми горами — *всяка-разна провизия*; по бокам — тесные проходы, упирающиеся в дальнюю стенку. Ну а поверху снаружи — земля, целый холм, летом поросший травой.

Была ещё причина такого глубокоземного хранилища: ледник копали, конечно, чтобы и к холоду глубинной земли проникнуть, но и... чтобы соседи не слишком на припасы поглядывали. Однажды и навсегда испуганные советской властью, не в меру опасливые, Матвеевы никогда не забывали историю своего поспешного бегства из родного дома под Боровском; в ледник даже свойственников так запросто не посылали.

— У вас там что — клад зарыт? — однажды спросил Сташек Пашку, брата. И тот прицыкнул языком и ответил:

— Тайник есть, я знаю. У них бабло имеется. Я слышал, как дед с отцом шушукались. Шуровал уже — потырить, ничо не нашёл. Может, ещё найду. Тогда выгребу всё и сбегу отсюда нах.

— Куда? — с любопытством спросил Сташек и с размаху получил по носу, очень больно.

Батин дядя Назар Васильич, глубокий старик, всё ещё возился по дому, на огороде, косил на подступах к лесу — они держали и кур, и кроликов, и козу, и свиней. По осени, когда шёл забой домашней живности, над всей станцией стоял железистый запах крови и тошнотворная вонь опаляемых бензиновым паяльником свиных туш.

Любопытный был тип, этот дядька: когда приезжали Сташек с отцом, он словно на стражу становился: бросал все дела, сидел дома, — в чистых справных кальсонах, в белой рубахе, непрерывно смолил самокрутки у полуоткрытой дверцы печи, и сквозь постоянный кашель вёл долгие насмешливые беседы со Сташеком. Всё допытывался, насколько глубоко в младенчество-детство тот помнит, и что именно помнит. Возможно, был впечатлён давней историей, когда трёхлетний и ужасно шустрый Сташек без спроса залез в тёмную кладовую в сенях, разыскал там на полке среди пахучих мешочков и баночек с травами старую лаковую шкатулку (любопытная боярыня на крышке: щёки красные, свекольные, как у Клавы Солдаткиной) и минут десять играл всяким найденным в ней старьём, как мама говорила, — с «хурдой-мурдой»: какими-то пуговицами, сломанной серебряной ложкой, старой трубкой из чёрного дерева, ключиком с овальным брелоком. В кладовой его и обнаружили, шкатулку отняли и шуганули, да с таким неожиданным шумом и треском, что он оторопел. Батя, к которому он прибежал в слезах, тоже был удивлён этакой шумихой. А Сташек пытался объяснить ему, оправдаться:

— Там просто ключик, там чепуха, ничего интересного.

— Какой ключик? — вдруг напряжённо спросил батя, да не Сташека, а дядю Назара, того, кто особенно злился. И тот махнул рукой и в сердцах проговорил:

— Да никакой! Я ж про то, чтоб без спросу ня лез. Малый-малый, а порядок знать должон. Ты его поучи... дай раза по жопь-то!

Года через полтора, когда Володя Пу-И научил его писа́ть и Сташек, как одержимый, покрывал красивыми ровными буковками любую бумажку, на которой удавалось отыскать пустое место, однажды в Гороховце, уединившись на полчаса с листком, выданным им батей, чтоб рисовал-немешал, он прибежал счастливый прямо к столу, за которым ужинали и выпивали все: Виктор, дядя Назар, тётя Настя, Людмила и Пашка...

— Вот! — крикнул, подбегая и подсовывая бате листок, на котором латиницей аккуратно, с правильным нажимом было выведено: *Isaac Dreyfus Fils*... — Вспомнил!

— Это... что? — удивился батя. — На каком языке? — И помахал листком перед роднёй — мол, гляньте, что мой пацан умеет.

— Не знаю, — сказал очень довольный Сташек. — Так было на ключике написано, помнишь, который в кладовке, в шкатулке... когда меня заругали...

Тут батя побледнел и умолк, упершись взглядом в своего дядьку. А тот вскочил из-за стола, крикнул:

— Да он бредит, дурачок! Чё-т мальца слушаешь!

— Он же пропал... — деревянным голосом пробормотал отец, не сводя глаз со старика. — Дядя Назар, вы же сказали, что пропал ключ — тогда, в баньке...

— Ясно, пропал! — крикнул дядька. — Много ли надо... он же махонький...

— Он вот такой... — безмятежно заявил Сташек, большим и указательным пальцем показывая размер ключика. — И на нём колечко, а на колечке — железка круглая, а на ней три цыфирьки, и написано... вот это. Я запомнил!

— На что он вам... — тихо проговорил отец с неописуемым выражением настоящего горя на лице, так что Сташек даже примолк.

Дядька — он уже сильно хромал тогда — пошкандыбал в сени, принёс оттуда шкатулку с боярыней за плетнём. Надпись по крышке шла кудрявая: «Низенький плетешок да бабе затишек».

— На! — проговорил со странным ожесточением, швыряя на стол шкатулку. — Ищи свой ключ, свои миллионы! Можь, и найдёшь.

Отец резко и молча отодвинул от себя шкатулку, а тётя Настя, суетливо приговаривая — ну затеялись из-за лебяды какой, бараны! — открыла шкатулку и высыпала на скатерть всё, что там было. И сама стала перебирать, бормоча:

— Да всё уж надо выкинуть, кому — на чё эт сдалось, прах, ветошь...

— Что за миллионы? — подала растерянный голос Людмила, ей никто не ответил.

Никакого ключика в шкатулке не оказалось, Сташек был пристыжен и думал, что батя сейчас сильно его накажет на глазах у родни, — батя терпеть не мог, когда его ставили в неловкое положение. Но тот промолчал, понурился... и минут через десять, отговорившись головной болью, встал и ушёл спать. А наутро они уехали, хотя то был воскресный день и батя с Виктором с вечера собирались ехать на озёра, на рыбалку.

Так вот, дядя Назар Васильевич с тех пор вроде как полюбил со Сташеком вести беседы. Покашливая, насмешливо расспрашивал о том о сём, будто пытался выведать — а не помнит ли Сташек, как был плодом в чреве матери.

Кстати, о матери в Гороховце никогда не расспрашивали — ни батю, ни его, никогда не упоминали, словно не интересовались ею. Что там за история получилась, почему они не приглянулись друг другу?.. Несколько раз Сташек ловил на себе пристальный взгляд Назара Васильевича; однажды тот как-то неодобрительно обронил при бате — мол, сын-то похож на мать, а? Чернявый какой... будто тебя там и не стояло. Эта фраза показалась Сташеку какой-то липкой, даже опасной, словно батя сейчас мог вспылить и броситься в драку, и долго потом раздумывал, не понимая: почему это плохо, когда ты на маму похож? Вон, баба Валя южская часто говорит: «От какие у нас красавчики тут ходют-бродют! Кто на мамку похож, тот счастливым вырастет!»

* * *

К тому же у Сташека сильно испортились отношения с Пашкой, подросшим братаном. Тот теперь и вовсе сторонился «малявку», верховодил компанией подростков, и бродили они по станции, как свора шакалов, задирая местных девчонок и дачниц, выпивая почище взрослых, тибря по дворам и огородам всё, что плохо лежит. Но и Сташек годам к тринадцати подрос, окреп, много и удачливо дрался, и уже не позволил бы себя безнаказанно задевать. Пашка это чуял, но смириться не мог, чесалось его самолюбие. Рук он не распускал, но не упускал случая поизгаляться над младшим словесно, не обращая внимания на одёргивания старших, на хмурое лицо бати и на явную, написанную на лбу Сташека холодную ярость. Так что, когда — теперь уже редко и ненадолго, на выходные, — Сташек с батей появлялись в Гороховце, в доме воцарялась напряжённая, будто заряженная раздражением и взрывчатым ожиданием тишина.

Людмила, вздохнув, как-то обмолвилась, что ждёт не дождётся повестки из армии: пусть, мол, Пашку прищучат там, возьмут в оборот, пусть погоняют по плацу, собьют наглость. А то жалобы на него отовсюду, соседи уже приходили не раз, участковый то и дело заглядывает, и как бы кто обиженный не прибил Пашку исподтишка. Виктор вообще считал, что в наше время военная карьера парню очень к лицу. И заработок надёжный, и пенсия хорошая.

Наконец однажды Людмила позвонила с работы: Назар Васильич упал в огороде и уж не поднялся, доктор сказал, вроде как удар, что ли. Очень он плох, даже сына не узнаёт. Да, и вот ещё Павел...

— Что Павел? — обеспокоенно поинтересовался отец.

— Так всё, провожаем. Пятнадцатого забирают его. Как будто в связисты. В общем, что-то такое, приличное, слава богу. Ты, Семён, приехал бы попрощаться. Назар Васильич тебя сам знаешь как любил... — И, всхлипнув, привычной семейной присказкой: — Он же вырастил тебя, как родного.

Пока ждали выходных, дядя Назар отмучился, так что батя со Сташеком успели только к похоронам и поминкам.

Матвеевы с соседями не слишком корешились. И не то чтобы ссорились, а просто жили наособицу. Вот Людмила помягче была, так что, кроме родни, дядю Назара пришли проводить пара сослуживцев Виктора из депо и трое подруг Людмилы из бригады контролеров, что проверяли билеты в электричках. Ну, и старухи-соседки, бывалая похоронная команда, тоже явились: мало что при жизни с соседом, случалось, и грызлись-собачились, — перед смертью-голубушкой все равны, помянуть надо. Их приветствовали с улыбкой; угощать на поминках старух — дело святое.

Дядя Назар беспартийный был, в начальство не лез, всю жизнь до пенсии на станции Гороховец водил маневровые тепловозы... Так что семья решилась его отпевать. Но не в церкви, а без шума, прямо в избе. Пришёл молодой священник, долговязый и неловкий, как подросток («Такой молодой, такой молодой!» — удивлённо покачивала головой бабушка Настасья Васильевна), — и требу справил один, без помощника. Подпевали ему старухи: те ещё помнили, что к чему, да и нахоронились за свою жизнь. Конечно, в церкви было бы шикарней, заметил внук Пашка, но чё-т отец жмётся. Не, не жидится, но как-то... не хочет внимания привлекать.

И отпевание было быстрое; и хотя священник пел не торопясь (у него, несмотря на щуплость, оказался красивый густой баритон), всё равно — скороговорка. Вот церква, уныло повторяла заплаканная бабушка, там красиво, умильно, там душа смиряется...

На кладбище священник не поехал и от поминок отговорился каким-то делом. Виктор просто сунул ему конверт с деньгами, вначале стесняясь дать прямо в руки и всё пытаясь углядеть карман в рясе. Но священник просто поймал его нерешительную руку и конверт из неё спокойно изъял: из молодых да ранний.

В общем, всё было трезво и достойно. Сфотографировались у гроба (друг Виктора Гоша был фотохудожником-любителем, выставки даже делал в местном Доме культуры) и понесли из избы: фото в рамке, венки, крышку гроба... Наконец, подняли сам гроб: батя тоже нёс, и в тот момент, когда гроб оказался на плечах у мужиков, Сташек вдруг увидел, как слеза скатилась у бати из глаза и застыла над губой, а вытереть нельзя, руки заняты.

На кладбище собралось человек десять...

Полуденное чистое небо, испещрённое чёрными пометками галок, золотилось как янтарь; в нём застыла колокольня с чёрным — на просвет — колоколом. Ряд молодых берёз в отдалении, высаженных по краю кладбища, тоже золотился листвой. Пахло землёй; пахло влажной нагретой землёй. Сташек неотрывно глядел в яму, внутри которой, обрубленные лопатой, свежими срезами белели корешки.

Батя своим поставленным голосом произносил какие-то хорошие слова — о трудном, но крепком характере покойного дяди Назара, о его любви к труду, о твёрдости духа... Батя был в своём чёрном кителе с орденскими планками, и Сташек не мог отделаться от ощущения, что, как на праздниках в Комзяках, тот в конце речи непременно воскликнет что-то о великой железнодорожной державе. (Батя все парадные выступления всегда заканчивал этой здравицей, возможно, искупая другие свои, нелестные заявления по адресу властей и законов. И не кривил душой: держава и вправду была железнодорожной, и в качестве этом — великой.)

Наконец гроб опустили в яму, закидали землёй...

Ритуальный автобус ждал за воротами кладбища.

Поминки справляли тоже в избе. Так и дешевле было, и — верно Людмила сказала, — душевнее как-то: в родном доме, который он и построил, и чуть не всю жизнь в нём прожил.

Когда вернулись, изба уже была прибрана, с зеркал сняты простыни, полы вымыты и стол красиво накрыт: во главе стола стояла на блюдечке непременная стопка водки, накрытая ломтиком чёрного хлеба. «Столичную» и «Пшеничную», да ещё «на винте», а не с «бескозыркой», привезли батя со Сташеком. Виктор приготовил пару бутылок «Русской» с зелёной этикеткой, ну и самогона — залейся. «Кедровка»: сам дядя Назар настаивал его на кедровых орехах.

Людмила, молодец, и «девочки» её, помощницы, наготовили человек на тридцать. И кутья была, с изюмом и мёдом, и салаты, и холодные закуски, и щи, и мясное. Тётя Настя, Настасья Васильевна, не в силах была помочь, и вообще, от горя еле ноги таскала. Как села за стол, так и сидела, будто её по ошибке домой с кладбища привезли и вот после поминок она отправится к мужу, с которым лет семьдесят отжила.

Виктор, как обычно, стал быстро набираться. Зато Павел — уже бритый, отпущенный на два дня на похороны — был необычно сдержан и красив. «Пашка стал настоящим бугаём», отметил про себя пятнадцатилетний Сташек. В чёрном пиджаке и белой рубашке, гладко выбритый, он первым, раньше Виктора, поднял стопку и проговорил:

— Мой дедушка... дедуля мой, Назар Василье-вич Матвеев... он был настоящий мужик. Земля пухом! — и опрокинул стопку в рот. За ним все потянулись, выпили, негромко одобрительно заговорили и стали закусывать.

По мере того как выпивка убывала, переливаясь в гостей и хозяев, как были извлечены из кладовки в сенях ещё три бутыли самогона, гости разговорились, пошли толочь — как оно и бывает на всех поминках — разные посторонние темы. И то сказать: умер старичок, повезло, дожил до хрен знает скольких лет, всё и всех пережил: революцию, две войны, почти всех вождей нах... Не сидел, не страдал, скончался в мирное время в своей постели. Позавидовать можно! Ну, и ладно уже, будя, тут ещё пара человек в живых осталось, и у них ой сколько проблем. Взять хотя бы...

Но у Павла, уже нагретого, был продуман свой канон поминок. Раз за разом он вертал разговорившихся гостей к теме дня: к свежепокойному деду Назару, которого твёрдо решил отныне и навеки возвести в ранг святых.

— Мой дедушка! — подняв голос, произнёс Пашка. — Он был очень добрым. Не жадным был. Взял на воспитание чужого пацана, дал ему дом, семью...

— Эт кто чужой был? — дребезжащим старческим голоском перебила вдруг Настасья Васильевна. Вот, поди же, а казалось, она так в своё горе ушла, что и не видит, и не слышит никого... — Чё эт ты несёшь, Панька?

— ...всё сделал, чтобы тот человеком стал... — вроде и не замечая бабкиной реплики, продолжал

422 Павел. — У своих кусок изо рта вынимал и тому
отдавал. — Он постучал ножом по тарелке: — Дядь
Семён! Чё ж вы ни словечка об этой части своей
биографии?..

Батя умолк на полуслове, обернувшись к Павлу
со стопкой в одной руке и куском пирога в другой. На его лице ещё оставалось оживление от
разговора с соседом по столу.

— Да ладно те, сын! — прикрикнула Людмила. — Прям уж вам, Матвеевым, и кушать было
нечего! Всегда был запасец, всегда припасали.
А то, что сироту пригрели, так и молодцы, и хватит языком молоть...

И опять тётя Настя встряла:

— Ты пей и молчи, Панька! Ты дядь Сямёну ня
судья, ты яго не-кормил-не-одявал...

— Ну ты кормила! — поднял голос Пашка. —
Дед кормил! — И видно было, что неймётся ему,
гложет его что-то. Сидел со значительным лицом, уперев в отца пьяно-взыскательный взгляд...
А батя... с этим, блин, куском пирога (да хоть бы
на тарелку уже положил!) вроде как служил под-
тверждением слов говнюка-Пашки о скормлен-
ном ему сто лет назад куске хлеба. Батя посреди
интересного разговора был, никак не мог включиться в тему. Сказал, улыбаясь:

— Ты чего, Павлуша? Да у меня родни только
и осталось, что вы. К чему ты это?

— Ладно, хватит! — крикнул сыну Виктор. Решил включиться, исполнить роль хозяина дома
и справедливого отца: — Уймись, новобранец,
мля... защитник отечества!

Дальше реплику завалило отборными породами мата, и гости зашикали и забормотали: некрасиво на поминках, нехорошо это!

Сташек сидел рядом с отцом, оглушённый. Не мог понять — что происходит, почему Павел взъелся на батю; в те минуты ничего ещё не мог сопоставить, не мог сообразить, что сам Павел вряд ли когда-нибудь задавался вопросом о детстве дяди Семёна, что, пьяный, он просто выдаёт накопившиеся в его памяти, в сознании, разговоры, которые слышал все эти годы. Пашка сейчас был рупором семьи, её пьяным искренним рупором.

Все эти мысли придут к Сташеку потом и будут неотвязно крутиться, требуя какого-то выхода, какого-то действия... А в те минуты, сидя рядом с батей, единственный трезвый за этим столом, он вдруг впервые ощутил прилив бешенства, с каким впоследствии совладать не мог никогда. Это было совсем не похоже на вспышку азарта в мальчишеской драке или на яростную досаду в минуту какой-то неудачи. Это был неукротимый поток ледяной ненависти, заливающий грудь и захлёстывающий голову. В такие минуты всё его тело пульсировало упругой силой, кулаки небольших, в сущности, рук, становились как кувалды, в висках потрескивала взрывчатая ослепительная ясность. Сейчас, за батю, за это его растерянное лицо, он мог убить кого угодно.

— Да он хоть бы слово! — не унимался Павел, дирижируя стаканом. — Хоть бы слово благодарности!.. Я за ним нарочно следил... и на кладбище... Мне ж за деда обидно. Этот... он же толь-

424 ко из-за деда человеком стал. Вся его поррода...
он бы сейчас каким-нибудь напёрсточником...
как все его предки... Он бы сейчас на зоне где-
нибудь... а то и пришили бы где его...

Сташек поднялся, аккуратно придвинув за собою стул.

Могло показаться, что воспитанный паренёк
просто собрался отлучиться в уборную, стараясь
не обратить на себя внимания остальных гостей.
И вдруг, метнувшись вдоль стола, обеими, сце-
плёнными в молот кулаками, одним ударом вбил
в красивое лицо брата всё своё бешенство. Брыз-
нула и густо потекла кровь из разбитого носа, изо
рта... Павел сдавленно крикнул, ошалело схватился руками за лицо, и тогда (потом это вспомина-
лось как поэтапное и странно отрешённое дей-
ствие, но произошло в две-три секунды) тем же
молотом в грудь Сташек обрушил Пашку на пол
вместе со стулом...

Тут все очнулись, завопили, повскакивали из-
за стола. Людмила заголосила и кинулась к лежа-
щему Пашке с полотенцем в руках. А на Сташека
налетел батя, и вовремя: тот бы ногами принялся Пашку метелить. Батя залепил ему затрещину
и поволок вон из избы...

Странной лихорадочной побежкой, не глядя друг на друга, они удалялись от дома по улице
к железнодорожной станции. Ни словом не пере-
бросились — как два преступника, уносящие ноги от погони. И тяжело дыша, покачиваясь, батя
всё время что-то с горечью неразборчиво бормотал

самому себе, укоряя, возмущаясь, но почему-то и оправдываясь... А вот Сташек, ошпаренный затрещиной, чувствовал такое молчаливое облегчение, почти счастье, почти торжество! Его трясло, на руках словно бы отпечаталось лицо брата, от удара ныли косточки пальцев. Зато голова была лёгкая: багровый морок бешенства, накативший за столом от Пашкиных слов, истаял, испарился, как не бывало. Потому и сердце билось часто, взахлёб, чуть не ликуя! Сташек знал, что уже никогда ни он, ни батя не вернутся в дом «родни»; знал, что сейчас произошло нечто важное и правильное, и слава богу, всё кончилось... Кончились муторные паломничества в Гороховец, оборвалась насильственная связь, умерший дядя Назар словно уволок в могилу тягостный мир своей угрюмой семьи.

— Подожди... — пролепетал вдруг батя, останавливаясь. Они уже были перед зданием вокзала. — Дай постою... — С одутловатым, изжелта-бледным лицом, он ощупывал нагрудный карман на кителе, словно пытаясь там обнаружить что-то забытое... Пожилой, очень пожилой человек... «Хорошо, что он мне влепил!» — подумалось вдруг Сташеку. Значит, батя не станет казнить его молчанием. Наказание, конечно, последует, и суровое, но не самое страшное — не молчание. А ведь бывали в их жизни дни, а однажды и недели, когда батя упорно молчал и даже двигался по дому так, будто сквозь сына проходил; будто Сташека не существовало.

— Посидим где-нибудь? — предложил он благодарно. — Чего мы бежим-то, зачем? — Пристально, как ощупывая, смотрел на батю, на несчастное его опрокинутое лицо в испарине. — Всё равно ж электричка ещё не скоро. Пошли сядем... вон скамейка пустая.

— Ты прости, — проговорил вдруг батя, не двигаясь и будто не слыша сына. — Я уж не помню, когда в последний раз поджопники тебе раздавал. А тут вдруг... по лицу! А ведь ты за меня... ты за отца вступился.

— Бать, ты что? — тревожно глядя на него, спросил Сташек. Похоже, батя мог сейчас разрыдаться, а этого Сташек в жизни своей не видал, кроме единственной сиротской слезы, скатившейся, когда тот поднял гроб с телом дяди Назара. Батя даже в подпитии никогда слезливым не бывал. — Пошли посидим, ты продохнёшь.

В этом лысоватом привокзальном скверике под сенью пяти дырявых акаций одна только скамейка и оставалась недоломанной, и сейчас она как раз пустовала.

Сташек сбегал в буфет на станции и вынес отцу крепкий чай в картонном стакане, — чёрный, как мазут, почти как Веры Самойловны чифирь (попросил у буфетчицы побольше заварки). Сидели и молчали, пока батя пил горячее питьё медленными крупными глотками.

В общем, он даже не пьяный, подумал Сташек, нет, он и набраться не успел, как это всё... налетело. Минувшие полчаса казались не настоящими, произошедшими не лично с ним, со Сташеком; казались сценой из спектакля. Хотя он знал, что позже, секунда за секундой станет прокручивать каждое слово, каждый взгляд, каждое движение тех, кто сидел за поминальным столом. Всё раскладывать будет, расфасовывать, подчинять доводам и подвергать пересмотру. Ничего-ничего, думал он, не про то сейчас, не про то... Вот, посидим, проветримся... и поедем. И вдогонку мысль: а может, лучше б отец пьяным был и потом не помнил об этих кошмарных поминках?

— Ты меня поразил сынок, знаешь... — глядя в сторону, с трудом проговорил отец, как будто подхватывая мысли сына. — Ты, оказывается... Оказывается, ты взял и вырос. Как ты бросился! Эта реакция, точность... продуманность нападения! Как будто готовился. Я даже не думал, что ты слушаешь Пашкин бред.

— А это бред? — спросил Сташек, глядя тоже — не в глаза отцу, а на картонный стаканчик в руке, крапчатой от старости. — Батя, может, ты мне растолкуешь эту их семейную злобу, какую-то... необъяснимую зависть, — к чему вот только? И почему?

И батя совсем как в детстве проговорил:

— Потому что они Матвеевы, а не Бугровы. Я тебе рассказывал... давно, — добавил он. — Ты не слушал.

— Значит, снова расскажи, — терпеливо возразил Сташек. — Теперь послушаю.

И ведь оказалось, что Сташек помнил ту историю, во всяком случае, немедленно вспомнил, потому как отец говорил теми же, что и когда-то, словами, отстоявшимися в нескольких поколениях семьи: иностранец; явился откуда-то из-под Вильно. Выдавал себя за поляка. На самом деле, родом был совсем издалека, скорее всего, из Франции... Время: приблизительно после наполеоновской кампании, вот и считай, и догадывайся. Строй предположения. Для нас он — некий Аристарх Бугров, привет тебе от предка.

— С чего это он — Бугров, если иностранец? — перебил въедливый Сташек. — Как-то не вяжется. Разве не должен он быть типа... Монте-Кристо, что ли...

— Вероятно, и был когда-то. Не знаю подробностей. Думаю, сменил имя, как многие тогда делали, да и сейчас при надобности делают. В общем, появился в селе Алфёрово под Боровском, вполне себе при деньгах, женился на дочери управляющего имением тамошнего барина... Дом построил, мельницу прикупил, ещё и конный заводик у него впоследствии нарисовался... Говорю тебе: подробностей не знаю. Видимо, он был страшно скрытен, и было что скрывать. Хотя на старости лет изволил для потомства описать свою жизнь, уж не знаю, насколько откровенно. Вернее, не сам писал, диктовал сыну, потому как говорил-то по-русски свободно, но не писал. Потому и оказались записки незакончены, — сын неожиданно помер... Вот их бы сейчас почитать, эти записки. Я в детстве пробовал, начал и бросил: там почерк был трудный. В детстве мало кого интересует история семьи, правда?.. А потом всё это случилось: смерть родителей, дом Матвеевых... их деревня, и вся эта жизнь... Сейчас бы я прочитал, потрудился. Сейчас я бы времени не пожалел — кудрявый почерк разбирать.

— А куда они делись, эти записки?

— Всё туда же: пропали. Матвеевы и правда бежали из Алфёрова сломя голову, ноги уносили: там беднота каждую ночь гуляла, хорошие дворы жгла, так что... бежали, да. Целую жизнь бросили, не до записок какого-то чужого деда...

— Почему чужого? Разве...

— Так вот и слушай... — Батя допил чай, поискал глазами урну, не нашёл и аккуратно поставил стаканчик на землю. — У этого пришлого Аристарха Бугрова, о котором, как о человеке, вообще ничего не известно, родился единственный сын...

— Семён, — подсказал Сташек чуть ли не с отвращением.

— Именно. Он его по-своему называл: Симон. А другие звали «Симанёнок», — тот быстрым был, беспокойным таким и... я тебе скажу: выдающимся парнем был этот Симон. Только не ахай: он был гением карточной игры.

— Ну ни фига себе! — Сташек присвистнул и откинулся к спинке скамьи. — ...Так вот почему Пашка — о напёрсточниках...

— Пашка идиот! — выкрикнул отец и вдруг закашлялся и минуты три сидел, отдышиваясь и приходя в себя. — Идиот — Пашка... Повторяет, что дома слышал. Говорю тебе: этот Симон был гением. В наше время он бы гроссмейстером стал или даже чемпионом. Между прочим, единственный сын получил-таки отменное образование: учился в Петербургском университете на философско-юридическом, языков знал до хрена, рисовал, на скрипке играл... ну и так далее, что положено по тому времени молодым людям его сословия. В числе двенадцати лучших студентов его даже отправили за границу... не помню, в Германию... или в Швейцарию. Закончив учёбу, мог бы надеяться на место адъюнкта или даже профессора. Но не засиделся там: через год вернулся в Питер, и со всякой наукой было покончено. Он таким... моторным был, летучим, знаешь, — с огоньком в заднице. Чем зарабатывал в Питере? А вот этим самым: картами. — Батя увидел нетерпеливое движение сына и воскликнул: — Нет, шулером не был! Он играл честно, умно, рискованно и... нестандартно. Короче: гений! Гроссмейстер! Тактика была такая: для начала он проигрывал пару-другую конов, после чего обчищал всех партнёров до нитки. А потом — слушай сюда! — неизменно следовала такая сцена:

— Господа! — объявлял Симон. — Пятьсот рублей я беру себе, ещё пятьсот выигранных мною рублей кладу в общую кассу и предлагаю разыграть их без меня.

А сам усаживался в уголку наблюдать за игрой. Такая честность в кругу карточных игроков была в диковинку. Ну и очень быстро он попал в высокие сферы, играл по-крупному и только с очень богатыми партнёрами... И вдруг — из высших сфер, из блестящего петербургского общества... Симон, то есть Семён Бугров, возвращается в Алфёрово. Вот я думаю: может, отец его к себе затребовал? Видимо, этот старец, Аристарх Бугров, имел на сына сильное влияние. В общем, Симон вернулся. Женился на дочери какого-то мелкопоместного соседа и первым делом устроил приём для всех окрестных помещиков. Закатил роскошное угощение, и после ужина, по своему обыкновению, предложил перекинуться в картишки. Ну и... всех по накатанной системе обобрал. После чего провернул один из своих коронных номеров:

— Господа! — сказал. — Вот ваши деньги. Я вам их возвращаю и предлагаю следующее. Здесь у вас скука смертная, одно развлечение — картишки, особенно зимними вечерами. Берусь научить вас играть так же тонко, умно и расчётливо, как играл сегодня я, а вы взамен каждую осень станете пополнять мой ледник убоиной, рыбой, птицей и прочим провиантом.

Само собой, все с радостью согласились. У помещиков какие были развлечения? Охота и карты. Карточная игра в те времена, да и в любые другие, знаешь... это ж источник трагедий и полного разорения. Кино видел, «Пиковая дама»?.. Тройка, семёрка, туз, и старуха прямо с карты подмигивает.

— Ну и?..

— Подожди, это лишь затравка к настоящей истории, это — так, семейные анекдоты, чепуха. Дело в том, что старик-отец, таинственный иностранец...

— Монте-Кристо...

— Да, мой прадед... Он прожил длинную жизнь, длинную деревенскую жизнь, когда, знаешь, день за днём, осень за летом... тоска смертная! Вот я думаю: с чего это он так погряз в деревенском на-

432 возе? Почему настолько вжился, забурился в Россию? Я понимаю: человек во что угодно вживается и где угодно может притулиться, но... при какой-то сильной надобности, правильно? Или в безысходности. Вот и думай: что тут было... Ну, в общем, этот самый патриарх-Аристарх в один прекрасный день призвал к себе сына Симона, то бишь Семёна Аристарховича, деда моего. То ли понял старик, что годы подтачивают память, то ли боялся окочуриться не вовремя. Короче, призвал Симона и надолго с ним заперся...

— Бать, ты так рассказываешь, как будто лично под столом сидел.

Отец хмыкнул и отозвался:

— Может, и сидел. Ты вот как сказку о колобке станешь рассказывать? Как мама тебе в детстве сто раз читала, верно? Теми же словами. Вряд ли станешь тужиться, по-новенькому излагать. Вот и я тебе рассказываю теми же словами, какими папа... какими мой отец сто раз мне рассказывал. Будешь слушать дальше, или ну её на хер, семейную сказочку? — и насмешливо прищурился.

— Давай, давай дальше! — воскликнул нетерпеливо Сташек. История становилась интересной. Заковыристой.

— Так вот, старик заперся с наследником, и надолго. Наконец Симон вышел из комнаты, велел запрягать дрожки, собрал в дорогу небольшой саквояж и... фьюйть! — на месяц исчез.

— Куда это?

— Неизвестно — куда, это и есть потерянная тайна семьи. То есть конечный пункт назначения известен, его можно было на железяке того ключика прочесть: Цюрих. Банк «Дрейфус и сыновья». Причём мой отец утверждал, что этот частный банк изначально был основан в Базеле, в 1813 году, а в Цюрихе якобы семейство Дрейфуса открыло отделение специально под Бугровский вклад, что бы там он собой ни представлял. Выходит, самый первый Аристарх Бугров давно с тем банковским семейством знался?

— Батя, я чё-та ни черта понять не могу, батя... Начнём с начала?..

— В доме-то ничего такого, что стоило банковского сейфа, не водилось, — будто и не слыша его, продолжал отец. — И это значит, что по пути в Цюрих, Симон, Семён Аристархович, мой хитроумный дед, по поручению отца заехал куда-то, где все годы хранилось богатство. Логично? Спросим: куда? Может, сделал польский крюк?

— При чём — польский? — озадаченно перебил Сташек.

Отец снова размял ладонью левую сторону груди, вздохнул, как бы примериваясь — стоит ли дальше пацану рассказывать, голову морочить. А может, просто сильно устал... Наконец проговорил:

— У старика были с молодости обморожены руки-ноги... Папа рассказывал, что совсем малышом однажды подглядел, как слуга купал его деда в лохани: всё тело того было в шрамах. Хотя у стариков и складки дряблой кожи можно за шрамы принять. Я к чему: мы же не знаем, что и где он пережил и благодаря кому выжил. А «польским крюком» папа называл заезд в какое-то местечко под Вильно, где прадеда, возможно, спрятали и выходили. Да, папа считал, что его, раненого и обмороженного, вытащили с того света и выходили в каком-то еврейском местечке.

Батя помедлил, как бы раздумывая — говорить ли Сташеку то, что собирался сказать.

— Знаешь... — наконец произнёс батя. — Мне кажется, он и сам был еврей.

— Ты что?! — отшатнулся мальчик. — Зачем это...

Ничего против этих самых... евреев он не имел, он же не Клава Солдаткина; понимал уже, что Вера Самойловна, драгоценный его Баобаб, тоже... из этих. И, может, поэтому ему не хотелось прописываться в странном мире её свихнутых мозгов, диковатой доброжелательности к обществу, несмотря ни на какие тычки и подлости этого общества; не хотелось перенимать её упорное стремление проповедовать, ежеминутно трясти и скрести, и — как повторяла она (и можно было сдохнуть от этих слов) — «нести свет доверчивой душе», вроде Сташека.

— При чём тут!.. — раздражённо воскликнул Сташек, не произнося неловкого слова, отгораживая себя *от всего этого*. — Какое имеет значение в истории семьи...

— ...а такое, — перебил батя, — что нам не известно, какие отношения связывали Аристарха Бугрова с тем местечком и с теми людьми, которые спасли ему жизнь. Может, они были родственниками? Может, у него осталась там любовь?

Может, все годы они как-то сообщались? Может, где-то под Вильно, в надёжном схроне, в каком-нибудь хлеву дожидался владельца тяжёленький мешок или бочонок, в котором, опять же, не знаю, что было: золото? драгоценности?

— Ни хрена себе детектив! — воскликнул ошарашенный Сташек. — Прям сокровища Билли Бонса! «Пятнадцать человек на сундук мертвеца...» Ты уверен, что твой мирный деревенский прадед не грабанул в молодости какой-нибудь корабль или... обоз?

— Я ни в чем не уверен, и откуда мне знать? — отец задумчиво прищурился и покачал головой. — Но почему он вдруг решил изъять богатство из схрона, где оно благополучно лежало четыре десятка лет, и отправить за границу, несмотря на всю опасность предприятия? Боялся чего-то? Или получил знак от того, кто все эти годы хранил клад? Может, тот человек заболел, почувствовал, что умирает, и... — Батя вздохнул и вновь сильно растёр левую половину груди, будто безуспешно хотел взбодрить сердце, заставить его энергичнее гнать кровь по жилам. — Не знаю! Возможно, старик решил, что настало время вернуться на родину. Хотел подготовить почву, подвести, так сказать, фундамент для возрождения семьи... в новом-старом месте? Почему тогда ждал столько лет? Пустые домыслы... Напридумать себе можно всё, что угодно. Но если старик и правда планировал нечто вроде того, то всё покатилось... совсем не так, как он себе поставил. Дело в том, что, вернувшись из Цюриха, Семён Аристархович недолго прожил. Тогда, знаешь, любое воспаление лёгких могло закончиться плачевно. Не знаю, от какой напасти, но умер он по нашим понятиям совсем не старым, лет сорока семи, что ли... Оставил молодую вдову и сироту — сына Аристарха, моего отца, как раз в том возрасте, в каком потом отец оставил сиротой меня: девяти лет от роду... Так что заветный ключик поменял шею, на которой висел вместе с нательным крестиком: он перекочевал на шею моего отца. А вскоре и произошло то самое разделение семьи. Молодая вдова не захотела вдовствовать; дождалась кончины свёкра, старика, Аристарха Бугрова, и вышла замуж вторично — за богатого свободного крестьянина, как тогда говорили — «за хозяина» по фамилии Матвеев. И... первым делом родила ему сына.

— Понятно, — отозвался Сташек. — Сына, к которому ключ от сейфа в банке «Дрейфус и сыновья» не имел никакого отношения.

Что-то напомнил ему этот сюжет, что-то связанное опять же с Верой Самойловной, с её настойчивым стремлением вдолбить в его сознание. А, ну да: это же из «Забавной Библии»: Иаков, Исав... борьба за наследство, за благословение отца... «И всё это произойдёт с тобой...»

— В самую точку, — кивнул отец. — Вот она, семейная развилка. Забыл сказать: был ещё перстень с крупным камнем. «Симанёнок» вернулся с ним после той поездки в Швейцарию и носил, не снимая, до смерти, весьма скорой. Вдова этот перстень сняла с его руки буквально через минуту, как он, что называется, последний вздох испустил, — видимо, опасалась, как бы кто из домашней прислуги не подсуетился. Перстень в семье назывался почему-то «царским»; мой отец его не носил, не любил эти, говорил — «дамские замашки», но хранил очень зорко: в бархатном синем мешочке, у себя в секретере... Папа на моей памяти вообще был немногословным человеком. Выучился вопреки желанию отчима, Матвеева, стал инженером по строительству мостов... И всю эту таинственную историю с богатством в сейфе швейцарского банка не слишком жаловал, может, потому от всей истории остались только ошмётки слухов... На жизнь семьи он зарабатывал своей профессией, а ключик носил просто как память об отце, ну и... назло Матвеевым. Насколько я понимаю, там неприятие друг друга возникло с самого начала. В детстве, когда я ленился читать, папа говорил: «Ты же не Матвеев. Ты — Бугров!» Ну а после переворота... революции то есть, такие времена настали ужасные... Люди мёрли от разных эпидемий как мухи. Сначала мама сгорела от тифа буквально в несколько дней. Мы её похоронили и... Отец по работе уехал куда-то на Урал, что ли, а вернулся, так сразу и слёг, — в поездах можно было любую заразу подцепить. У нас тогда дядя Назар жил. Приехал из Алфёрова в Питер по каким-то своим делам и застрял: папа упросил его остаться, наверное, понимал, что умирает. Бредил два дня подряд. А когда очнулся — это уж перед самой смертью, — велел срочно привести меня. Я испугался: так он изменился, так ослаб, пожелтел... грудь ходила на каждом вдохе... Потянулся, надел мне на шею какой-то ключик на цепке, а мешочек с перстнем велел дяде Назару взять, сказал, это за меня и... — батя сглотнул с трудом: — За моё образование. Ну и... после похорон дядя Назар увёз меня в Алфёрово, и там началась совсем другая жизнь: я с непривычки страшно уставал в поле, спал на ходу, после ужина — проваливался в сон, а вставал с петухами. Сам понимаешь, не слишком вслушивался в вечерние их разговоры... ну и...

— Постой, батя! — перебил Сташек. Он вскочил со скамейки, в сильном возбуждении прошёлся вокруг отца, остановился напротив. Тело вновь налилось пульсирующей силой, голова звенела. — За твоё образование? Всего-навсего — колечко? Выходит... нет, постой! Не перебивай, а! Сколько же мог стоить тот «царский» перстень?

— Не знаю, — вяло отозвался отец. — Думаю, немало, ведь помимо буквальной ценности: золото, огромный бриллиант — у этого перстня была какая-то историческая ценность. Слышал, как дядя Назар шёпотом переговаривался со стариком Матвеевым. Они всегда уединялись, когда обсуждали дела. Знаю, что перстень они возили вдвоём куда-то «к жиду», — к какому-то, похоже, известному ювелиру — аж в Москву. Значит, одного Назара старик побоялся отпускать с такой ценностью. И потом я никогда уже не видел этого перстня... — Он вздохнул, заглянул в бумажный стакан и допил бурый остаток жидкости. — Да я, поверь, не в обиде: была такая лютая голодуха, люди мёрли как мухи, дети мёрли... страшно вспомнить!

А тут вся семья спасалась тем, что выручили за цацку, за бирюльку, — чем бы там она ни являлась. В самые тяжёлые месяцы все выжили, никто не умер. У Матвеевых тогда в семье многое стали называть «царским» как будто в шутку — царская корова, царские поросята... мука в мешке, окорока в погребе... Всё — царское. Ну, и потом, на новом месте, уже в Гороховце дядя Назар очень быстро построил дом...

Отец грузно сидел на скамье, безучастно глядя перед собой.

По земле бежали переливчатые тени облаков; в душном воздухе по-вокзальному пахло неочищенным бензином, паклей, затхлой кирпичной пылью... Вдруг вспомнилась последняя с батей рыбалка в Заречье, их ночной костёр: как красиво горел полированный временем и рекой сухой плавник с кустами птичьих гнёзд. Жуткая тоска навалилась, обида за отца, безысходная и взрослая горечь: значит, вот какая длинная история предшествовала той слезе, что скатилась из батиного глаза и застряла на скуле, пока на его плече дядя Назар выплывал из своего «царского» дома.

— Выходит, это не они тебя кормили! — изумлённо глядя на отца, выговорил Сташек. — Выходит, это ты, пацан, их всех прокормил. Вполне себе оказался ценный сирота. И безо всякого образования, которого они так тебе и не дали, ты не пропал, нет... ты... — Он тряхнул головой, в ярости сбрасывая с загривка желание орать, драться, избить за батю кого-нибудь *из этих* до смерти... — Ну, хорошо! А ключ-то как перекочевал с твоей шеи на... Кто там подставил шею под наше наследство?

— Да брось, — поморщился батя. — В те уже годы, какое наследство, где оно было? За тридевять земель. А ключик... Я уж и не помню, столько лет прошло. Протопили баньку, пошли париться. Дядя Назар говорит — да сними ты свой ключ, положь вот сюда, в мою кепку. Когда вернулись, нигде его не могли найти. Но послушай... Если б я даже и нашёл этот ключик — кто бы из нас мог вырваться из этой параши! Швейцария, банки, сейфы... Бредни. Фантазия. Безумный сон.

— Почему, — Сташек упрямо и требовательно смотрел на отца. — Люди же как-то ездят...

— Ездят, — отец вяло усмехнулся. — Дипломаты ездят. Торгпредство. Большой театр на гастроли, спортсмены — на олимпиады.

— Да нет, бывают же туристические поездки за границу. На предприятиях, в организациях разных. Через общество «Спутник», или что там для обычных людей... — Сын возбудился, говорил быстро, увлечённо и, кажется, уже всё себе доказал, а сейчас строил какие-то дикие планы, будто ключ от мифического сейфа находился в кармане его парадных школьных брюк. — А что, ведь можно как-то разыскать банк, если он существует, написать туда, в Швейцарию? Ведь... тот Семён Аристархович Бугров, гений-картёжник, твой дед, как там его... Симанёнок... он должен был записать счёт на своё имя? Так? И получается, в точности на твоё, батя, имя? Значит, ты — прямой наследник... А дяде Назару на что сдался ключ от чужого сейфа — не понимаю, хоть убей. Помнишь, как он ярился? Думал, ключ в руке — и есть право на наследство?

— Понятия не имею, — вздохнул отец. — Иногда мне кажется, ему просто нравилось владеть им, как символом. Он был умный человек, дядя Назар, и конечно, понимал вздорность всей этой... истории. Просто чувствовал в этом какую-то власть над нами, старшинство, что ли... над Бугровыми. Ревность-то давняя, больная...

— Пашка говорил, у них в леднике тайник есть.

— Может, и есть. Только они наверняка в нём хранят что-то поважнее, чем древний ключ от забытого сейфа. Смешно и не-ис-пол-нимо, — повторил он, прищурившись. — И потому очень подло: это же была просто память об отце, о моей потерянной семье... Бесполезный кусочек металла. Ключ от пустоты.

— Бать, а вдруг и не от пустоты? — взволнованно и азартно перебил Сташек. — Вдруг с тех пор никто так и не открыл нашего сейфа?

— Все эти сто лет? Чушь собачья... Не знаю я законов иностранных банков, но если бы в моём ведении обнаружился сейф, куда владелец не заглядывал больше ста лет, я бы непременно приказал его вскрыть — для порядка. И знаешь что... давай-ка, брат, будем двигаться в сторону моего нитроглицерина.

— А он не при тебе? — всполошился Сташек. Отец всегда носил нитроглицерин в кармане пиджака. Только сейчас увидел Сташек и опознал это беспомощное движение ладони к карману, этот спастический кашель и сиплое дыхание.

— Так я ж другой пиджак сегодня... на похороны-то, — проговорил батя каким-то ослабелым бесцветным голосом, откидываясь к спинке скамьи. — Забыл из кармана переложить. Ну, пойдём, хватит лясы точить.

И тяжело поднялся...

А в электричке всё пытался «закрыть тему» — неохотно отвечал на вопросы, раздражённо молчал, будто жалел, что разболтался. Видимо, устал и скверно себя чувствовал. Но уже перед самыми Вязниками, глядя в окно, где в лёгком сумраке разгоралась полная и удивительно яркая сегодня луна, сказал:

— Знаешь, рад, что мы сегодня поговорили... Я в последние месяцы сам не свой. И маму, и тебя забросил. А сегодня ещё дядины похороны, и это твоё... восстание... — Он усмехнулся: — В общем, как-то... выбит я из колеи.

— Да ладно, батя, — смущённо отозвался сын. — Всё будет хорошо.

Поезд уже замедлял ход. Мелькнула баба в оранжевом жилете с жёлтым флажком на стрелке, здание желдорклуба, мост... За ними, в своей незыблемой последовательности выкатились водонапорная башня и могучая крона гиганта-тополя, родная крыша и верхушки вишен «нашего» сада. Проплыли, замедляясь, штакетники, выпер угол вокзала... Вот и первая платформа подползла и легла под ноги, и состав вполз на неё с протяжным вздохом (они всегда садились в третий вагон: тот останавливался буквально против дома).

Следующие несколько мгновений Сташек будет перебирать всю жизнь. Эти минуты, да и весь день, он считал драгоценными: и разговор, что состоялся между ними на скамейке привокзального сквера, и неловкое отцово признание в электричке, а главное, то, что весь последний день батиной жизни они провели рядом, как и положено самым родным людям.

Сойдя на перрон, батя махнул рукой и сказал:

— Иди домой, сынок, скажи маме, пусть греет обед, я мигом тут... — а взгляд напряжённый, будто к начальству на ковёр. И обернувшись договорить что-то вслед убегающим мгновениям, снова махнул ладонью в неопределённом направлении и медленно повалился на асфальт платформы, — аккуратно так, исполнительно...

...точно прибыл по назначению.

Конец первой книги

Оглавление

**ЧАСТЬ ПЕРВАЯ
СЕРЕДИНКИ**

Глава 1. НОУ-ХАЛЯУ 7

Глава 2. НАДЕЖДА 32

Глава 3. КРОТКИЙ МОРДАТЫЙ
ОБДОЛБАННЫЙ... 41

Глава 4. СОЛНЕЧНЫЕ ПОЛОСЫ И ПЯТНА 61

Глава 5. СТАРИННЫЙ РЕЦЕПТ КОЗЬЕГО СЫРА .68

Глава 6. РЮМОЧКА ХРЫСТОВА. 95

Глава 7. БЕЛЫЕ ЛОШАДИ... 107

Глава 8. ЖИТИЕ СВЯТОГО ИЗЮМА. 135

Глава 9. ВЕСНА ПРИШЛА! 165

Глава 10. ЗОЛОТЫЕ АРМЕЙСКИЕ ПРИИСКИ. . . .186

Глава 11. В РЕМОНТНОЙ БРИГАДЕ
АЛЬБЕРТИКА. 208

ЧАСТЬ ВТОРАЯ   **445**
ВЯЗНИКИ

Глава 1. ОРКЕСТРИОН 245

Глава 2. СТАНЦИЯ 260

Глава 3. ЛЮДИ ДВОРА 299

Глава 4. ОГНЕННАЯ ПАЦАНКА 314

Глава 5. АНГЛИЙСКИЙ РОЖОК 338

Глава 6. ОРФЕЙ И ЭВРИДИКА 380

Глава 7. ЗИНАИДА РОБЕСПЬЕР 389

Глава 8. РОДНЯ 406

Литературно-художественное издание

Рубина Дина

НАПОЛЕОНОВ ОБОЗ
Книга 1
Рябиновый клин

Ответственный редактор *Ю. Селиванова*
Младший редактор *Е. Шукшина*
Художественный редактор *А. Дурасов*
Технический редактор *О. Лёвкин*
Компьютерная верстка *О. Шувалова*
Корректор *Н. Сикачева*

ООО «Издательство «Эксмо»
123308, Москва, ул. Зорге, д. 1. Тел.: 8 (495) 411-68-86.
Home page: www.eksmo.ru   E-mail: info@eksmo.ru
Өндіруші: «ЭКСМО» АҚБ Баспасы, 123308, Мәскеу, Ресей, Зорге көшесі, 1 үй.
Тел.: 8 (495) 411-68-86.
Home page: www.eksmo.ru   E-mail: info@eksmo.ru.
Тауар белгісі: «Эксмо»
Интернет-магазин : www.book24.ru

Интернет-магазин : www.book24.kz
Интернет-дүкен : www.book24.kz
Импортёр в Республику Казахстан ТОО «РДЦ-Алматы».
Қазақстан Республикасындағы импорттаушы «РДЦ-Алматы» ЖШС.
Дистрибьютор и представитель по приему претензий на продукцию,
в Республике Казахстан: ТОО «РДЦ-Алматы»
Қазақстан Республикасында дистрибьютор және өнім бойынша арыз-талаптарды
қабылдаушының өкілі «РДЦ-Алматы» ЖШС,
Алматы қ., Домбровский көш., 3«а», литер Б, офис 1.
Тел.: 8 (727) 251-59-90/91/92; E-mail: RDC-Almaty@eksmo.kz
Өнімнің жарамдылық мерзімі шектелмеген.
Сертификация туралы ақпарат сайтта: www.eksmo.ru/certification

Сведения о подтверждении соответствия издания согласно законодательству РФ
о техническом регулировании можно получить на сайте Издательства «Эксмо»
www.eksmo.ru/certification
Өндірген мемлекет: Ресей. Сертификация қарастырылмаған.

Подписано в печать 24.10.2019. Формат 84x108 $^1/_{32}$.
Гарнитура «Ньютон». Печать офсетная. Усл. печ. л. 23,52.
Доп. тираж 5000 экз. Заказ 10966.

Отпечатано с готовых файлов заказчика
в АО «Первая Образцовая типография»,
филиал «УЛЬЯНОВСКИЙ ДОМ ПЕЧАТИ»
432980, Россия, г. Ульяновск, ул. Гончарова, 14

18+

В электронном виде книги издательства вы можете купить на **www.litres.ru**

ЛитРес:
один клик до книг

Москва. ООО «Торговый Дом «Эксмо»
Адрес: 123308, г. Москва, ул. Зорге, д.1.
Телефон: +7 (495) 411-50-74.
E-mail: reception@eksmo-sale.ru

По вопросам приобретения книг «Эксмо» зарубежными оптовыми покупателями обращаться в отдел зарубежных продаж ТД «Эксмо»
E-mail: **international@eksmo-sale.ru**

International Sales: International wholesale customers should contact Foreign Sales Department of Trading House «Eksmo» for their orders.
international@eksmo-sale.ru

По вопросам заказа книг корпоративным клиентам, в том числе в специальном оформлении, обращаться по тел.:
+7 (495) 411-68-59, доб. 2261.
E-mail: **ivanova.ey@eksmo.ru**

Оптовая торговля бумажно-беловыми и канцелярскими товарами для школы и офиса «Канц-Эксмо»:
Компания «Канц-Эксмо»: 142702, Московская обл., Ленинский р-н, г. Видное-2, Белокаменное ш., д. 1, а/я 5.
Тел./факс: +7 (495) 745-28-87 (многоканальный).
e-mail: **kanc@eksmo-sale.ru**, сайт: www.**kanc-eksmo.ru**

Филиал «Торгового Дома «Эксмо» в Нижнем Новгороде
Адрес: 603094, г. Нижний Новгород, улица Карпинского, д. 29, бизнес-парк «Грин Плаза»
Телефон: +7 (831) 216-15-91 (92, 93, 94).
E-mail: reception@eksmonn.ru

Филиал ООО «Издательство «Эксмо» в г. Санкт-Петербурге
Адрес: 192029, г. Санкт-Петербург, пр. Обуховской обороны, д. 84, лит. «Е»
Телефон: +7 (812) 365-46-03 / 04. **E-mail:** server@szko.ru

Филиал ООО «Издательство «Эксмо» в г. Екатеринбурге
Адрес: 620024, г. Екатеринбург, ул. Новинская, д. 2щ
Телефон: +7 (343) 272-72-01 (02/03/04/05/06/08)

ISBN 978-5-04-098081-9

Филиал ООО «Издательство «Эксмо» в г. Самаре
Адрес: 443052, г. Самара, пр-т Кирова, д. 75/1, лит. «Е»
Телефон: +7 (846) 207-55-50. **E-mail:** RDC-samara@mail.ru

Филиал ООО «Издательство «Эксмо» в г. Ростове-на-Дону
Адрес: 344023, г. Ростов-на-Дону, ул. Страны Советов, 44А
Телефон: +7(863) 303-62-10. **E-mail:** info@rnd.eksmo.ru

Филиал ООО «Издательство «Эксмо» в г. Новосибирске
Адрес: 630015, г. Новосибирск, Комбинатский пер., д. 3
Телефон: +7(383) 289-91-42. E-mail: eksmo-nsk@yandex.ru

Обособленное подразделение в г. Хабаровске
Фактический адрес: 680000, г. Хабаровск, ул. Фрунзе, 22, оф. 703
Почтовый адрес: 680020, г. Хабаровск, А/Я 1006
Телефон: (4212) 910-120, 910-211. **E-mail**: eksmo-khv@mail.ru

Филиал ООО «Издательство «Эксмо» в г. Тюмени
Центр оптово-розничных продаж Cash&Carry в г. Тюмени
Адрес: 625022, г. Тюмень, ул. Пермякова, 1а, 2 этаж. ТЦ «Перестрой-ка»
Ежедневно с 9.00 до 20.00. Телефон: 8 (3452) 21-53-96

Республика Беларусь: ООО «ЭКСМО АСТ Си энд Си»
Центр оптово-розничных продаж Cash&Carry в г. Минске
Адрес: 220014, Республика Беларусь, г. Минск,
проспект Жукова, 44, пом. 1-17, ТЦ «Outleto»
Телефон: +375 17 251-40-23; +375 44 581-81-92
Режим работы: с 10.00 до 22.00.
E-mail: exmoast@yandex.by

Казахстан: «РДЦ Алматы»
Адрес: 050039, г. Алматы, ул. Домбровского, 3А
Телефон: +7 (727) 251-58-12, 251-59-90 (91,92,99).
E-mail: RDC-Almaty@eksmo.kz

Украина: ООО «Форс Украина»
Адрес: 04073, г. Киев, ул. Вербовая, 17а
Телефон: +38 (044) 290-99-44, (067) 536-33-22.
E-mail: sales@forsukraine.com

Полный ассортимент продукции ООО «Издательство «Эксмо»
можно приобрести в книжных магазинах «Читай-город» и заказать
в интернет-магазине: www.chitai-gorod.ru.
Телефон единой справочной службы: 8 (800) 444-8-444.
Звонок по России бесплатный.

Интернет-магазин ООО «Издательство «Эксмо»
www.book24.ru
Розничная продажа книг с доставкой по всему миру.
Тел.: +7 (495) 745-89-14. E-mail: imarket@eksmo-sale.ru